Katharina Olbert

Bis zum Ende und darüber hinaus

Das Buch

Lou kann nicht atmen. Sie hat Panikattacken und bekommt keine Luft. Seit Monaten hat die Siebzehnjährige das Haus nur verlassen, um zu ihrer Therapeutin zu gehen. Nur ihre beste Freundin Mia hält noch zu ihr und gibt sie nicht auf. Und nur deswegen geht Lou auch zu Mias Geburtstagsparty. Für Lou eine riesige Herausforderung. Doch als die Panik sie dort ein weiteres Mal zu übermannen droht, steht da plötzlich Zack vor ihr, nimmt ihre Hand und steht ihr bei. Lou ist hin und her gerissen zwischen der Anziehungskraft, die vom ersten Moment an zwischen Zack und ihr herrscht, und ihrer Angst. Die Angst davor ihn zu enttäuschen, denn was kann er schon von ihr wollen? Und der Angst ihn für immer zu verlieren. Doch es scheint, als sei Zack derjenige, der sie zurück ins Leben holen kann. Selbst wenn er seins aufgeben muss...

Die Autorin

Katharina Olbert lebt in einer Kleinstadt in der Mecklenburgischen Seenplatte und liebt Tee, Schokolade und Spaziergänge mit ihrer Border-Collie-Hündin. Geschichten hatte die Autorin schon immer im Kopf, aber erst 2016 fing sie an, diese auch aufs Papier zu bringen. Seit dem ist das Schreiben für sie eine nicht mehr wegzudenkende Leidenschaft geworden. Ihr Herz schlägt vor allem für Romane, bei denen die Liebe im Mittelpunkt steht, genau wie in ihren Geschichten.

Katharina Olbert

Bis zum Ende und darüber hinaus

Roman

FOREVER

Forever by Ullstein
forever.ullstein.de

MIX
Papier
FSC® C083411

Originalausgabe bei Forever
Forever ist ein Verlag
der Ullstein Buchverlage GmbH, Berlin
Oktober 2018 (1)

Umschlaggestaltung:
zero-media.net, München
Titelabbildung: © FinePic®
Innengestaltung: deblik Berlin
Gesetzt aus der Quadraat Pro powered by pepyrus.com
Druck- und Bindearbeiten: CPI books GmbH, Leck

ISBN 978-3-95818-345-2

Für all diejenigen, die schon mal gegen eine Angst gekämpft haben.

1. Kapitel

»Ist am Wochenende nicht der Geburtstag deiner besten Freundin?«, fragte Dr. Meiß, als die Therapiestunde fast vorbei war.

»Ja, sie wird achtzehn«, antwortete ich gedankenverloren und schaute Richtung Fenster. Einer der Aloe Vera Pflanzen auf dem Fensterbrett fehlten zwei Blätter. Frau Meiß musste sie vor Kurzem abgeschnitten und benutzt haben.

»Wird sie groß feiern?«

Sie schwärmte ständig von Aloe Vera und wofür man sie alles verwenden konnte. Mir hatte sie auch schon zwei Ableger mitgegeben und obwohl ich absolut keinen grünen Daumen habe, lebten sie tatsächlich noch.

»Louisa?«

Ich wandte den Kopf nach links, wo meine Psychologin saß und mich freundlich anlächelte. Sie trug ihre lockigen Haare heute offen, was mir viel besser gefiel als die Hochsteckfrisur, die ich von ihr gewohnt war.

»Mia wäre nicht Mia, wenn sie nicht groß feiern würde. Sie redet seit Wochen von ihrem achtzehnten Geburtstag und der rauschenden Party, die sie veranstalten will«, entgegnete ich gelangweilt.

Frau Meiß blickte mich mit ihren grünen Augen eindringlich an und ich wusste genau, was jetzt kommen würde.

»Du willst nicht hingehen«, stellte sie fest.

Ich fixierte die schwarze Couch gegenüber, auf der ich auch hin und wieder Platz nahm, allerdings lümmelte ich heute lieber auf dem bequemen Sessel. Ich hatte die Schuhe ausgezogen und saß auf meinen Füßen. Frau Meiß schaute dann immer komisch und fragte, wie man nur so sitzen konnte, aber ich fand es angenehm.

»Es geht nicht darum, was ich will. Ich kann nicht«, gab ich schulterzuckend zurück.

»Was sagt Mia dazu? Ist es für sie in Ordnung?«, wollte sie wissen und schrieb nebenbei etwas auf dem Block in ihrer Hand.

»Sie versteht es und weiß, dass es nicht geht.«

Jedenfalls hat sie das gesagt. Mia kannte mich seit fünf Jahren, hatte alles mitbekommen und war die Einzige, die geblieben ist. Wir redeten nicht viel darüber, aber sie wusste, was sie von mir erwarten konnte und was nicht.

»Sie würde sich sicher freuen, wenn du kommst. Meinst du nicht, du könntest es versuchen?«

Ich holte tief Luft und starrte auf die Sonnenblume, die auf dem Couchtisch in einer wunderschön geschwungenen weißen Vase vor mir stand. Ich liebte Sonnenblumen. Sie waren so schön hell und freundlich. Immer wenn ich sie sah, musste ich automatisch lächeln, doch die Taschentuchbox daneben machte irgendwie die Stimmung kaputt. Sie erinnerte mich nur an all die Leute, die hier saßen und weinten, mich eingeschlossen. Ich wollte nicht weinen, ich wollte nicht darüber nachdenken, ob es Mia was ausmachte, dass ich, ihre beste Freundin, nicht zu ihrem achtzehnten Geburtstag kam. Denn wenn ich darüber nachdachte, musste ich bestimmt in diese verdammte Box greifen. Aber Frau Meiß bohrte weiter. Das war eben ihr Job als Psychologin. Da half auch keine Sonnenblume, keine Aloe Vera, keine Ablenkung der Welt.

»Ich würde zu gern hingehen, wie ein ganz normales Mädchen in meinem Alter nun mal zu einer Party geht. Doch das bin ich nicht«, antwortete ich und fixierte meine Hände.

»Du kannst es aber werden.«

»Wie?«, fragte ich und sah auf.

»Indem du das anwendest, was wir geübt haben, und dich nicht auf deine Angst konzentrierst, sondern auf Mia und das, was alles Positives auf einer Party passieren kann.«

»Auf die Menschen, die über mich lästern? Oder die stickigen Räume und die ohrenbetäubende Musik?« Ich zog eine Augenbraue nach oben und Frau Meiß lachte.

»Nein. Auf Mia, die sicher begeistert wäre, wenn du dabei bist, wenn sie volljährig wird. Darauf, neue Leute kennenzulernen, Spaß zu haben, eben ein ganz normales siebzehnjähriges Mädchen zu sein«, sagte sie mit einem Lächeln.

Ich seufzte und rutschte unruhig auf dem Sessel hin und her. Wenn das so einfach wäre. Allein die Vorstellung daran versetzte mich in Panik. Da würden Mädchen aus meiner ehemaligen Klasse sein und zwar diejenigen, die sich das Maul über mich zerrissen hatten. Frau Meiß wusste absolut nicht, wie das war. Sie war fünfzig und ihre Teenagerzeit damit schon ein Weilchen vorbei.

»Louisa, du sollst nicht darüber nachdenken, dir keine Horrorszenarien ausmalen, sondern dich auf das Gute konzentrieren. Du könntest tatsächlich Freude daran haben.« Sie legte ihren Kopf schräg und hob die Mundwinkel.

Ihre Zuversicht und ihr Optimismus konnten manchmal echt nerven, aber vielleicht hatte sie recht. Ich rückte ein Stück nach vorne, streckte meine nackten Füße aus und betrachtete das Bild an der Wand gegenüber. Es war von mir. Keine Ahnung, warum Frau Meiß es hier aufgehängt hatte, so gut war es nun wirklich nicht. Nachdem ich ihr vor einigen Wochen von meiner Leidenschaft erzählt hatte, wollte sie unbedingt eine meiner Zeichnungen sehen. Das war schon schwierig genug für mich und als sie dann noch fragte, ob sie es behalten dürfte, traute ich meinen Ohren nicht. Allerdings versicherte sie mir, dass sie niemandem erzählen würde, von wem es war, also willigte ich ein. Trotzdem war es komisch, dass es tatsächlich hier hing.

Ich nahm meinen Blick von dem Bild und wandte ihn wieder ihr zu. »Ich war seit zehn Monaten nirgendwo anders als zu Hause und hier. Ich schaffe das nicht.«

»Doch, da bin ich ganz sicher. Es wäre ein guter Anfang. Mia wohnt nicht weit von dir entfernt. Ihr seid in einem Haus, das du kennst, und ich wette, deine Eltern holen dich jederzeit ab, wenn du es nicht mehr aushältst.«

Das würden sie wirklich. Vor allem wären sie begeistert, wenn ich auf eine Party gehen würde. Verrückt oder? Viele Eltern verboten genau das ihren Kindern, gaben ihnen Hausarrest, wenn sie es doch taten, aber meine waren froh, wenn ich das Haus verließ. Ich konnte darauf nichts mehr erwidern, weil sie mit ihren Argumenten recht hatte und ich hasste sie dafür. Dazu plagte mich ein schlechtes Gewissen wegen Mia. Ich sollte es versuchen, allein schon ihr zuliebe, aber verdammt, ich hatte tierische Angst.

»Ich will dich zu nichts drängen, Louisa. Zwang hilft da absolut nicht, du musst es wollen. Versprich mir nur, dass du darüber nachdenkst, okay?« Sie steckte sich eine verirrte blonde Strähne hinters Ohr und schenkte mir ein Lächeln.

Ich nickte. Nicht nur, weil ich wollte, dass sie das Thema beendete, sondern auch, weil ich es mir wirklich durch den Kopf gehen ließ.

»Sehr gut und bevor wir für heute Schluss machen, sag mir doch, für welches Geschenk du dich entschieden hast.«

In ihrer Stimme lag pure Neugier und sie legte den Block sowie ihre rahmenlose Brille auf den Couchtisch.

Sofort lächelte ich wieder. »Sie wünscht sich schon seit einer Weile eine Wimpernverlängerung«, fing ich an.

Mia legte viel Wert auf ihr Aussehen und war immer perfekt geschminkt. Ich dagegen war die totale Niete, was das betraf, und mehr als Wimperntusche trug ich nie auf. Aber das war mir auch nie wichtig gewesen.

»Und seit Kurzem gibt es in der Stadt ein neues Geschäft, in dem das angeboten wird, und ich habe ihr einen Gutschein besorgt«, fügte ich hinzu.

»Das ist eine super Idee, da wird sie sich sicher sehr freuen«, entgegnete Frau Meiß ehrlich.

Ganz bestimmt, die Frage war nur, wann ich ihr das Geschenk übergab. Auf der Party oder einen Tag später?

Frau Meiß stand auf. »Also nächsten Dienstag, gleiche Zeit, gleicher Ort. Komm, ich bring dich noch zur Tür.«

Ich hievte mich hoch, schlüpfte in meine Flipflops und warf einen letzten Blick auf mein Bild an der Wand, bevor ich mich von meiner Therapeutin verabschiedete. Dieser Termin war neben dem Fernsehprogramm der einzige Grund, weshalb ich wusste, welcher Tag gerade war.

Der schwarze Golf stand bereits vor der Tür, als ich unten ankam und ich ging zielstrebig darauf zu. Jede Sekunde länger hier auf der Straße trieb meinen Puls weiter in die Höhe. Obwohl Relitz eine Kleinstadt war und die Praxis eher außerhalb lag, kroch die Angst schon meinen Hals hinauf.

Ich atmete laut aus, als ich endlich im Auto saß. Hier fühlte ich mich sicher.

»Na, wie war die Therapiestunde heute?«, fragte meine Mutter neben mir mit dem gleichen Interesse wie jede Woche.

Was sollte ich sagen? Genauso wie letztes Mal? Ich wusste, was sie hören wollte. Zu sehr wünschte sie sich, dass ich wieder das Mädchen von früher werden würde, zur Schule ging und eben ganz normale Dinge tat. Sie wollte am liebsten hören, dass es heute einen Durchbruch gab, ich geheilt wäre und morgen der erste Tag von meinem neuen Leben war. Aber das war nicht der Fall. Ich konnte ihr allerdings auch nicht sagen, dass ich das Gefühl hatte, dass es überhaupt nichts brachte und ich wahrscheinlich niemals werden würde wie vorher. Also sagte ich das, was ich immer sagte, und zwang dabei meine Mundwinkel nach oben.

»Ganz okay.«

Sie drehte sich zu mir und betrachtete mich mit ihren braunen Augen. »Über was habt ihr gesprochen? Wie hast du dich gefühlt?«

Sie interessierte sich wirklich dafür, steckte all ihre Hoffnungen in diese Therapeutin, nachdem es mit dem Letzten nicht so gut lief. Sie merkte zwar, dass es mir bei ihr besser ging und ich nicht heulend herausgerannt kam wie bei Herrn Dr. Bauer, aber Sorgen machte sie sich dennoch.

»Ich hab mich wohlgefühlt. Du weißt ja, dass Frau Meiß wirklich nett ist. Wir haben heute wieder über Methoden gesprochen, die man in Situationen der Angst anwenden kann.«

»Das klingt doch gut, vielleicht hilft dir das«, meinte sie und in ihrem Gesicht lag unendlich viel Zuversicht.

Wo nahm sie nur diesen Optimismus her? Nahmen Frau Meiß und meine Mutter irgendwelche Pillen, von denen ich nichts wusste? Ich hatte den Glauben daran, wieder gesund zu werden, schon verloren. Sie wusste nicht, wie es war, von ständigen Panikattacken erschüttert zu werden, nur deshalb konnte sie noch so positiv denken.

»Na ja, die Theorie und die Praxis sind zwei Paar Schuhe«, antwortete ich kühl.

Es war die Wahrheit. Es klang so leicht, wenn jemand sagte, wie man sich verhalten sollte, doch in der Situation selbst konnte man nicht mehr klar denken. Ihre Mundwinkel sanken herab. Ich wusste, dass das ziemlich hart klang und mir tat sofort leid, dass ich ihr die Hoffnung nahm. Auch wenn es hier eigentlich um mich ging, wollte ich nicht, dass sie traurig war. Viel lieber wollte ich wieder die Tochter sein, die ihr keine Probleme bereitete und um die sie sich keine Sorgen machen musste. Ich wünschte, ich könnte ihr das normale Mädchen zurückgeben. Mein Herz schmerzte. Schnell wandte ich mich von ihrem bedrückten Gesichtsausdruck ab und fixierte meine Hände.

»Und wir haben über Mias Geburtstag gesprochen«, versuchte ich abzulenken und erst als die Worte heraus waren, wurde mir bewusst, dass auch dieses Thema problemgeladen war.

»Heißt das, du gehst hin?«, fragte sie mit freudiger Erregung in der Stimme.

Da war es wieder. Ich wollte einfach nur »ja« sagen und ihr nicht die Freude nehmen, aber ich bekam schon schwitzige Hände und Herzrasen, wenn ich nur darüber nachdachte zu dieser Party zu gehen.

Ich knetete meine Finger. »Ich weiß nicht.«

Sie legte ihre Hand auf mein Knie. »Du könntest es ja versuchen. Ich fahr dich hin und hol dich ab und du kannst dich jederzeit melden, wenn du es nicht mehr aushältst«, sagte sie ganz euphorisch.

Ich sah auf und konnte wieder die Hoffnung in ihrem Gesicht erkennen. Ungern wollte ich sie erneut enttäuschen. Ich könnte einfach nicken, sie glücklich machen und Mia gleich dazu. Aber ich hatte fürchterliche Angst. Wenn man so viele Monate nicht das Haus verlassen hatte, außer für eine Therapiestunde, war eine Party ein verdammt großer Schritt. Ich war schließlich nicht aus Spaß so lange nicht vor die Tür gegangen. Allerdings würde ich ihr den Hoffnungsschimmer nicht nehmen. Nicht jetzt.

Ich biss mir auf die Unterlippe. »Ich denke darüber nach, okay?«

Sie strahlte und es war schön, sie so zu sehen. »Ich würde mich sehr freuen. Wenn du willst, komm ich auch mit«, schlug sie vor und zwinkerte mir zu.

»Mama! Auf gar keinen Fall!«, stieß ich entsetzt aus.

Sie lachte. Dieses Geräusch war selten geworden. Eigentlich hörte ich nur noch, wie sie sich den Kopf zerbrach. Deshalb genoss ich den Moment umso mehr. Sie drehte sich wieder in Fahrtrichtung, warf ihre braunen Haare zurück und startete den Motor. Die Haare hatte ich von ihr. Nur dass ihre gesträhnt waren und einen ordentlichen schulterlangen Schnitt hatten, während meine einfach nur langweilig herunterhingen. Mia wollte mich schon tausendmal zum Friseur schleppen, doch da ich das Haus nicht verließ, war das nicht möglich. Und auf ihren Vorschlag hin, dass sie mir einen schönen Stufenschnitt zaubern würde, brachte ich alle Scheren aus ihrer Reichweite.

Als wir zu Hause ankamen und in die Garage fuhren, sah ich, dass Milli bereits vor der Haustür stand. Mein schwarzer Panther. Sie war ein kleines Licht für mich in meiner sonst dunklen Welt. Nie drängte sie mich zu etwas, außer natürlich ihren Napf zu füllen. Sie sah mich nicht mitleidig an, redete nicht über mich oder machte sich lustig. Wenn ich mit ihr zusammen war, fühlte ich mich nicht krank oder anders, sondern genug. Als ich auf sie zuging, war sie allerdings nicht an einer Begrüßung interessiert, vielmehr wollte sie, dass ich die verdammte Tür öffnete und ihr Futter gab. Das konnte ich an ihrem Miauen erkennen, was eher nach einem Schreien klang.

»Hallo Milli, danke für die tolle Begrüßung, du hast mir auch gefehlt«, sagte ich kopfschüttelnd und schloss die Tür auf.

Nachdem ich ihr Essen zubereitet und sie darüber hergefallen war, als hätte sie seit Tagen nichts gefressen, setzte ich mich an meinen Schreibtisch und schlug meinen Notizblock auf. Wenn ich keine Filme oder Serien schaute, zeichnete ich. Das war meine Art, Gedanken und Gefühle zu verarbeiten. Andere schrieben Tagebuch, hatten einen Blog oder posteten ihr Leben auf Instagram. Ich packte es am liebsten in ein Bild. Meine Hand flog dabei wie von selbst über das weiße Blatt Papier, als hätte sie eine direkte Verbindung zu meinem Unterbewusstsein. Als plötzlich etwas neben mir knallte, schreckte ich zusammen. Mein Herz wummerte in meinen Ohren und ich funkelte Milli böse an, die auf meinen Tisch gesprungen und diesen Schreck verursacht hatte. Doch sie tänzelte nur über die Schreibtischunterlage und schnurrte, als wäre nichts gewesen. Von da aus kletterte sie auf meinen Schoß und kringelte sich zusammen. Sie sah mir fest in die Augen, als wollte sie sagen: »Ich bin bereit, du kannst jetzt mit dem Streicheln beginnen.« Diese Katze hatte mich total im Griff, denn natürlich fing ich sofort an sie zu kraulen, aber auch nicht ganz uneigennützig. Ihr weiches Fell zu berühren, ihre Wärme und sogar ihren Herzschlag zu spüren, entspannte mich. Und ihr gleichmäßiges Schnurren brachte auch meinen Herzschlag immer wieder zur Ruhe. Es war besser als jede Meditation. Ich verlor mich vollkommen in diesem Moment, vergaß alle Sorgen und Probleme und für einen Augenblick fühlte ich mich normal. Tieren ist es eben egal, ob du krank bist oder gesund, dick oder dünn, sie nehmen dich so, wie du bist, weil sie dich nicht nach dem Äußerlichen beurteilen, sondern danach, wie du sie behandelst.

»Hey«, ertönte es hinter mir.

Als ich meinen Kopf in die Richtung wandte, sah ich meinen Vater in der Tür stehen. Er war heute früh zu Hause, normalerweise kam er immer später. Seit meiner Kindheit machte er fast täglich Überstunden und ich bekam ihn selten zu Gesicht. Das und seine kühle Art führten dazu, dass wir nicht das innigste Verhältnis hatten.

»Hey«, gab ich zurück.

Es war nicht einfach für mich mit ihm zu sprechen, weil ich nie wusste, woran ich bei ihm war und er kaum eine Miene verzog. Dazu wirkte allein seine Erscheinung schon einschüchternd genug. Groß wie ein Bär und genauso dominant.

»Wie war die Arbeit?«, fragte ich, als ein paar Sekunden verstrichen waren und niemand etwas gesagt hatte.

Mit diesem Schweigen konnte ich absolut nicht umgehen. Es verunsicherte mich nur noch mehr.

Er lehnte sich gegen die Tür. »Stressig, wie immer.«

Ich nickte. Er war Elektriker, wovon ich partout nichts verstand, deshalb wusste ich auch immer nicht, was ich noch sagen oder fragen konnte. Bei Mama, die als Arzthelferin bei einem Hausarzt arbeitete, gab es immer Dinge, die interessant waren und die ich nachvollziehen konnte. Aber wie Stromkreise funktionierten, hatte ich schon in Physik nicht kapiert. Ich atmete tief durch. Eigentlich sollte man in einem Gespräch mit seinem Vater nicht so angespannt sein, aber für mich war es wie eine schwere Klausur.

»Wie war die Therapie?«, wollte er wissen.

Ich gab ihm die gleiche Antwort wie meiner Mutter. »Ganz gut.«

Er legte die Stirn in Falten. »Habt ihr schon Fortschritte machen können? Was meint sie, wann du wieder in die Schule gehen kannst?«

Ich fiel in mich zusammen, schaffte es aber meine Maske aufrecht zu erhalten und ihm nicht zu zeigen, wie sehr mich seine Worte verletzten. Er gab mir immer das Gefühl, dass es ihn nicht interessierte, wie es in mir aussah, sondern nur, ob ich wieder funktionieren und in die Schule gehen würde.

»Bisher habe ich noch keine Verbesserung gespürt und eine Prognose gibt es auch noch nicht.« Meine Stimme klang heiser und ich versuchte den Kloß in meinem Hals hinunterzuschlucken.

»Karsten? Kommst du mal bitte?«, rief meine Mutter und rettete mich aus der Situation.

Papa folgte ihrer Aufforderung und ich atmete erleichtert aus. Ich fühlte mich schlimmer als vor Gericht, wenn er mit mir über dieses Thema sprach, obwohl ich noch nie vor einem Richter gestanden hatte. Ich wollte so sehr, dass er sich mal für mich interessierte, vielleicht für meine Zeichnungen oder mich einfach mal in den Arm nahm. Und andererseits hatte ich Angst ihn zu enttäuschen. Ich wollte die Tochter sein, die er sich wünschte, die Abitur machte, studierte und einen guten Job erhielt. Und nicht diejenige, die nur zu Hause saß und nichts auf die Reihe bekam. Aber anscheinend bekamen wir beide nicht, was wir uns wünschten.

• • •

»Darf ich deine letzte Zeichnung sehen?«, fragte Mia und schielte auf meinen Schreibtisch.

Heute war *Bachelorette*-Abend. Mia kam jeden Mittwoch vorbei, wir machten uns zusammen etwas zu essen und schauten die Sendung. An diesen Abenden vergaß ich alles um mich herum, fühlte mich wie ein normales Mädchen, das mit ihrer Freundin über die Männer lachte, die sich alle ein und derselben Frau an den Hals warfen.

Ich nickte zögerlich. Es war immer ausgesprochen schwer für mich, meine Bilder irgendjemandem zu zeigen. Aber Mia interessierte sich sehr dafür und ich vertraute ihr. Im Moment hoffte ich allerdings, sie würde meinen inneren Konflikt, der sich in der Zeichnung widerspiegelte, nicht erkennen. Ihr Blick haftete ziemlich lange und angestrengt auf dem Blatt Papier. Ich schluckte. Es war ein Würfel, der mehrfach abgebildet war, damit man alle Seiten sehen konnte. Ja gegen Nein, Angst gegen Mut und Gehen gegen Bleiben. Doch bevor sie eine Frage stellen konnte, schmiegte sich Milli schnurrend an ihr Bein. Perfektes

Timing, danke Milli. Mia quietschte vor Entzückung auf und ging in die Hocke, um sie zu streicheln. Sie liebte mein kleines Monster abgöttisch, vor allem, weil sie kein Haustier haben durfte, da ihre Mutter eine Hunde- und Katzenhaarallergie hatte. Kurz darauf saß sie auf dem Boden und animierte Milli strahlend zum Spielen. Es war zu witzig mit anzusehen, wie sie umherhüpfte, aber es war auch ein Blick in den Spiegel. Nur, dass Mia im Gegensatz zu mir wunderschön war mit ihren lockigen blonden Haaren und ihrer weiblichen Figur, auch wenn sie einen Kopf kleiner war. Ihre runden grüngrauen Augen hatten etwas von diesen Mangafiguren und ihren Augenaufschlag setzte sie nicht nur bei Männern erfolgreich ein, sondern auch bei ihrer Mutter und mir, um zu bekommen, was sie wollte.

»Wollen wir heute nicht mal wieder eine Pizza bestellen? Da hätte ich echt Lust drauf. Und außerdem hab ich übermorgen Geburtstag«, meinte Mia, nachdem Milli entschieden hatte, dass sie genug hatte.

Natürlich, wenn man übermorgen Geburtstag hatte, war das sicher ein Grund, heute eine Pizza zu bestellen. Innerlich musste ich lachen. Sie fand für alles Argumente. Aber mal ehrlich, für Pizza würde ich auch immer einen Grund finden.

»Das ist eine hervorragende Idee. Wie immer?«

»Jep«, entgegnete Mia, warf sich auf meine graue Couch und schaltete den Fernseher ein.

Ich nahm mir mein iPad, setzte mich zu ihr und bestellte unser Essen online, weil ich es einfach hasste, irgendwo anrufen zu müssen. Es gab tausend Dinge, die ich lieber tat, wie zum Beispiel einhundert Mails schreiben oder mein Telefon essen.

»Erledigt.«

»Super, ich hab schon mega Hunger. Übermorgen wird es übrigens verschiedene Aufläufe geben, Pommes, Reis und Salat. Ich hoffe, dass das reicht.«

»Sicher ist es wieder viel zu viel. Ist es doch immer.« Ich lehnte mich zurück. »Wie viele Leute haben jetzt zugesagt?«

»Neunzehn«, gab sie zurück und strecke die Beine aus.

»Ist noch Platz für eine weitere Person?«, fragte ich vorsichtig.

»Wieso? Habe ich jemanden vergessen?« Sie schaute mich panisch an.

Ich sah ihr tief in die Augen, hob die Brauen und es dauerte einen Moment, bis es bei ihr klick machte.

Ihr fiel die Kinnlade runter. »Du willst kommen? Wirklich?«, kreischte sie.

Lange hatte ich mir darüber den Kopf zerbrochen und irgendwann beschlossen damit aufzuhören und es einfach zu versuchen. Für Mia und für meine Mutter.

Ich nickte und in der nächsten Sekunde fiel sie mir um den Hals. »Ach Lou, das ist so toll, ich freu mich riesig«, jubelte sie und wir rutschten beide aufgrund ihrer stürmischen Art von der Couch.

»Ich werde es zumindest versuchen«, merkte ich an.

»Das ist mehr als genug. Danke«, sagte sie und lächelte mich an.

Mia bekam sich nicht mehr ein. Sie war überglücklich und umarmte mich noch drei weitere Male. Ich wusste gar nicht, dass es ihr so viel bedeutete. Das war natürlich zusätzlicher Druck. Ich wollte sie nicht enttäuschen, ich musste es irgendwie schaffen hinzugehen und dortzubleiben. Puh.

»Weißt du eigentlich, dass mein Cousin am Freitag auch da sein wird?«, fing sie an, als gerade Werbung war. »Er ist letzten Monat erst aus Berlin hergezogen. Wir haben uns vorher nur selten gesehen, aber jetzt freu ich mich, dass ich ihn und seine Eltern öfter sehen kann.«

Mias Eltern hatten sich vor fünf Jahren getrennt und sie hatte deshalb eine schwere Zeit durchgemacht, in der wir uns kennenlernten und ich alles tat, um ihr beizustehen. Seitdem war sie über jedes Familienmitglied froh, das sie noch hatte. Vor allem weil ihr Vater ziemlich weit weggezogen war.

»Das ist echt toll«, meinte ich und ließ mir die Tomate-Mozzarella-Pizza auf der Zunge zergehen.

»Ja, außerdem ist er wirklich sehr nett und sieht gut aus. Ich denke, er wäre genau dein Typ.« Sie wackelte mit den Augenbrauen.

Vor Schreck fiel mir das Stück Pizza wieder in den Karton.

»Mia, du willst mich doch nicht etwa verkuppeln?«

»Wieso nicht? Hier lernst du ja niemanden kennen«, behauptete sie und machte mit ihrer Hand eine Geste durch den Raum.

Ihre Worte versetzten mir einen Stich. Sie redete manchmal schneller als sie dachte und meinte es sicher nicht so, wie es gerade bei mir ankam, aber es tat trotzdem weh. Ich versuchte allerdings, mir nichts anmerken zu lassen.

»Hast du vergessen, was mit Tom passiert ist?«

»Tom war ein Arsch, aber Zack ist perfekt, glaub mir«, versicherte sie mir mit vollem Mund.

»Wenn du meinst«, sagte ich und biss in den leckersten Teig aller Zeiten.

Ich wollte das Thema nicht in die Länge ziehen und da sie ein Nein schwer akzeptierte, beließ ich es einfach dabei. Ein Mann kam für mich nicht infrage. Es war unmöglich zu verhindern, dass er erfuhr, was mit mir los war, und wenn er es herausfand, würde er über alle Berge verschwinden. So wie Tom. Ich würde mein Herz nicht noch mal verschenken, um es dann in Einzelteilen wiederzubekommen.

2. Kapitel

Die Nacht hatte ich kaum schlafen können und war stattdessen die anstehende Party immer und immer wieder im Kopf durchgegangen. Natürlich mit allen Horrorszenarien, die passieren könnten, was logischerweise überhaupt nicht gegen meine Angst half. Dreimal hatte ich schon eine Nachricht an Mia getippt, dass ich mich nicht gut fühlte. Und dreimal hatte ich sie wieder gelöscht. Mein schlechtes Gewissen war zu groß. Das konnte ich ihr einfach nicht antun. Verdammt, wieso hatte ich nur gesagt, dass ich kommen würde? Das Bett neben meinem Schreibtisch war voller Klamotten. Normalerweise machte ich mir kaum Gedanken darüber, wie ich aussah, aber ich war auch ewig auf keiner Party mehr gewesen. Einerseits wollte ich bloß nicht auffallen und anderseits konnte ich auch nicht rumlaufen wie eine Vogelscheuche. In der engeren Wahl stand eine schwarze Röhrenjeans und ein blaues Top sowie ein schwarzes knielanges Kleid. Das eine Outfit kam mir zu schlicht vor und das andere zu übertrieben und auffällig. Gerade als ich mich verzweifelt auf den Boden gelegt hatte, kam meine Mutter herein. Schon mehrfach hatte sie die Unterhaltungen heute auf den Geburtstag gelenkt. Sie freute sich einfach so sehr, dass ich dort hinging, beziehungsweise überhaupt das Haus verließ. Schön, dass sich alle so freuten, während ich am Durchdrehen war.

»Lou, was ist los? Geht's dir nicht gut?« Ihre Stimme klang besorgt.

»Doch, ich weiß nur nicht, was ich anziehen soll.«

Sie ging auf mein Bett zu und ich wusste genau, was sie auswählen würde.

»Ich wäre für das Kleid hier.« Sie hielt es hoch. »Das steht dir wirklich gut, es ist sommerlich und betont deine schöne Figur.«

Welche Figur? Ich war einfach nur dünn. Meine Mutter hatte Rundungen an den richtigen Stellen, sah fraulich aus, aber ich? Vererbt hatte sie mir das zumindest nicht.

Ich setzte mich auf. »Meinst du echt? Ist das nicht zu auffällig?«

»Lou, du gehst auf eine Party. Die anderen werden sich hundertpro auch schick anziehen, da fällst du eher auf, wenn du kein Kleid trägst.«

Hm. Ich war in meinem Leben bisher nur auf zwei Partys gewesen und das war zu lange her, als dass ich mich erinnern könnte, was die anderen anhatten.

»Okay«, gab ich schulterzuckend zurück. Wenn sie das sagte.

Sofort zogen sich ihre Mundwinkel zu einem breiten Lächeln.

»Gute Entscheidung. Dann zieh dich mal um, in einer halben Stunde fahren wir los«, sagte sie und verließ mein Zimmer.

Oh mein Gott, nur noch dreißig Minuten. Mein Herz hämmerte gegen die Brust. Jetzt bloß nicht ausflippen.

• • •

»So wir sind da. Ich wünsche dir viel Spaß. Du schaffst das und wenn irgendwas ist, ruf an«, verkündete meine Mutter gut gelaunt.

Mein Blick war auf das weiße Haus gerichtet, das ich eigentlich gut kannte. Doch heute drehte sich mir der Magen um, wenn ich daran dachte, was innen stattfinden sollte. Ich schluckte. Konnten wir nicht einfach wieder nach Hause fahren? Ich wollte nicht aussteigen. Meine Atmung beschleunigte sich und ich fing an zu schwitzen.

»Lou?«

Ich biss mir auf die Unterlippe. »Mir ist ganz heiß.«

»Vielleicht hättest du lieber das Kleid angezogen und nicht die warme Hose«, feixte sie, um die Situation aufzulockern.

Ich fühlte mich einfach wohler in der Jeans und dem Top. Und wenn ich schon etwas tat, was mir höllische Angst machte, dann sollte ich mich doch zumindest in meiner Kleidung gut fühlen. Ich warf ihr einen strengen Blick zu.

Sie hob die Hände in die Luft. »Nur Spaß. Du siehst toll aus und jetzt trete der verdammten Angst in den Hintern und geh feiern.«

Sie hatte gut reden. Aber nach Hause fahren würde sie mich sicher nicht, ohne dass ich es versucht hatte. Also schloss ich kurz die Augen und atmete tief durch. *Ich schaffe das, ich schaffe, ich schaffe das*, sagte ich innerlich immer wieder, wie ein Mantra. Dann öffnete ich die Tür, verabschiedete mich und trat hinaus. Meine Beine waren wacklig, aber ich zwang meine Füße sich vorwärtszubewegen. Fest umklammerte ich Mias Geschenk. Ich hatte noch einen weißen Bilderrahmen gekauft – natürlich online – und ihn selbst bemalt. Das Foto darin war mein Lieblingsbild. Es war bereits zwei Jahre alt und zeigte uns völlig unbeschwert und fröhlich am Strand. Wehmütig dachte ich an diese Zeit zurück. Alles war so einfach gewesen und das Leben hatte wirklich Spaß gemacht. Im Gegensatz zu jetzt, wo mein gesamter Körper zitterte, nur weil ich woanders war als zu Hause.

Freudestrahlend öffnete Mia nach dem ersten Klingeln die Tür. »Du bist hier.« Ohne mir die Chance zu geben etwas sagen zu können, drückte sie mich fest an sich. Zu fest.

»Mia, ich bekomme keine Luft mehr«, japste ich.

»Oh sorry.« Sie kicherte und ließ mich los.

Als sich meine Lungen wieder mit Sauerstoff gefüllt hatten, nahm ich sie meinerseits in den Arm, wünschte ihr alles Gute zum Geburtstag und übergab ihr mein Geschenk. Sie zog mich rein und schloss die Tür. Ich hatte gar keine Zeit nachzudenken oder meine Angst wahrzunehmen, weil Mia unentwegt plapperte.

»Du bist die Erste, meine Mutter bereitet gerade noch das Essen vor. Aber so hab ich wenigstens Zeit dein Geschenk auszupacken«, klärte sie mich auf, während wir auf den Tisch im Wohnzimmer zugingen.

Natürlich trug sie ein Kleid, aber das tat sie öfter, allerdings war dieses ziemlich kurz und führte bestimmt zu sabbernden Typen. Vielleicht hatte meine Mutter doch recht, was das Outfit betraf?

Mia legte mein Geschenk ab und begann es auszupacken. Mit vor der Brust verschränkten Armen sah ich mich um. Alles war voller Ballons und Girlanden mit einer Achtzehn darauf. Es standen überall verteilt Schüsseln mit Popcorn, Chips und anderen Süßigkeiten herum und an der Wand war schon das kalte Buffet aufgebaut. Es lief gerade in einer angenehmen Lautstärke *There's nothing holding me back* von Shawn Mendes im Hintergrund. Irgendwie war es gut, vor den anderen hier zu sein. So war es wenigstens noch nicht so voll und laut. Allerdings würde mir später bestimmt jeder die Hand geben, wohingegen ich mich, wäre ich als Letztes gekommen, unauffällig unter die Leute hätte mischen können. Mist.

»Oh mein Gott, ich liebe dieses Foto von uns«, quietschte Mia neben mir. »Und der Bilderrahmen ist so wunderschön geworden. Du bist ein Naturtalent. Später, wenn du reich und berühmt bist, kann ich sagen, dass ich dich schon vorher kannte. Es sei denn, *du* kennst mich dann nicht mehr.« Sie stemmte die Hände in die Hüften und sah mich stirnrunzelnd an.

Ich verdrehte die Augen. So was sagte sie ständig. Ja, ich malte gerne, doch gut war ich nicht wirklich und schon gar nicht so gut, dass ich berühmt werden würde.

»Ich bin meilenweit davon entfernt.«

»Du bist viel zu bescheiden. Wir sprechen uns in ein paar Jahren.«

Ich ignorierte diesen Satz und machte sie stattdessen auf das richtige Geschenk aufmerksam. »Du musst noch den Umschlag öffnen.«

Als Mia den Gutschein herauszog und beäugte, lag ihre Stirn erst in Falten. Doch dann wurden ihre Augen immer größer und ihr Mund klappte auf. Ein Geräusch, das von einem Meerschweinchen hätte sein können, erhellte den Raum und ich zuckte zusammen.

»Ein Gutschein für eine Wimpernverlängerung, die hab ich mir schon ewig gewünscht!«, kreischte sie und hüpfte auf und ab, bevor sie mir erneut um den Hals fiel. »Danke, danke, danke du bist die beste Freundin, die es gibt«, schrie sie und ich hoffte, dass das Piepen in meinem Ohr gleich wieder aufhören würde.

»Ist hier jemand erstochen worden? Das hörte sich gerade so an«, fragte Mias Mutter, die in diesem Moment aus der Küche ins Wohnzimmer kam.

Als sie mich entdeckte, legte sich ein Strahlen auf ihr Gesicht. »Louisa, dich habe ich ja lange nicht mehr gesehen. Ich freu mich, dass du hier bist.« Sie schritt auf mich zu und drückte mich kurz an sich.

»Ich freue mich auch.«

Das tat ich wirklich. Rita war immer sehr nett und mütterlich zu mir gewesen. Ich fühlte mich hier stets wie zu Hause. Als ich dann plötzlich nicht mehr zu Besuch kam, hatte sie sich natürlich gewundert und Mia erklärte ihr, nachdem sie mich vorher gefragt hatte, warum das so war. Ich war unsicher gewesen, wie sie mir heute gegenübertreten würde und gerade umso glücklicher, dass sie genauso herzlich war wie immer.

»Lass dich mal anschauen«, sagte sie und ging einen Schritt zurück. »So schön wie eh und je, nur dünner bist du geworden. Komm schnell mit in die Küche, dann kannst du schon etwas naschen«, schlug sie vor und nahm meine Hand, um mich hinter sich herzuziehen.

»Mama!«, protestierte Mia und stemmte die Hände in die Hüften.

Doch ehe sie weitersprechen konnte, klingelte es an der Haustür. Während Mia zur Tür hastete, ging ich mit in die Küche. Vielleicht gar keine schlechte Idee, so konnte ich den Leuten aus dem Weg gehen und mich später unbemerkt unter die Gäste mischen. Innerlich dankte ich Rita dafür.

Ich blieb so lange wie möglich in der Küche, half Rita bei den letzten Vorbereitungen und sie erzählte mir ohne Pause von ihrer Arbeit, was überhaupt nicht langweilig war und mich gut ablenkte. Wieder hatte ich Gott sei Dank keine Zeit in Gedanken und Ängsten zu versinken. Ich war froh, etwas zu tun zu haben und auch, dass sie hauptsächlich redete. Was hatte ich groß zu erzählen? Sie wollte sicher nicht wissen, was in der letzten Folge von *Vampire Diaries* passiert war. Mias Mutter war Notarfachangestellte und sie berichtete mir von dem Gerücht, dass ihre Kollegin eine Affäre mit dem Chef hatte. Es gab immer wieder Hinweise, wie zum Beispiel kleine Zettelchen, die er ihr gab, laszive Blicke oder dass sie ständig länger in seinem Büro war und mit roten Wangen wieder zurückkam. Ich machte große Augen, vor allem weil ein Altersunterschied von fünfzehn Jahren die beiden trennte.

»So, dann lass uns das Essen mal rausbringen, die Meute hat bestimmt Hunger. Und außerdem hab ich dich schon viel zu lange aufgehalten, du solltest rausgehen und feiern und nicht hier in der Küche stehen und mir helfen«, meinte Rita, nachdem sie die zwei Aufläufe aus dem Ofen holte.

»Ach kein Problem. Das mach ich gern.«

Ich war viel lieber hier als dort draußen, aber das sagte ich besser nicht laut. Mir graute es, gleich ins Wohnzimmer zu müssen. Ich hatte Angst vor einer Panikattacke und Angst davor, den Mädels aus meiner ehemaligen Klasse zu begegnen. Und mit wem sollte ich reden? Mia hatte neunzehn weitere Gäste und konnte sich somit nicht die ganze Zeit mit mir unterhalten. Außerdem wollte ich ihr nicht am Rockzipfel hängen, auch wenn sie sich bestimmt dazu verpflichtet fühlte, mich nicht irgendwo alleine stehen zu lassen. Sie sollte ihre Feier genießen, Spaß haben und sich nicht um mich kümmern müssen.

Mit zittrigen Händen griff ich nach der zweiten Auflaufform und folgte Rita mit klopfendem Herzen durch die Tür. Die Musik war lauter geworden, Lachen und Stimmgewirr hallte durch den Raum, überall standen Grüppchen verteilt, die sich vergnügt unterhielten und etwas tranken. Mia war gerade nirgends zu entdecken, wahrscheinlich war sie draußen auf der Terrasse, dort konnte ich durchs Fenster auch ein paar Leute ausmachen. In der Hoffnung, dass alle in ihre Gespräche vertieft waren und mich nicht bemerkten, ging ich zu den Tischen fürs Buffet und stellte den Auflauf ab.

»Den Rest schaff ich allein, misch dich unters Volk«, rief mir Rita lächelnd zu und huschte zurück in die Küche.

Ich kam mir hilflos vor ohne etwas in der Hand, was sollte ich jetzt tun? Ich starrte aufs Buffet, rückte noch einige Teller und Schüsseln zurecht, um mich zu beschäftigen, als ich meinen Namen hörte.

»Schau mal, da hinten ist Lou.«

Ich versteifte mich. Die Stimme gehörte Franzi, wenn ich mich nicht irrte.

»Die lebt auch noch?«

Tina. Ich schluckte nervös.

»Wer hat die denn aus der Klapse gelassen?«

Lena. Mir gefror das Blut in den Adern und mein Atem setzte aus.

»Ist sie jetzt Kellnerin?«

»Vom Psycho zur Kellnerin, das passt doch.« Gelächter.

Das reichte. Ich begann am ganzen Körper zu zittern. Ich musste hier raus, aber meine Beine wollten mir nicht gehorchen und bewegten sich keinen Millimeter. Genau davor hatte ich mich gefürchtet. Die drei, die schon in der Schule über mich gelästert oder mir Sprüche reingedrückt hatten, nachdem sie erfuhren, was mit mir los war. Kaum zu glauben, dass wir mal Freunde gewesen waren. Ich versuchte, die Panik zu unterdrücken und mich auf etwas anderes zu konzentrieren, doch das war schier unmöglich. Die Wellen, die kurz vor einer Attacke über mich hereinbrachen und es gerade jetzt taten, drohten mich zu übermannen.

»Lou?«

Jemand berührte mich am Arm und ich wandte meinen Kopf panisch zur Seite. Mia. Erleichterung durchströmte mich.

»Geht es dir gut? Du bist total blass und siehst aus, als hättest du gerade einen Geist gesehen.«

Sie wusste genau, was los war, aber sie wollte witzig klingen, mich aus dem Zustand herausholen und ein wenig funktionierte es sogar.

»Komm mit, wir gehen kurz in mein Zimmer.«

Sie nahm meine Hand, zog mich hinter sich her und ich stolperte irgendwie mit. Ich spürte meine Beine nicht mehr, ich spürte mich nicht mehr. Das passierte einfach jedes Mal vor oder während einer Attacke. Ich war froh, dass ich nicht hinfiel und sogar die Treppen hoch in Mias Zimmer überwand. Oben angekommen ließ ich mich sofort auf ihr Bett fallen und atmete tief ein und aus, was schwerer war als gedacht, weil gefühlt ein Felsen auf meiner Brust lag.

»Ich hole dir schnell ein Glas Wasser«, rief Mia noch und war bereits verschwunden.

Genauso schnell, wie sie gegangen war, war sie allerdings auch wieder da und reichte mir das Getränk. Mit zittrigen Händen griff ich danach und nahm einen Schluck, der so langsam durch meine Kehle rann, als wäre mein Hals blockiert. Es dauerte eine Weile, bis sich mein Puls wieder normalisierte und ich einigermaßen entspannen konnte. Mia hatte sich schweigend neben mich gelegt, was für sie furchtbar schwer sein musste. Es tat gut, sie bei mir zu haben, allerdings fühlte ich mich gleichzeitig schlecht, da sie meinetwegen ihre Party verpasste.

»Du solltest zurückgehen«, sagte ich nach einer Weile und schaute sie an.

»Erst wenn es dir wieder gut geht.«

»Ich komm klar, aber du hast Gäste unten, die auf dich warten.«

»Die sind mir egal, du bist wichtig«, gab sie zurück und warf mir einen liebevollen Blick zu.

Bei diesen Worten wurde mir innerlich ganz warm. Womit hatte ich so eine tolle Freundin verdient?

»Danke, Mia«, sagte ich ehrlich und griff nach ihrer Hand.

»Hey, das ist doch selbstverständlich. Du würdest dasselbe für mich tun.«

Ich lächelte sie an, denn das war wahr. Während der Trennung ihrer Eltern hatten wir aneinandergeklebt wie siamesische Zwillinge. Sie hatte fast jede Nacht bei mir geschlafen und wenn ihr mal wieder die Tränen gekommen waren, wie so oft, hatte ich alles getan, um sie zu vertreiben. Diese Zeit hatte uns extrem zusammengeschweißt und seit ich krank war, war sie pausenlos für mich da gewesen.

»Und jetzt sag mir, was passiert ist«, forderte sie mich auf und stützte sich auf ihre Ellenbogen.

»Lass uns lieber wieder zu den anderen gehen«, versuchte ich abzulenken.

Sie hob die Augenbrauen. »Erst, wenn du mir sagst, was vorgefallen ist.«

Ich verdrehte die Augen. »Tina, Franzi und Lena sind passiert.«

»Was haben sie gesagt?«, wollte sie wissen und kniff dabei die Augen zusammen.

»Das möchte ich lieber nicht wiederholen.«

»Das reicht, ich schmeiße sie raus«, beschloss sie und stand auf.

»Nein, Mia.« Ich hielt sie am Arm fest. »Bitte tu das nicht, dann haben sie noch mehr Stoff, um über mich herzuziehen.« Ich sah sie flehend an. Mia stöhnte, ließ sich jedoch zurück aufs Bett fallen und atmete hörbar aus.

»Na schön, aber verdient hätten sie es.«

»Auf jeden Fall, doch das macht es nur schlimmer.«

»Ich hätte die drei nie so eingeschätzt, sie sind immer nett zu mir und früher waren sie das auch zu dir«, grübelte Mia laut mit dem Blick zur Decke.

»Geht mir auch so. Aber man kann sich stark in Menschen täuschen.«

»Scheint so«, murmelte sie, doch im nächsten Moment hievte sie sich hoch. »Wie sieht's aus, wollen wir wieder runtergehen?«

Ich nickte und setzte mich auf.

»Und den Tussen gehen wir aus dem Weg. Sollten sie noch mal irgendwas loslassen, fliegen sie definitiv raus. Ich werde schon einen Grund dafür finden«, versicherte sie mir.

Ich musste lächeln. Das war meine Mia.

»Erst mal holen wir uns etwas zu essen, ich bin am Verhungern«, verkündete Mia, während wir die Treppe hinuntergingen.

Mein Puls schoss immer weiter in die Höhe, je näher wir den anderen kamen. Keine Ahnung, ob ich überhaupt etwas essen konnte, mein Magen war ein einziger Knoten.

Mia füllte sich Berge auf ihren Teller. Ich wusste, dass sie essen konnte bis zum Umfallen, normalerweise taten wir das beide. Doch heute füllte ich mir nur ein wenig Nudelsalat und Brot auf, was Mia mit einem Stirnrunzeln quittierte. Wir setzten uns auf die Terrasse, weit genug weg von den drei Lästermäulern. Den ganzen Tag über hatten wir bestes Sommerwetter gehabt und auch jetzt schien noch die Sonne. Es wehte ein leichter angenehmer Wind und ich genoss die frische Luft, die durch meine Lungen strömte.

»Schmeckt es dir nicht?«, fragte Mia mit einem Blick auf meinen Teller.

»Doch, doch«, gab ich zurück und schob mir schnell eine Nudel in den Mund.

»Das seh ich, du stocherst die ganze Zeit in deinem Essen rum.« Sie warf mir einen tadelnden Blick zu.

»Ich hab heute einfach keinen Appetit.« Ich zuckte die Schultern. »Aber Rita hat genauso gut gekocht wie immer.«

»Das stimmt. Wenn ich nicht so einen guten Stoffwechsel hätte, müsste ich echt aufpassen.«

Oh ja, wir beide wurden schlichtweg nicht dick, egal wie viel wir aßen und damit zogen wir den Neid aller auf uns.

»Apropos, was hast du eigentlich von deiner Mutter geschenkt bekommen?«, fragte ich, um das Thema zu wechseln.

Sie ließ ihre Gabel fallen und klatschte in die Hände. »Du wirst es nicht glauben. Wir fahren nächsten Freitag nach Hamburg und verbringen das Wochenende dort. Aber das ist noch gar nicht alles. Wir gehen in das Musical *Der König der Löwen*.«

Ich machte große Augen. »Wow, das ist ja der Hammer.«

Wir hatten öfters darüber gesprochen, wenn wir einen Ausschnitt im Fernsehen sahen und wollten beide gern dort hin. Auch wenn das für mich kein Thema mehr sein würde, freute ich mich riesig für Mia.

Sie strahlte von einem Ohr zum anderen. »Ja oder? Ich konnte es selbst kaum fassen. Das wird ein fantastisches Wochenende.«

»Und ob. Ihr werdet sicher eine Menge Spaß haben.«

Sie nickte und stopfte sich lächelnd ein paar Pommes in den Mund.

»Ich weiß nicht, ob ich das fragen sollte, aber kam auch etwas von deinem Vater? Wie ich sehe, ist er nicht hergekommen«, bemerkte ich und warf einen Blick über die Terrasse.

Sie verzog das Gesicht. »Er hat angerufen und einen Umschlag mit Geld geschickt. Wie einfallslos. Er kann nicht hier sein, weil morgen Früh irgendein wichtiges Meeting stattfindet. Er wollte nächstes Wochenende kommen. Tja Pech, da sind wir nicht da und ich werde sein Geld beim Shoppen auf den Kopf hauen.«

»Richtig so. Was für ein Arsch«, platzte ich heraus und schüttelte verständnislos den Kopf.

Wie konnte er das tun? Seine einzige Tochter wird volljährig und er hat ein wichtiges Meeting? Und dann denkt er ernsthaft, Geld macht es wieder gut?

»Ja. Aber lass uns heute nicht von ihm sprechen. Ich will dir jetzt mal meinen Cousin vorstellen. Das heißt, wenn ich ihn finde.« Sie sah sich suchend um.

Oh nein. Wollte sie mich immer noch verkuppeln? Jetzt wäre wohl der beste Zeitpunkt, um zu gehen. Ich war immerhin schon zwei Stunden hier, das war mehr, als ich erwartet hätte.

»Denk ja nicht darüber nach, abzuhauen«, warnte sie mich und hob den Zeigefinger.

»Tu ich gar nicht«, schwindelte ich und schaute so unschuldig wie möglich. Woher wusste sie das?

»Lügnerin.« Sie kniff kurz die Augen zusammen und nahm meine Hand. »Komm wir gehen ihn suchen.«

Oh Mann, das konnte ja heiter werden. Sie zog mich vom Stuhl und schleifte mich hinter sich her, doch er war weder draußen, noch im Wohnzimmer und für einen kurzen Moment hatte ich schon die Hoffnung, er könnte bereits gegangen sein.

»Moment, ich weiß, wo er ist«, sagte Mia plötzlich und bugsierte mich in die Küche.

Und tatsächlich, dort stand er neben Rita, lehnte an der Arbeitsplatte und das Lächeln auf seinen Lippen verursachte eine Gänsehaut auf jedem Millimeter meiner Haut.

3. Kapitel

»Zack«, stieß Mia aus. »Wieder typisch, dass du hier steckst, während draußen die Party steigt.«

Er hob die Hände in die Luft. »Ich hab nur gerade mit meiner Tante gesprochen, wir haben uns schließlich ewig nicht gesehen.«

Ziemlich lässig lehnte Zack an der Anrichte und ich konnte nichts anderes tun, als ihn anzustarren. Er war ein Stück größer als ich und muskulös, aber nicht zu übertrieben. Seine blonden Wuschelhaare hingen ihm in die Stirn und erweckten den Eindruck, als wäre er eben erst aufgestanden. Verdammt, sah er gut aus, zu gut. Alles an seinem Gesicht leuchtete geradezu. Seine grünen Augen, die Lippen, sogar seine Wangen. Er strahlte so viel Freude, Unbekümmertheit und Wärme aus, dass man sich sofort davon eingehüllt fühlte. Mia schnaubte. »Was auch immer.« Dann drehte sie sich zu mir und ihre Gesichtszüge wurden weich. »Ich wollte dir unbedingt meine beste Freundin vorstellen. Zack, das ist Lou. Lou, das ist Zack.«

Sofort stieß er sich ab, überbrückte die Distanz zwischen uns und streckte mir die Hand entgegen. Ich ergriff sie und die Wärme seiner Haut sprang unmittelbar auf mich über.

»Freut mich, dich kennenzulernen. Mia hat mir schon viel von dir erzählt.«

Hitze stieg durch meinen Körper, als er mir so direkt in die Augen sah.

»Mich auch. Ich hoffe nur Gutes«, entgegnete ich und schielte zu Mia rüber.

Ich wüsste zu gern, was sie ihm erzählt hatte. Doch nichts über meine Krankheit oder? Sie schüttelte den Kopf, als hätte sie meine Gedanken gelesen und ich atmete erleichtert aus.

»So, ich muss mich mal um meine anderen Gäste kümmern«, behauptete Mia und war verschwunden, ehe ich Luft holen konnte.

Ich starrte ihr mit offenem Mund hinterher. War das ihr Ernst? Ich verengte die Augen. Dieses kleine Monster. Sicher hatte sie das von Anfang an geplant. Wie peinlich. Zack war doch nicht blöd und dachte jetzt bestimmt, es sei auf meinem Mist gewachsen. Na super.

»Ich werde mal in mein Zimmer gehen. Ich bin erledigt und hatte genug Party für heute. Euch noch viel Spaß«, sagte Rita, hob die Hand und schlenderte aus der Küche.

Nein, nicht sie auch noch. Das wirkte wie ein abgekarteter Plan, aber Rita würde so etwas nicht tun, sie wollte einfach nur ihre Ruhe. Am liebsten hätte ich sie gefragt, ob ich mitkommen könnte, entschied mich dann doch dagegen. Machte vielleicht keinen guten Eindruck. Die einzige Siebzehnjährige, die lieber auf dem Zimmer eines Elternteils war, als auf einer Party. Tja und nun? Hier standen wir.

»Du scheinst nicht so auf Partys zu stehen oder?«, fragte er und furchte die Stirn.

War das so auffällig? Verdammt.

»Wie kommst du darauf?«, fragte ich ahnungslos.

»Na ja, Rita hat mir erzählt, dass du ihr beim Essen geholfen hast. Vorhin hab ich dich auch nirgends gesehen und jetzt stehst du hier in der Küche, statt bei den anderen zu sein und du machst nicht gerade den Eindruck, als könntest du es kaum erwarten, wieder rauszugehen.« Er legte den Kopf schräg und seine Augen funkelten belustigt.

»Erwischt«, gab ich zu und hob die Hände.

Was sollte ich lügen, ich würde nach heute Abend sowieso wieder in meinem Zimmer verschwinden und diese Leute hier nie wiedersehen.

»Ich bin nicht oft auf Partys und kann ehrlich gesagt auch gut darauf verzichten«, gab ich schulterzuckend zurück.

Jetzt hatte ich es mir sicherlich verspielt. Aber eigentlich wäre es vielleicht auch besser, er würde einfach gehen und sich mit normalen Leuten unterhalten. Dann könnte ich noch eine Weile am Rande stehen und mich alsbald mit angeblichen Kopfschmerzen davonschleichen. Mia hatte genug Gesprächspartner, da brauchte sie mich nicht zwingend und es würde sicher gar nicht auffallen, wenn ich nicht mehr da wäre.

Zack grinste. »Geht mir auch so.«

Was? Hatte ich mich gerade verhört?

»Das war mal anders. Aber heute bin ich da nicht mehr scharf drauf. Wieso bist du hier, wenn das so gar nicht deins ist?«, fuhr er fort.

Zu gern wollte ich fragen, was sich geändert hatte und warum er jetzt nicht mehr auf Partys ging, früher jedoch schon. Und wann war früher? Aber vielleicht waren die Fragen auch zu persönlich, also antwortete ich einfach auf seine.

»Wenn meine beste Freundin achtzehn wird, muss ich natürlich dabei sein und da Mia total auf Partys steht, bin ich hier.«

»In ihrer Küche«, stellte er fest.

»Bis vor Kurzem war ich noch mit Mia auf der Terrasse«, verteidigte ich mich.

»Und davor mit Rita in der Küche.« Er verschränkte die Arme vor der Brust und schüttelte belustigt den Kopf.

Wollte er mich ärgern? Das konnte ich auch.

»So wie du.« Ich hob eine Augenbraue.

»Touché.«

Seine Augen leuchten vor Belustigung und mir wurde innerlich ganz warm. Ich musste wegschauen. Ein kaltes Getränk wäre jetzt gut oder pure Eiswürfel, um meinen Körper wieder auf Normaltemperatur zu bringen.

»Willst du etwas trinken?«, versuchte ich abzulenken und öffnete den Kühlschrank.

Haufenweise Bier, Wein und Sekt füllten die Fächer. Gab es hier auch was Alkoholfreies? Nach langem Suchen entdeckte ich ganz unten eine Flasche Wasser und zog sie heraus. Da er noch immer nicht geantwortet hatte, blickte ich ihn fragend an und bemerkte, wie er mich musterte. Was war los? Unter seinem durchdringenden Blick lief ich rot an. Konnte er bitte aufhören, mich so anzuschauen? Mein Mund wurde ganz trocken. Ich räusperte mich. Wasser, ich brauchte dringend Wasser.

»Kannst du dich nicht entscheiden? Bier, Wein oder Sekt? Ich glaub, was anderes gibt es gar nicht.«

»Wasser bitte. Ich trinke keinen Alkohol«, erwiderte er.

»Nicht mehr?«, fragte ich mit einem Lächeln auf den Lippen und hoffte, mit der Frage nicht zu weit gegangen zu sein.

Er schmunzelte. »Kann sein.«

Ich grinste nur, holte zwei Gläser aus dem Schrank und goss uns Wasser ein. Dann reichte ich ihm eins.

»Auf Mia«, sagte ich und hielt das Glas in die Luft.

Er stieß mit seinem dagegen und sah mir dabei intensiv in die Augen. »Auf einen Abend, der doch nicht so schlimm zu werden scheint, wie ich dachte.«

Eine Gänsehaut überzog meine Haut und ich hob schnell das Getränk an meine Lippen. Wollte er damit sagen, dass er meine Gegenwart genoss?

»Was hältst du davon, wenn wir uns draußen hinsetzen, ich kann irgendwie nicht mehr stehen«, wollte er wissen und verlagerte sein Gewicht von einem Bein aufs andere.

»Wie alt bist du? Achtzig?« Ich zog die Augenbrauen nach oben und er lachte.

»Eigentlich achtzehn, aber ich fühle mich gerade wie achtzig«, jammerte er.

Ehrlich gesagt fühlte ich mich wohl hier in der Küche. Keine drei Lästerschwestern, gedämpfte Musik, keine Menschenmassen, vielleicht sollte er lieber alleine nach draußen gehen und ich schlich mich unbemerkt davon?

»Los, komm schon. Wir suchen uns auch ein Plätzchen außerhalb vom Getümmel.«

Er sah mich flehend an und ich konnte generell schlecht nein sagen, also nickte ich und wir gingen mit unseren Gläsern ins Wohnzimmer. Wenigstens hatte ich etwas, an dem ich mich festklammern konnte.

Hier drinnen war kaum was los. Vor dem Fernseher hockten ein paar Jungs, zockten irgendein Spiel auf der Playstation und tranken Bier. Auf der Couch saß ein Pärchen, das ziemlich wild knutschte. Ich verzog das Gesicht.

»Hier bleiben wir besser nicht«, stellte Zack mit einem Blick auf die beiden fest.

Da war ich ganz seiner Meinung. Einen halben Porno wollte ich mir nun wirklich nicht anschauen. Igitt, wie die sich abschlabberten war einfach nur ekelerregend.

Als wir nach draußen traten, wurde es schon etwas lauter und ich blieb kurz stehen, um mir einen Überblick zu verschaffen. Links auf der Terrasse standen einige am Tisch und spielten Bierpong, rechts tanzten ein paar Leute zur Musik, darunter auch Tina, Franzi und Lena. Ich hatte sie vorhin, als sie über mich gesprochen hatten, gar nicht angesehen. Erst jetzt fiel mir auf, wie übertrieben aufgestylt sie waren und ich rümpfte die Nase. So was war absolut nicht meins. Ihnen klebte bestimmt eine Dose Puder im Gesicht und die extrem kurzen Kleider wirkten eher nuttig als schön, da ihre Brüste förmlich heraussprangen und ihre Slips sicher zu sehen waren, wenn sie sich bückten. Aber natürlich hatte meine Mutter recht gehabt, fast alle trugen hier Kleider, dennoch war ich mit meiner Wahl zufrieden und fühlte mich wohl. Niemals wollte ich so aussehen wie sie. Die drei bewegten gerade ihre Hüften ziemlich lasziv zu *Wenn sie tanzt* von Max Giesinger und bemerkten mich zum Glück nicht. So wie sie mit den Hintern wackelten, hatten sie wohl auch schon ein paar Gläser intus. Auf dem Rasen hinter der Terrasse saßen mehrere Leute im Kreis und spielten Flaschendrehen. Ich konnte Mia erkennen, die einen Typen anhimmelte. Paul. Sie hatte ihn bereits in der Schule angeschmachtet, als ich noch dort war. Ich mochte ihn absolut nicht. Mit seinen schwarzen gegelten Haaren und den übertrieben aufgepumpten Oberarmen dachte er, er könnte jede haben, nur weil er gut aussah, was im Auge des Betrachters lag. Mir war er unsympathisch, doch ich wollte Mia auch nicht reinreden. Sie wusste, was ich von ihm hielt, was allerdings nichts an ihrer Meinung änderte. Sie hoffte, dass mehr aus ihnen werden würde. Und in diesem Moment wünschte sie sich bestimmt, dass die Flasche auf sie zeigte und er sie küssen musste.

»Wollen wir uns dort hinten auf die Bank setzen?« Zack deutete mit der Hand hinter den Teich.

Ich nickte und folgte ihm. Gerade als wir von der Terrasse auf den Rasen traten, hörte ich eine Stimme, die über die Musik hinweg rief.

»Hey Zack, magst du mit uns tanzen?«

Gekicher. Ich versteifte mich, wandte mich aber nicht um. Ich wusste, von wem das kam.

»Gerade nicht. Der Song ist nicht mein Ding«, entgegnete er nur und ging einfach weiter.

Ich schloss schnell auf, doch ich spürte ihre Blicke in meinem Rücken. Ich fand seine Antwort perfekt, so einen Dämpfer hatten die Mädels verdient. Es fühlte sich ungewohnt gut an, dass er lieber seine Zeit mit mir verbrachte. Allerdings hassten sie mich wahrscheinlich jetzt noch ein bisschen mehr als ohnehin schon. Hoffentlich würde ich ihnen heute nicht mehr alleine begegnen.

Als Zack sich auf die Bank setzte, atmete er erleichtert aus. Ich musste schmunzeln und ließ mich neben ihm nieder.

»So schlimm? Hast du heute irgendetwas Anstrengendes getan?«

»Ich hab meinen Eltern draußen im Garten geholfen. Rasen mähen, Blumentöpfe schleppen und die neue Sitzgarnitur aufbauen.« Er schnaufte übertrieben.

»Klingt wirklich anstrengend.« Ich presste die Lippen aufeinander, um mir ein Lachen zu verkneifen.

»War's auch. Was hast du heute gemacht?«, wollte er wissen.

»Ich hab gemalt«, rutschte es mir heraus.

Was? Hatte ich das gerade echt gesagt? Ich beäugte das Wasser in meinem Glas. Hatte ich mich vergriffen und doch Alkohol hier drin? Vielleicht wurde der ja in die Wasserflasche umgefüllt?

»Du malst?« Er hob erstaunt die Augenbrauen.

Ich blickte auf meine Füße. Eigentlich redete ich ungern darüber. Ich war nicht so gut und das hatte sowieso keine Zukunft. Das meinten auch meine Eltern.

»Ja, nur für mich. Es entspannt mich und hilft mir abzuschalten«, murmelte ich und kickte gegen einen Stein.

»Ich würde zu gern was davon sehen.«

Er klang ernsthaft interessiert. Aber mal davon abgesehen, dass ich nichts dabeihatte, würde ich ihn nur enttäuschen.

»Besser nicht. Ich bin nicht so gut.«

»Das würde ich gern selbst beurteilen.«

Etwas perplex sah ich ihn an, sein Blick war freundlich aber entschlossen. Er schien zu wissen, was er wollte und nicht so schnell aufzugeben. Ich wandte mich ab, um dem Glitzern in seinen Augen zu entkommen.

»Was machst du so in der Freizeit?«, versuchte ich, vom Thema abzulenken.

Einen kurzen Moment war er still und ich konnte seinen Blick auf mir spüren. Für einen Augenblick dachte ich, er würde sich nicht auf den Themenwechsel einlassen, aber zu meinem Glück tat er es doch.

»Ich liebe es zu reisen. Schon als Kind sind meine Eltern mit mir jedes Jahr woanders hingeflogen. Am meisten faszinieren mich die Sitten fremder Länder und die Vielfalt der Natur.«

Ich bin noch nie aus Deutschland herausgekommen. Meine Eltern hatten nie viel Geld und so haben wir nur ab und zu an der Ost- oder Nordsee Urlaub gemacht. Man sagt, dass man nichts vermissen kann, was man nicht erlebt hat und vielleicht war es auch kein Vermissen, aber Fernweh hatte ich dennoch. Ich wollte mal etwas anderes sehen, verschiedene Länder kennenlernen. Aber das hatte sich sowieso erledigt.

Ich betrachtete das Glas in meiner Hand. »Wo warst du als Letztes?«

»In Norwegen«, kam es von ihm wie aus der Pistole geschossen.

Die skandinavischen Länder interessierten mich schon immer, vor allem die Natur.

»Wie war es dort?«

»Genial. Die Berge, diese unendliche Weite und die Fjorde sind einfach erstaunlich. Mein Kumpel und ich haben eine Art Survivalurlaub daraus gemacht und sind mit einem Zelt durchs Land gezogen.«

Ich starrte ihn mit großen Augen an. »Hattet ihr keine Angst vor Bären oder anderen Tieren?«

Für so einen Survivalurlaub wäre ich auch ohne meine Attacken viel zu ängstlich, ich würde wohl bei jedem Geräusch in Panik ausbrechen und die ganze Nacht überhaupt nicht schlafen können.

Er lachte auf. »Daran gedacht haben wir schon. Aber warum wegen etwas verrückt machen, das vielleicht nie eintrifft?«

»Gute Einstellung«, murmelte ich.

Ich war das komplette Gegenteil von ihm. Machte mir über alles Gedanken, spielte tausend Szenarien in meinem Kopf durch und brach wegen jeder Kleinigkeit in Panik aus. Ich bewunderte ihn irgendwie. Und das immer stärker, je mehr er von seinen Reisen und Erlebnissen berichtete. Er kostete sein Leben aus, nutzte es und hatte vor nichts Angst. Zumindest kam das so rüber. Er fragte mich auch, wo ich schon überall war und wohin ich noch gern wollte und warum. Ich spielte einfach mit und zählte Länder und Städte auf, die mich faszinierten, auch wenn ich sie niemals zu Gesicht bekommen würde. Es machte unglaublich Spaß, mit ihm zu reden und die Zeit verging wie im Flug, was mir allerdings nur auffiel, weil es langsam dunkel wurde.

»Mist, jetzt haben wir so lange geredet und mir ist gar nicht aufgefallen, dass du auf dem Trockenen sitzt. Tut mir echt leid. Ich hol uns mal schnell etwas Neues zu trinken.«

Ich nickte. Das hatte ich gar nicht bemerkt.

»Bin sofort wieder da, nicht weglaufen«, meinte er und griff nach meinem Glas.

Dabei berührten sich unsere Hände und ein Schauer lief durch meinen Körper. Auch Zack hielt kurz inne und schaute mich verwundert an, bevor er sich räusperte und aufstand.

»Bis gleich.«

»Bis gleich«, flüsterte ich und mein Gesicht fing an zu glühen.

Was war das bitte? Doch noch ehe ich darüber nachdenken konnte, was gerade passiert war, tauchte Mia neben mir auf.

»Na, wie gefällt dir Zack?«, fragte sie aufgeregt und mit roten Wangen.

»Er ist ganz nett«, sagte ich ausweichend.

Er war eigentlich fantastisch, aber das würde ich ihr sicher nicht auf die Nase binden.

»Nett? Er ist der Hammer, gib's zu. Wie könnte er auch nicht, wir sind ja verwandt«, sagte sie kichernd und ließ ihre Beine baumeln.

Ich verdrehte die Augen. Eine angetrunkene Mia war anstrengend.

»Wie läuft's mit Paul?«, hakte ich nach und hoffte, sie würde die Ablenkung nicht bemerken.

Doch bei der Erwähnung seines Namens fing ihr Gesicht förmlich an zu leuchten.

»Großartig. Wir haben uns schon ein bisschen unterhalten und er hat den Arm um mich gelegt.« Sie strahlte. »Und beim Flaschendrehen musste er mich küssen. Nur ganz kurz, aber es war der Wahnsinn«, berichtete sie etwas verlegen.

Mia und verlegen? Das kannte ich ja gar nicht. Sie schien ziemlich verknallt zu sein. Ich hatte keine Ahnung, was ich dazu sagen sollte, denn ich freute mich darüber nun wirklich nicht. Bevor ich mir eine Reaktion aus den Finger saugen musste, kam Chris mit einer Schüssel in der Hand auf uns zu.

»Hast du noch Chips?«, fragte er Mia und ignorierte mich völlig.

Chris war auch in meiner Klasse gewesen, aber im Gegensatz zu einigen anderen klopfte er keine Sprüche, sondern gab mir das Gefühl, ich würde in seiner Dimension gar nicht mehr existieren. Das war mir lieber als diese fiesen Kommentare, aber den Stich in meiner Brust konnte ich dennoch nicht ignorieren. Wieso konnte mich nicht jeder so behandeln wie früher?

»Natürlich, ich hole Nachschub«, entgegnete Mia und nahm ihm die Schüssel ab.

In dem Moment winkte Paul sie allerdings zu sich und ihre Augen leuchteten sofort auf. Oh mein Gott, er hatte sie völlig in der Hand. Hoffentlich ging das Ganze nicht böse aus.

»Lou, kannst du vielleicht die Chips auffüllen? Paul will irgendetwas von mir«, flehte sie mich an und ich war mir sicher, Herzchen in ihren Augen gesehen zu haben.

Ich schüttelte innerlich den Kopf, nickte dann aber. Er schnipste mit dem Finger und sie sprang.

»Danke.« Sie hüpfte auf und ab, drückte mir die Schale in die Hand und lief zu ihm rüber.

Na toll. Ich hievte mich hoch und schlenderte über den Rasen. Auf der Terrasse sah ich nur Franzi tanzen und ein paar andere Mädchen, die ich nicht kannte. Sie schien mich jedoch nicht zu bemerken, Gott sei Dank, auf noch blödere Sprüche aufgrund des Alkohols konnte ich gut verzichten. Lena und Tina waren nirgends zu entdecken, vielleicht waren sie schon nach Hause oder mit einem Typen mitgegangen. Am Tisch saßen einige Mädels und Jungs und spielten, den ganzen Schnapsgläsern und dem Wodka nach zu urteilen, irgendein Trinkspiel. Ich schüttelte mich. Igitt. Mia und Paul verschwanden gerade nach drinnen und ich wollte lieber nicht wissen, was sie vorhatten. Im Wohnzimmer saßen noch ein paar Leute vor der Konsole, ansonsten war es ziemlich ruhig hier. Die Küchentür stand offen und als ich auf Höhe des Rahmens war, blieb ich wie angewurzelt stehen. Dort standen Tina, Lena und Zack. Mein Herz setzte einen Schlag aus. Nie hätte ich gedacht, dass er sich mit ihnen abgeben würde. Hatte ich ihn so falsch eingeschätzt? Anscheinend. Ein merkwürdiges Gefühl der Traurigkeit übermannte mich. Verdammt. Es wurde Zeit zu gehen und Zack und diesen Abend zu vergessen. Ich starrte auf die Schüssel und zurück zu den drei. Scheiß auf die Chips, sollte Chris sich die Tüte doch selbst holen, er hatte schließlich zwei gesunde Arme. Aber gerade, als ich auf dem Absatz kehrtmachen wollte, hörte ich mal wieder meinen Namen.

»Vergiss Lou und bleib lieber bei uns. Die ist eh nicht ganz dicht.«

Das Blut wich mir so schnell aus dem Gesicht, dass mir schwindlig wurde. Nein, nicht schon wieder.

Tina berührte mit der Hand Zacks Arm und mir wurde schlecht. »Genau, wir sind nicht so gestört wie die.«

Mein Atem ging flach und ich spürte, wie meine Lippen begannen zu zittern. Egal, wie oft sie über mich herzogen, es wurde nicht leichter. Im Gegenteil. Ich wollte rausrennen, nichts mehr hören und bloß weg von hier, aber ich war wie betäubt und konnte mich nicht rühren.

»Was meint ihr damit?« Meine Kehle zog sich zusammen, als ich seine Stimme hörte.

Lena spielte sich in den Haaren. »Na die war doch in der Klapse, hat eben voll einen weg.«

Ein scharfer Schmerz zuckte mir durch die Brust und Tränen brannten in meinen Augen.

»Genau, irgendwie behindert im Kopf.«

Mein Herz schlug so laut, dass ich sie kaum noch verstand, aber ein Wort hörte ich klar und deutlich. *Behindert*. Meine Hände gaben nach und die Schüssel entglitt mir. Mit einem lauten Knall flog sie auf die Fliesen und alle drei blickten erschrocken in meine Richtung. Die Luft blieb mir weg und ich fürchtete, gleich ohnmächtig zu werden. Ich wusste nicht, wie meine wackligen Beine es schafften, aber sie setzten sich in Bewegung, durch den Flur und raus aus dem Haus. Doch die Schwärze kroch weiter meinen Körper hinauf und drückte auf meine Lunge. Ich ließ mich gegen die Hauswand sinken und rutschte auf den Boden. Einatmen, Ausatmen. Was normalerweise von alleine funktionierte, war gerade unerträglich schwer. In meinen Ohren summte es. Ich schob den Kopf zwischen die Knie und hoffte, es würde gleich besser werden. Warum war ich nur hierhergekommen? Ich wusste, was sie über mich dachten, aber nie hätte ich erwartet, dass sie so gemein sein könnten. Immerhin waren sie mal meine Freunde gewesen. Ich zitterte am ganzen Körper und konnte einfach nicht fassen, was da eben passiert war. Ihre Worte brannten wie Feuer in meinen Kopf.

»Hey«, erklang eine warme Stimme und ich wandte erschrocken den Kopf zur Seite.

Zack. Nein. Ich wollte nicht, dass er mich so sah. Schnell verbarg ich meinen Kopf wieder zwischen den Knien. Er sollte verschwinden. Das Ganze war schwer genug für mich und es wurde nicht leichter, wenn mich jemand dabei beobachtete, wie ich eine Attacke hatte. Doch im nächsten Moment raschelte es neben mir und ich schielte kurz herüber. Er hatte sich auch an die Wand gesetzt. Oh, nein. Warum ging er nicht? Was wollte er? Sich ebenfalls über mich lustig machen? Das würde ich nicht aushalten. Angespannt wartete ich auf Fragen oder blöde Kommentare, aber er sagte nichts mehr. Er saß einfach nur da. Ich spürte die Wärme, die von ihm ausging, so nah war er mir. Einerseits beruhigte es mich, doch es machte mich gleichzeitig nervös. Durch eine zu geringe Distanz fühlte ich mich bedrängt, vor allem in so einem Moment. Ich brauchte Platz. Allerdings war ich nicht im Stande zu sprechen, also versuchte ich, dieses Gefühl zu ignorieren und mich stattdessen auf seine Atmung zu konzentrieren. Eine ganze Weile lang. Sie war so gleichmäßig und langsam, dass sie mich automatisch entspannte, je länger ich sie wahrnahm. Ich schloss die Augen und spürte, wie die Anspannung meinen Körper nach und nach verließ. Keine Ahnung, wie viel Zeit verging, aber irgendwann waren meine Muskeln wieder locker und mein Puls gesunken. Zack saß allerdings immer noch schweigend neben mir. Was jetzt? Ich könnte einfach aufstehen und losrennen. Bis nach Hause war es jedoch noch ein bisschen weit und im Übrigen stockdunkel. Schon allein bei dem Gedanken durch die Nacht zu gehen, bekam ich wieder Panik. Und außerdem wusste ich nicht, ob meine Beine gerade überhaupt die Kraft hatten, mich zu tragen. Aber jetzt reinzugehen und mein Handy zu holen, um meine Mutter anzurufen, wollte ich auch nicht. Eventuell würde ich auf die Mädels treffen und sie fanden weitere nette Adjektive für mich. Das hielt ich nicht durch. Verdammt, was sollte ich tun? Vielleicht könnte ich ihn einfach fragen, wieso er hier saß? Gute Idee, weil ich ja auch sonst schon immer so mutig war. Ich pustete angestrengt Luft aus.

»Geht es dir besser?«

Ehrlich gesagt, zitterte mein Körper kaum noch und ich atmete wieder normal. Also eigentlich ja, es ging mir besser. Dennoch fühlte ich mich nicht wohl, weil er hier war und alles mitbekommen hatte. Und vorher stand er bei denjenigen, die der Grund dafür waren. Er hatte alles gehört. Nein, mir ging es definitiv nicht gut.

»Warum bist du hier?«, flüsterte ich und hob vorsichtig meinen Kopf.

Er runzelte die Stirn. »Weil ich mir Sorgen gemacht habe.«

»Und du Angst hattest, die Gestörte dreht jetzt durch?«, platzte ich heraus und erschrak über mich selbst.

Er riss die Augen kurz auf und verengte sie dann. »Nein verdammt, weil es sehr verletzend sein kann, wenn andere so was über einen sagen.«

»Also glaubst du ihnen nicht?«, fragte ich skeptisch.

»Wir haben uns vorhin bestimmt zwei Stunden unterhalten und ehrlich gesagt, kamst du mir ziemlich klar im Kopf vor.« Er schenkte mir ein Lächeln und ich musste es automatisch erwidern. »Weißt du, ich gebe nichts darauf, was andere sagen. Ich bilde mir lieber meine eigene Meinung. Du bist vielleicht anders, aber nicht gestört«, erklärte er.

»Anders«, murmelte ich und blickte geradeaus.

Auch das hatte ich schon oft gehört. Anders war nie gut. Wer das war, war ein Außenseiter und passte nicht hinein.

»Ich meine damit, dass du kein Mädchen bist, das sich Tonnen von Make-up ins Gesicht klatscht oder dem jede Party wichtiger ist als alles andere. Keine, die im Minirock mit dem Hintern wackelt, um Jungs zu beeindrucken oder andere schlechtmacht, um besser dazustehen.«

»Ich dachte auf so etwas stehen Jungs.«

»Ich nicht«, sagte er und sah mir dabei so tief in die Augen, dass jeder Millimeter meiner Haut zu prickeln begann.

Meine Mundwinkel zogen sich zu einem Lächeln. Ich war froh, dass ich mich nicht in ihm getäuscht hatte und er nicht so war wie die anderen Jungs. Doch dann erstarb mein Grinsen und ich wandte mich ab. Ich durfte mich auf keinen Fall in diesen Typen verlieben. Niemals. Wenn er wüsste, was genau mit mir los war, würde er das Weite suchen. Außerdem war er das komplette Gegenteil von mir. Er liebte es, unterwegs zu sein, zu reisen und ich? Ich ging eigentlich nie aus meinem Zimmer. Das passte null und letztendlich wäre ich diejenige, die mit einem gebrochenen Herzen zurückblieb, also durfte ich es gar nicht erst dazu kommen lassen. Schnell stand ich auf, was mich kurzzeitig schwanken ließ, weil mein Kreislauf nicht mitkam.

»Ich muss nach Hause«, murmelte ich.

Zumindest, falls ich irgendwie an meine Tasche kam.

»Ich fahre dich.«

»Brauchst du nicht«, gab ich zurück.

Es war besser, keine Minute länger als nötig mit ihm zu verbringen, umso schwerer würde es werden, ihn aus meinem Gedächtnis zu löschen.

»Wie kommst du dann nach Hause?«

»Ich rufe meine Mutter an«, gestand ich.

»Ich fahre dich«, wiederholte er entschlossen und der Golf vor dem Haus blinkte auf. »Komm.«

Es war eindeutig, dass er keine Widerrede zuließ. Ich hatte vorhin schon bemerkt, dass er, wenn er eine Entscheidung gefällt hatte, sie durchsetzte, komme, was wolle. Also schön, die zehn Minuten würde ich auch noch durchhalten, so blieb mir wenigstens die Peinlichkeit erspart, dass er sah, wie meine Mutter vorfuhr. Er lief bereits los, doch ich rührte mich nicht von der Stelle und schaute unschlüssig von links nach rechts. Meine Sachen lagen noch im Haus und keine zehn Pferde würden mich dort erneut hineinkriegen. Ich wollte nicht auf sie treffen. Allerdings brauchte ich meinen Schlüssel und mein Handy. Er drehte sich zu mir um und sah mich fragend an.

»Meine Tasche liegt noch in der Küche. Ich …«

Verdammt, wie sollte ich ihm sagen, dass ich Angst hatte, dort reinzugehen? Doch das brauchte ich gar nicht. Ohne Umschweife setzte er sich in Bewegung und ging ins Haus und keine fünf Minuten später stand er wieder vor mir und reichte mir meine Tasche.

»Danke«, murmelte ich und nahm sie entgegen.

Schweigend gingen wir zum Auto und ebenso still verlief die Fahrt. Es war merkwürdig, aber besser so. Zumindest redete ich mir das ein.

»Gibst du mir deine Nummer?«, fragte er geradeheraus, als wir bei mir ankamen.

Kurz traute ich meinen Ohren nicht. Hatte er gerade wirklich nach meiner Nummer gefragt? Ein Lächeln bildete sich auf seinem Gesicht und er legte den Kopf schräg, was dazu führte, dass meine Wangen total heiß wurden. Er wollte mich wiedersehen. Auch nach dem, was eben geschehen war. Ich fühlte mich zu ihm hingezogen und hätte am liebsten ja gesagt, aber es ging nicht.

Ich richtete den Blick auf meine Hände. Es war zu schwer, ihm in die Augen zu schauen und nicht zu allem ja zu sagen. »Ich denke, es ist besser, wenn wir uns nicht wiedersehen. Es war zwar nicht wahr, was Tina und Lena behauptet haben, dennoch gibt es ein paar Dinge in meinem Leben, mit denen du nichts zu tun haben solltest.«

»Vielleicht möchte ich das selbst entscheiden.«

Er und seine Entschlossenheit. Eigentlich war das abzusehen. Aber dieses eine Mal musste ich stark bleiben.

»Es steht nichts zur Entscheidung«, sagte ich und warf ihm einen entschuldigenden Blick zu.

Er runzelte wieder die Stirn, doch ehe er etwas erwidern konnte, öffnete ich die Wagentür, murmelte noch ein »Danke« und lief ins Haus. Hätte ich ihm Zeit gelassen, um darauf zu reagieren, hätte er mich um den Verstand geredet oder mit seinen grünen Augen hypnotisiert, bis ich alles tat, was er wollte. Es war gut so, wie es war. Ein Pflaster musste man schnell abreißen und das hatte ich getan. Drinnen saß ich noch eine Weile im Dunkeln und wartete, bis der Golf vor dem Haus verschwand. Es dauerte geschlagene zehn Minuten und ich hatte schon Angst, er würde nie fahren und eventuell klingeln oder an mein Fenster klopfen. Ich war erleichtert, dass er fort war, aber gleichzeitig auch traurig. Mit Tränen in den Augen warf ich mich aufs Bett, schickte Mia noch eine Nachricht und weinte dann in meine Kissen. Weil mich die Worte meiner ehemaligen Freundinnen unendlich verletzt hatten, weil ich einfach normal sein wollte und wusste, dass ich das nie mehr sein würde. Und weil ich einen tollen Jungen kennengelernt hatte und ihn sofort wieder gehen lassen musste.

4. Kapitel

Als ich aufwachte, brannten meine Augen wie Feuer. Das war einer der Nachteile, wenn man die halbe Nacht weinte. Ich schleppte mich ins Bad, um mein Gesicht zu waschen und das kalte Wasser auf meiner Haut tat gut, änderte allerdings auch nichts daran, wie ich aussah. Verheult. Ich zuckte die Schultern. Wer würde mich schon groß sehen außer meine Eltern? Niemand. Und die waren es gewohnt und sprachen mich nicht mehr darauf an. Ich trottete in die Küche, um mir ein Glas Wasser zu holen und traf auf meine Mutter, die mit einem Kaffee und der Zeitung am Esstisch saß. Sie sah auf und ihre Augen weiteten sich kurz, bevor sie ein Lächeln aufsetzte.

»Guten Morgen«, begrüßte sie mich.

»Morgen.« Ich schlurfte zum Kühlschrank und nahm mir eine Flasche heraus.

»Wie war die Party?«, fragte sie und pustete in ihre Tasse.

»Ganz okay«, erwiderte ich und mied ihren Blick.

Sie merkte eigentlich immer, wenn ich log, aber meistens verstand sie auch, wenn ich nicht darüber reden wollte.

»Wie bist du eigentlich nach Hause gekommen? Ich bin irgendwie eingenickt und als ich wach wurde, war es schon so spät und ich hab Angst bekommen, weil du dich noch nicht gemeldet hattest. Gott sei Dank habe ich noch mal in dein Zimmer geschaut, bevor ich losfahren wollte.«

»Mias Cousin hat mich nach Hause gefahren. Sorry, ich wollte dich nicht wecken.«

»Ist ja nichts passiert.« Sie schenkte mir ein Lächeln. »In der Tüte sind noch Brötchen und da vorne in dem Korb liegen gekochte Eier.«

»Ich hab gar keinen Hunger«, murmelte ich und trank mein Glas Wasser in einem Zug leer.

Wahrscheinlich hatte ich letzte Nacht einfach zu viel Flüssigkeit verloren.

»Lou«, mahnte sie mich und dehnte dabei meinen Namen.

Ich verdrehte die Augen. Sie war der Meinung, ich wäre zu dünn und müsste mehr essen. Dabei hatte der Arzt gesagt, dass mein Gewicht im Normalbereich läge und sie sich keine Sorgen machen musste. Aber bevor ich mir die Standpauke erneut anhören musste, nahm ich mir Teller, Brötchen und Marmelade und setzte mich zu ihr. Sie lächelte zufrieden und trank ihren Kaffee.

»Warum hast du geweint?«, wollte sie plötzlich wissen, nachdem ich eine Hälfte bereits gegessen hatte.

In ihren Augen lag tiefe Sorge und ich war mir nicht sicher, was ich darauf antworteten sollte. Nervös rutschte ich auf meinem Stuhl hin und her. Sollte ich ihr die Wahrheit sagen oder lügen? Ich entschied mir für die Wahrheit, weil sie es erstens sofort spüren würde, wenn ich schwindelte, und zweitens dieser Grund verständlich war.

»Drei meiner ehemaligen Klassenkameradinnen haben ziemlich gemeine Sachen über mich gesagt«, erklärte ich und fuhr mit dem Finger die Linien auf dem Holztisch nach.

»Was genau?«

Allein es auszusprechen wirkte wie ein Messer, das in mein Herz schnitt. »Dass ich gestört und behindert bin«, flüsterte ich.

Sie zog scharf Luft ein und stellte ihre Tasse geräuschvoll ab.

»Das ist nicht wahr, das weißt du oder?« Sie fasste über den Tisch nach meiner Hand und drückte sie. »Die haben nicht die leiseste Ahnung und anscheinend auch keinen Grips im Kopf.«

Meine Kehle wurde eng und ich musste mich räuspern. »Ich weiß.«

Es tut trotzdem weh, wollte ich sagen, behielt es aber für mich. Sie sollte sich nicht noch mehr um mich sorgen.

»Wo ist Papa?«, versuchte ich, vom Thema abzulenken.

»Der ist im Baumarkt und holt Blumenerde. Hast du Lust heute Nachmittag mit mir ein paar Pflanzen umzutopfen?« In ihrer Stimme schwang Vorfreude mit. Sie lebte für ihr Grünzeug.

Lust hatte ich nicht, aber was sollte ich sonst tun? Es war ja nicht so, dass ich mich mit Freunden treffen würde, um an den Strand zu fahren. Nein, ich hatte nichts vor. Nicht heute, nicht morgen, nicht in den sechs Wochen Sommerferien, die übermorgen begannen, einfach nie.

• • •

Nachdem ich mit meiner Mutter so lange im Dreck gewühlt hatte, dass ich mich fühlte wie ein Regenwurm, nahm ich erst mal eine ausgiebige Dusche. Ich hatte kein Problem damit, mir die Hände schmutzig zu machen, aber ich hatte einfach keinen Spaß daran, meine Finger in die Erde zu stecken. Im Gegensatz zu meiner Mutter. Sie liebte ihren kleinen Garten und verbrachte eine Menge ihrer Freizeit damit, Samen auszusäen und Unkraut zu zupfen. Ich verzog das Gesicht allein bei dem Gedanken. Den grünen Daumen hatte ich zumindest nicht von ihr. Ich kam da voll nach meinem Vater, der hatte auch nichts für Pflanzen übrig.

Nachdem ich mich endlich wieder sauber fühlte, setzte ich mich an meinen Schreibtisch und der Bleistift schwebte wie von selbst über das Papier. So fühlte es sich immer an. Ich musste nicht überlegen, was ich malen könnte oder meine Gedanken ordnen, es war eher so, als wäre ich über den Stift an das Papier angeschlossen und alles von mir floss automatisch darüber auf das Blatt. Ich fühlte mich frei und war einfach in einer anderen Welt, weshalb ich mich jedes Mal erschreckte, wenn ich danach auf die Uhr schaute. Zufrieden und ein Stückchen leerer im Kopf, betrachtete ich nach einer Weile das Bild. Drei Mädchen waren darauf abgebildet, die mit Pfeilen auf ein Herz schossen. Ich ließ meinen Finger vorsichtig über das Herz gleiten, das bereits Löcher hatte, automatisch spürte ich ein Stechen in meiner Brust. Ich zuckte zusammen, als die Türklingel ertönte. Schnell schob ich das Blatt unter meine Schreibtischunterlage und lief zur Haustür. Mia stand draußen und sah ziemlich verkatert aus. Blass, müde Augen mit dunklen Rändern und irgendwie schwach. Ein Glück trank ich keinen Alkohol, darauf könnte ich getrost verzichten.

»Frag nicht«, sagte sie gleich, als ich die Augenbrauen hob. »Hast du Zeit? Kann ich reinkommen?«

Was für eine Frage. Statt zu antworten, ging ich einen Schritt zur Seite und ließ sie hinein. Sie schlurfte in mein Zimmer und fiel wie ein Kloß auf die Couch.

»So schlimm?«, erkundigte ich mich und setzte mich zu ihr. Ich hatte wirklich Mitleid mit ihr, trotzdem konnte ich mir ein Schmunzeln nicht verkneifen, es sah einfach zu witzig aus, wie sie dort hing.

»Schlimmer«, jammerte sie. »Zu viel Alkohol, zu wenig Schlaf.«

Auch wenn ich es eigentlich gar nicht wissen wollte, musste ich es fragen, weil es ihr wichtig war.

»Hat es sich denn wenigstens gelohnt? Wie lief es noch mit Paul?«

Sofort leuchteten ihre Augen. »Wir haben auf meinem Zimmer rumgeknutscht. Er kann wirklich verdammt gut küssen. Er hat so volle weiche Lippen und seine Zunge ...«

Ich machte ein Würgegeräusch und Mia schlug nach mir, traf mich jedoch nicht.

»Sorry, aber ganz so detailgenau wollte ich es nicht wissen.«

Sie verdrehte die Augen. »Das war noch nicht annähernd detailliert. Allerdings kam irgendwann sein Kumpel reingeplatzt, weil er loswollte. Und da er bei Paul übernachtete, musste er mit.« Sie zog eine Flunsch.

»Schade. Aber hey, ihr hattet einen schönen Abend und du wirst sicher bald die Gelegenheit haben, ihn wiederzusehen«, versuchte ich sie aufzuheitern.

Sie lächelte. »Da hast du recht.«

Plötzlich veränderte sich ihr Ausdruck und sie sah mich an wie meine Mutter heute Morgen. »Wie geht es dir?«

»Gut«, sagte ich und wich ihrem Blick aus.

»Lüg mich nicht an«, drohte sie mir und richtete ihren Zeigefinger auf mich. »Zack hat mir alles erzählt.«

Ich riss die Augen auf. Er hatte was?

»Ich hätte diese Weiber schon beim ersten Spruch rausschmeißen sollen. Ich könnte mir in den Arsch beißen, dass ich auf dich gehört habe.«

Ich überging ihren Kommentar, weil mir eine Frage auf der Seele brannte. »Was hat er dir genau erzählt?«

Ihr Gesicht war wutverzerrt. »Dass Tina und Lena fiese Sachen über dich gesagt haben, du es gehört hast und er dich daraufhin nach Hause gefahren hat.«

»Mehr nicht?«

»Ist denn noch mehr passiert?«, fragte sie mit großen Augen.

Ich verdrehte die Augen. »Nicht das, was du denkst. Ich hatte eine Panikattacke und er hat's mitbekommen.« Ich atmete gequält aus.

»Davon hat er nichts gesagt. Allerdings scheint er dich zu mögen, denn er wollte deine Nummer haben.«

»Du hast sie ihm doch nicht gegeben, oder?«, fragte ich erschrocken.

»Nein, nein. Ich wollte dich erst fragen. Die Antwort lautet anscheinend nein. Warum? Und jetzt komm mir nicht mit Tom«, warnte sie mich.

Ich seufzte und lehnte mich zurück. »Schau mich an, Mia. Ich sitze jeden Tag in diesem Zimmer, gehe einmal die Woche zur Therapie und mehr nicht. Und dann sieh dir Zack an. Er ist das Leben in Person. Er liebt und genießt es in vollen Zügen und ich werde ihn nicht davon abhalten und hier einsperren. Das heißt, falls er bleibt, wenn er erfährt, was los ist.«

Mia schaute mich mitfühlend an. Ich hasste diesen Blick. Ich wollte kein Mitleid und ich wollte auch nicht, dass andere meinetwegen traurig waren.

»Erstens, Zack ist nicht so ein Arschloch wie Tom, und zweitens hockst du nicht für immer hier. Du wirst wieder gesund, da bin ich ganz sicher.«

Daran glaubte ich nicht. Das hier war jetzt mein Leben und damit musste ich mich abfinden. Ich wollte allerdings den anderen die Hoffnung nicht nehmen, also zwang ich mich zu einem Lächeln.

»Solange es aber noch nicht so weit ist, möchte ich niemanden da mitreinziehen. Auch nicht Zack, okay?«

Sie verzog das Gesicht und es fiel ihr sichtlich schwer, nichts entgegenzusetzen und nicht weiter darüber zu diskutieren. Sie war damit definitiv nicht einverstanden, aber sie zwang sich, meine Entscheidung zu akzeptieren, das sah ich ihr an.

»Okay.« Sie seufzte.

»Danke.«

Ich entspannte mich wieder, auch wenn ich Zack abhaken musste, es war besser so. Für uns beide.

»Aber du musst zugeben, dass er ein toller Typ ist«, forderte sie mich grinsend auf.

Ich verdrehte die Augen, musste aber gleichzeitig lächeln. »Ja, er ist heiß und toll. Einer von den Guten.«

Sie boxte mir spielerisch in den Arm. »Ich wusste es. Ihr wärt eigentlich perfekt füreinander.«

Eigentlich. Zu einer anderen Zeit, in einer anderen Welt. Ich wollte darüber nicht mehr nachdenken, es tat zu sehr weh.

»Themawechsel. Was hast du noch so für Geschenke bekommen?«

Die Ablenkung funktionierte, Mia liebte Geschenke einfach und so berichtete sie freudig von den Dingen, die ihr noch so mitgebracht worden waren, und Zack rückte immer weiter in den Hintergrund. Allerdings nicht aus meinen Gedanken.

Als Mia zwei Stunden später aufbrach, ging mir eine Sache beziehungsweise eine Person einfach nicht aus dem Kopf und ich tat das Einzige, was mir dagegen half, ihn aus meinem Schädel zu bekommen. Einige Zeit später starrte ich auf das Bild, das ich gezeichnet hatte. Das Blatt war in der Mitte geteilt. Die eine Seite zeigte einen Jungen, der in der Sonne auf einem Berg stand, die Welt zu seinen Füßen. Die zweite Hälfte war dunkel und man sah ein Mädchen, das auf einem großen Stein saß, von dem sie nicht loskam und der sie in die Tiefe zog. Schnell schob ich das Bild unter die Schreibtischunterlage. Normalerweise fühlte ich mich besser, nachdem ich meine Gedanken und Gefühle auf ein Stück Papier gebracht hatte, aber diesmal war es nicht so. Ich warf mich auf die Couch. Vielleicht konnte ich mich mit Netflix etwas ablenken. Doch kaum hatte ich die nächste Folge von *Shadowhunters* gestartet, piepte mein Handy, das äußerst selten Geräusche von sich gab. Wer sollte mir schon schreiben? Stirnrunzelnd schaute ich auf die Nachricht von Mia.

Es tut mir leid <3

Hä? Was meinte sie damit? Hatte ich irgendwas verpasst?

Was denn genau?

Ich wartete zwei Minuten, doch sie antwortete nicht. Ich sah eine ganze Folge *Shadowhunters*, doch noch immer war keine Antwort von ihr angekommen. Merkwürdig. Fieberhaft ging ich noch mal unser Gespräch von vorhin durch, aber ich hatte echt keine Ahnung, was ihr leidtat. Ich schaute noch zwei weitere Folgen, bevor mein Handy endlich wieder einen Ton von sich gab. Mir klappte der Mund auf. Die Nachricht war nicht von Mia.

Hallo Lou, hier ist Zack. Bitte sei Mia nicht böse, sie hatte keine andere Wahl, als mir deine Nummer zu geben. Ich weiß, das klingt jetzt plump, aber würdest du mit mir morgen einen Kaffee trinken gehen?

Mein Herz hämmerte laut gegen meine Brust, als ich seine Nachricht wieder und wieder las. Er gab nicht auf. Aber wenn er wüsste, was mit mir nicht stimmte, würde er mich sicher nicht wiedersehen wollen. Ich seufzte. Was sollte ich darauf antworten? Sollte ich überhaupt reagieren? Vielleicht gab er einfach auf, wenn ich ihn ignorierte? Nur doof, dass es eine Verbindung gab. Mia. Apropos. Ich machte ein finsteres Gesicht. Dieses kleine Monster. Das würde sie noch bereuen. Aber darum würde ich mich später kümmern, jetzt musste ich mich erst mal entscheiden, was beziehungsweise ob ich Zack überhaupt antworten sollte. Verdammt. Nach reichlichen Überlegungen tippte ich Folgendes:

> Hallo Zack, ich dachte, ich hätte mich gestern klar genug ausgedrückt. Wir werden uns nicht wiedersehen. Lou.

Das klang wirklich fies. Aber es musste sein, nur so würde er aufgeben. Auch wenn er mich dann vielleicht für eine Zicke hielt. Aber alles war besser, als dass er meinetwegen hier hockte und das Leben verpasste. Oder wenn ich mich in ihn verliebte und er gehen würde, wenn er die Wahrheit über mich erfuhr. Diesen Schmerz wollte ich nicht noch einmal erleben. Es war zwar erst 21 Uhr, aber ich war erledigt. Von der ganzen Heulerei letzte Nacht, der Gartenarbeit und den Gedanken, die mich bezüglich Zack quälten. Er antwortete nicht mehr und eigentlich sollte ich glücklich darüber sein. War es aber nicht.

• • •

Welchen Grund hatte man eigentlich aufzustehen, wenn man nicht aus dem Haus ging? Genau, keinen. Genug Leute wünschten sich einen Tag im Bett, aber das war nur so lange gut, bis man irgendwann wieder etwas anderes machen konnte. Das Ganze jeden Tag über Monate hinweg zu tun, war nah an der Ich-geb-mir-die-Kugel-Grenze. Und irgendwie war es für mich jetzt noch schlimmer als ohnehin schon. Freitag woanders gewesen und auf eine Party gegangen zu sein und einen wirklich tollen Typen kennengelernt zu haben, fühlte sich einerseits toll an.

Normal und so als würde ich leben. Allerdings waren die zwei Attacken auch brutal genug gewesen, um das nie wieder zu tun. Ich musste trotzdem ständig an die wenigen Momente denken, in denen ich mich wohlgefühlt hatte. Zum Beispiel die Zeit mit Zack auf der Bank. Es war verdammt hart heute aufzustehen und wieder so weiterzumachen wie zuvor und dennoch tat ich es. Vormittags stellte ich zusammen mit meinen Eltern, die jetzt Urlaub hatten, den neuen Pool auf, weil Milli gemeint hatte, am alten ihre Krallen schärfen zu müssen. Papa ist deswegen ziemlich ausgeflippt, wollte Milli kurzzeitig ins Tierheim bringen, aber ich wusste genau, dass das nur Worte der Wut waren. Er liebte das schwarze Monster, das konnte ich oft genug sehen, wenn er sie mit einem Lächeln streichelte. Vor zehn Minuten waren meine Eltern dann losgefahren, um Oma zu besuchen. Mehrfach haben sie mich gebeten mitzukommen, aber ich vermied Besuche von Verwandten. Nicht nur wegen der Panik, die mich dort überfallen könnte, sondern auch, weil mein Problem immer wieder zum Thema gemacht wurde und alle plötzlich Psychologie studiert hatten.

Also vertrieb ich mir die Zeit mit Hausarbeit. Nicht gerade spaßig, aber es lenkte ab und das war es, was ich gerade brauchte. Allerdings konnte ich es dennoch nicht lassen, ständig auf mein Handy zu schauen und mit ständig meinte ich bestimmt schon an die neunhundertmal heute. Jetzt konnten mich Tina und Lena wirklich als verrückt bezeichnen. Aber egal, wie oft ich mein Handy anstarrte, es ging keine Nachricht von Zack ein. Eigentlich war das gut, oder? Allerdings schrieb Mia mir dreimal.

Bist du sehr böse?

Ich hatte keine Wahl, ich schwöre!

Lou, bitte verzeih mir!

Ich reagierte kein einziges Mal. Sie sollte mal etwas zappeln und für ihren Verrat büßen. Ich räumte gerade den Geschirrspüler aus, als es an der Tür klingelte. Das war bestimmt Mia, die es nicht mehr aushielt, dass ich nicht antwortete. Sie hasste es, und wenn jemand böse auf sie war, konnte sie damit erst recht nicht umgehen. Auf dem Weg zur Tür schüttelte ich belustigt den Kopf, ein bisschen leid tat sie mir ja schon. Ich wollte schon den Mund aufmachen, nachdem ich geöffnet hatte, um ihr zu sagen, dass ich ihr verzieh, aber mir blieb jedes Wort im Halse stecken. Dort stand nicht Mia, sondern Zack. Ich war wie erstarrt, damit hätte ich nun wirklich nicht gerechnet.

»Hey, ich weiß, du hast nein gesagt, aber hör mir erst mal zu. Ich möchte dich gern kennenlernen, ohne irgendwelche Absichten, ich schwöre. Wir sind ja erst vor einem Monat hergezogen und ich kenne hier niemanden außer Mia und da du mir sympathisch bist, dachte ich, wir könnten vielleicht Freunde werden.«

Er zuckte unschuldig mit den Achseln und mit diesem wundervollen Lächeln machte er mich ganz nervös. Verdammt, was sollte ich dazu sagen? Was sprach gegen eine Freundschaft, außer dass ich mir auf keinen Fall vorstellen konnte, nur mit ihm befreundet zu sein? Er war diese Art Junge, in den man sich unweigerlich verliebte, je mehr Zeit man mit ihm verbrachte. Aber das konnte ich schließlich nicht sagen. Genauso wenig, dass ich aufgrund von Panikattacken nicht für eine Freundschaft gemacht war.

»Lass uns nur einen Kaffee trinken gehen und wenn du danach genug von mir hast, werde ich das akzeptieren«, sagte er, weil ich nicht reagierte.

Ich starrte ihn immer noch unschlüssig an. Ich brauchte eine Ausrede, ich konnte schließlich in kein Café gehen.

»Ich habe Hausarrest und kann deswegen nicht mitkommen«, log ich.

Das war gut, ich klopfte mir innerlich auf die Schulter. Er legte die Stirn in Falten und sah aus, als überlegte er sich einen neuen Plan. Oh nein.

»Dann bring ich den Kaffee her und wir trinken ihn hier«, sagte er freudig und lief schon los zu seinem Auto, bevor ich etwas erwidern konnte. Er war clever, das musste man ihm lassen.

»Ich trinke keinen Kaffee«, rief ich ihm zu und er drehte sich nochmal um.

»Milchshake?«

Ich nickte widerwillig und er strahlte über beide Ohren, bevor er ins Auto stieg. Wie betäubt stand ich noch in der Tür und sah ihm nach. Er ließ mir keine Wahl. Ich hätte sagen oder tun können, was ich wollte, er würde immer wieder eine neue Lösung finden, bis er bekam, was er wollte.

Ich hatte mich zweimal umgezogen, was total bescheuert war, denn wir würden ja nur hier sein. Anschließend tuschte ich meine Wimpern, da ich mich vorher natürlich nicht geschminkt hatte. Wozu auch zu Hause? Danach hatte ich eine Decke auf dem Rasen links neben dem Haus ausbreitet und eine Flasche Wasser mit zwei Gläsern bereitgestellt. Mein Puls war inzwischen bestimmt auf zweihundert. Das Ding war, dass ich das alles im Inneren so sehr wollte, doch mein Kopf sagte mir, dass es falsch war. Aber ich würde es einfach irgendwie überstehen und dann sagen, dass ich mir keine Freundschaft vorstellen konnte, das wäre doch was, oder? Hoffentlich blieben meine Eltern noch lange bei Oma und kamen nicht wieder, solange er hier war. Nicht dass sie damit ein Problem hätten. Ganz im Gegenteil, sie freuten sich über alles, was mich raus aus meinem Zimmer und rein ins Leben brachte. Aber sie würden sich dadurch wieder falsche Hoffnungen machen.

Fünfzehn Minuten später kam Zack mit Milchshakes und Kuchen zurück und wir setzten uns auf die Decke.

»Hier, ich habe dir einen Erdbeershake mitgebracht. Ich hoffe, du magst Erdbeer«, sagte er und reichte mir den Becher.

»Danke, Erdbeer ist okay«, gab ich zurück.

Ich liebte alles, was mit Erdbeeren zu tun hatte. Erdbeereis, Erdbeerkuchen und Erdbeershake natürlich, aber das musste er ja nicht unbedingt wissen. Ich probierte einen Schluck und schmolz innerlich dahin. Er schmeckte himmlisch. So verdammt erdbeerig, fruchtig, nicht zu süß, sondern genau richtig.

»Und ist er gut?«, wollte er wissen.

»Kann man trinken«, murmelte ich und er lachte herzhaft.

Was war so witzig?

»Also mein Vanilleshake schmeckt fantastisch.«

Schön für dich, dachte ich. Aber gleichzeitig war diese abwehrende Haltung, um ihn ja nicht zu mögen, echt schwierig, wenn er so süß lächelte.

»Wie war dein Tag heute, was hast du so gemacht?«, fragte er mich.

»Ganz gut«, gab ich zurück und zog die Knie an.

Danach umhüllte uns eine unangenehme Stille und er starrte auf seinen Shake.

»Ist es so schlimm, hier mit mir zu sitzen?«

»Was? Wieso?«

»Weil du den Eindruck machst. Ich bin mir sicher, dass dir der Shake großartig schmeckt, so genüsslich, wie du ihn trinkst und dennoch behauptest du, er wäre nur okay. Ich hab das Gefühl, du hast Freitagabend im Auto eine Mauer um dich errichtet und ich hab keine Chance mehr, zu dir durchzudringen. Dabei war die Zeit mit dir vorher wirklich schön.«

Er sah mir tief in die Augen und wirkte dabei so verdammt traurig und verwirrt. Etwas an meinem Panzer platzte auf. Schnell schaute ich weg und fixierte einen Punkt auf der Decke. Es war schwerer als gedacht, diese Maske aufrechtzuerhalten, vor allem wenn er so aufmerksam war und mich durchschaute. Was sollte ich also tun? Das war nicht ich, ich konnte dieses Schauspiel nicht weiterführen und mit dieser Art, die ich eigentlich hasste, ihn eventuell verletzen. Das sah mir gar nicht ähnlich. Egal wie sehr ich mich auch schützen wollte, vielleicht sollte ich ihm eine Chance geben? Als Freund? Ich hatte ja quasi ewig Zeit, in meinem Zimmer darüber hinwegzukommen, wenn er dann doch ging. Und was er da eben gesagt hatte, ließ mein Herz höherschlagen. Verdammt. Dieses verräterische Ding. Ich beschloss, meine Abwehrhaltung für heute aufzugeben und auf meine Regeln zu scheißen.

»Na gut«, setzte ich an. »Ich liebe Erdbeeren und alles, was man daraus herstellen kann. Und heute Vormittag haben meine Eltern und ich den neuen Pool aufgestellt.« Ich zeigte auf ihn. »Weil Milli, meine Katze, den letzten zerstört hat. Jetzt sind meine Eltern bei meiner Oma und ich trinke einen Milchshake«, fügte ich hinzu und hielt den Becher hoch.

Er grinste und seine grünen Augen funkelten.

»Hast du eigentlich wirklich Hausarrest?«

Ich schüttelte den Kopf.

Ein belustigter Ausdruck trat auf sein Gesicht. »Hab ich mir schon gedacht. Aber hier ist es eh viel schöner. Und schau mal, ich habe noch etwas für dich, was dir gefallen wird.« Er wickelte den Kuchen aus und ich bekam große Augen.

»Erdbeerkuchen«, jubelte ich. »Das hat dir der Teufel gesagt.«

»Nein, es ist wirklich Zufall, ich schwöre.«

»Der Zufall gefällt mir«, entgegnete ich und seine Mundwinkel zuckten.

Und plötzlich war ich Mia gar nicht mehr böse, dass sie ihm meine Nummer gegeben hatte. Eher dankbar.

Wir aßen genüsslich den leckeren Kuchen und Zack erzählte mir, dass er früher beim Judo war und generell Kampfsportarten mochte. Daher also die Muskeln. Ich erzählte ihm im Gegenzug, dass ich früher ein paar Jahre geritten war, aber ansonsten nichts mit Sport am Hut hatte. Wir werteten danach noch die Party von Freitag aus, aber als er das Gespräch auf Tina und Lena lenkte, versteife ich mich automatisch.

»Es tut mir leid, dass ich nicht wiedergekommen bin. Die beiden haben einfach nicht lockergelassen und dann fingen sie an, über dich zu reden.« Er verzog das Gesicht und ich schluckte. »Aber ich habe ihnen dazu noch was gesagt, als ich deine Tasche geholt habe.«

Mir klappte der Mund auf. »Du hast was?«

»Ja, ich konnte das nicht so stehen lassen.« Seine Stimme klang wütend.

»Was hast du gesagt?«, flüsterte ich.

»Dass sie keine Ahnung haben, dich anscheinend überhaupt nicht wirklich kennen und nicht davor zurückschrecken, Menschen schlechtzumachen oder zu verletzen. Ach und dass sie nichts weiter sind, als zwei verzogene Gören, die über Leichen gehen, um zu bekommen, was sie wollen.«

Wow. Mir verschlug es die Sprache. Ich konnte ihn einfach nur anstarren und gleichzeitig musste ich lächeln. Das hatten die beiden echt mal verdient. Aber wie konnte er so für mich in die Bresche springen, obwohl er mich doch gar nicht richtig kannte?

»Eine Sache würde mich aber interessieren. Wieso hast du so heftig darauf reagiert?« Er legte den Kopf schräg.

Mir stockte der Atem und ich wandte den Blick ab. Ich konnte nicht. Ich konnte es ihm einfach nicht sagen. Mein Herz wummerte in meiner Brust. Mir wurde heiß und ich wusste nicht, wie ich aus dieser Situation herauskommen sollte.

»Ich ...«, fing ich an und brach ab.

Ein Miauen ertönte und ich war noch nie in meinem Leben so froh, dass Milli erschien. Sie lief über die Decke, schmiegte sich an mich und schnurrte. Ich fuhr mit der Hand über ihr weiches Fell und fühlte mich sofort besser. Tiere hatten etwas an sich, das einen sofort entspannte und Kraft gab.

»Ist das Milli?«, fragte Zack.

Ich nickte. Sie untersuchte erst kurz das Kuchenpapier, bevor sie Zack unter die Lupe nahm. Sie war furchtlos und das, obwohl sie so klein war.

»Wie alt ist sie?«, wollte er wissen, während er ihr über den Rücken streichelte.

»Fünf Jahre.«

Er hob erstaunt die Augenbrauen. »Wirklich? Sie sieht so jung aus.«

Ich grinste. Das sagten alle. »Sie ist einfach nicht mehr gewachsen.

Wir haben sie mit zwölf Wochen aus dem Tierheim geholt und wirklich größer geworden ist sie seitdem nicht.«

Das war wirklich merkwürdig, aber sie war halt etwas Besonderes.

Zack lachte. »Das sehe ich. Normalerweise bleiben die schwarzen Tiere ja im Tierheim hängen. Warum hast du dich für eine komplett schwarze Katze entschieden?«

Ich zuckte mit den Schultern. »Sie hat sich für mich entschieden. Ich hab ein Körbchen in die Mitte des Raumes gestellt, wo circa zehn Kätzchen waren, und wollte die erste Katze mitnehmen, die sich hineinlegt.«

»Du hast echt Glück gehabt«, sagte er zu Milli und kraulte ihr den Kopf.

Es war schön, zu sehen, wie er Milli berührte. Sanft und vorsichtig, als hätte er Erfahrung. Genug Leute streichelten sie, als wäre sie kein Lebewesen mit Gefühlen, sondern nur ein Kuscheltier. Wie sagt man so schön? Wie ein Mensch Tiere behandelt, zeigt, wie groß sein Herz ist.

»Hast du Tiere? Du scheinst zu wissen, wie man mit ihnen umgeht.«

»Meine Oma in Amerika hatte damals eine Katze. Ich hab sie als Kind geliebt.«

Er setzte sich wieder ordentlich hin, da Milli es hier zu langweilig wurde und sich gerade davonmachte. Dankbar sah ich ihr nach, sie hatte die Stimmung und mich gerettet.

Mia hatte irgendwann mal erwähnt, dass Zack in L.A. geboren war und sechs Jahre dort gelebt hatte, bevor sie nach Deutschland gezogen sind.

»Vermisst du deine Heimat?«, fragte ich und stützte mich auf die Ellenbogen. Zack tat es mir gleich.

»Ich würde es nicht als meine Heimat bezeichnen. Die meiste Zeit meines Lebens habe ich in Deutschland verbracht. Hier fühle ich mich eher zu Hause als in Amerika. Mein Vater vermisst es mehr. Er ist nicht nur dort geboren, sondern hat in L.A. gelebt, bis eine deutsche Frau ihm den Kopf verdreht hat«, gab er zurück und grinste.

Ich erwiderte sein Lächeln. So war das also.

»Fliegt ihr regelmäßig nach Amerika?«

Er nickte. »Einmal im Jahr, meist in den Sommerferien, nur dieses Jahr nicht.« Seine Stimme klang traurig.

»Wieso nicht?« Ich runzelte die Stirn.

In seinen Augen lag ein gequälter Ausdruck. »Mein Dad hat ein wichtiges Projekt am Laufen, er wird gebraucht und meine Mutter will nicht ohne ihn fliegen.«

Irgendwie klang das wie eine Ausrede. Log er mich an oder sah ich Gespenster?

»Das ist wirklich schade«, murmelte ich.

»Ja, aber hey es sind Sommerferien, die sollte man genießen und das Beste daraus machen. Hast du etwas geplant?«, fragte er fröhlich und seine traurige Miene war wie weggewischt. Merkwürdig.

»Nö, bisher nicht.«

Natürlich nicht. Für mich war jeder Tag gleich, aber ich konnte ihm ja nicht sagen, dass ich immer frei hatte.

»Super, dann hast du ja vielleicht Zeit, dem Neuen hier ein bisschen die Gegend zu zeigen?« Er hob fragend die Augenbrauen.

Wenn er damit das Grundstück meiner Eltern meinte oder das Haus, ja. Alles andere, nein.

»Mal schauen«, krächzte ich.

Wie kam ich da bloß wieder raus?

»Da du ja kein Hausarrest hast, könnten wir morgen mit etwas Kleinem anfangen. Wie wäre es mit …« Er überlegte mit dem Finger an seinen Lippen. Seine Lippen. Verdammt, die sahen so weich und voll aus. Bloß nicht darauf starren. »Eis essen?«, beendete er den Satz.

Ich betrachtete meine ineinander verschlungenen Finger. Was sollte ich sagen? Mir fiel keine gute Ausrede mehr ein. Auch wenn ich sagen würde, dass ich morgen schon etwas vorhatte, würde er jeden Tag der Ferien durchgehen, bis ich mit ihm Eis essen gehen würde, da war ich mir irgendwie sicher. Was blieb mir also für eine Wahl? Richtig, keine. Also nickte ich und er schenkte mir ein Strahlelächeln, das mich durch und durch verzauberte. Vielleicht war ich zu berauscht von seiner Anwesenheit, aber für einen klitzekleinen Moment dachte ich, dass ich es mit Zack an meiner Seite wirklich schaffen könnte, in ein Café zu gehen.

5. Kapitel

Als ich am nächsten Tag in seinem Auto saß, hatte ich schweißnasse Hände. Mein Puls raste und gleichzeitig fühlte es sich so an, als wäre das Blut aus meinem Körper gewichen. Warum hatte ich nur zugesagt? Wieso tat ich mir das an? Ich hasste mich jetzt für meinen schwachen Moment gestern und für meinen Optimismus. Ich war zwar schon besser darin, meine Panik nicht zu zeigen, aber ganz unauffällig war es trotzdem nicht. Und abgesehen davon, dass er es bemerken könnte, war jede Sekunde, die mich meine Panik in den Fängen hielt, die reinste Folter. Dieses Gefühl, wenn die Angst sich über die Kehle hoch fraß und man nichts anderes tun konnte, als sie rauszulassen, weil man sonst daran ersticken würde. Ich konnte das nicht mehr, ich wollte das einfach nicht mehr fühlen. Deshalb setzte ich keinen Fuß mehr vor die Tür, außer zu meiner Psychologin. Und jetzt tat ich es für einen Typen, den ich eigentlich nicht in mein Leben lassen wollte. Also wieso? Ich fand keine Antwort in meinem Kopf. Dafür schrie mein Herz umso lauter.

»Alles okay?«

Dieser besorgte Blick, den er mir zuwarf, gefiel mir überhaupt nicht. Das hieß, dass er etwas merkte. Er war viel zu feinfühlig, das war echt ein Problem. Ich zwang meine Lippen zu einem Lächeln und versuchte, meine Stimme so fest wie möglich klingen zu lassen.

»Ja, mir geht es gut.«

»Super, dann bin ich mal gespannt auf das beste Eis dieser Stadt, das du mir versprochen hast.«

Ich zeigte ihm den Weg und wir parkten genau vor dem Laden. Deswegen hatte ich dieses Eiscafé eigentlich ausgesucht. Nicht weil es das beste Eis der Stadt hatte, sondern weil man nicht durch die halbe Stadt laufen musste, um es zu erreichen. So brauchte ich nur vom Auto aus hineingehen. Aber leicht war es dennoch nicht für mich, mein Herz klopfte so laut, dass ich Angst hatte, er könnte es hören. Ich wählte einen Tisch in der Nähe der Toilette, um mich zurückziehen zu können, falls ich eine Attacke bekam. Immer musste ich auf alles vorbereitet sein, das war so ein Tick aufgrund der Panik. Ich brauchte eine Fluchtmöglichkeit in der Nähe, Wasser in der Tasche und ebenso Bonbons.

»Welches Eis kannst du empfehlen?«, fragte er mit dem Blick in die Karte.

Ich war zu sehr damit beschäftigt mich umzusehen und meine Nervosität in den Griff zu bekommen, als dass ich die Worte und Bilder auf der Karte in meiner Hand wirklich sah.

»Ach, lass mich raten«, setzte er an. »Du würdest mir sicher den Erdbeerbecher vorschlagen.« Er hob lächelnd seinen Blick und ich musste automatisch schmunzeln.

»Allerdings, der schmeckt fantastisch. Wie könnte er nicht, da sind Erdbeeren drin«, stellte ich trocken fest.

Er legte den Kopf schief und verzog das Gesicht zu diesem unglaublich attraktiven Grinsen, das mir augenblicklich den Atem verschlug.

Als die Kellnerin an unseren Tisch trat, nahm Zack seine Augen nicht von mir.

»Wir nehmen zwei Erdbeerbecher«, sagte er schlicht und die Frau verschwand.

Irgendwie war das unhöflich, aber irgendwie auch süß. Mir stieg die Röte ins Gesicht und ich war meiner Lieblingsfrucht sicher gar nicht mehr so unähnlich.

Er legte die Karte beiseite, faltete seine Hände und legte seinen Kopf darauf ab. »Was magst du noch so außer Erdbeeren?«

Dass er mich so fixierte, führte dazu, dass meine Atmung sich beschleunigte und ich zu schwitzen begann. Ich war nicht so der Typ, der gern im Mittelpunkt stand, und dass jeder seiner Sinne mir zugewandt war, machte mich mehr als nervös.

»So ganz allgemein oder auf Essbares bezogen?«, presste ich hervor und musste schlucken.

Er zuckte die Schultern. »Beides.«

»Also«, fing ich an und suchte mir einen Punkt auf dem Tisch, um seinem durchdringenden Blick zu entgehen, der mich quasi durchbohrte. »Ich mag Käse, Nudeln und Pizza. Nein, ich liebe Pizza. Und neben Katzen, zeichnen und Sonnenblumen, faszinieren mich die verschiedenen Facetten der Natur.«

Seine Mundwinkel zuckten, als ich vorsichtig aufsah.

»Interessant. Pizza geht immer, aber ich mag eigentlich fast alles, was man essen kann und probiere gern Neues aus. Außer Oliven, ich hasse Oliven.« Er verzog das Gesicht. »Und wie du schon weißt, liebe ich es, zu reisen und alles, was man so in der Natur machen kann. Ich liege allerdings auch gerne mal auf dem Sofa und schaue einen Film«, erklärte er mit einem Lächeln.

»Filme und Serien mag ich eigentlich auch«, gab ich grinsend zu.

»Na dann können wir ja vielleicht mal zusammen einen Pizza-Filmeabend machen.« Seine grünen Augen strahlten.

Im nächsten Moment kamen Gott sei Dank unsere Eisbecher und ich atmete erleichtert auf. Ich brauchte ganz dringend diese Abkühlung und hatte schon einen Löffel Eis im Mund, kaum dass der Becher vor mir stand.

Zack schüttelte belustigt den Kopf, bevor auch er einen Löffel Eis nahm und genüsslich die Lippen verzog.

Die ganze Zeit über hielt ich durch, ohne einen Anflug von Panik. Ich war nervös und diverse Angstgedanken liefen durch meinen Kopf, aber eine Attacke blieb aus. Was auch daran lag, dass Zack hier war und meine Gedanken sowie Teile meines Körpers beherrschte. Ich war wirklich hier, außerhalb meines Zimmers, hatte eine tolle Begleitung und Spaß. Irgendwie hatte ich nicht gedacht, dass das möglich sein würde.

»Ist es für dich okay, wenn wir noch kurz in den Bioladen nebenan gehen? Ich bräuchte da noch ein, zwei Sachen«, fragte Zack, als wir aus dem Eiscafé traten.

Ich schaute unsicher nach rechts und sofort beschleunigte sich mein Puls. Am liebsten wollte ich laut nein schreien, entschied mich aber dagegen. Ich war froh, dass es gerade so gut gelaufen war und wollte mein Schicksal nicht herausfordern. Aber was für einen Grund hatte ich, um das auszuschlagen?

»Ja klar«, erwiderte ich und schob mir nervös eine Haarsträhne hinters Ohr.

Ich konnte nicht verhindern, dass meine Atemzüge hektischer wurden und ein unangenehmes Prickeln durch meinen Körper fuhr, als wir den Laden betraten. Es war ein kleines und dadurch ziemlich vollgestopftes Geschäft und die Luft war etwas stickig. Während Zack zielstrebig auf eine Reihe zuging, versuchte ich, meine Nerven unter Kontrolle zu bringen. Er sollte nicht mitbekommen, wie sehr mich dieser enge Raum anspannte. Mein Blick fiel auf die Schokolade links von mir und ich schritt auf das Regal zu, um mich durch die Auswahl ein wenig ablenken zu lassen. Verschiedene Bioschokoladen mit Nuss, Vollmilch und Mandel erstreckten sich entlang des Schranks. Ganz hinten konnte ich noch einige Nuss-Nougat-Cremes erkennen, die ich auf Brötchen total liebte. Ich musste allerdings weiter in die Ecke gehen, um das Angebot genauer unter die Lupe zu nehmen. Ein Glas nahm ich heraus und schaute mir die Zutatenliste auf der Rückseite an. Klang ziemlich gut, vielleicht konnte ich mir auch eins mitnehmen? Vermutlich war es gar nicht so verkehrt, dass ich zugesagt hatte, jetzt konnte ich mir auch eine kleine Belohnung gönnen. Meine Mundwinkel wanderten nach oben und ich wollte mich gerade auf den Weg zur Kasse machen, als mein Lächeln erstarb. Ein ziemlich großer und breiter Mann trat in dem Augenblick neben mich und starrte auf die Produkte. Ein eiskalter Schauer lief mir über den Rücken und ich fühlte mich plötzlich von seiner Gestalt und der Tatsache, dass ich in einer Ecke stand und nicht herauskam, bedrängt und eingesperrt. Ich atmete tief ein und aus.

Alles wird gut. Ein unangenehmer Geruch wehte von ihm herüber, ich konnte allerdings nicht genau sagen, nach was er roch, aber es löste nichts Gutes in mir aus. Das Glas stellte ich zurück und merkte dabei, wie meine Hand zitterte. Ich musste hier raus. Allerdings kam ich nicht an ihm vorbei, weil er den Durchgang komplett blockierte. Unruhig fuhr ich mir immer wieder durch die Haare und hoffte, er würde sich endlich für eine Schokolade entscheiden und verschwinden. Allerdings blickte er jede Tafel gefühlte Stunden an und ich spürte, wie meine Kehle immer enger wurde, je mehr Zeit verstrich.

»Kann ich mal durch?«, fragte ich mit gepresster Stimme und trat von einem Bein aufs andere.

»Einen Moment, bin gleich fertig«, erwiderte er ohne von der Schokolade aufzusehen.

Ich schluckte. War das sein Ernst? Mir wurde schwindlig und der Boden unter meinen Füßen begann zu kippen. Die Panik kroch langsam aber sicher in jede Zelle meines Körpers und ich fürchtete, gleich ohnmächtig zu werden. Ich konnte nicht mehr und der Fluchtreflex setzte sich durch, also quetschte ich mich irgendwie an ihm vorbei, weswegen er sich lautstark beklagte, doch das war mir egal. Völlig außer Atem lief ich raus und bog um die Ecke. Dort drückte ich mich gegen die Hauswand, rutschte hinunter und schnappte immer wieder nach Luft. Ich war kurz davor zu hyperventilieren. Scheiße, wie gingen noch diese Methoden, von denen Frau Meiß immer sprach? Mein Kopf war bis auf diesen einen vorherrschenden Gedanken komplett leer. Verdammt, es kam einfach kein Sauerstoff mehr in meinen Lungen an. Gleich würde ich bestimmt mein Bewusstsein verlieren oder ersticken.

Einen Moment später stand Zack vor mir und ging in die Hocke.

»Hey, was ist los?« Seine Stimme war voller Sorge.

Ich presste meine Augen zusammen und drehte den Kopf weg. Er sollte mich nicht so sehen. Ich musste alleine sein. Doch er ging nicht, sondern nahm stattdessen meine Hand, was mich sofort ein Stück zurück in die Gegenwart brachte.

»Lou, rede mit mir. Ich bin für dich da.«

»Geht gleich wieder«, presste ich zwischen meinen hektischen Atemzügen hervor.

Anscheinend kam doch noch Luft in meine Lungen. Oder wieder. Er setzte sich, ließ mich dabei allerdings nicht los.

»Du hast eine Panikattacke, stimmt's?«

Vor Schreck blieb mir fast das Herz stehen. Das war keine Frage, er wusste es. Davor hatte ich Angst gehabt. Dass er es rausfand, sich dann darüber lustig machte oder genau deswegen für immer verschwand. Die Luft blieb mir erneut weg und mein ganzer Körper fing an zu zittern. Das Ganze gerade war schrecklich genug, dass er es mitbekam und wusste, was los war, machte es nur noch schlimmer.

»Hey, sieh mich an«, forderte er mich sanft auf und drückte meine Hand.

Widerwillig tat ich, was er sagte, und blickte in seine Augen, die mich nicht verurteilend oder belustigt ansahen, sondern voller Wärme waren.

»Du bist hier in Sicherheit, dir kann nichts passieren. Ich bin hier und gehe nicht weg.«

Ich nickte. Tränen brannten in meinen Augen.

»Und jetzt versuch Luft zu holen«, wies er mich an.

Ich bemühte mich, einzuatmen und spürte, wie sich mein Brustkorb hob und senkte. Nur wenig, aber es war ein Anfang. Ich gab mir Mühe, starrte die ganze Zeit in seine Augen, die mich irgendwie zu beruhigen schienen. Sie waren voller Verständnis und Zärtlichkeit. Ich fühlte mich automatisch wohl und sicher.

»Weißt du, was meine Oma immer sagt?«, fragte er und ich schüttelte stirnrunzelnd den Kopf.

»Dass man viel zu selten auf dem Boden sitzt.« Er grinste und ich spürte, wie auch meine Mundwinkel zuckten. »Sie ist der Meinung, dass es nicht nur bequem und gesund ist, sondern dass man sich dadurch auch mit der Erde verbindet. Quasi eins mit ihr wird und wenn man sich darauf konzentriert, es auch spüren kann, diese Verbundenheit. Ich hab deshalb als Kind viel Zeit auf dem Boden verbracht.«

Ein belustigter Ausdruck trat auf sein Gesicht und ich atmete erleichtert aus. Ich dachte schon, dass er jetzt irgendwas wegen der Panik sagen würde, aber er wollte mich ablenken. Er kannte sich aus. Und es half tatsächlich. Meine Atmung normalisierte sich, genauso der Puls. Meinen Herzschlag spürte ich zwar noch, aber er war nicht mehr so schnell. Und so saßen wir da, ich an der Wand und er direkt vor mir im Schneidersitz mit meinen Händen in seinen. Er ließ sie nicht los und redete einfach weiter von seiner Kindheit und der Zeit danach. Er verhielt sich nicht so, als würden wir uns gerade unfreiwillig auf dem Boden einer Gasse befinden, sondern als hätten wir diesen Platz freiwillig gewählt. Er machte sich nicht lustig oder verurteilte mich. Er lief auch nicht weg. Aber vielleicht kam das noch?

»Du hast aber auch kalte Hände und das im Sommer«, stellte er fest und ich versuchte sie ihm zu entziehen, weil das bestimmt furchtbar unangenehm für ihn sein musste. Er ließ es jedoch nicht zu.

»Aber weißt du was? Wer kalte Hände hat, hat dafür ein warmes Herz.« Ein leichtes Lächeln umspielte seine Mundwinkel.

»Und ich dachte immer, ich hab einfach nur Durchblutungsstörungen«, murmelte ich und konnte mir ein Grinsen nicht verkneifen.

»Es ist schön, dich wieder lächeln zu sehen. Wie geht es dir?«

»Besser.«

»Meinst du, dass du aufstehen kannst? Dann bring ich dich nach Hause«, fragte er vorsichtig.

Mein Magen zog sich zusammen. Wollte er mich doch loswerden und lieber nach Hause bringen, bevor ich noch eine Attacke bekam und er sich um mich kümmern musste? Was für eine Frage. Natürlich, wer wollte das schon? Ihm war das alles sicher zu viel. Verständlicherweise. Wer wollte mit so jemandem zusammen sein und das ständig erleben? Niemand. Ja, ich sollte lieber so schnell wie möglich nach Hause und dort bleiben. Ich nickte. Er wollte mir aufhelfen, doch ich lehnte ab und hievte mich alleine hoch. Wir gingen im Abstand zueinander zum Auto und ich spürte seine Blicke. Sicher sah er mich jetzt genauso wie alle anderen es taten.

Die ganze Fahrt über herrschte Stille und es fühlte sich schrecklich an. Aber es gab nichts mehr zu sagen, also ergriff ich das Wort erst, als wir vor dem Haus standen.

»Es tut mir leid, dass ich dir den Tag versaut habe. Danke für deine Unterstützung. Bis dann«, stieß ich mit dem Blick auf meine Hände aus.

Ich wollte gerade die Tür öffnen, da griff er nach meinem Arm.

»Warte. Dir muss überhaupt nichts leidtun.« Da war er wieder. Dieser warme liebevolle Blick, mit dem er mich bedachte, aber gleichzeitig lag seine Stirn in Falten. »Und du hast mir ganz und gar nicht den Tag versaut, eher im Gegenteil. Können wir vielleicht morgen in Ruhe über das sprechen, was passiert ist?«

»Ich weiß nicht«, flüsterte ich.

Worüber wollte er noch reden und wozu war das gut? Konnte er mir nicht jetzt gleich sagen, dass er nichts mehr mit mir zu tun haben wollte? Ihn wiederzusehen, würde es nicht gerade leichter machen.

»Wir müssen auch nicht weggehen. Wie wär's morgen Nachmittag bei dir? Wir könnten reden und einen Film schauen.« Er sah mir eindringlich in die Augen. »Bitte«, setzte er noch hinterher, als ich nicht sofort antwortete.

Ich war so schlecht darin, nein zu sagen und wenn er mich so ansah wie jetzt, ging das erst recht nicht. Ich war wohl ein bisschen masochistisch.

»Okay«, murmelte ich und er lächelte sofort.

»Super, ich bin morgen um 15 Uhr bei dir, wenn das in Ordnung ist?«

Ich nickte und öffnete die Tür.

»Bis morgen, ich freu mich drauf«, rief mir Zack hinterher.

...

»Jetzt bin ich sehr gespannt, warst du auf der Geburtstagsparty?«, fragte Frau Meiß mit neugierigem Blick.

Heute hatte ich mich auf die schwarze Couch gesetzt und die Knie angezogen. Ich fühlte mich gerade zu schwach und brauchte die Größe und Sicherheit der Couch, auf die ich mich zur Not auch legen konnte, statt der Enge des kleinen Sessels. Es war nur eine Woche her, seit ich das letzte Mal hier gewesen war, aber es kam mir viel länger vor. Seitdem war so viel passiert.

Ich nickte.

»Wow, das ist total klasse, Lou. Du hast es tatsächlich gewagt. Ich bin sehr stolz auf dich«, meinte sie mit strahlenden Augen.

Das hatten meine Eltern auch gesagt, aber ich war es irgendwie nicht. Es sollte eigentlich das Normalste der Welt sein und außerdem waren die Erinnerungen an den Abend nicht gerade positiv.

»Wie war es denn?«, wollte sie wissen und in ihrem Blick lag echtes Interesse.

»Ich hatte zwei Panikattacken«, gab ich trocken zurück und legte meinen Kopf auf die Knie.

»Das ist natürlich nicht so schön. Weißt du, was der Auslöser war?«

Ich nickte. Die Gesichter von Franzi, Lena und Tina tauchten vor mir auf und sofort fühlte ich mich zurückversetzt.

»Drei Mädchen aus meiner ehemaligen Klasse haben ziemlich gemeine Sachen über mich gesagt«, murmelte ich und spürte einen Druck auf meinem Brustkorb.

»Was genau?«, erkundigte sie sich und legte den Kopf schräg.

Ich drehte eine Haarsträhne um meinen Finger. Eigentlich wollte ich das nicht mehr aussprechen. Ich schluckte.

»Dass ich nicht ganz dicht im Kopf bin, gestört und ... behindert.«

Sie hob erstaunt die Augenbrauen. »Es tut mir sehr leid, dass du das erleben musstest. Ich kann mir vorstellen, wie du dich dabei gefühlt hast. Es ist traurig, dass Menschen einfach urteilen, ohne etwas Genaueres zu wissen. Die Mädchen aus deiner Klasse haben nicht die geringste Ahnung. Du weißt, dass es nicht stimmt, was sie da gesagt haben?«

Ich starrte nur auf die Taschentuchbox und unterdrückte meine Tränen.

»Oder?«

Ich zuckte die Schultern. Keine Ahnung. Irgendetwas stimmte mit mir schließlich nicht und da Angst im Kopf begann, war ich doch irgendwie gestört im Kopf, oder?

»Lou, hör mir zu.« Langsam drehte ich mich zu ihr und sie sah mich eindringlich an. »Du bist nicht gestört. Und schon gar nicht behindert. Lass dir so etwas nicht einreden. Ja, du hast Panikattacken, aber das hat eine Ursache. Die Angst hat sich generalisiert und tritt in Situationen auf, die dem Auslöser ähneln, oder wenn du dich bedrängt oder bedroht fühlst.«

Eine Ursache, die keiner kannte. Mir war nichts passiert, was diese Panikattacken rechtfertigte. Sie kamen einfach. Von einem Tag auf den anderen. Ohne Grund und ohne Vorwarnung. Warum konnten sie nicht einfach genauso schnell wieder verschwinden?

»Aber wir bekommen das hin und dass du zur Party gegangen bist, war ein guter Schritt vorwärts«, fuhr sie fort und schenkte mir ein Lächeln.

Ich war mir nicht sicher. Das, was sie sagte, klang logisch, aber ich war eben nicht mehr wie die anderen und würde es auch nie mehr werden.

»War denn alles an der Party schlecht oder gab es auch gute Momente?«

»Ich habe mich gut mit dem Cousin von Mia unterhalten«, rutschte es mir raus.

Sie machte große Augen. »Das ist doch klasse. Wie ist er so?«

»Sehr nett, irgendwie anders.«

Ich starrte in die Luft und hatte ihn vor mir, seine grünen Augen, sein Lachen. Ich spürte seine Hand um meine und mein ganzer Körper kribbelte.

»Und wir waren gestern in der Stadt Eis essen«, murmelte ich und sah vorsichtig zu ihr.

Ihr klappte der Mund auf. »Wow Lou, du hast ja in einer Woche riesige Fortschritte gemacht.«

»Im Eiscafé war's auch okay. Die Angst war natürlich da, aber ich habe sie ausgehalten. Allerdings ...« Ich knetete meine Hände. »... waren wir danach noch in einem Laden und ich habe eine heftige Panikattacke bekommen.«

»Was war der Auslöser?«

»Es war so eng und klein dort und ein Mann stand ziemlich dicht bei mir. Ich fühlte mich bedrängt und plötzlich ging es los und ich bin rausgerannt. Das Schlimmste war, dass Zack es mitbekommen hat.« Ich verzog das Gesicht.

»Wie hat er reagiert?«

»Er hat meine Hand gehalten, mich abgelenkt und die Attacke mit mir durchgestanden.«

Als ich das aussprach, wurde mir gleichzeitig warm ums Herz. Es war toll, wie er reagiert und mir geholfen hatte. Und er war bisher der Einzige, der nicht total überfordert mit der Situation war. Er war der Erste, der mir eine richtige Hilfe dabei war.

»Klingt so, als hätte er damit bereits Erfahrung«, sagte sie nachdenklich.

Ich nickte. Das dachte ich mir auch schon.

»Warum war es dann so schlimm, dass er dabei war, wenn er doch so gut reagiert hat?«, wollte sie wissen und runzelte die Stirn.

Ich legte die Arme um meine Knie und fixierte die Linien auf der Ledercouch. »Ich wollte nicht, dass er es weiß. Bisher haben sich alle von mir abgewandt, die es erfahren haben und auch er wollte mich danach sofort nach Hause bringen. Er wollte mich loswerden«, stellte ich fest.

»Erst einmal haben sich nicht alle von dir abgewandt. Deine Familie ist noch da und Mia. Sie lieben dich, egal was passiert. Und alle, die dich verlassen haben, waren auch vorher keine wahren Freunde oder Partner, denn nur weil es mal schwierig wird, verlässt man niemanden, der einem wirklich wichtig ist. Du kannst gut und gerne auf diese Menschen verzichten, auch wenn es in dem Moment wehgetan hat.«

Irgendwie hatte sie recht. Ich würde selbst niemandem den Rücken zukehren, nur weil er ein Problem hatte oder krank war, wenn er mir wirklich wichtig war. Aber das sah vielleicht nicht jeder so.

»Und Zack hat so super reagiert, das hätte er nicht getan, wenn er dich hätte loswerden wollen. Rede noch mal mit ihm, es ist sicher anders, als du denkst«, sagte sie und lächelte aufmunternd.

»Das finde ich heute Nachmittag heraus. Er kommt nachher zu mir, weil er mit mir sprechen will.«

»Da hast du's. Und das würde er nicht tun, wenn er den Kontakt abbrechen wollen würde. Du wirst sehen.«

Vielleicht. Vielleicht wollte er aber genau das persönlich und in Ruhe machen.

»Und Lou, du warst auf einer Party, in einem Eiscafé und einem Laden. Das ist großartig. Halte einen Moment inne und denk darüber nach.«

Das war wirklich etwas. Ehrlich gesagt, hätte ich jedem einem Vogel gezeigt, der mir vor einer Woche gesagt hätte, dass ich diese Sachen tun würde.

»Aber es war sehr hart.«

Allein bei dem Gedanken an dieses schreckliche Gefühl keine Luft mehr zu bekommen oder gleich umzukippen, verkrampfte sich alles in mir und meine Finger krallten sich in die Couch.

»Dass es nicht einfach werden würde, war klar. Die Panikattacken verschwinden nicht von jetzt auf gleich. Sie werden immer wieder kommen, dich in die Knie zwingen, aber das Wichtigste ist, dass du weitermachst, kämpfst und einfach nicht aufgibst, dann werden sie irgendwann ausbleiben.«

Wahrscheinlich war es so. Ich wusste nur nicht, ob ich stark genug dafür war. Eine einzelne Attacke nahm mir so viel Kraft und saugte mich förmlich aus. Dennoch nickte ich.

»Ich bin unglaublich stolz auf dich, dass du diese Dinge trotz deiner Angst getan hast und das solltest du auch sein. Sieh, was du geschafft hast.«

Sie strahlte mich an und meine Mundwinkel zogen sich automatisch nach oben. Aber ich hatte es nur für Mia und Zack getan. Sie waren die Qual wert.

Nachdem meine Mutter mich am Vormittag zur Psychologin gefahren und wieder abgeholt hatte, wollte sie mit Papa am Nachmittag zu einer Gartenausstellung. Das kam mir gelegen, denn so war niemand weiter im Haus, wenn Zack vorbeikam. Ich hatte ihr natürlich davon erzählt und sie freute sich darüber. Wieder etwas, was unnormal war. Andere Mütter hätten sicher ein Problem damit, wenn die Tochter allein mit einem Jungen in ihrem Zimmer war, aber meine Mutter war froh darüber. Verrückt oder?

Das Wetter passte heute perfekt zu meiner Stimmung. Nicht der ideale zweite Ferientag, doch mir war das egal. Allerdings war ich hypernervös und konnte einfach nicht stillsitzen. Ich entschied mich, einen Kuchen zu backen, damit die Zeit verging. Aber nachdem ich den Kuchen sowie Wasser und Saft auf dem Couchtisch platziert und mich in meinen schwarzen Lieblingsjumpsuit geworfen hatte, war es trotzdem erst 14 Uhr. Also tat ich das Einzige, was half, um runterzukommen. Ich setzte mich an den Schreibtisch und schlug mein Notizblock auf. Das war immer wieder wie meine ganz persönliche Therapie. Ich driftete ab in eine andere Welt, mein Körper kam zur Ruhe und mein Geist spuckte jeden Gedanken, jede Sorge in Form von Linien aus. Am Anfang wusste ich nie, was am Ende für ein Bild entstehen würde. Ich vergaß dabei komplett die Zeit und erschrak förmlich, als es klingelte. Schnell stopfte ich den Block unter die Schreibtischunterlage und hastete zur Tür. Mein Puls schoss in kurzer Zeit so schnell in die Höhe, dass mir schwindlig wurde und ich mich kurz am Türrahmen festhalten musste. Nachdem sich nichts mehr drehte, öffnete ich die Tür und mein Herzschlag setzte für einen Moment aus. In einem schwarzen Shirt, das seine Muskeln umspielte, und beigen Shorts, die mir einen Blick auf seine durchtrainierten Beine erlaubten, stand er da. Mit seinen leicht nassen Haaren vom Sommerregen und dem vorsichtigen Lächeln, das er mir zuwarf, sah er einfach nur heiß aus. Mein ganzer Körper fing an zu kribbeln und ich musste mich räuspern.

»Hey«, sagte er mit rauer Stimme.

»Hey, komm doch rein.«

Ich trat zur Seite, damit er eintreten konnte und er ging ziemlich dicht an mir vorbei, was einen Schauer über meinen Rücken jagen ließ. Ich schluckte.

»Gleich die nächste Tür rechts, dort ist mein Zimmer«, rief ich ihm zu und schloss die Haustür.

Ich atmete noch einmal tief durch und sagte mir, dass alles gut werden würde, bevor ich ihm folgte. Ein paar Schritte vor ihm blieb ich stehen und beobachtete, wie er sich in meinem Zimmer umsah. Würde es ihm gefallen? Plötzlich kamen mir die Bilder an den Wänden, die von mir stammten, viel zu persönlich vor. Sie gaben mein Innerstes preis, auch wenn das meistens niemand erkannte.

»Ist das von dir?«, fragte er erstaunt und starrte auf das Bild links über meinem Bett.

»Ja«, flüsterte ich.

Auf der Leinwand war ein Frauenkopf abgebildet. Es war nicht meiner, ich hatte ihn einfach so vor Augen gehabt. Ihr Blick war nach oben gerichtet und in ihren Augen lag Angst. Rundherum und in ihrem Gesicht war alles farbig. Das wirkte für viele fröhlich und sie sahen darin einfach nur eine Frau, die zum Himmel schaute. Dabei waren Blau, Grün und Lila kalte Farben und spiegelten ihre Stimmung wider. Auch ihr Gesicht sah nicht freundlich aus, sondern eher traurig und hilflos.

Seine Stirn lag in Falten. »Sie wirkt irgendwie angespannt und verängstigt. Das Bild löst eine Gänsehaut bei mir aus.«

Wow, ich habe mich schon immer gefragt, ob ich etwas auf dieser Leinwand sah, was gar nicht da war, weil es niemand bisher so gesehen hatte. Aber Zack nahm es auch wahr.

»Und gleichzeitig ist es wunderschön. Du hast wirklich Talent«, fuhr er fort und sah mich auf eine Art an, die mir die Röte ins Gesicht trieb.

Ich winkte ab. »Nein, das ist wirklich nichts Besonderes. Du bist der Erste, der erkennt, was ich mit dem Bild zum Ausdruck bringen wollte.«

»Weil die anderen keine Ahnung haben«, sagte er schlicht und zwinkerte mir zu.

Ich war kurz sprachlos und er schlenderte weiter. Begutachtete jedes Bild und gab seine Meinung dazu ab. Sie klang jedes Mal ehrlich und aufrichtig und ich war irgendwie völlig überfordert mit der Situation. Ich hatte einfach nicht damit gerechnet, dass ihm die Bilder gefallen würden und er sie genauso interpretierte wie ich.

»Setz dich doch«, meinte ich, als es so schien, dass er mit seiner Besichtigungstour fertig war.

»Oh, es gibt Kuchen?«, fragte er grinsend und ließ sich auf die Couch fallen.

»Ich hatte noch etwas Zeit«, murmelte ich.

»Gar kein Erdbeerkuchen?« Sein Mund zuckte.

»Ich wollte dir nicht zu viele Erdbeeren in so kurzer Zeit zumuten. Deswegen gibt es heute mal Kirschstreuselkuchen«, gab ich zurück.

Er schmunzelte. »Ich liebe Kirschen, aber Erdbeeren sind mir niemals über.«

Der Blick, den er mir dabei zuwarf, gab mir das Gefühl, dass er nicht nur die Erdbeeren damit meinte. Plötzlich wurde es mir sogar in meinem kurzen Jumpsuit zu warm.

»Du siehst übrigens toll aus.«

Jetzt war es definitiv zu heiß.

»Gleichfalls«, brachte ich hervor und es sah so aus, als würden seine Wangen rot werden.

Ich setzte mich auf die Couch und achtete darauf, ausreichend Distanz zwischen uns zu bringen. Genug mit den Komplimenten. Wir waren wegen eines ernsten Themas hier und ich mochte ihn von Sekunde zu Sekunde mehr. Das war nicht gut.

Ich räusperte mich. »Du wolltest reden«, sagte ich und ließ es so beiläufig wie möglich klingen.

Sein Gesicht wurde ernst. »Stimmt.«

Ich wartete und goss uns Wasser in die Gläser.

Er fuhr sich mit der Hand durch seine Haare und plötzlich hatte ich verdammte Angst davor, was er jetzt sagen würde.

»Du fragst dich bestimmt, woher ich wusste, was los war, oder?«

Ich nickte.

»Meine Mutter hatte mal eine Zeit lang heftige Panikattacken und du hast die gleichen Symptome gezeigt.«

»Oh. Das erklärt, wieso du instinktiv richtig reagiert hast. Das hat echt geholfen, danke noch mal.«

»Keine Ursache. Ich musste damals auch erst lernen, was meiner Mutter in diesen Momenten guttat und was nicht. Wie lange hast du schon Panikattacken?«

Ich senkte den Blick. »Zwei Jahre.«

Er hob erstaunt die Brauen. »Das ist verdammt lange.«

Er hatte ja keine Ahnung.

»Wie lange war's bei deiner Mutter und wie ist sie diese Sache losgeworden?«, wollte ich wissen.

Das interessierte mich wirklich brennend. Ich glaubte eigentlich an keine Heilung für mich, aber wenn es seine Mutter geschafft hatte, gab es vielleicht auch für mich einen Weg!?

»Ein halbes Jahr. Aber sie hatte Panikattacken aufgrund einer schweren Krankheit. Sie hatte schreckliche Angst zu sterben. Und als sie wieder gesund wurde, verschwanden auch die Attacken.«

Ich sackte innerlich zusammen. Hatte ich's doch gewusst. Es gab keine Heilung. Bei seiner Mutter war es etwas völlig anderes. Ich hatte keine schlimme Krankheit, ich war körperlich gesund. Ich hasste mich allein dafür, dass ich mir doch Hoffnung gemacht hatte, auch wenn nur ganz kurz. Und jetzt war natürlich auch klar, warum Zack mich gestern sofort nach Hause bringen wollte. Die Zeit mit seiner Mutter war schlimm genug, das brauchte er nicht noch einmal.

»Ich verstehe, dass du deshalb lieber nichts mehr mit mir zu tun haben willst«, presste ich hervor und fixierte den Kuchen, den wohl niemand essen würde.

»Was?«, fragte er mit ungläubiger Stimme. »Du denkst, ich würde nichts mehr mit dir zu tun haben wollen, weil du Panikattacken hast?«

Ich nickte nur.

»Warum?«

»Weil du mich gestern danach gleich nach Hause bringen wolltest und weil die Zeit mit deiner Mutter sicher schlimm genug war, das brauchst du nicht schon wieder.«

Ich spürte seinen Blick auf mir ruhen, trotzdem konnte ich mich nicht überwinden, ihn anzusehen.

»Lou?«

»Mhm«, machte ich.

»Schau mich an«, sagte er und berührte gleichzeitig sanft mein Kinn, was mir sofort den Atem verschlug. Ich folge dennoch seiner Aufforderung, den Kopf zu ihm zu drehen und er sah mir tief in die Augen.

»Ich wollte dich gestern gleich nach Hause bringen, weil so eine Panikattacke ziemlich anstrengend ist und meine Mutter dann immer so erschöpft war, dass sie sich erst einmal hinlegen musste. Vielleicht lag das aber auch an ihrer Krankheit. Ich dachte einfach, du brauchst vielleicht Ruhe.«

Perplex runzelte ich die Stirn. Das war wirklich der Grund gewesen? Ich suchte seine Mimik nach Zeichen einer Lüge ab, fand jedoch keine.

»Und die Zeit mit meiner Mutter war natürlich schlimm, aber das hat doch nichts mit dir zu tun. Mir ist es völlig egal, ob du Panikattacken hast oder nicht. Ich mag dich und möchte dich kennenlernen«, fügte er lächelnd hinzu.

Ich starrte ihn mit offenem Mund an, konnte keinen klaren Gedanken fassen. Das war die netteste Reaktion, die ich je wegen der Panikattacken bekommen hatte. Er wollte den Kontakt nicht abbrechen, ganz im Gegenteil. Mein Herz machte einen Sprung. Doch dann landete es auf dem harten Boden der Realität. Zack wusste nicht, was das bedeutete.

Ich schüttelte den Kopf. »Du weißt nicht, was du da sagst. Ich war seit zehn Monaten nur hier zu Hause oder bei meiner Psychologin.

Willst du wirklich so deine Zeit verbringen? Sicher nicht. Alle Leute wenden sich von mir ab, wenn sie die Wahrheit erfahren, glaub mir, du willst das nicht auch durchmachen. Du bist neu hier. Du solltest auf Feste und Partys gehen, Leute kennenlernen. Und vor allem ohne dass sie dich mit mir in Verbindung bringen. Es ist einfach besser für dich, wenn du dich von mir fernhältst«, beendete ich meinen Ausbruch und fühlte mich gleichzeitig zerstört und erschöpft.

Das musste einfach gesagt werden. Er sollte seine Zeit nicht verschwenden und sein Leben nicht versauen, es reichte, wenn meins verkorkst war.

»Erstens ist es mir scheißegal, was andere Leute denken, und wenn sie sich von dir abwenden, weil du Panikattacken hast, dann sind sie sowieso Idioten und mit denen möchte auch ich nichts zu tun haben. Zweitens finde ich es schön hier, ich glaube, ich kann hier viel Zeit verbringen.« Er sah sich lächelnd um. »Drittens hat sich nicht jeder von dir abgewandt. Du hast Mia und mich. Das sind genauso viele, wie ich habe.« Ich verdrehte lächelnd die Augen. »Viertens mag ich gar keine Partys und Feste und fünftens warst du sehr wohl woanders. Freitag warst du auf einer Party und gestern in einem Café und im Bioladen.« Er zwinkerte mir zu.

»Und wir wissen beide, wie das ausgegangen ist«, stellte ich nüchtern fest.

»Stimmt, wir haben das zusammen ganz gut durchgestanden.«

Ich starre ihn verdutzt an. Da hatte er natürlich recht.

»Aber …«

»Ich werde nicht gehen«, unterbrach er mich und lehnte sich zurück. »Du kannst sagen, was du willst, ich verschwinde nicht.«

Ich blinzelte mehrmals. Wieder diese Entschlossenheit. Ich war mir sicher, dass er wirklich nicht gehen würde, egal was ich sagte, weil er sich entschieden hatte und davon nicht abrückte. Und dann gab ich auf.

»Okay.«

»Okay?«, fragte er überrascht.

»Okay«, wiederholte ich und musste lächeln.

Er legte den Kopf schief und verzog das Gesicht zu diesem unglaublich attraktiven Grinsen.

»Da wir uns jetzt also einig sind, können wir endlich den Kuchen essen? Länger halte ich diesen leckeren Geruch nicht mehr aus.« Seine Augen blitzten amüsiert.

Ich nickte schmunzelnd.

6. Kapitel

Nachdem wir uns den Bauch mit Kuchen vollgeschlagen hatten, wollte Zack, dass ich meinen Lieblingsfilm raussuchte. Er kannte ihn noch nicht und ich hatte ihn mehrfach gewarnt, dass es ein Frauenfilm sei und wir vielleicht besser etwas anderes gucken sollten, aber er bestand darauf. Wenn er unbedingt wollte, ich hatte sicher nichts dagegen. Ich liebte *P.S. Ich liebe Dich*, auch wenn er total traurig war. Die tiefe und starke Liebe der beiden war einfach unglaublich und ich fand es toll, wie Gerry seine Ehefrau mit der Briefaktion aus ihrem Schmerz holte und ihr damit half, seinen Tod zu verarbeiten. Ich mochte auch die Filmmusik sehr, allen voran *Love you till the end* von The Pogues. Hach, ich schmolz bei diesem Song förmlich dahin. Natürlich hatte ich den Soundtrack auf CD und schon tausendmal gehört.

Zack hatte den ganzen Film lang ziemlich interessiert gewirkt, hat nicht gemeckert oder irgendwelche dummen Sprüche gerissen. Es schien wirklich so, als hätte er ihm gefallen. An traurigen Stellen war er ziemlich ruhig, aber zu neutralen oder lustigen Szenen hat er dann seine Meinung gesagt. Wir haben gelacht und geweint beziehungsweise habe nur ich geweint. Allerdings hat mich seine Nähe verrückt gemacht oder vielmehr die Distanz. Zu wissen, dass er nur eine Armeslänge entfernt saß, seine Nähe zu spüren und ihn nicht berühren zu können, war schrecklich. Am liebsten hätte ich mich an ihn gekuschelt. Innerlich hatte ich gehofft, er würde den Arm um mich legen, dichter heranrutschen, irgendwas, aber nichts geschah. Als der Abspann lief, fixierte Zack noch immer den Bildschirm. Es wirkte, als wäre er ganz weit weg.

»Zack, alles in Ordnung?«, fragte ich perplex.

Er blinzelte mehrfach. »Ja, alles okay«, murmelte er und setzte ein Lächeln auf, das seine Augen nicht erreichte.

Was war plötzlich los? Warum war er so anders?

»Wie hat dir der Film gefallen?«, versuchte ich, ihn zum Reden zu bekommen.

Sein Körper war angespannt und sein Blick von mir abgewandt. »Er war ganz okay, traurig, aber gleichzeitig auch spannend.« Seine Stimme klang abwesend.

Plötzlich stand er auf und ich schaute ihn verwirrt an.

»Ich muss jetzt los, meine Mutter wollte Abendbrot machen, das hab ich total vergessen«, meinte er und hatte schon halb das Zimmer durchquert.

Ich konnte nichts anderes tun, als ihm verdutzt hinterherzutapsen. An der Tür hob er nur die Hand zum Abschied, ging in großen Schritten zu seinem Auto und stieg ein, ohne zurückzublicken. Ich konnte nicht verhindern, dass sich ein schmerzhafter Druck auf meinem Brustkorb ausbreitete. Was war gerade passiert? Ich verstand die Welt nicht mehr. Hatte ich etwas verpasst? Vielleicht eine wichtige Szene nicht mitbekommen? Ich lehnte mich gegen die verschlossene Tür und überlegte fieberhaft, was der Grund für sein Verhalten sein konnte. Ich schnupperte an mir. Nein, nur der Geruch meiner Kokoslavendelseife stieg mir in die Nase. Ging es ihm nicht gut? Aber dann hätte er bestimmt etwas gesagt. Plötzlich zog sich mein Magen zusammen. Ich rutschte auf den Boden. Natürlich. Er hatte es sich anders überlegt. Wahrscheinlich hatte der Film ihm vor Augen geführt, was eine Krankheit mit Außenstehenden anrichten konnte und entschieden, sich lieber von mir fernzuhalten. Ich konnte es ihm nicht verübeln. Er war jung, reiste gern und hatte noch sein ganzes Leben vor sich. Es war doch verständlich, dass er es nicht hier in diesem Zimmer verbringen wollte. Und doch tat es so weh, als steckte ein Messer in meiner Brust. Ich fühlte mich so wohl und sicher in seiner Nähe, konnte mit ihm reden und lachen und er verstand mich. Er kannte sich mit Panikattacken aus und wusste, wie man damit umging. Tränen rannten über mein Gesicht. Jemanden gefunden zu haben, der mir so verdammt guttat und ihn sofort wieder zu verlieren, hinterließ eine schmerzende Leere in mir, die ich nicht in Worte fassen konnte. Ein Motorgeräusch ließ mich aufhorchen. Kam er zurück? Doch als sich das Garagentor öffnete, spürte ich wieder den Schmerz in meinem Herzen. Schnell hievte ich mich hoch, wischte mir die Tränen aus dem Gesicht und räumte die Kuchenteller in den Geschirrspüler.

»Hey«, begrüßte mich meine Mutter.

Sie schaute Richtung Flur und wieder zurück zu mir. »Ist dein Besuch schon weg?«

Ich nickte. »Er musste zum Abendbrot zu Hause sein.«

Sie schaltete die Kaffeemaschine an. Wie konnte man nur so spät am Tag noch Kaffee trinken? Es war bereits 18:30 Uhr. Aber meine Mutter konnte später trotzdem schlafen. Sie war ein absoluter Kaffeejunkie, wohingegen ich vom kleinsten bisschen bereits zittrige Hände bekam.

»Ach schade, ich hätte ihn gern mal kennengelernt. Wie war's?«

»Ganz gut, wir haben viel gequatscht und einen Film geschaut. Wie war die Gartenausstellung?«, versuchte ich abzulenken.

Sie strahlte. »Toll, nur der Geldbeutel musste leiden. Papa lädt gerade die Pflanzen aus.«

»Der hatte heute bestimmt besonders viel Spaß.«

»Ja, leider gab es kein Kinderparadies, wo ich ihn hätte abgeben können.« Sie schmunzelte und nippte an ihrer Tasse, dabei verzog sie genüsslich das Gesicht und lächelte zufrieden.

»Soll ich uns etwas zu Essen machen?«, fragte sie, nachdem sie einen weiteren Schluck genommen hatte.

Mein Magen war ein einziger Knoten, ich hatte absolut keinen Hunger. »Ich bin noch satt vom Kuchen.« Ich legte meine Hand auf den Bauch. »Ich mach mir später eine Kleinigkeit.«

»Okay, den Kuchen muss ich gleich mal probieren. Passt perfekt zum Kaffee.«

Ich wandte mich zum Gehen, länger konnte ich die falsche Fassade nicht aufrechterhalten.

»Ach und Lou?«, rief sie. »Ich freu mich, dass du jemanden kennengelernt hast. Ich hab das Gefühl, er tut dir gut.«

Das hat er auch. Bis jetzt. Ich rang mir ein letztes Lächeln ab, ging in mein Zimmer und ließ meinen Gefühlen freien Lauf.

Stundenlang lag ich auf meinem Bett und starrte an die Decke. Dabei ging ich wieder und wieder den heutigen Tag durch, doch leider war das Ende immer gleich beschissen. Von Zeit zu Zeit fanden Tränen den Weg über mein Gesicht und ich erwischte mich ständig dabei, wie ich aufs Handy schaute. Da war noch ein kleiner naiver Teil in mir, der hoffte, dass ich mich irrte und er sich meldete. Aber auch der starb im Laufe der Nacht und ich hasste Zack dafür, dass er mich so in seinen Bann gezogen hatte.

• • •

Den nächsten Tag verbrachte ich mit zeichnen, in der Sonne liegen und lesen. Ich ging sogar mal in den neuen Pool, was Milli skeptisch beäugte. Diesmal waren es feste Wände und nichts zum Aufpusten, worin das Monster ihre Krallen versenken konnte. Zack versuchte ich die ganze Zeit auszublenden, was mir mehr schlecht als recht gelang. Ich schaute immer noch öfter als sonst auf mein Handy, hatte mehrfach eine Nachricht an ihn getippt und sie wieder gelöscht. Es war besser so, wie es war und doch tat es so weh. Die einzige Ablenkung in Sicht war der heutige *Bachelorette*-Abend. Mein Highlight des Tages. Mia hatte mich am Sonntagabend noch angerufen und ich hatte ihr die Sache mit der Handynummer verziehen. Wie könnte ich nicht? Die Momente mit Zack waren wundervoll und ich bereute sie nicht, egal was jetzt war.

Die Zeit zog sich heute wie Kaugummi und meine Gedanken drifteten immer wieder zu grünen Augen und dem gänsehautverursachenden Strahlelächeln. Ich stellte mir vor, wie er neben mir lag und mich angrinste, mich im Pool nass spritzte und mein Gesicht in seine Hände nahm und küsste. Oh Mann, ich hatte bestimmt einen Sonnenstich und die Kühle des Wassers brachte meinen erhitzten Körper auch nicht mehr auf Normaltemperatur. Als es so weit war, das Abendbrot vorzubereiten, war ich dankbar etwas zu tun zu haben. Ich machte uns einen Nudelauflauf und als Nachtisch hatte ich schon Erdbeeren zurechtgeschnitten und Vanilleeis war im Gefrierschrank. Kurz bevor das Essen fertig war, klingelte es. Perfektes Timing. Als ich Mia die Tür öffnete, versprühte sie sofort eine gute Laune, die selbst auf mich überging. Typisch Mia eben.

»Schau, ich war gestern zur Wimpernverlängerung«, sagte sie, kaum, dass sie den Flur betreten hatte und streckte mir ihr Gesicht entgegen.

Ihre Wimpern waren länger, dunkler und schön geschwungen.

»Wow, das sieht wirklich toll aus. Hat es wehgetan?«

»Überhaupt nicht«, winkte sie ab. »Es hat nur etwas lange gedauert, aber die Zeit haben wir verquatscht.«

»Steht dir wirklich gut.«

»Ja oder? Und ich brauche nicht mehr zu tuschen, ich stehe auf und sehe gut aus. Danke noch mal.« Sie strahlte und drückte mich.

»Gerne. Ich hoffe, du hast Hunger mitgebracht. Der Nudelauflauf ist fertig und es ist ein bisschen mehr geworden als gewollt«, gab ich zu.

Das war einfach eines der Dinge, die man sich immer zu viel machte: Nudeln, Gedanken und Hoffnungen.

»Ich bin am Verhungern.«

Sie eilte zum Schrank und holte Teller und Besteck heraus, während ich den Auflauf auf die Terrasse trug.

Es war viel zu schön, um drinnen zu sitzen, also genossen wir noch das schöne Wetter, bevor wir uns um 20:15 Uhr vor den Fernseher setzen würden. Mia erzählte mir noch mal haarklein alles von ihrem Termin gestern und von dem Treffen vorgestern mit Paul. Sie waren am Strand gewesen und hatten einen tollen Tag, der in einem Wahnsinnskuss endete, wie sie zu berichten hatte. Ich versuchte wirklich, mich für sie zu freuen, auch wenn mir der Typ absolut nicht gefiel, aber es war wirklich schwer. Erst als wir das Eis aufgegessen hatten, lenkte sie das Gespräch auf ein Thema, das ich die ganze Zeit so gut verdrängt hatte.

»Zack hat sich also bei dir gemeldet. Habt ihr euch getroffen?« Sie hob mit einem Lächeln auf den Lippen die Augenbrauen.

Ich nickte. »Er stand Sonntag einfach vor meiner Tür, hat dann Milchshake und Kuchen geholt und wir haben dahinten auf dem Rasen gesessen«, berichtete ich und allein der Gedanke versetzte mir einen Stich.

»Das klingt toll.« Sie stützte ihr Kinn auf die Handfläche. »Total romantisch.«

Ich verdrehte die Augen, obwohl auch ich es wirklich romantisch fand.

»Hat er dich geküsst?«, wollte sie wissen und legte den Kopf schräg.

Ich riss die Augen auf. »Mia!«

»Na was nun? Hat er oder hat er nicht?«

»Nein, natürlich nicht.«

»Schade. Du hättest einen Kuss mal wieder dringend nötig. Wie lange ist der letzte her?«

Ich haute ihr spielerisch gegen den Arm.

»Aua, ist doch wahr. Ich muss wohl mal ein ernstes Wörtchen mit ihm sprechen. Wann seht ihr euch wieder?«

»Wir waren Montag im Eiscafé und gestern haben wir hier einen Film geschaut.«

Ihr klappte der Mund auf. »Du warst in einem Café?« Sie nahm meine Hände. »Lou, das ist klasse. Das ist ja ein riesiger Fortschritt, erst auf meiner Party und dann das.«

»Und im Bioladen war ich auch«, sagte ich kleinlaut.

Ihre Augen wurden groß. »Ich bin so stolz auf dich. Zack scheint dir gutzutun.«

Sie wusste nicht, wie sehr.

»Drei Dates also schon, wow. Da muss es doch schon mal einen Kuss gegeben haben.« Sie klimperte mit ihren neuen Wimpern.

Ich starrte auf meine Hände. »Er weiß es, Mia. Er war dabei, als ich

Montag eine Panikattacke bekam. Er hat ziemlich gut reagiert und wir haben gestern über alles geredet. Doch nach dem Film ist er wie von einer Biene gestochen aufgesprungen und abgehauen.«

Sie furchte die Stirn. »Was habt ihr euch angesehen?«

»*P.S. Ich liebe Dich*.«

»Da können Männer doch nur das Weite suchen«, scherzte sie.

Ich schaute sie ernst an. Das war nicht witzig.

»Sorry. Das ist echt merkwürdig und untypisch für Zack. Das passt gar nicht zu ihm.«

»Er hat es sich halt anders überlegt. Ständige Panikattacken und Verzicht auf viele Dinge, wer will das schon?«, krächzte ich.

Sie schüttelte den Kopf. »Nein. Das glaube ich nicht. Ich kenne meinen Cousin vielleicht nicht so gut, aber so ist er nicht. Da muss es einen anderen Grund geben.«

Ob sie recht hatte? Gab es vielleicht eine andere Ursache für sein Verhalten? Lag es überhaupt nicht an mir? Oh nein, ich machte mir schon wieder Hoffnungen. Gar nicht gut, damit musste ich sofort aufhören, bevor sie wieder schmerzhaft enttäuscht wurden.

»Ist auch egal. Können wir über etwas anderes sprechen? Ich möchte es einfach nur vergessen«, sagte ich.

Mia wollte gerade wieder den Mund öffnen.

»Bitte«, fügte ich hinzu und schaute sie flehend an.

Sie schloss ihn wieder und nickte traurig.

Meine Eltern stießen kurz darauf dazu, aßen noch etwas Auflauf und unterhielten sich mit uns. Die Stimmung lockerte wieder auf und ich wurde entspannter. Um 20 Uhr gingen Mia und ich in mein Zimmer und machten es uns mit Chips auf der Couch bequem, um uns gleich über die Männer im Fernsehen lustig zu machen. Ich genoss diese Abende mit Mia sehr. Sie gaben mir das Gefühl noch am Leben zu sein. Auch wenn es für viele Menschen nichts Besonderes sein mochte, war es für mich in meiner derzeitigen Situation eins der tollsten Dinge. Mia war die beste Freundin, die ich mir wünschen konnte, und ihre lockere fröhliche Art schwappte auf andere über, ob man wollte oder nicht. Sie ließ mich für einige Zeit vergessen, was mit mir los war, und sogar, dass ich gerade wieder verlassen wurde. Sie war einfach unbezahlbar und ich hatte Angst vor dem Tag, an dem auch sie gehen würde und wenn es nur zum Studieren in eine andere Stadt war.

...

Ich war ein Nudelfreak, das gab ich offen zu. Meine Mutter sorgte deshalb immer vor und in der Vorratskammer türmten sich die verschiedensten Packungen. Man konnte nie genug davon haben und es gab tausend Rezepte mit Nudeln. Papa konnte sie allerdings nicht mehr sehen und so gab es selten Pasta, wenn wir zusammen aßen, aber unter der Woche konnte ich meine Sucht vollkommen ausleben. Heute hatte ich mir Käsespätzle gemacht und mich auf die Terrasse vor den Fernseher gesetzt. Ja, im Sommer stand dort einer, da meine Eltern nicht darauf verzichten konnten und das schöne Wetter mit den Nachrichten verbinden wollten. Als plötzlich das Handy neben mir klingelte, fiel mir vor Schreck die Gabel aus der Hand. Der Name auf dem Display nahm mir zusätzlich die Luft zum Atmen. Zack. Mehrfach griff ich zum Telefon, um die Hand dann doch wieder wegzuziehen. Sollte ich rangehen? Was wollte er? Mein Herz klopfte mir bis zum Hals. Ich hatte Angst davor, was er sagen würde. Vielleicht war alles nur ein riesiges Missverständnis. Aber viel wahrscheinlicher war doch, dass er mir erklären würde, warum er so schnell abgehauen ist. Und zwar, weil ihm klar geworden war, dass er es doch nicht schaffte, mit mir umzugehen. Der Film hatte ihn offensichtlich zu sehr an die Krankheit seiner Mutter erinnert und ihn zu diesem Entschluss gebracht. Ich wollte das nicht hören. Auch wenn ich es verstehen konnte, tat es einfach nur weh, wieder wegen dieser Krankheit verlassen zu werden. Ich war wie erstarrt und wartete darauf, dass das Telefon stumm wurde. Und selbst danach rührte ich mich noch nicht vom Fleck. Es dauerte keine zwei Minuten, bis mein Nachrichtenton erklang. Schon bevor ich auf das Display schaute, war mir klar, wer es war.

Ich weiß, du willst bestimmt nicht mit mir sprechen,
aber bitte geh ans Telefon, es ist wichtig.

Eigentlich musste ich es ja besser wissen. Er würde nicht aufgeben. Das hatte ich ja schon mehrfach gemerkt. Ob ich wollte oder nicht, ich würde mit ihm sprechen müssen. Und wenn ich nicht ans Telefon ging, dann würde er hier aufschlagen. Ich atmete laut aus und hob beim nächsten Klingeln ab.

»Lou?«

»Ja«, flüsterte ich, hörte mich aber selbst kaum, da mein Herz viel zu laut schlug.

»Danke, dass du mit mir sprichst.«

»Ich habe doch sowieso keine Wahl.«

Er lachte leise ins Telefon. »Stimmt, wärst du jetzt nicht drangegangen, stände ich in zehn Minuten vor deiner Tür.«

Er war wirklich hartnäckig, das musste man ihm lassen.

»Bitte lass mich erklären, warum ich am Dienstag so schnell abgehauen bin.«

»Okay, schieß los«, murmelte ich.

Hoffentlich riss er mir ganz schnell das Herz heraus, so wie man ein Pflaster entfernte, nur dass darunter keine verheilte Wunde zum Vorschein kam.

»Nein, nicht am Telefon. Können wir uns treffen?«

Warum? Wollte er sehen, wie sehr es wehtat? Machte ihm das Spaß? Es würde nur schwerer werden, wenn ich ihm dabei in die Augen sehen musste, denn die Blicke, mit denen mich die Menschen bedachten, bevor sie mich verließen, brannten sich so tief in mich ein, dass ich sie niemals mehr vergaß.

»Bitte«, flehte er.

»Okay, du weißt ja, wo du mich findest«, sagte ich und legte ohne seine Reaktion abzuwarten auf.

So wie ich ihn kannte, würde er eh bald hier vor der Tür stehen, ich fragte mich jedoch, wozu er sich diese Mühe machte. Ich räumte so lange die Küche auf, warf noch mal einen Blick in den Spiegel, obwohl mein Aussehen sowieso egal war, und schaffte die Zeichnungen von meinem Schreibtisch. Erst wollte ich noch die Bilder abhängen, da ich mich durch sie irgendwie nackt fühlte. Sie gaben zu viel von mir preis und ich wollte nichts mehr geben, es würde mich nur noch mehr zerstören. Allerdings hatte er hier bereits alles gesehen, deswegen war es total irrsinnig, jetzt alles verschwinden zu lassen.

Ich öffnete schließlich ohne ein Wort die Tür, trat einen Schritt zur Seite und er ging geradewegs in mein Zimmer und ließ sich auf die Couch fallen. Ich schaffte es nicht, mich neben ihn zu setzen. Es war mir zu dicht, zu nah für das, was er vorhatte zu sagen, und ich wollte ihn nicht mehr an mich heranlassen als nötig. Also zog ich meinen Schreibtischstuhl auf den Teppich, der zwischen Couchtisch und Fernseher lag. Das war zwar immer noch nicht genug Abstand, aber es musste gehen. Als ich aufsah, lag in seinem Gesicht ein gequälter Ausdruck.

»Ich hab dich verletzt.«

Es war keine Frage, also antwortete ich nicht.

Er fuhr sich mit den Fingern durch die Haare. »Das war nicht meine Absicht, Lou. Es tut mir leid.«

Dieser mitleidige Blick, mit dem er mich jetzt ansah, ließ schmerzhafte Erinnerungen in meinen Kopf schießen. Genau so hatte mich meine Familie angesehen, als sie es erfahren hatten. Meine Oma, meine Tanten und Onkels. Es war schrecklich. Selbst meine Cousinen schauten mich komisch an und gingen mir plötzlich aus dem Weg. Alles hatte sich danach verändert. Und jetzt passierte genau das wieder. Ich konnte das nicht mehr, ich wollte hier raus und nicht hören, was er jetzt gleich sagen würde. Nicht auch noch von ihm. Das hielt ich gerade nicht aus.

»Ist schon okay, dir muss nichts leidtun«, presste ich hervor. »Ich hab schon verstanden.« Unruhig rutschte ich auf dem Stuhl hin und her. Es war schwer, mich darauf noch länger zu halten.

»Was hast du verstanden?«

»Warum du hier bist.« Ich schluckte nervös.

Ich sprach es nicht aus und wollte auch nicht, dass er es tat. Auf einmal legte sich die Angst wie eine eiserne Faust um meine Brust und ich wusste nicht, wieso. Ich war zu Hause. In Sicherheit. Wieso bekam ich hier Panik? Ich hatte Angst vor seinen Worten und dem Gefühl schon wieder verlassen, enttäuscht und abgeschoben zu werden. Einatmen, ausatmen, einatmen, ausatmen. Jedes Luftholen tat weh und mein Puls schoss immer weiter in die Höhe. Ich fühlte mich eingesperrt und als müsste ich die gleiche Situation und denselben Schmerz immer und immer wieder erleben.

»Das denke ich nicht.«

Die Panik kroch mir immer tiefer in die Glieder und ich hatte Mühe sitzen zu bleiben.

»Alles in Ordnung?«

Ich nickte mehrfach. »Sag, was du zu sagen hast, und bring es bitte schnell hinter dich.«

Er sollte nicht mitbekommen, dass es mir gerade schwerfiel, die Kontrolle zu behalten. Er musterte mich und das gefiel mir gar nicht. Es machte mich nur noch nervöser. Wieso sprach er es nicht aus und verschwand einfach? Konnte er mich nicht einfach mit mir und meiner Panik alleine lassen? Ich wollte, dass er ging und ich in Ruhe zusammenbrechen konnte.

»Ich sehe doch, dass es dir gerade nicht gut geht. Warum lügst du?«

Mein Herz schlug so laut und schnell, dass es meine Angst nur noch mehr anheizte.

»Mir geht es gut«, brachte ich mühsam hervor und spürte, wie mir schwindlig wurde.

Er stand auf und machte einen Schritt auf mich zu, was das Fass zum Überlaufen brachte. Ich sprang auf, lief ins Bad, doch durch meine wackligen Beine war ich viel zu langsam, sodass Zack sein Bein zwischen den Rahmen schob, als ich die Badtür schließen wollte.

»Bitte Zack, lass mich allein«, flehte ich.

»Nein, das werde ich nicht tun.« Seine Stimme war fest und ließ keinen Widerspruch zu.

Ich taumelte zurück und rutschte die Wand hinunter. Ich war jetzt einfach nicht in der Lage mit ihm zu diskutieren. Resignierend schlang ich meine Arme um die Knie und legte meine Stirn darauf. Unkontrolliert zitterte ich am ganzen Körper. Vor ein paar Tagen waren wir in genau der gleichen Situation gewesen und auch heute nahm er meine Hand.

»Ich werde nicht gehen, Lou. Nie wieder. Das verspreche ich dir«, sagte er mit warmer Stimme und streichelte immer wieder mit dem Daumen über meine Haut, was mir das Gefühl gab, noch da zu sein.

Die Worte klangen schön, genauso waren es seine Berührungen, aber sie vertrieben die Panik nicht, ich steckte schon zu tief drin. Mein Herz war zu schnell und mein Atem so hektisch, dass ich Angst hatte, gleich das Bewusstsein zu verlieren.

»Versuch dich auf meine Stimme zu konzentrieren«, forderte Zack mich auf und drückte meine Hand. »Die Angst hat keine Chance, wenn du ihr keine Aufmerksamkeit schenkst. Hör mir zu. Ich verrate dir auch ein Geheimnis von mir.« In seiner Stimme schwang ein Lächeln mit.

Ich probierte es aus, versuchte, nicht auf die Symptome zu achten und mich nur seinen Worten zu widmen. Es war schwer, aber ich zwang mich dazu.

»Es klingt vielleicht komisch, aber ich liebe es zu kochen. Und mein größter Traum ist es, Koch zu werden.« Er klang unsicher.

»Meine Eltern sehen das nur als Hobby und wollen, dass ich in die Fußstampfen meines Vaters trete. Aber das will ich absolut nicht. Allein die Vorstellung, jeden Tag in einem Büro vor dem Bildschirm zu sitzen, macht mich schier verrückt.«

Ich hörte nur seine Stimme, beachtete die Angstgedanken nicht und langsam aber sicher gelang wieder etwas mehr Luft in meine Lungen. Die Bewegungen seines Daumens auf meiner Haut beruhigten mich einerseits, aber anderseits begann meine Hand durch seine Berührung zu kribbeln.

»Kochen entspannt mich, macht wahnsinnig Spaß und bringt mich irgendwie in eine andere Welt, die man mit allen Sinnen spüren kann.«

Unwillkürlich musste ich an meine Bilder denken, stand automatisch vor meiner Leinwand und spürte den Pinsel zwischen meinen Fingern. Ich konnte ihn sehr gut verstehen. Noch eine Gemeinsamkeit. Vorsichtig schielte ich zu ihm rüber. Er hatte den Kopf gegen die Wand gelehnt und sein Blick war verschleiert, aber glücklich. Er war gerade in seiner Welt und es war schön, ihn dabei beobachten zu können. Seine Gesichtszüge waren weich, seine Augen leuchteten und er wirkte so unbeschwert.

»Ich kenne das Gefühl«, rutschte es mir heraus und ich war selbst überrascht, dass ich meine Sprache wiedergefunden hatte.

Sein Daumen erstarrte kurz, bevor er weiter über meine Haut strich. Ich lehnte mich ebenfalls gegen die Wand und atmete tief aus.

»Davon gibt es nur wenige. Die meisten erzählen mir nur, wie wenig man als Koch verdienen würde und dass ich mir das bloß wieder aus dem Kopf schlagen sollte.«

Irgendwie verband uns das. Ich war zwar nicht gut genug, aber der Gedanke, später als Malerin zu arbeiten, war traumhaft. Doch auch mir sagte jeder, dass ich etwas Ordentliches lernen sollte und vom Malen nicht leben könnte.

»Es geht immer nur ums Geld und gar nicht darum, was glücklich macht«, flüsterte ich.

Das Zittern hatte aufgehört, das Kribbeln blieb. Und das würde es, solange er mich noch berührte. Er wandte den Kopf in meine Richtung und sah mir viel zu tief in die Augen. Mein Gesicht fing an zu glühen.

»Das stimmt. Geht es dir besser?«

Ich nickte. Er hatte es mal wieder geschafft, mich aus meiner Panik zu holen. Ich war froh, aber gleichzeitig fühlte ich mich schlecht. Er sollte mich nicht noch einmal so sehen. Ich wollte generell nicht, dass mich überhaupt jemand so sah, aber schon gar nicht er.

»Lou noch mal, es tut mir leid, dass ich am Dienstag einfach verschwunden bin. Der Film hat Erinnerungen hervorgeholt an die Krankheitszeit meiner Mutter. Ich bin total kopflos abgehauen, aber ich hab dich damit verletzt. Es hatte nichts mit dir zu tun. Kannst du mir verzeihen?«

»Aber ich und das hier ...«, ich bewegte die Hände in den Raum. »... wird dich immer wieder daran erinnern.«

»Auf eine andere Art.«

Ich runzelte die Stirn.

»Weißt du, im Film ist er an seiner Krankheit gestorben und es gab eine Zeit, da stand es auch um meine Mutter nicht gut. Ich hatte Angst sie zu verlieren und im Film hat mich Gerrys Tod daran erinnert, was ich hätte verlieren können. Aber die Panikattacken, die sie hatte, bewirkten eher das Gegenteil.«

Jetzt verstand ich gar nichts mehr. Ich legte meinen Kopf schräg und wartete darauf, dass er weitersprach.

»Sie zeigten, dass sie noch am Leben war. Solange sie die hatte, war ich eher beruhigt. Sie hatte noch Energie, war lebendig. Dann gab es allerdings eine Zeit, da hatte sie keine Kraft mehr, keinen Willen, kämpfte nicht, das war viel schlimmer. Keine Panik, aber dafür auch nichts anderes mehr.« Er verzog das Gesicht und in seinen Augen lag ein tiefer Schmerz.

Ich schluckte. Nicht im Traum wollte ich mir so etwas mit meiner Mutter vorstellen. Es tat mir so leid, dass er das durchmachen musste und diesmal war ich es, die seine Hand drückte.

»Dich sollte nichts mehr daran erinnern müssen. Es wäre besser, wenn du nichts mehr mit einem Angstpatienten zu tun hast.« Ich rang mir ein Lächeln ab. »Ich kann das nachvollziehen.«

Er rutschte nach vorne, setzte sich mir genau gegenüber und nahm meine beiden Hände in seine. Mein Herz geriet ins Stocken. Unsere Beine streiften sich und ich spürte diese Berührung überall. Oh mein Gott. Warum saßen wir noch mal hier? Was hatte ich gerade gesagt?

»So, jetzt hörst du mir mal zu«, fing er an und ich war mir nicht sicher, ob ich gleich alles mitbekommen würde, wenn weiter dieses Prickeln durch meine Venen schoss.

»Weder du, noch diese Momente wie eben gerade, erinnern mich an die Krankheit meiner Mutter. Ich werde nicht gehen, ich bleibe, das heißt, wenn du mich nicht rausschmeißt. Mir ist es scheißegal, ob du Panikattacken hast oder nicht. Ich mag dich, so wie du bist und verbringe gerne meine Zeit mit dir.«

Ein heftiges Flattern machte sich in meinem Brustkorb breit und ich konnte keinen vernünftigen Gedanken mehr fassen. Immer wieder ging ich seine Worte durch, aber es änderte sich nichts. Sie klangen immer noch genauso schön. Hitze jagte durch meinen Körper. Ich wusste allerdings nicht, ob ich das könnte, wenn meine Mutter so krank gewesen wäre. Mich würden die Panikattacken jedes Mal daran erinnern. Ich fand es merkwürdig, dass er meinte, für ihn wäre das nicht so. Das konnte ich mir kaum vorstellen. Aber ich musste ihm glauben, auch wenn es mir schwerfiel, oder? Ich wollte es zumindest, weil ich mir nichts Schöneres vorstellen konnte, als ihn um mich zu haben. Jeder Mensch war unterschiedlich und ging anders damit um und anscheinend machte es ihm nichts aus.

»Hat es dir die Sprache verschlagen?«, fragte er.

Ich nickte und er lächelte mich an.

»Kannst du mir eine Frage beantworten? Verzeihst du mir oder willst du noch, dass ich gehe?«

»Ich verzeihe dir unter einer Bedingung.« Ich war über mich selbst überrascht. Wann war ich so mutig geworden?

Er grinste spöttisch. »Okay, unter welcher?«

»Du kochst für mich.«

Sein Mund zuckte. »Okay, abgemacht. Aber auch nur unter einer Bedingung.«

Ich runzelte die Stirn. Was kam jetzt? Eine Bedingung für eine Bedingung?

»Du kommst mit zu mir und ich koche dort für dich.« Er sah mich herausfordernd an.

Verdammt. Das würde nicht gerade leicht für mich werden. Eine Umgebung, die ich nicht kannte, dazu war ich auf ihn angewiesen, um hin- und zurückzukommen und eventuell würde ich sogar auf seine

Eltern treffen. Oh mein Gott. Aber gleichzeitig wusste ich, dass ich im Falle einer Panikattacke in guten Händen war. Ich fühlte mich sicher bei ihm, also stimmte ich zu.

»Einverstanden.«

Er strahlte. »Super, dann hol ich dich morgen um 10 Uhr ab und wir fahren zu mir.«

Ich nickte.

»Der Boden wird langsam ein wenig unbequem, wollen wir vielleicht zurück in dein Zimmer gehen?«, fragte er.

Ich war erleichtert. Er würde nicht sofort wieder gehen. Meine Mundwinkel zogen sich automatisch nach oben.

»Gehst du kurz vor? Ich brauch noch zwei Minuten.«

Er verließ den Raum und erst als ich Schritte hörte, die immer leiser wurden, hievte ich mich hoch und blickte in den Spiegel. Ich sah erschöpft aus, aber gleichzeitig war da ein Lächeln in meinem Gesicht, das ich nicht kannte. Es ließ sich nicht glatt streichen oder wegwischen, es war wie festgewachsen. Ich wusste genau, woher es kam, ebenso wie das Kribbeln in meinem Bauch. Allerdings hatte ich auch Angst, denn das, was sich gerade so verdammt gut anfühlte, konnte sich auch sehr schnell in etwas extrem Schmerzhaftes verwandeln. Ich verwarf den Gedanken, spritzte mir etwas Wasser ins Gesicht, fuhr notdürftig mit dem Kamm durch meine Haare und verließ das Bad. Als ich in mein Zimmer kam, blieb ich ruckartig stehen und schnappe nach Luft.

7. Kapitel

Ich machte zweimal den Mund auf, bevor ich zu ihm hastete und ihm den Notizblock aus der Hand riss. Wie konnte er das tun? Das war privat. Ich funkelte ihn böse an.

Er hob die Hände in die Luft. »Sorry, ich war neugierig.«

Ich drückte den Block an meinen Oberkörper. »Schon mal etwas von Privatsphäre gehört? Die Zeichnungen sind sehr persönlich und nicht dafür gedacht, dass sie jemand sieht.«

Ich warf ihm einen wütenden Blick zu. Das war wie mein Tagebuch, nur dass ich meine Gedanken und Gefühle in Bildern festhielt.

»Sie sollten aber gesehen werden«, stellte er fest.

»Nein, das sind nur Kritzeleien«, gab ich zurück und stopfte den Block in den Schrank.

»Sie sind mehr als das.«

Ich wirbelte herum. »Du hattest kein Recht, einfach in meinen privaten Sachen zu schnüffeln. Das ist ...« Ich brach ab, als er einen Schritt auf mich zumachte und mein Gesicht in seine Hände nahm. Mir blieb die Luft weg. Ich wusste nicht mehr, was ich sagen wollte oder wo ich überhaupt war.

»Die Zeichnungen sind wunderschön.«

Ich konnte seinen Atem auf meiner Haut spüren und bekam eine Gänsehaut.

»Sie sind traurig, teilweise voller Schmerz, aber gleichzeitig unglaublich gut.«

Sein Mund war so dicht und ich konnte meinen Blick nicht davon abwenden.

»Sind sie nicht und sie sind intim«, flüsterte ich.

»Was meinst du, was andere Maler in ihr Bild packen? Oder Autoren und Musiker?« Er ließ mein Gesicht los und fasste sich an die Brust. »Ihre Gedanken, Gefühle, ihr Innerstes. Und genau deswegen wird es gut und das Bild oder der Song berührt dich.«

Da hatte er natürlich recht. Wenn keine Emotionen in dem Bild oder Song steckten, konnte man es nicht fühlen. Es war einfach nicht gut, wenn es nicht ans Herz ging. Ich wusste dennoch nicht, ob ich das könnte. Die Zeichnungen, die mich widerspiegelten, anderen zu zeigen, war, als würde ich mein Herz und meine Seele auf den Tisch spucken.

»Mag sein. Du hättest sie dir dennoch nicht einfach ansehen dürfen«, sagte ich vorwurfsvoll.

Jetzt wo sein Gesicht nicht mehr so dicht vor meinem war, konnte ich wenigstens wieder klar denken.

»Das stimmt, aber ich bereue es nicht. Ich bin froh, dass ich sie gesehen habe, du hättest sie mir sicher nicht gezeigt, oder?«

Ich schüttelte den Kopf. Niemals.

»Siehst du. Ich kann dich nicht zwingen, sie der ganzen Welt zu zeigen, obwohl du das echt tun solltest, weil sie verdammt gut sind, aber wenigstens konnte ich sie sehen. Deswegen bedaure ich es auch nicht, tut mir leid.«

Er zuckt mit den Achseln und meine Wut verrauchte. Bei den Worten konnte ich einfach nicht mehr wütend sein. Im Gegenteil.

»Hey ihr«, hörte ich meine Mutter und schreckte zusammen.

Ich hatte gar nicht mitbekommen, dass die Garage aufgegangen oder sie ins Haus gekommen war. Verdammt. Hektisch blickte ich von Zack zu meiner Mutter und zurück. Doch ehe ich reagieren konnte, ging Zack auf meine Mutter zu und streckte ihr die Hand entgegen.

»Ich bin Zack Taylor, freut mich Sie kennenzulernen, Frau Wolf.«

Sie strahlte. »Freut mich auch, Zack. Nenn mich doch bitte Yvonne.«

Ich stand immer noch stocksteif neben dem Schreibtisch und beobachtete die beiden. Es war ein komisches Bild, meine Mutter und Zack im selben Raum zu sehen und es machte es irgendwie realer. Dieser tolle Typ war wirklich hier und wollte seine Zeit ausgerechnet mit mir verbringen. Verrückt.

»Was habt ihr beiden jetzt vor? Ich hab Eis mitgebracht. Habt ihr Lust?«

Ich zuckte mit den Schultern und sah zu Zack. Ich hatte keine Ahnung, was er heute noch vorhatte.

»Gern«, antwortete er und lächelte mir zu.

»Super, dann hol ich schon mal die Eisschalen aus dem Schrank und ihr kommt einfach in ein paar Minuten auf die Terrasse. Ich mach auch gleich Kaffee. Zack, möchtest du auch einen?«

Er schüttelte den Kopf. »Ich trinke keinen Kaffee.«

Meine Mutter schmunzelte. »Dann passt du ja perfekt zu Lou«, stellte sie fest und verließ mein Zimmer.

Ich lief rot an. War ja klar, dass es peinlich werden würde. Was war das überhaupt für eine Wortwahl? Wir waren doch nicht zusammen. Ob es eine gute Idee war zuzusagen? Vielleicht würde sie noch mehr Dinge sagen und mich vollkommen blamieren. Zack legte den Kopf schief und warf mir einen fragenden Blick zu.

»Ich trinke auch keinen. Ich find Kaffee einfach nur widerlich. Sie dagegen ist ein echter Suchti und versteht nicht, wie ich es auch nur einen Tag ohne aushalten kann.« Ich verdrehte die Augen.

Zack lachte. »Ich kann nicht verstehen, wie man diese ekelhafte Plörre überhaupt runterbekommt«, entgegnete er und ich stimmte in sein Lachen ein.

Zack verabschiedete sich kurz vor der Abendbrotzeit. Wir hatten eine Weile mit meiner Mutter auf der Terrasse gesessen und natürlich gab es Erdbeereis, was ihm ein breites Grinsen entlockte. Die beiden unterhielten sich die meiste Zeit und ich konnte sehen, dass meine Mutter ihn mochte. Wie konnte man ihn auch nicht mögen? Zack war einfach toll. Viel zu toll, um wahr zu sein. Ich genoss es sehr, dass er da war und mit uns Eis aß, dass er Kaffee genauso hasste wie ich und ihm meine Zeichnungen gefielen. Auch wenn er mich am Dienstag stehen gelassen und sich ohne mich zu fragen mein Notizblock angesehen hatte, tat das meinen Gefühlen keinen Abbruch. Ganz im Gegenteil. Durch seine Art, seine Worte und wie er mich behandelte, empfand ich schon mehr für ihn, als gut für mich war.

• • •

Am nächsten Morgen wachte ich schon um 6 Uhr auf und konnte nicht mehr einschlafen, weil ich einfach viel zu nervös war. Meine Gedanken kreisten unentwegt um das Mittagessen mit Zack, das Haus und ob ich vielleicht auf seine Eltern treffen würde. Von halb zehn an ging ich im Minutentakt zum Fenster, weil ich nichts mit mir anzufangen wusste. Ich war viel zu hibbelig für alles. Als er dann zwei Minuten vor 10 in die Einfahrt fuhr, schlug mein Herz so heftig, dass mein ganzer Körper vibrierte.

»Hey«, rief er schon von Weitem und kam auf mich zu.

In seinen schwarzen Shorts und dem blauen Shirt sah er einfach unwiderstehlich aus. Das machte mich nur noch unruhiger. Ich wusste nicht, wie ich ihn begrüßen sollte, darüber hatte ich mir vorhin schon Gedanken gemacht. Die letzten Male ist das immer irgendwie ausgefallen, aber jetzt war es eine andere Situation. Während ich noch darüber nachdachte, hatte Zack schon die Arme um mich gelegt und mich an sich gedrückt. Ein angenehmer Schauer rieselte über meinen Rücken. Es war keine kurze flüchtige Umarmung, sie war lang, fest und sanft zugleich und ich spürte sie in jeder Faser meines Körpers.

»Du siehst toll aus«, sagte er mit einem Lächeln, als er sich von mir löste.

»Danke.« Verlegen blickte ich auf meine Füße.

Ich hatte heute ein braunes Sommerkleid an und dazu schwarze Flipflops.

»Bist du bereit, können wir los?«

Ich nickte zögerlich.

Die Fahrt dauerte nicht lange, vielleicht zehn Minuten, und Zack redete ununterbrochen, was wirklich half, um mich von meiner Angst abzulenken. Mein Herz schlug dennoch ziemlich schnell und meine Hände waren schwitzig. Zack erzählte mir von den ganzen Sachen, die er bereits gekocht hatte. Von seinen missglückten Gerichten, aber auch von denen, die perfekt gelangen. Ich war total gespannt, was er heute kochen würde, aber er wollte es mir einfach nicht verraten.

»Wir sind da«, verkündete er und hielt an.

Das Haus, vor dem wir standen, war ziemlich gewaltig. Unseres würde hier wohl zwei- oder sogar dreimal reinpassen. Die Farbe des zweistöckigen Gebäudes war schlicht gehalten, weiß mit einem schwarzen Dach. Die Fenster waren ziemlich lang und breit, was von innen sicher schön hell wirkte. Selbst die Garage war beeindruckend groß und hatte bestimmt genug Platz für drei Autos. Ich wusste durch Mia zwar, dass seine Familie Geld hatte, aber das Thema kam bisher nie zur Sprache und dementsprechend überrascht war ich jetzt. Zack schien das zu spüren, denn aus den Augenwinkeln konnte ich sehen, wie er mich beobachtete.

Ich wandte mich ihm zu. »Schönes Haus.«

Er zog die Augenbrauen nach oben. »Das ist alles?«

»Sollte ich mehr Bewunderung zeigen?«

Er schüttelte belustigt den Kopf. »Nein. Ich dachte nur, du hättest vielleicht ein paar Fragen.«

»Nö«, gab ich zurück und er grinste.

Natürlich fühlte ich mich durch dieses riesige Haus irgendwie erdrückt und ich fragte mich, wie viel seine Eltern wohl verdienen mussten, um sich so etwas leisten zu können. Aber eigentlich spielte es keine Rolle. Zack machte nicht im Entferntesten den Eindruck, als würde ihm Geld irgendetwas bedeuten. Dennoch zitterten meine Beine, als wir durch den Vorgarten gingen. Was mich wohl im Inneren erwartete?

Kaum waren wir drin, bog Zack schon nach rechts ab, während ich mir noch staunend den riesigen Flur ansah. Er war schlicht eingerichtet und gleichzeitig modern. Die Einrichtung war in den Farben des Hauses gehalten und alles war so sauber und ordentlich, als hätten sie eine Putzfrau. Vermutlich gab es wirklich eine.

»Ich muss kurz noch etwas für die Vorspeise vorbereiten, danach zeige ich dir das Haus«, hörte ich ihn sagen und folgte ihm in die Küche, die dreifach so groß war wie unsere.

Hatte er gerade Vorspeise gesagt? »Es gibt eine Vorspeise?«

»Natürlich. Vorspeise, Hauptgericht, Dessert. Wenn schon, denn schon«, sagte er und zwinkerte mir zu.

Wow.

»Du wirst mir nicht sagen, was für eine, oder?« Ich hob die Augenbrauen.

»Nein«, sagte er knapp und lachte. »Du kannst dich solange hier hinsetzen.« Er wies auf einen Stuhl am Tresen.

»Helfen darf ich also auch nicht?«

Er holte eine Glaskaraffe mit Flüssigkeit aus dem Kühlschrank und goss zwei Gläser voll. »Nein, heute wirst du von vorne bis hinten bedient«, sagte er und stellte mir eins der Gläser vor die Nase. »Ich hoffe, Eistee ist in Ordnung. Den hab ich vorhin noch fix gemacht.«

»Selbst gemachten Eistee habe ich noch nie getrunken«, gab ich verlegen zu.

»Echt nicht? Dann hoffe ich mal, dass dieser nicht enttäuschend ist.«

Das hoffte ich auch. Gekauften Eistee mochte ich noch nie, viel zu süß und auch geschmacklich nicht gerade gut. Vorsichtig nahm ich einen Schluck. Sehr fruchtig, nicht zu süß und irgendwie natürlich. Sein Eistee gefiel mir schon mal, wenn er genauso gut kochte, dann konnte es nur fantastisch schmecken.

»Und?«

»Ausgezeichnet.«

Seine Augen leuchteten. »Na Gott sei Dank.« Er wischte sich eine imaginäre Schweißperle von der Stirn und ich musste schmunzeln.

Dann trank er selbst, bevor er eine Schüssel aus der Ecke holte und eine Brotform aus dem Schrank.

»Es wird also Brot geben«, stellte ich fest.

Seine Schultern bebten vor Lachen. »Kann sein. Vielleicht solltest du dich aber auch einfach mal überraschen lassen.«

Ich ließ mich zurück auf den Stuhl fallen. Na gut, dann sah ich mich eben etwas um. Die Küche war in Weinrot gehalten und neben zwei Kochfeldern, zwei Backöfen, einer Kaffeemaschine und diversen anderen Geräten, war auch so ein typischer amerikanischer Kühlschrank vorhanden. Ich liebte diese Dinger. Platz ohne Ende und immer Eiswürfel parat, aber leider waren sie viel zu teuer. Vor der Arbeitsfläche befand sich ein langer Tresen mit Barhockern, wobei ich auf einem davon saß. Aber das war nicht der einzige Platz, an dem man essen konnte. Hinter mir, abgetrennt durch Wände, die nur ein Stück in den Raum hineinreichten, lag ein Esszimmer mit einem riesigen Holztisch. Dahinter verbarg sich noch ein weiteres Zimmer, was ich allerdings von hier aus nicht richtig sehen konnte. Eine graue Couch ließ jedoch erahnen, dass es sich um das Wohnzimmer handelte.

»So, vorerst alles erledigt«, verkündete Zack. »Bereit für eine Führung?«

Ich nickte.

Zuerst gingen wir durchs Ess- und Wohnzimmer, welche beide verdammt gigantisch wirkten. Kaum zu glauben, dass hier nur drei Leute wohnten. Im Untergeschoss befanden sich noch ein Gästezimmer, ein Bad und ein Hauswirtschaftsraum. Nach und nach begann ich, mich an die Größe von allem zu gewöhnen. Deshalb überraschten mich der Pool, die Terrasse und das weitläufige Grundstück auch nicht mehr. Oben gab es ein Gästezimmer, ein Bad sowie ein Arbeitszimmer, was wir allerdings nicht betraten, weil sein Vater darin gerade arbeitete. Daneben befand sich das Zimmer seiner Eltern mit eigenem Badezimmer und begehbarem Kleiderschrank. Als Letztes blieb sein Zimmer, was mich am meisten interessierte. Zack verharrte mit den Händen in den Taschen vor der Tür und ließ mich zuerst eintreten. Es war nicht so modern gestaltet wie der Rest des Hauses, eher auf alt gemacht. Die Schränke, der Tisch und das Bett waren aus massivem dunklem Holz, wirkten alt, aber gleichzeitig schön. Die Wände hatten genauso wie die Couch einen schönen Cremeton, der gut zum Rest passte. Die vielen Bilder brachten Leben in den Raum. Sie zeigten Landschaftsaufnahmen aus diversen Ländern und ich war mir sicher, dass Zack überall gewesen war. Sie vermittelten ein Gefühl von Freiheit und Unabhängigkeit. Durch die langen Fenster kam genug Licht in das Zimmer und die Möbel wirkten weniger dunkel. Das einzige Moderne in dem Raum war der große Flachbildfernseher, der mich an den Rest des Hauses erinnerte. Aber ich, als Serienjunkie, hätte darauf wohl auch nicht verzichten wollen. Ich fühlte mich automatisch wohl hier.

»Gefällt es dir?« Seine Stimme klang unsicher.

»Ja sehr«, sagte ich ehrlich und lächelte ihn an.

Seine Augen strahlten, als wäre es ihm irgendwie wichtig, was ich über sein Zimmer dachte. Als darauf keiner mehr etwas sagte und er seinen Blick nicht von mir nahm, stellten sich alle Härchen auf meiner Haut einzeln auf. Ich konnte ebenfalls nicht wegschauen. Warum sagte er nichts mehr? Wieso sah er mich auf eine Weise an, die meinen Bauch vibrieren ließ? Seine Augen glühten und ich hielt die Luft an. Was war plötzlich los? Wann hatte sich die Stimmung so verändert? Mein Herz begann wie wild zu hämmern, als er zwei große Schritte auf mich zumachte. Ein Zittern durchlief meinen Körper und ohne dass ich es verhindern konnte, flatterte mein Blick zu seinem Mund. Ich hörte ihn tief einatmen.

»Hey Zacharias ... Oh tut mir leid, ich wollte euch nicht stören.«

Ein Mann stand im Türrahmen, unverkennbar Zacks Vater. Er hatte zwar blaue Augen und war ziemlich groß, aber ansonsten war Zack ihm wie aus dem Gesicht geschnitten.

Zack räusperte sich. »Schon okay, Dad. Komm rein, ich möchte dir gerne Lou vorstellen.«

Er kam auf mich zu und reichte mir die Hand, die ich vorsichtig entgegennahm.

»Schön, dich kennenzulernen, Lou. Ich bin David.« Er schenkte mir ein echtes Lächeln.

Er sprach zwar sehr gut Deutsch, aber sein Akzent war dennoch deutlich zu hören. Ich brauchte einen Moment, um meine Stimme wiederzufinden.

»Freut mich«, murmelte ich und wurde rot.

Der Moment, in dem er uns gerade ertappt hatte, war mir irgendwie peinlich. Vielleicht hat er nichts gesehen oder sich nichts dabei gedacht, aber vielleicht hat er das Gleiche gespürt wie ich. Wenn ja, ließ er sich das jedenfalls nicht anmerken.

»Ich koche heute Mittag für Lou. Das Brot für die Vorspeise ist gerade noch im Ofen«, erklärte Zack.

»Oh, was gibt es denn? Meinst du, es bleibt eventuell noch etwas für mich übrig?«

»Das wird eine Überraschung, aber es bleibt sicher genug übrig.«

»Klasse. Ein sehr praktisches Hobby, davon haben wir alle was. Und jetzt auch du, Lou«, behauptete David und zwinkerte mir zu.

Ich rang mir ein Lächeln ab und schielte zu Zack. Seine Miene verriet nichts, aber ich wusste, dass es für ihn mehr war als nur ein Hobby.

»Na gut, dann will ich euch nicht weiter stören. Viel Spaß. Ich hole mir nur schnell was zu trinken und dann muss ich ein paar Telefonate führen.« Er hob die Hand und verschwand.

• • •

Kurze Zeit später saß ich wieder am Tresen und Zack bereitete unser Essen zu. Als Vorspeise gab es Bruschetta, was irgendwie einfach, aber extrem lecker war. Das Hauptgericht bestand aus selbst gemachten Gnocchi mit Gemüse und gebackenem Schafskäse. Es war ein Geschmackserlebnis erster Klasse. Ich kannte nur Gnocchi aus dem Kühlregal, die überhaupt nicht zu vergleichen waren mit denen, die Zack gezaubert hatte. Auch wenn ich mich schon total voll fühlte, war ich dennoch gespannt auf die Nachspeise, die er gerade aus dem Kühlschrank holte. Das Einzige, das mir während des Mittagessens auffiel, war, dass er wenig aß. Männer schaufelten doch normalerweise haufenweise Essen in sich hinein und Frauen waren diejenigen, die nur die Hälfte schaffften. Achtete er auf seine Figur? Wurde er schnell dick und aß deswegen weniger? Ich traute mich so was nicht zu fragen. Vielleicht steckte auch etwas anderes dahinter und ich trat voll ins Fettnäpfchen. Eventuell war er früher mal ganz dick und musste jetzt aufpassen? Das konnte ich mir bei ihm zwar gar nicht vorstellen, aber wer weiß. Bevor ich weiter darüber nachdenken konnte, stellte Zack das Dessert vor mir ab. Auch wenn ich eigentlich satt war, konnte ich es kaum erwarten es zu probieren. Ich liebte Süßes. Es sah aus wie Fruchtquark. Ich tauchte einen Löffel hinein und schob ihn mir in den Mund. Mhm, himmlisch. Erdbeerig, sahnig, cremig, lecker.

»Schmeckt fantastisch. Was ist drin?«, wollte ich wissen.

»Natürlich Erdbeeren, wie du sicherlich bemerkt hast, Baiser, Sahne und Quark.«

Ich aß den Nachtisch komplett auf, er war einfach zu köstlich. Irgendwie hatte der Magen eine Geheimecke, die er genau für so was immer freihielt.

»Danke für dieses tolle Menü, Zack. Das war echt unglaublich. Ich habe noch nie so gut gegessen. Ich wäre in deinem Restaurant Stammgast«, verkündete ich und er wurde rot.

»Ach so gut war das nun auch wieder nicht. Man hätte einiges besser machen können«, winkte er ab.

Warum zweifelte er so an sich selbst? Immer wirkte er selbstbewusst und relaxed, aber wenn es ums Kochen ging, war er plötzlich so unsicher und das, obwohl er es wirklich konnte.

»Es war perfekt, akzeptier's«, stieß ich aus und stand auf, um unsere Schüsseln abzuräumen.

Ich wollte ihm keine Möglichkeit geben, irgendetwas zu erwidern, also verschwand ich schnell aus dem Esszimmer. Er war wohl etwas perplex, denn es dauerte einen Moment, bis er zu mir aufschloss.

»Aber ...«, fing er direkt hinter mir an, als ich das Geschirr abgestellt hatte. Ich ließ ihn jedoch nicht ausreden und drückte ihm stattdessen meine Hand auf den Mund.

»Keine Diskussion«, sagte ich und machte ein ernstes Gesicht.

Er begann zu lachen und meine Haut kribbelte. Erst da wurde mir bewusst, wo ich gerade meine Hand hatte. Es war eine Kurzschlussreaktion gewesen, ich wollte nur, dass er nicht widersprach, doch jetzt war ich plötzlich tierisch nervös, versuchte aber, mir das nicht anmerken zu lassen. Seine Lippen waren so weich und ich leckte mir automatisch über meine.

»Hörst du jetzt auf oder muss ich meine Hand für immer dalassen?«

Er nickte und ich nahm meine Hand von seinem Mund, die wahnsinnig prickelte.

»Eigentlich war das Nicken auf die zweite Option bezogen.« Er grinste.

Ich musste mir ein Schmunzeln verkneifen. »Na gut, du hast es so gewollt«, gab ich zurück und presste meine Hand erneut auf seinen Mund.

Ein Schauer lief über meinen Rücken, als ich ihn wieder berührte. Er sagte etwas, aber ich konnte es nicht verstehen. Lächelnd schüttelte ich den Kopf und seine Schultern bebten. Ich wartete einen Moment und nachdem das Lachen versiegte, wurde ich mir der Nähe zwischen uns immer mehr bewusst und biss mir auf die Unterlippe. Verdammt, meine Hand war dort, wo am liebsten meine Lippen wären. Die Atmosphäre war plötzlich wie elektrisiert, zumindest kam es mir so vor. Sein Blick veränderte sich und er sah mir so tief in die Augen, dass mir ganz heiß wurde. Langsam nahm er meine Hand von seinem Mund und sein durchdringender Blick hypnotisierte mich. Vorsichtig legte er seine Hand an meine Wange. Ich hielt die Luft an und genoss das Gefühl seiner Haut auf meiner. Eine Tür ging auf und wir schreckten hoch. Déjàvu. Diesmal kam eine kleine Frau freudig auf uns zu oder vielmehr steuerte sie direkt mich an.

»Du musst Lou sein, ich bin so froh, dich endlich mal kennenzulernen«, sagte sie und schlang ihre Arme um mich.

Ich war überrascht von ihrer überschwänglichen Begrüßung, aber diese Warmherzigkeit, mit der sie mich umarmte, tat gut. Ich hatte solche Angst gehabt vor der Begegnung mit seinen Eltern und war jetzt erleichtert, dass sie mich so liebenswert annahmen.

»Habt ihr schon gegessen?« Sie schielte auf die Arbeitsplatte.

»Jap. Reste sind im Kühlschrank«, gab Zack zurück.

»Super, ich hab einen Bärenhunger, die Versammlung war anstrengend. Ich geh mich nur schnell umziehen. Ich hoffe, wir haben gleich noch ein wenig Zeit zu reden, Lou.« Sie warf mir noch ein Lächeln zu und verschwand.

Da standen wir wieder. Die gleiche Situation wie vorhin. Eine merkwürdige Stimmung lag in der Luft. Keiner wusste, was er jetzt sagen sollte. Unsicher schaute ich hin und her, bis Zack sich räusperte und doch das Wort ergriff.

»Hast du noch Zeit? Wir könnten in mein Zimmer gehen und ich zeig dir mal ein paar Reisebilder oder möchtest du nach Hause?«, fragte er.

»Ich würde gerne die Fotos sehen«, erwiderte ich und seine Mundwinkel verzogen sich zu einem Lächeln.

Wir gingen hoch und diesmal schloss er die Tür hinter uns ab. Ich musste schmunzeln. Keine Überraschungen mehr, sehr gut. Wir saßen im Schneidersitz auf seinem Bett und er zeigte mir mehrere Alben. Ich war erstaunt, wo er überall schon gewesen war und am meisten faszinierten mich die Bilder von Australien. Die vielen Tiere, die atemberaubende Natur, Sydney und Melbourne. Es war wunderschön.

»Ich würde am liebsten mal diesen Sand unter meinen Füßen spüren«, rutschte es mir heraus.

»Das kannst du irgendwann bestimmt mal«, entgegnete er und mein Lächeln starb.

Werde ich nicht. Niemals. Ich konnte ja nicht mal den Ostseesand fühlen, obwohl der im selben Land war. Wieso hatte ich das nur gesagt? Ich fixierte die Bilder, sah ihn nicht an und ignorierte, was er gerade gesagt hatte, in der Hoffnung, er würde es mir gleichtun. Aber natürlich hatte er andere Pläne.

»Lou, ich hab mir da etwas überlegt«, fing er an und legte das Album zur Seite.

Ich schaute ihn abwartend an. Er sah aus, als hätte er Angst vor meiner Reaktion und ich wappnete mich für das, was jetzt kommen würde.

»Was hältst du davon, wenn wir eine Art Liste erstellen mit Dingen, Orten und Unternehmungen, bei denen du Panik bekommst und sie nacheinander durchgehen?«

Mit geweiteten Augen starrte ich ihn an. War das sein Ernst?

»Hab ich das richtig verstanden? Du willst mein neuer Therapeut werden? Ist das ein Witz?«, stieß ich ungläubig aus.

»Nein. Mir ist klar, dass deine Therapeutin das wahrscheinlich schon versucht hat, aber vielleicht klappt es, wenn wir es zusammen tun.«

»Wieso sollte das anders sein?«

Eigentlich war die Frage blöd. Denn alles war anders mit ihm. Weil meine Gefühle für ihn meine Angst überschatteten, weil er so viel Ruhe und Selbstsicherheit ausstrahlte, dass ich mich in seiner Nähe automatisch entspannte, und weil ich mich sicher bei ihm fühlte. Aber das musste er jetzt gerade nicht wissen. Das, was er da vorschlug, erinnerte mich zu sehr an all die Ideen meiner Eltern, Mia und von Herrn Dr. Bauer und ich presste die Lippen zusammen, um meine Wut zu unterdrücken.

»Du bist mit mir in das Eiscafé gegangen und in den Bioladen.«

»Und wir wissen beide, was dort passiert ist. Weißt du, wie schwer es für mich war dort zu sein?«

»Niemand hat gesagt, dass es leicht werden würde.«

Was? Ich sprang geschockt auf. Er klang wie mein erster Therapeut, der null Verständnis gezeigt hatte und immer so gefühllos war. Meine Wut über den verdammten Dr. Bauer und über Zack schnürte mir den Magen zu. So sehr, dass alles hochkam, was ich immer runtergeschluckt hatte.

»Du hast doch keine Ahnung«, warf ich ihm an den Kopf. »Alle meinen immer, alles besser zu wissen, obwohl sie nicht in meiner Situation stecken. Probier mal das, geh dort hin … dann wird alles besser, die Angst wird weniger, je öfter du es tust …«, ahmte ich sie nach und gestikulierte mit den Händen in der Luft. »Wisst ihr, wie schlimm es ist, wenn die Luft plötzlich wegbleibt, das Herz rast und ihr davon überzeugt seid, dass ihr gleich ohnmächtig werdet?« Tränen der Wut und Verzweiflung brannten in meinen Augen. »Nein, wisst ihr nicht, weil ihr es noch nie erlebt habt. Aber ihr habt tausend kluge Sprüche parat ohne die geringste Ahnung davon zu haben.« Ich atmete geräuschvoll aus.

Es tat gut, das endlich mal rauszulassen. Zack stieg vom Bett und kam langsam auf mich zu. Ich wich automatisch zurück.

»Lou«, fing er an und streckte die Hand nach mir aus. »Es tut mir leid. Es ist nicht so, dass ich deine Gefühle nicht wahrnehme, ganz im Gegenteil. Ich will dich zu nichts zwingen, es war nur eine Idee.«

Nur eine Idee, nur ein Vorschlag. Das hatte ich so oft gehört. Sie meinten es nur gut. Ich fixierte den Boden, doch er überwand die Distanz zwischen uns und nahm meine Hand. Mit der anderen hob er mein Kinn, sodass ich ihn ansehen musste. In seinen Augen lag so viel Wärme und Zuneigung, dass mir ganz schwindlig wurde.

»Du musst überhaupt nichts. Ich dachte einfach nur, wie schön es sein könnte, wenn wir zusammen an den Strand oder ins Kino gehen könnten.«

Ich erstarrte. Darum ging es also? Er wollte diese Liste nicht für mich, sondern damit er nicht festsaß?

»Ist es das? Du kannst nur mit mir zusammen sein, wenn ich es schaffe, wieder nach draußen zu gehen?«

»Nein, natürlich nicht.«

Ich entriss ihm meine Hand und taumelte einen Schritt zurück.

»So bin ich nicht, Zack, und werde ich auch nie sein. Du solltest dir jemanden suchen, der normal ist, mit dem du reisen kannst und alles andere. Denn ich werde dir das nicht geben können.«

Es war hart das auszusprechen und einzusehen, was ich von Anfang an wusste. Ich war nicht gut genug für ihn.

Er sah mich geschockt an. »Darum geht es mir nicht.«

»Es wird Zeit, zu gehen. Ich würde dir nur im Weg stehen, ich bin nicht die Richtige für dich.«

Ich konnte nicht verhindern, dass mir Tränen über die Wange liefen, also drehte ich mich schnell um und wandte mich zum Gehen. Doch ehe ich auch nur einen Schritt machen konnte, griff Zack nach meinem Arm und zog mich an sich. Mit beiden Händen hielt er mich fest und ließ mich nicht entkommen. Ich war ihm so nah, dass ich seine Körperwärme spüren konnte und mein Herz überschlug sich, weil die Schmetterlinge nicht länger im Bauch blieben, sondern plötzlich überall waren. Diese verräterischen Dinger. Ich hasste es, dass ich so auf ihn reagierte und mich allein deswegen nicht zwingen konnte, einfach zu gehen.

»Das ist nicht wahr«, sagte er langsam und blickte mir dabei fest in die Augen.

Mir gefiel es gar nicht, dass er meine Tränen und somit das, was ich fühlte, sehen konnte.

»Du bist die, die ich will.« Er sprach jedes Wort einzeln und bedacht aus.

Ich verzog das Gesicht und schüttelte den Kopf. Nein, das dachte er vielleicht jetzt, aber das wird sich ändern, da war ich sicher. Und dann würde es mich in Stücke reißen. Mehr, als es das jetzt schon tat.

»Warum glaubst du mir nicht?«, fragte er verständnislos und schaute zwischen meinen Augen hin und her.

»Weil ich nicht das bin, was du dir im Inneren wünscht. Du hast dein Leben noch vor dir und solltest es genießen und nicht eingesperrt mit mir verbringen.«

»Du hast ja keine Ahnung.«

Ich runzelte die Stirn. Was sollte das heißen? Sein Blick war plötzlich voller Traurigkeit und Schmerz und ich wollte wissen warum. Doch ehe ich fragen konnte, veränderten sich seine Augen. Es lag mit einem Mal so viel Entschlossenheit und Feuer darin, dass sich eine Gänsehaut auf meiner Haut bildete. Er schaute zwischen meinen Augen und meinem Mund hin und her und ich musste schlucken. Er würde doch jetzt nicht ...? In so einer Situation? Ich war wie gelähmt, ich sollte mich losreißen, weglaufen, doch ich klebte fest. Wenn ich erst einmal seine Lippen auf meinen spüren würde, wüsste ich nicht, ob ich noch im Stande war, ihn jemals wieder loszulassen. Ich befahl meinen Füßen, sich zu bewegen, doch sie gehorchten mir nicht. Stattdessen machten sich meine Augen selbstständig und fixierten seinen Mund. Er sah so weich und zart aus und ich wollte wissen, ob er sich auch so anfühlte. Mein Atem ging stoßweise, genauso wie seiner. Sein Blick fand meinen und wirkte, als suchte er etwas darin. Ich weiß nicht, was genau, aber er schien es gefunden zu haben, denn im nächsten Moment loderten seine Augen auf und er presste seinen Mund verzweifelt auf meinen. Meine Lider flatterten zu und mir wurde schummrig. Ich hatte Mühe, nicht das Gleichgewicht zu verlieren. Als hätte Zack es gespürt, legte er seine Arme um meinen Rücken und zog mich näher an sich. Es war kein sanfter vorsichtiger Kuss, er fühlte sich eher an, als wäre er schon lange überfällig gewesen. Darin lag so viel aufgestautes Verlangen, dass ich es in jeder Zelle meines Körpers spüren konnte. Ich wusste nur nicht, ob es von mir oder von ihm kam oder von uns beiden. Das Prickeln wurde von Sekunde zu Sekunde stärker und ich gab mich hin. Vor allem gab ich auf. Ich gab auf, mich weiterhin zu wehren. Ich wollte es so sehr und er anscheinend auch. Schnell schlang ich meine Arme um seinen Hals und presste mich an ihn. Ich wollte ihm noch näher sein. Er stöhnte auf und ich öffnete meinen Mund, damit seine Zunge hineingleiten konnte. Erst vorsichtig und sanft, aber dann wurde es immer leidenschaftlicher. Ich verlor völlig das Gefühl von Zeit und Raum, wusste nicht mehr, wo ich war, aber eins stand fest, ich wollte hier nie mehr weg.

Keine Ahnung wie lange der Kuss dauerte, aber irgendwann lösten wir uns schwer atmend voneinander.

»Wow«, keuchte er und ich wurde rot, dachte allerdings genau das Gleiche.

Eine Weile war es still, jeder versuchte, wieder Luft zu bekommen und fühlte nach.

»Ich hoffe, dass dich das überzeugt hat. Denn wenn du das gerade nicht gefühlt hast, dann weiß ich auch nicht«, brachte er hervor und ich wandte mit glühenden Wangen den Blick ab und musste lächeln. »Ich muss gar nicht mehr raus. Wenn ich ein Leben lang mit dir hier drin bin und solche Küsse bekomme, bin ich wunschlos glücklich.«

Mein Herzschlag setzte einen Moment aus. Wow, ich war sprachlos.

»Aber um es noch mal mit anderen Worten zu sagen.« Er legte seine Hand an meine Wange. »Es geht mir hier nicht um mich. Ich möchte, dass du irgendwann den australischen Sand unter den Füßen spürst. Du bist erst siebzehn Jahre alt und solltest noch die ganze Welt bereisen. Ich möchte mehr. Für dich.«

Ich biss mir auf die Unterlippe, um sie vom Beben abzuhalten. Allerdings konnte ich meine Tränen nicht aufhalten. Zack wischte sie mit seinem Daumen fort.

»Du bist ein besonderer Mensch, Lou und ich möchte mit dir zusammen sein. Egal wo, egal wie.«

Ich schniefte und er drückte mich fest an sich. In dem Moment fällte ich einen Entschluss. Ich musste es versuchen. Für uns beide. Komischerweise fühlte ich mich mit ihm stärker. So, als könnte ich alles schaffen, wenn er nur bei mir war. Es lag nicht nur daran, dass ich plötzlich verdammt verliebt war und mich deswegen einfach so gut fühlte, sondern auch an ihm.

»Wie würde die Liste aussehen?«, flüsterte ich.

Er schob mich ein Stück von sich und sah mich überrascht an.

»Das kannst du entscheiden«, sagte er leise.

Ich nickte.

»Willst du es wirklich?«

»Ja«, flüsterte ich.

Er strahlte, nahm mein Gesicht in seine Hände und küsste mich diesmal so sanft, dass mir das Herz aus der Brust fiel.

8. Kapitel

Mit zittrigen Händen saß ich im Auto, mein Herz wummerte in meiner Brust und ich versuchte, gleichmäßig zu atmen. Wir standen auf dem Parkplatz vor dem Strand. Das war Punkt eins auf der Liste, die wir gestern noch erstellt hatten. Zack hatte Vorschläge gemacht, doch ich entschied, was auf die Liste kam und was nicht. Ein Ausflug zum See kam mir am wenigsten schlimm vor, aber gerade jetzt könnte ich mich ohrfeigen für diesen Gedanken.

»Sag einfach, wenn du so weit bist. Wir haben alle Zeit der Welt«, betonte er und lehnte sich zurück.

Zack war die Ruhe in Person und hatte eine Geduld, die mir absolut fehlte. Ich hasste es hier zu sitzen, aber ich wollte dort auch nicht raus. Ich strich mir immer wieder nervös die Haare hinters Ohr, bis ich mir irgendwann einen Zopf machte, weil es mich selbst schon nervte. Tausend Gedanken flatterten durch meinen Kopf und obwohl ich wusste, dass sie alles nur schlimmer machten, konnte ich sie nicht aufhalten. Was wenn ich am Strand eine Panikattacke bekam und alle es merkten? Was wenn ich keine Luft mehr kriegen oder umkippen würde? Ich schloss die Augen. Blödes, blödes Kopfkino.

Ich bekam einen richtigen Schreck, als die Musik plötzlich lauter wurde und Zack auch noch mitsang. Verwirrt blickte ich ihn an, doch er ließ sich nicht stören, schwang mit dem Oberkörper nach links und rechts und schmetterte das Lied gegen das Lenkrad. Ich kannte den Song, er war von Mark Forster und hieß *Sowieso*, aber ich hatte ihn noch nie so laut gehört. Zack offenbar schon, er kannte jedes Wort. Irgendwie sah er verdammt witzig dabei aus und ich presste die Lippen aufeinander, um mir ein Lächeln zu verkneifen, aber trotzdem entkam mir ein glucksender Laut. Zack wandte den Kopf zu mir, strahlte mich an und sang weiter. Und er klang gar nicht mal schlecht. Die gute Laune des Songs und die Fröhlichkeit, die Zack ausstrahlte, steckten mich an. Meine negativen Gedanken waren verschwunden, stattdessen lauschte ich dem tollen Song, bewegte die Lippen zum Text und spürte wie auch mein Körper sich im Takt bewegte. Bei der Lautstärke konnte man die Musik sicher auch außerhalb des Wagens hören und es sah bestimmt lustig aus, was wir hier drin veranstalteten, aber irgendwie war mir das gerade egal. Es machte Spaß. Beim letzten Wort des Songs kam er dichter und drückte mir einen Kuss auf den Mund, was mich endgültig den Rest der Welt vergessen ließ.

Mit einem Lächeln im Gesicht schaute er mich an. »Wollen wir?«, fragte er und ich nickte.

Ich war bereit.

Wir stiegen aus, Zack nahm Decke und Korb vom Rücksitz und griff nach meiner Hand. Beschwingt gingen wir die paar Meter vom Parkplatz zum Strand und das Lied klang noch immer in meinen Ohren. Die Angst war da, aber nicht mehr so heftig. Ich konzentrierte mich nicht auf sie, sondern auf seine Hand in meiner. Er hielt sie so fest, als wolle er sie nie wieder loslassen. Die Berührung strömte durch meinen ganzen Körper, gab mir Kraft und Sicherheit. Ich hatte das Gefühl mit ihm alles schaffen zu können.

Als Zack die Decke auf dem Rasen ausgebreitet und wir uns auf sie gesetzt hatten, sah ich mich das erste Mal so richtig um. Eine große Wiese lag vor dem Parkplatz und erst kurz vor dem Wasser erstreckte sich ein Streifen Sand. Ich konnte es kaum erwarten, ihn unter meinen Füßen zu spüren. In der Mitte des Strandes führte eine Brücke in den See, von der gerade ein paar Kinder hineinsprangen. Generell war noch nicht so viel los, hier und da ein paar Familien, aber es verteilte sich gut. Es war auch erst 10 Uhr, da schliefen die meisten in unserem Alter noch, wie zum Beispiel Mia. Sie war eine absolute Langschläferin, wenn man sie nicht weckte. Um 6 Uhr stand ich zwar auch nicht auf, aber dennoch fragte ich mich, wie man bis 11 Uhr schlafen konnte. Ich hatte gestern noch mit ihr telefoniert und sie war total baff, dass ich bei Zack zu Hause gewesen war und heute zum Strand ging. Sie wollte zu gern dabei sein, aber sie verbrachte das Wochenende gerade mit ihrer Mutter in Hamburg. Heute Abend würde sie *Der König der Löwen* schauen und ich war ganz neidisch. Aber nur ein bisschen. Denn gegen Zeit mit Zack konnte kein Musical der Welt mithalten. Ich hielt kurz inne. Ich war wirklich hier. Am Strand. Mit Zack. Das erste Mal war ich wirklich ein bisschen stolz und glücklich. Meine Hände waren etwas zittrig, aber ansonsten ging es mir gut. Würde es doch noch eine Zukunft außerhalb meines Zimmers für mich geben? Ich verbot mir zu hoffen, denn Hoffnungen wurden meistens enttäuscht. Stattdessen versuchte ich, einfach den Moment zu genießen mit einem tollen Mann an meiner Seite, der mich nahm, wie ich war. Das war überhaupt nicht selbstverständlich. Mein erster und bisher einziger Freund hatte das nicht getan.

»Denkst du schon wieder nach? Ich glaube, ich muss dich noch mal ablenken«, warf Zack ein und seine grünen Augen funkelten amüsiert.

»Da hab ich nichts gegen«, gab ich zurück und wurde rot. »Aber ich habe gerade keine Angstgedanken gehabt«, sagte ich stolz.

Er reichte mir eine Flasche Wasser und rückte näher zu mir, was meine Wangen automatisch heiß werden ließ.

»Verrätst du mir, was stattdessen in deinem Kopf vorgeht?«

»Ich habe gerade an meinen Ex-Freund gedacht«, stieß ich aus und ihm entglitten jegliche Gesichtszüge.

»Okay«, sagte er langgezogen. »Damit hatte ich nun wirklich nicht gerechnet.« Er wirkte verletzt, deshalb klärte ich das Ganze schnell auf.

»Nicht so wie du denkst«, fing ich an und starrte auf meine nackten Füße. Allein der Gedanke an Tom versetzte mir einen Stich oder mehrere. In jeder Pore meines Körpers. »Die Erinnerung an Tom ist schmerzhaft. Er hat mit mir Schluss gemacht, während ich in einer Klinik war. Per Brief.«

Ich schaute zu Zack, um seine Reaktion zu sehen. Mehrere Gefühle huschten über sein Gesicht. Überraschung, Schock, Entsetzen, Abscheu.

Ich heftete meinen Blick auf das Wasser. »Er hat geschrieben, dass er nicht mehr mit mir zusammen sein kann, weil er nicht mit dem klarkommt, was ich habe.«

Ich spürte deutlich die Wunde, die er damals in mein Herz gerissen hatte.

»Was für'n Arschloch«, spuckte Zack förmlich aus und ich erschrak aufgrund der Härte in seiner Stimme.

»Was ich eigentlich sagen wollte.« Ich knetete meine Hände. Es war verdammt schwer für mich, meine Gefühle auszusprechen. »Ich bin froh, dass du hier bist. Mit niemandem würde ich jetzt lieber hier sein als mit dir. Ich bin dir unglaublich dankbar für alles, was du tust. Auch wenn ich nicht verstehe, warum. Eigentlich solltest du das Weite suchen.«

Sofort griff er nach meiner Hand. »Unsinn. Wahrscheinlich hast du auch noch Verständnis dafür, dass dich dein Ex-Freund wegen der Panik verlassen hat.«

Ich biss mir auf die Unterlippe.

»Wusste ich's doch. Sag mir mal, hättest du ihn verlassen, wenn er Panikattacken bekommen hätte?«

Langsam schüttelte ich den Kopf.

»Eben, so hätte ich dich auch nicht eingeschätzt. Wenn man jemanden wirklich liebt, verlässt man ihn nicht, wenn es schwierig wird.«

Der Meinung war ich auch, aber so viele Leute in meiner Umgebung sahen das anscheinend anders. Ich war froh, dass Zack genauso dachte wie ich.

»Schau mich mal an«, verlangte er.

Ich drehte den Kopf zu ihm und blickte ihm vorsichtig in die Augen.

»Ich wäre auch mit niemandem lieber hier als mit dir.« Mein Herz setzte einen Schlag aus. »Wieso sollte ich das Weite suchen? Du bist ein wundervoller Mensch, Lou. Du bist klug, talentiert und liebenswürdig. Dir geht es nicht um schöne Nägel oder das tollste Outfit. Außerdem siehst du immer schön aus.« Meine Wangen glühten und er lächelte mich an, bevor seine Züge wieder ernst wurden. »Du bist tiefsinnig, ehrlich und mir ist völlig egal, dass du Ängste hast. Die hat jeder. Und du bist nicht deine Angst.«

Eine einzelne Träne rannte über mein Gesicht und er wischte sie mit seinem Daumen fort, bevor er mir einen zarten Kuss auf den Mund hauchte.

»Und jetzt lass uns den Tag genießen. Was hältst du davon, wenn wir ins Wasser gehen?«, fragte er mit leuchtenden Augen.

Ich nickte und er schenkte mir ein Lächeln. Mit einem Ruck richtete er sich auf, zog sowohl das Shirt als auch die Shorts aus und stand mit einer blauen Badehose vor mir. Mit geweiteten Augen starrte ich ihn an. Verdammt sah er heiß aus. Er wirkte zwar in Klamotten immer schon gut durchtrainiert, aber jetzt sah ich ihn das erste Mal oben ohne und konnte mich nicht sattsehen. Ich schluckte und schaute weg, bevor meine Hautfarbe die eines Krebses annahm. Langsam zog ich mir mein Kleid über den Kopf und hoffte, er würde nicht zu enttäuscht über meine Figur sein. Ich war dünn, vielleicht auch etwas zu dünn, und mein Körper war schwach, weil ich Sport hasste. Vorsichtig sah ich auf und fand seinen Blick, der mich förmlich durchbohrte.

Er räusperte sich. »Dann los«, sagte er und nahm meine Hand. Wir überbrückten die paar Meter bis zum Wasser und ich genoss den Sand unter meinen Füßen. Vorsichtig bewegte ich die Zehen und spürte jedes Korn an meiner Haut. Ein tolles Gefühl. Der See war nicht so kalt wie ich gedacht hatte, sodass ich Zack, der bereits vollkommen unter Wasser war, schnell folgte. Er zog mich sofort an sich, als ich ihn erreichte und ich genoss die Nähe und die Neckereien im Wasser. Hin und wieder schlichen sich Angstgedanken in meinen Kopf, die ich jedoch versuchte gar nicht erst wahrzunehmen, sondern mich voll und ganz auf das Hier und Jetzt zu konzentrieren.

Zack wollte unbedingt von der Brücke ins Wasser springen. Er konnte mich zwar nicht dazu überreden, auch von diesem Ding zu springen, aber wenigstens sie zu betreten. Es war eine Überwindung, vor allem weil sie ziemlich wacklig war, kein Geländer hatte und ich ständig das Gefühl hatte, ich würde jeden Augenblick herunterfallen. Aber ich ging trotzdem weiter bis zum Ende, wenn auch mit zitternden Knien und setzte mich, um Zack dabei zuzusehen, wie er einen Köpper machte.

An eine Sache hatte ich jedoch die ganze Zeit überhaupt nicht gedacht. Vielleicht hatte ich sie auch vollkommen verdrängt, keine Ahnung. Umso mehr schreckte ich jedoch zusammen, als zwei ehemalige Klassenkameradinnen neben mir auftauchten.

»Hallo Lou, na wieder gesund?«, fragte Caro – zumindest glaubte ich, dass sie so hieß – mit gespielter Freundlichkeit. Sarah stand nur grinsend neben ihr.

Meine Stimme versagte, ich war wie paralysiert und konnte sie nur mit großen Augen anstarren. Sie sahen aus, als wollten sie heute noch über den Laufsteg. Top geschminkt, lackierte Finger- und Fußnägel, perfekte Frisuren und viel zu knappe Push-up-Bikinis. Automatisch musste ich an meinen einfachen schwarzen Triangelbikini denken und meinen wirren Dutt. Im Vergleich zu ihnen sah ich aus wie das hässliche Entlein. Aber das war nicht der Grund, warum mein Puls sich beschleunigte. Auch sie hatten damals keine netten Dinge über mich gesagt, was wollten sie jetzt von mir?

»Wo hast du denn diesen heißen Typen aufgegabelt? Lernt man in der Klinik so sexy Männer kennen? Dann muss ich wohl auch mal ein bisschen auf verrückt machen«, sagte Sarah und kicherte los.

Verrückt. Der Stich in meine Brust war schnell und schmerzhaft.

»Nein, das ist doch Mias Cousin. Ich frag mich nur, was er von Lou will«, gab Caro zurück und zog die Nase kraus.

»Vielleicht hat sie ihm verschwiegen, was mit ihr los ist. Sollten wir ihn mal darüber in Kenntnis setzen?«

Ich spürte ein Stechen hintern den Lidern, weigerte mich aber zu weinen. Nicht vor ihnen. Ich konnte zwar nicht verhindern, dass sie mich verletzten, aber ich würde ihnen nicht die Genugtuung geben und ihnen zeigen, wie sehr.

»Oder er ist aus Mitleid mit ihr hier, weil sie sonst keinen abbekommt«, kommentierte Caro schmunzelnd.

»So oder so sollten wir ihn erlösen.«

»Ja, da bin ich auch für.«

Ihre Worte fühlten sich an wie Schläge, die mich mitten ins Herz trafen. Und sie nahmen einfach kein Ende.

»Wieso bist du eigentlich hier, Lou? Baden kannst du, aber nicht zur Schule gehen?«

»Spielst du vielleicht allen nur etwas vor, um nicht zur Schule zu müssen?«

Meine Kehle wurde immer enger und ich konnte nicht mehr atmen.

»Vielleicht solltet ihr nicht über etwas urteilen, von dem ihr keine Ahnung habt.«

Mein Kopf schnellte zur Seite. Zack. Ich schnappte erleichtert nach Luft, doch seine Miene war eisig und jeder Muskel seines Körpers angespannt.

»Hey, du heißt Zack richtig?«, fragte Caro und ging auf ihn zu. »Wir haben nur Spaß gemacht.« Sie zuckte mit den Schultern.

War das ihr verdammter Ernst? Spaß? Die hatte sie doch nicht alle. Sie machte noch einen Schritt auf ihn zu und ich hielt automatisch den Atem an.

»Hast du Lust mit uns ins Wasser zu kommen?«

Hat sie ihm gerade ihre Brüste entgegengestreckt? Widerlich. Er ballte die Hände zu Fäusten. »Ich sehe nicht, dass Lou lacht. Ihr? Kommt vielleicht daher, dass es nicht witzig ist, wenn man über jemanden herzieht und Behauptungen aufstellt, ohne das Geringste zu wissen. Und nein, ich habe keinerlei Interesse daran, mit euch Zeit zu verbringen, lieber hack ich mir ein Bein ab.«

Während die beiden sich perplex ansahen, war Zack bereits zu mir gestampft und holte mich mit einer Berührung aus meiner Erstarrung.

»Lass uns gehen«, sagte er und streckte mir seine Hand entgegen.

Ich schloss kurz die Augen, atmete tief durch und legte meine Hand in seine.

»Du weißt nicht, was du verpasst«, säuselte Sarah Zack hinterher.

»Oh doch und ich bin dankbar dafür«, stellte er trocken fest.

Als wir an der Decke ankamen, trank ich einen Schluck Wasser und wickelte mich in mein Handtuch, obwohl das sicher auch nicht gegen das Zittern half. Wir hatten fast dreißig Grad und ich zitterte. Super. Zack setzte sich zu mir und legte den Arm um meine Schultern.

»Hör nicht auf sie. Die haben nichts im Kopf.«

»Leichter gesagt, als getan.« Ich lehnte mich gegen ihn und schloss die Augen.

»Ich weiß. Aber du kannst tun, was du willst, sie werden immer einen Grund finden, um zu lästern.«

»Es tut trotzdem weh.«

»Oh ja. Deswegen muss man aufhören, es persönlich zu nehmen. Das ist schwer, ich weiß, aber zu wissen, dass es nichts mit dir zu tun hat, sondern mit ihnen selbst, hilft ein bisschen. Sie sind mit sich nicht zufrieden, sonst müssten sie nicht andere schlechtmachen, um sich selbst besser zu fühlen.«

Das klang logisch und vermutlich stimmte das auch. Irgendwie hatte er immer die richtigen Worte und seine Sicht auf die Welt beeindruckte mich. Wie gelang ihm das nur?

Ich drehte mich zur Seite und schaute ihn an. »Wie schaffst du das?«

»Was?«, fragte er perplex und legte den Kopf schräg.

»Du wirkst immer so stark, als könnte dir nichts und niemand etwas anhaben.«

Er lehnte sich zurück und bettete seinen Kopf auf eins der Kissen, die er mitgebracht hatte. Ich tat es ihm gleich, wandte mich aber ihm zu.

»Das war nicht immer so. Es gab Zeiten, da musste auch ich mich solchen Aussagen stellen und glaub mir, sie prallten ganz gewiss nicht einfach an mir ab.«

Was gab es Negatives über Zack zu sagen? Mir fiel absolut nichts ein, so sehr ich mein Hirn auch anstrengte. Er war perfekt.

Ich runzelte die Stirn. »Welche Aussagen und warum?«

Er atmete tief durch, bevor er antwortete.

»Wegen meiner Mutter war ich eine Zeit ziemlich neben der Spur. Wenn ich zur Schule ging, war ich meist trotzdem nicht richtig anwesend, sonderte mich ab und bekam manchmal gar nicht mit, wenn mich jemand ansprach. Alles in meinem Kopf drehte sich um sie und um die Angst, sie zu verlieren.« Er verzog das Gesicht.

Verständlich, da würde es doch niemandem anders gehen. Ich wollte mir im Traum nicht ausmalen, wie sich das anfühlen musste.

»Tja und wie Mitschüler so sind, haben sie geredet und mir irgendwelche psychischen Krankheiten angedichtet. Das verbreitete sich wie ein Lauffeuer und hielt sich ziemlich lange.«

Er konnte meine Situation nicht nur verstehen, sondern hatte sie selbst erlebt.

»Das ist heftig. Du hattest genug durchzustehen wegen deiner Mutter und dann noch das. Unglaublich, wie Menschen sein können.«

Er nickte.

Wie hatte er es geschafft, so stark zu werden wie jetzt, wenn er so etwas erlebt hatte? Erst die Krankheit seiner Mutter und dann noch diese Verletzungen. Es interessierte mich wirklich, was geschehen war.

»Was hat sich verändert?«, wollte ich wissen.

»Ich. Ich habe eine Entscheidung getroffen. Solange ich es zuließ, dass sie mich mit ihren Worten verletzten, solange würden sie es tun. Also hörte ich damit auf. Denn egal, was ich tat oder sagte, jeder dachte sowieso von mir, was er wollte und am Ende des Tages urteilten die Menschen so oder so. Also war es egal und ich wollte nicht mehr, dass solche Menschen so viele meiner Gedanken und Gefühle beanspruchten.«

Ich rückte dichter an ihn und legte meinen Kopf auf seine Brust. Ich bewunderte ihn und gleichzeitig war ich so froh, dass ausgerechnet er in mein Leben getreten war. Er legte automatisch seinen Arm um mich und zog mich noch näher an sich.

»Das klingt vernünftig«, murmelte ich.

»Man sollte das Leben in vollen Zügen genießen und es sich nicht durch das Gequatsche anderer Leute kaputt machen lassen. Es ist dein Leben und deine Entscheidung.«

Zack hatte recht mit dem, was er sagte. Es war sicher nicht leicht, aber ich musste es versuchen. Ich fühlte mich so stark mit ihm an meiner Seite. Was gab es besseres, als hier in seinen Armen zu liegen?

Eine Weile lagen wir einfach nur so da und jeder hing seinen Gedanken nach, bis Zack ein magisches Wort aussprach, das sofort für Glücksgefühle sorgte. Muffins. Er hatte tatsächlich welche gebacken und es waren die besten, die ich jemals gegessen hatte. Sie waren so fluffig, schokoladig und jeder Bissen war eine Geschmacksexplosion. Den ersten hatte ich quasi eingeatmet, den zweiten genoss ich ganz langsam und als ich nach dem dritten griff, machte Zack große Augen, doch ich grinste ihn nur an. Ich war zwar schon satt, aber sie waren einfach so verdammt lecker.

»Darf ich dich etwas fragen?« Seine Stimme klang nachdenklich.

»Klar. Schieß los«, gab ich zurück und biss in den Muffin.

»Wovor hast du genau Angst? Also in deiner Attacke, was kann schlimmstenfalls passieren?«

Ich musste schlucken und irgendwie blieb mir ein Stück im Hals stecken. Ich legte den angebissenen Muffin zur Seite und schaute in den Himmel, der heute vollkommen blau war. Die Sonne knallte auf meine Haut und ich wollte eigentlich nicht an meine größten Ängste denken. Zu schön war dieser Tag und eigentlich wollte ich lieber diesen Moment hier am Strand genießen und meine Probleme vergessen. Aber ich konnte gleichzeitig nachvollziehen, dass Zack es wissen wollte. Vielleicht auch, um mich besser zu verstehen und vorbereitet zu sein.

»Weißt du, ich hab mich wegen meiner Mutter damals viel mit dem Thema Panikattacken beschäftigt. Ich mein, ich bin deshalb noch lange kein Profi oder kann dir deine Therapeutin ersetzen, aber vielleicht hilft es, wenn du dich mit mir darüber austauschen kannst.«

Es war wirklich so, dass ich mit keinem anderen außer meiner Therapeutin darüber reden konnte. Meine Eltern hörten zu, aber sie wussten nie, was sie dazu sagen sollten. Mia ging es ähnlich. Und sonst war da niemand. Ich hatte immer alles mit mir allein ausgemacht. Und auch wenn ich es nicht anders kannte, war der Wunsch natürlich da, jemanden zu haben, der mich verstand. Und obwohl er der Einzige war, der Erfahrung damit hatte und richtig reagierte, wenn ich eine Attacke hatte, fiel es mir schwer, gerade mit ihm darüber zu sprechen. Es war mir unangenehm und irgendwie peinlich. Und dass ich Gefühle für ihn hatte, machte es nicht einfacher.

»Ich glaube, dass es nicht leicht für dich ist, dich mir anzuvertrauen, wir kennen uns noch nicht lange und hatten auch einen etwas schwierigen Start, aber ich möchte, dass du weißt, dass du es kannst, jederzeit. Ich bin da.«

Er drückte meine Hand und mir wurde nicht nur warm ums Herz, sondern auch in jeder Zelle meines Körpers.

»Danke«, flüsterte ich und atmete tief durch.

Es kostete Überwindung, es auszusprechen, aber Zack verdiente eine Antwort.

»Ich habe Angst umzukippen oder zu ersticken. Und das Schlimme ist, es fühlt sich jedes Mal so an. Ich bekomme schlecht Luft, mir wird schwindlig und ich habe das Gefühl, das Bewusstsein zu verlieren.«

Beim Gedanken daran zog sich alles in mir zusammen. Ich schaute Zack nicht an, aber ich konnte seinen Blick auf mir spüren.

»Das ist bestimmt schrecklich.« Aus den Augenwinkeln sah ich, wie er den Kopf schüttelte. Er wusste nicht wie sehr. »Allein die Vorstellung …« Er ließ den Satz in der Luft hängen und nahm meine Hand, was sofort eine angenehme Wärme durch meine Venen schickte.

»Kannst du dich noch an deine allererste Attacke erinnern?«

Ich nickte. Natürlich. Wie könnte ich das jemals vergessen? »Es war vormittags an einem Samstag, meine Eltern waren gerade Einkaufen gefahren und ich lag auf dem Sofa und schaute fern. Total unerwartet von einer Sekunde auf die andere ging es los. Mir wurde schwindlig und alles drehte sich irgendwie. Ich hatte das Gefühl, dass ich gleich das Bewusstsein verlieren würde, doch nichts passierte. Und obwohl mein Herz mir bis zum Hals schlug und ich am ganzen Körper zitterte, fühlte ich mich nicht mehr. Als wäre ich bereits umgekippt. Ich habe geschrien und geweint, weil ich es nicht ertrug und nicht wusste, was plötzlich los war. Keine Ahnung, wie viel Zeit verging, aber irgendwann war alles vorbei. So als wäre nichts gewesen, nur dass es mein Kopf für immer gespeichert hatte.«

Vorsichtig sah ich zu Zack auf, weil er nichts sagte und in seinen Augen fand ich den Schmerz, den ich fühlte, heute wie damals. Spiegelten seine Augen nur die meinen wider oder konnte er das wirklich so sehr nachvollziehen?

»Gab es irgendeinen Auslöser? Bist du davor schon mal in Ohnmacht gefallen?«

»Nein«, antwortete ich knapp und sah aufs Wasser.

Es ist nie irgendetwas passiert, was diese Ängste rechtfertigte. Das war das Schrecklichste. Sie waren einfach so da. Bei seiner Mutter verschwanden sie, als sie gesund wurde. Ich konnte sie nicht auflösen, weil ich eine Krankheit überwand oder meine Vergangenheit verarbeitete, denn da war nichts, was ich hätte bewältigen können.

»Was geschah danach?«

»Ich wurde im Krankenhaus auf den Kopf gestellt, aber es wurde keine körperliche Ursache gefunden. Etwas später bekam ich dann zu hören, was der Grund dafür war und meine Eltern schickten mich zu einem Therapeuten. Der Abstand zwischen den Attacken war am Anfang noch recht groß, aber er wurde immer kleiner, bis ich mehrmals täglich welche hatte, vor allem außerhalb des Hauses, deshalb ging ich irgendwann nicht mehr vor die Tür.«

Die Erinnerung brannte in meiner Brust. Das alles, das erste Mal, der Weg und die derzeitige Situation lagen so schwer auf mir, dass sie mich förmlich erdrückten und in die Tiefe zogen.

Zack griff nach meiner Hand. »Aber du bist wieder draußen«, sagte er mit einem Leuchten in den Augen.

»Ja, deinetwegen. Ohne dich wäre ich jetzt nicht hier.«

Er schüttelte den Kopf. »Du bist stärker, als du denkst. Das Problem ist nur, du lässt die Angst zu und tust damit genau das, was sie will. Sie lebt durch deine Gedanken und beginnt dich zu kontrollieren. Aber du bist nicht deine Angst. Nimm sie wahr, aber wenn kein Tiger vor dir steht, wo sie berechtigt wäre, nimm sie nicht ernst. Lass sie dort stehen, irgendwo am Rand und konzentriere dich auf etwas anderes.«

»Wie zum Beispiel auf deinen Gesang?«

Er lachte. Ach, wie ich dieses Lachen liebte.

»Ja, das wäre eine Möglichkeit.« Er wurde wieder ernst. »Wichtig ist nur, dass du nicht zulässt, dass sie dein Leben zerstört. Du bist so jung und hast dein Leben noch vor dir. Lass dir das nicht kaputt machen. Du bist viel stärker als diese Angst. Glaub an dich. Ich tue es.«

Ein Kribbeln fuhr durch meinen Körper. Es tat verdammt gut zu wissen, dass er an mich und eine Zukunft ohne Attacken glaubte und zum aller ersten Mal tat ich das auch.

9. Kapitel

Die nächsten drei Tage waren wir im Wald spazieren, in einem Café einen Milchshake trinken und in unserem städtischen Tierpark. Ich versuchte, Zacks Tipps umzusetzen, mich auf ihn zu konzentrieren, aber es war nicht leicht. Er merkte jedes Mal, wenn die Angst mich überkam. Er sang zwar nicht noch mal, aber er zog meine Aufmerksamkeit durch andere Dinge auf sich und weg von meinen panischen Gedanken. Das war zwar noch nicht der Durchbruch oder Sinn der Sache, aber es war ein Anfang. Ich stellte mich der Situation und mied sie nicht mehr. Nur darum ging es.

Eigentlich stand als nächster Punkt Boot fahren auf der Liste, doch Zack fragte, ob wir stattdessen nicht lieber Stand Up Paddling machen könnten, das wäre schließlich auch auf dem Wasser, aber würde sehr viel mehr Spaß machen. Meinte er. Ich hatte davon noch nie etwas gehört, was ihn verständnislos mit dem Kopf schütteln ließ. Ich hatte so einiges verpasst in den letzten zwei Jahren. Und auch wenn ich es nicht kannte, dachte ich mir nach seiner Erklärung, dass es egal wäre, ob ich nun in einem Boot oder auf einem Brett saß, einfach würde beides für mich nicht werden. Also willigte ich ein und ein paar Stunden später standen wir auf der Brücke und lauschten den Einweisungen des Besitzers der Wassersportanlage. Als die Worte Gleichgewicht, wackelig und umkippen fielen, wurde mir ganz anders und ich wollte am liebsten zurück zum Auto. Er meinte zwar, dass das nur in den seltensten Fällen passierte und nur, wenn man zum Beispiel sein gesamtes Gewicht auf das Ende des Boards lagerte, aber ich war der seltene Fall, der vor Angst alles falsch machte, was möglich war. Dennoch versuchte ich, tief durchzuatmen und es wenigstens auszuprobieren. Zack spürte natürlich meine Unsicherheit und kam auf mich zu, sobald der Inhaber uns allein ließ.

»Denk nicht so viel darüber nach, was passieren könnte. Lass die Gedanken ziehen, gib ihnen keine Macht. Beachte sie nicht. Konzentrier dich auf das tolle Gefühl, gleich mitten auf dem Wasser zu stehen. Es ist unglaublich, vertrau mir.« Ich nickte. Er hatte mir vorher schon davon berichtet und ich war wirklich gespannt, wie es sich anfühlen würde.

Zack nahm das erste Board und bei ihm sah alles so leicht und einfach aus. In kurzer Zeit stand er und wirkte wie ein Profi. Na toll, ich schluckte, das würde ich nie hinkriegen. Mit klopfendem Herzen krabbelte ich mit den Knien auf das Brett und versuchte die Schwankungen auszugleichen. Es war total ungewohnt und wackelig. Wie uns erklärt wurde, setzte ich mich erst mal und paddelte weg vom Steg. Im Sitzen war es ganz okay, aber es hieß ja schließlich nicht Sit Down Paddling, also stützte ich mich mit den Händen ab und setzte die Füße auf, um mich nach oben zu stemmen. Ich hatte mich noch nicht mal richtig aufgerichtet, da bewegte sich das Board so stark hin und her, dass ich Angst hatte, es würde gleich kippen und setzte mich schnell wieder hin. Vielleicht sollte ich es doch besser dabei belassen, wahrscheinlich hatte ich einfach kein gutes Gleichgewichtsgefühl. Es sah bei Zack so leicht aus, aber das tat es generell immer. Viel einfacher, als es eigentlich war. Man sollte halt nicht gleich von der eigenen Sicht auf andere schließen.

Während wir weiter auf den See fuhren, wuchs meine Angst von Sekunde zu Sekunde. Das Ufer entfernte sich immer mehr und somit auch der sichere Hafen. Wenn ich jetzt eine Panikattacke bekommen oder es mir schlecht gehen würde, würde es viel zu lange dauern, festen Boden unter den Füßen zu haben. Allein die Gedanken daran reichten aus, um meinen Herzschlag zu beschleunigen und mir die Luft zum Atmen zu nehmen. Jede Zelle meines Körpers war in kürzester Zeit in Alarmbereitschaft und meine Muskeln spannten sich an, bereit zu kämpfen oder zu flüchten, nur dass es keinen Grund gab, zumindest keinen realen.

Während ich den Strand fixierte, stieß etwas gegen mein Board und ich zuckte zusammen.

»Sorry, ich wollte dich nicht erschrecken«, sagte Zack mit einer Unschuldsmiene und zog mein Brett an seins.

»Beachte sie nicht«, fing er an und ich sah ihm in die Augen. »Es sind nur Gedanken, nicht die Wahrheit. Lass nicht zu, dass sie dir diesen Moment zerstören.« Er hielt mir seine Hand hin. »Komm, ich zeig dir etwas, worauf du dich konzentrieren kannst.«

Ich starrte auf seine Hand. Es war verrückt. Immer wollte ich die Kontrolle behalten, hatte genau Angst diese zu verlieren und doch ließ ich mich von der Panik kontrollieren. Total irrsinnig. Damit musste ich aufhören. Das war zwar leichter gesagt, als getan, aber ich musste es wenigstens probieren. Sie durfte mich nicht mehr beherrschen.

Ich griff nach seiner Hand und hievte mich hoch. Es wackelte immer noch, aber ich versuchte es auszugleichen und klammerte mich gleichzeitig an Zacks Hand fest. Als ich endlich einigermaßen stand, blickte ich mich um. Es war ein sehr komisches Gefühl so auf dem Wasser zu stehen, anders als in einem Boot, und ich spürte, wie ich begann zu zittern und Befürchtungen durch meinen Kopf flatterten. Doch diesmal rief ich innerlich laut: *Stopp. Es sind nur Gedanken. Das bin nicht ich. Jetzt in diesem Augenblick passiert überhaupt nichts. Nur in meiner Vorstellung.* Ich schloss kurz die Augen, atmete tief durch und dann sah ich zu Zack. Er legte den Kopf schräg, wartete, bis ich so weit war. Als ich nickte, zog sich sein Mund zu einem Lächeln.

»Du machst das so klasse. Schau dich an, du stehst auf dem Wasser, mitten auf dem See. Sei einen Moment stolz auf dich. Und dann sieh dir das an und lass es auf dich wirken«, sagte er und bewegte den Arm zur Seite.

Ich blickte mich um und hielt die Luft an. Es war krass, wie sich auf einmal alles veränderte, nur weil man den Blickwinkel wechselte. Als meine Gedanken nicht mehr von der Angst bestimmt wurden, konnte ich das sehen, was Zack meinte. Die Weite, die Natur, das Wasser. Alles wirkte plötzlich ganz anders, es war schön und beeindruckend mitten auf dem See zu stehen und über alles hinwegsehen zu können. Ich spürte die Ruhe, den Frieden, die Freiheit, als würden sie in mich hineinfließen. Und da war noch etwas, tief in meinem Herzen. Hoffnung. Ich fühlte mich berauscht von diesem Augenblick und gleichzeitig so tief berührt, dass ich heulen könnte.

»Das ist der Wahnsinn.« Meine Stimme war ein heiseres Flüstern.

»Ja, oder? Man fühlt sich so unbedeutend und gleichzeitig könnte man sich nicht lebendiger fühlen.«

»Ich weiß, was du meinst«, gab ich zurück und sah mich nochmals um.

Die Natur und dieser Moment waren so gewaltig, aber wir dagegen nur ein Tropfen in diesem See und doch fühlten wir uns in diesem Augenblick als Teil des Ganzen.

• • •

Die nächsten zwei Wochen arbeiteten wir uns durch die Liste. Es stand einiges auf dem Programm. Wie zum Beispiel ein Stadtbummel, Restaurantbesuche, Kino, Rummel und vieles mehr. Es war teilweise hart und die Panik kroch mir immer wieder durch den Körper, aber ich hatte es geschafft. Nicht allein, denn Zack war immer an meiner Seite. Wenn ich aufgeben und weglaufen wollte, gab er mir den Mut und die Kraft weiterzukämpfen. Wenn meine Angst mich zu Boden warf, half er mir wieder auf und wenn ich es geschafft hatte, gab er mir das Gefühl, ich hätte gerade die Welt gerettet. Dabei war es nur etwas ganz Alltägliches. Allerdings steckte seine Freude über die abgestrichenen Punkte an und ich war glücklich. Darüber, dass ich in so kurzer Zeit so viel erreicht hatte und darüber, dass es Zack gab und er aus mir unerfindlichen Gründen genauso gerne mit mir zusammen war wie ich mit ihm.

Heute war ich mit Mia verabredet. Sie wollte mit mir in ein Café und quatschen. Es kostete mich Überwindung, denn meine Angst war nicht verschwunden, sie versuchte immer wieder einen Weg zu finden, die Kontrolle zu übernehmen, doch ich ließ es nicht mehr zu. Das war ganz und gar nicht so leicht, wie es klang. Eher ziemlich hart und anstrengend. Und manchmal überflutete sie mich noch so schnell, dass ich gar nicht reagieren konnte, aber ich schaffte es relativ schnell, ihr diese Macht wieder zu nehmen.

»Schön, dass ich dich auch mal wieder zu Gesicht bekomme«, stellte Mia fest, kaum dass ich aus dem Auto meiner Mutter gestiegen war.

Wir hatten wirklich wenig Zeit miteinander verbracht, seit sie aus Hamburg zurück war und meist nur telefoniert. Ich war täglich mit Zack unterwegs gewesen und hatte ihr gegenüber deswegen schon länger ein schlechtes Gewissen, obwohl sich Mia gut zu beschäftigen wusste und ganz und gar nicht auf mich angewiesen war. Es war eher immer umgekehrt, aber es war ungewohnt, sie so selten zu sehen.

»Es tut mir leid«, entschuldigte ich mich, während wir die Straße entlanggingen.

Bis zum Café war es noch ein Stück, aber die Straßen waren nicht so voll und ich blieb relativ entspannt.

»Schon okay. Ich kann schon irgendwie verstehen, dass du lieber mit Zack zusammen bist als mit mir«, sagte sie, kicherte und stieß mich mit dem Arm an. »Wie ist es so mit ihm?«

Sofort wurde mir warm ums Herz, wenn ich an Zack dachte. Es war wundervoll mit ihm, aber sollte ich vor seiner Cousine rumschwärmen?

»Mein Gott, dieses Grinsen in deinem Gesicht ist ja kaum auszuhalten. Du scheinst über beide Ohren verliebt zu sein.«

Röte stieg mir in die Wangen. Da konnte ich nicht widersprechen.

»Ich freu mich für dich.«

»Wirklich?«

»Ja natürlich. Sehr sogar. Du hast das mehr als verdient, Lou«, sagte sie eindringlich. »Und außerdem«, fing sie kurz darauf an und hakte sich bei mir ein. »Tut er dir unglaublich gut. Er hat es geschafft, dass du wieder vor die Tür gehst und jetzt mit mir durch die Straßen schlenderst.«

»Er hat mir die Kraft und den Mut gegeben, der mir gefehlt hat«, murmelte ich.

»Ich bin unglaublich stolz auf dich und glücklich, dass es dir so gut geht.«

Ich drückte ihren Arm. »Ich auch.«

»Aber vergiss bloß eins nicht.« Sie hob den Zeigefinger in die Luft. »Und zwar, dass *ich* euch verkuppelt habe.« Sie lachte und ich stimmte mit ein.

Wir bogen in das Café und setzten uns ans Fenster. Mia bestellte sich Kaffee und Erdbeertorte. Ich nahm einen Milchshake und natürlich auch ein Stück von der Torte. Ich steckte alle um mich herum mit meiner kleinen Erdbeersucht an.

Kaum war die Kellnerin verschwunden, piepte mein Handy. Als ich sah, von wem die Nachricht kam, schlug mein Herz gleich doppelt so schnell.

Ich vermisse dich. Zack

Ich schmolz dahin und in meinem Bauch begann es zu flattern.

»Wieder dieses Grinsen. Lass mich raten, die Nachricht war von Zack«, meinte Mia und schnappte sich mein Handy, bevor ich reagieren konnte.

»Ey«, protestierte ich.

Sie verzog das Gesicht. »Ihr seid so kitschig«, stellte sie fest und gab mir das Telefon wieder.

Ich zuckte mit den Schultern und schrieb ihm zurück, dass er mir auch fehlte. Ich fand das nicht kitschig, sondern einfach nur süß.

»Sag mal, hast du schon mit Zack?«, fragte sie und hob eine Augenbraue.

Ich verstand nicht. »Hab ich was?« Oh, es sickerte langsam zu mir durch und ich fixierte mit roten Wangen den Tisch. »Nein haben wir nicht.«

Natürlich hatte ich daran schon gedacht, vor allem als ich ihn das erste Mal in einer Badehose gesehen hatte, aber bisher hatte es sich nicht ergeben, beziehungsweise hatte er keine Andeutungen gemacht. Bis heute hatte ich nur mit Tom geschlafen.

»Aber das ist auch vollkommen okay«, hängte ich noch schnell hinterher.

»Natürlich. Ihr habt alle Zeit der Welt«, bestätigte sie und nippte an ihrem Kaffee.

»Paul und ich waren gestern Boot fahren«, verkündete sie plötzlich mit glitzernden Augen und rührte in ihrer Tasse.

Irks, Paul. Es fiel mir schwer, nicht gleich das Gesicht zu verziehen. Die beiden hatten sich in den Ferien schon dreimal getroffen, aber ich war davon wenig begeistert. Er war einfach nicht der Richtige für sie.

»Wie war's?«, fragte ich dennoch und trank einen Schluck.

»Ziemlich heiß. Das war das erste Mal, dass ich Sex auf einem Boot hatte.«

Ich verschluckte mich an meinem Milchshake. Verdammt.

»Du hast mit ihm geschlafen?«, fragte ich hustend.

»Wir waren in einer Bucht, haben rumgeknutscht und dann führte eins zum anderen«, verriet sie mir mit einem Grinsen.

Wow, wie sollte ich darauf reagieren? Ich war überrascht und wusste nicht mal wieso. Mia hatte bereits mit drei Männern Sex gehabt. Paul war der vierte. Eigentlich nichts Besonderes. Sie schmachtete ihn schon länger an, hatte ihn an ihrem Geburtstag das erste Mal geküsst und drei Wochen später mit ihm geschlafen. Andere Mädchen waren viel schneller und taten es schon in der ersten Nacht. Aber bei ihr steckte mehr dahinter, weil sie Paul aus mir nicht verständlichen Gründen mochte. Ich war mir aber sicher, dass er nur Spaß wollte. Sex war für die meisten Männer nur Sex. Aber für Frauen bedeutete es mehr. Und genau das Mehr war jetzt deutlich in ihren Augen zu erkennen.

»Du sagst ja gar nichts«, stellte Mia betrübt fest.

»Ich ... denkst du, dass Paul es ernst meint?«, fragte ich vorsichtig.

Mia zog die Stirn kraus. »Wieso sollte er nicht?«

»Vielleicht will er nur Spaß. Er hat ja auch schon andere Mädchen …«

»Nein«, unterbrach sie mich. »Er mag mich. Ich weiß, du kannst ihn nicht leiden, aber kannst du dich nicht für mich freuen? Oder gönnst du mir das nicht?«, wollte sie wissen und kniff die Augen zusammen.

»Quatsch, Mia, natürlich gönne ich es dir. Ich traue Paul bloß nicht und will nicht, dass er dich verletzt. Ich mach mir nur Sorgen.«

»Ich weiß, er meint es ernst. Vertrau mir einfach.«

»Okay.« Es brachte einfach nichts, mit ihr zu diskutieren.

»Okay«, wiederholte sie.

»Ich mag nicht mit dir streiten.«

»Ich auch nicht. Lass uns lieber Torte essen«, gab sie zurück und zwinkerte mir zu.

Hervorragende Idee. Ich nickte und schob mir ein Stück von der Erdbeertorte in den Mund.

»Mhmmm«, machten wir beide gleichzeitig und lachten.

»Verdammt lecker.«

»Sensationell.«

»Samstag ist übrigens das Stadtfest, wusstest du das?«, fragte sie und schob sich einen weiteren vollgestopften Löffel in den Mund.

»Hab ich gesehen«, nuschelte ich.

Die Plakate überall waren schließlich nicht zu übersehen.

»Ich möchte gern hin und würde mich sehr freuen, wenn du mitkommst«, sagte sie und schaute mich mit großen Kulleraugen an.

Innerlich verdrehte ich die Augen. Ich hatte keine Lust darauf. Vor allem weil da eben alle aus unserer Klasse auch sein würden. Mia und ich waren früher oft dort und es war immer schön. Es gab viele Buden mit den unterschiedlichsten Dingen, wie zum Beispiel Dosenwerfen, Bogenschießen, Schmuckverkauf, mit Gewehren oder Pfeilen auf Ziele schießen und natürlich viele Ess- und Trinkstände. Auf einer Bühne gab es immer ein Programm und abends auch Livemusik.

»Ich weiß nicht. Ich will nicht auf Lena und Co. treffen«, sagte ich wahrheitsgemäß.

»Die ignorieren wir einfach. Der Platz ist groß und wenn sie irgendwas sagen, schütte ich ihnen meinen Piña Colada ins Gesicht.«

Ich musste lachen.

»Bitte Lou, wir hatten immer so viel Spaß. Ich möchte so gerne mal wieder mit dir dorthin. Bitte, bitte, bitte«, bettelte sie und machte einen Schmollmund.

Es war schwer, ihr irgendetwas abzuschlagen, weil sie immer so lange drängelte, bis sie bekam, was sie wollte. Und ihre Argumente waren meist auch noch gut.

»Ich denk drüber nach und spreche mit Zack, okay?«, sagte ich, damit sie Ruhe gab und sie grinste siegessicher.

Nach einem weiteren Shake und dem zweiten Stück Kuchen machten wir uns langsam auf den Weg zum Marktplatz, an dem wir uns mit Mias Mutter verabredet hatten. Sie würde bald Feierabend haben und wollte uns dann mit zurücknehmen. Ich war froh, dass ich den Nachmittag ohne Panik überstanden hatte. Ein paar Angstgedanken wanderten mir ab und zu durch den Kopf, doch wenn man Mia zuhörte, hatte man wenig Zeit zum Nachdenken.

»Ist das da vorne nicht Zack?«, fragte sie plötzlich und ich folgte ihrem Blick.

Ja, das war er wirklich. Was machte er hier?

»Zack«, rief Mia und hob den Arm zum Winken, doch da war er bereits in den Aufgang gebogen.

Sie zuckte die Schultern. »Er hat uns wohl nicht gesehen.«

»Scheint wohl so«, murmelte ich.

Wir gingen bis zu dem Eingang, in dem er verschwunden war, und ich schaute geschockt auf das Schild, welches groß an der Tür prangte: Schmerztherapie, Dr. Frank Weiß.

Angst durchfuhr mich. Was war mit Zack? Was für Schmerzen hatte er und wieso hatte er nichts davon erzählt? Ich widerstand dem Drang reinzugehen und nachzusehen. Aber ich machte mir trotzdem Sorgen.

»Ist Zack krank?«, fragte Mia mich.

Ich zuckte mit den Schultern und fixierte weiterhin das Schild. Hätte ich nicht irgendwas merken müssen?

»Vielleicht besucht er auch nur jemanden, der hier wohnt«, sagte Mia schnell. »Schau, hier wohnen noch drei Familien.« Sie sah mich aufmunternd an und ich wusste, dass sie das nur sagte, weil mir bestimmt anzusehen war, was ich dachte.

»Und was, wenn er eine schlimme Krankheit hat?«

Sie legte den Arm um meine Schultern und zog mich mit sich. »Du kannst ihn später oder morgen fragen. Und du wirst sehen, da steckt sicher nichts dahinter und du machst dich ganz umsonst verrückt.«

Vielleicht, vielleicht aber auch nicht. Ich guckte skeptisch, was sie sofort bemerkte.

»Hat Zack irgendwie einen kranken Eindruck gemacht in letzter Zeit?«

Ich durchforschte meine Erinnerungen. »Eigentlich nicht.«

»Na also. Es ist sicher alles okay. Vertrau mir.«

Ich atmete tief durch und sagte mir, dass sie bestimmt recht hatte. So lange und so oft, bis ich es selbst glaubte.

10. Kapitel

Am Abend saß ich am Schreibtisch und zeichnete, während Milli es sich auf meinem Schoß bequem gemacht hatte. Das führte dazu, dass ich mich kaum bewegen konnte, weil es ihr absolut nicht gefiel, wenn ihr Schlafplatz wackelte. Und wie es sich als guter Katzenbesitzer gehörte, befolgte ich ihre Regeln. Allerdings nur, weil ich nicht wollte, dass sie aufstand. Ich genoss ihre Nähe, sie strahlte so viel Ruhe aus, dass diese immer auf mich überging. Es war außerdem zu niedlich, wie dieses kleine schwarze Wesen sich an mich kuschelte. Ich musste automatisch lächeln, auch wenn in meinem Kopf ein großes Fragezeichen leuchtete, genauso wie auf dem Blatt vor mir. Verheimlichte mir Zack irgendwas Wichtiges? Wir hatten vorhin noch ein paar Mal hin und hergeschrieben. Er fragte, wie es mit Mia war und ich, was er den Tag über so erlebt hatte. Er schrieb, dass er einkaufen war und ein neues Rezept ausprobiert hatte. Kein Wort über die Schmerztherapie. Aber per Handy wollte ich ihn auch nicht darauf ansprechen, also musste ich warten, bis wir uns wiedersahen und versuchen mir bis dahin nicht den Kopf zu zerbrechen. Zur Ablenkung hörte ich gerade den Soundtrack von *P.S. Ich liebe Dich*, den ich genauso liebte wie den Film. Die Songs waren einfach wundervoll und ich hatte immer die dazugehörigen Szenen im Kopf. Während ich gerade das Blatt mit dem Fragezeichen umblätterte, um mich von den Songs zu einem neuen Bild inspirieren zu lassen, klingelte es an der Tür. Ich konnte definitiv nicht aufstehen, schließlich lag Milli auf mir, aber ich hörte schon, wie meine Mutter durch den Flur lief. Kurze Zeit später klopfte es an meiner Tür, die nur angelehnt und nicht zu war. Ich drehte meinen Kopf und sah Zack. Sofort schnellte mein Puls nach oben.

»Darf ich reinkommen?«, fragte er.

»Natürlich. Was machst du hier?«

Er zuckte mit den Schultern. »Du hast mir gefehlt.«

Unverzüglich kribbelte es in meinem Bauch und ich konnte nicht verhindern, dass meine Mundwinkel sich zu einem breiten Lächeln verzogen. Er war hier, weil er mich vermisst hatte. Mich.

»Du hältst keinen einzigen Tag ohne mich aus?«, fragte ich.

Zack ließ sich auf mein Bett fallen und mein Herz setzte für einen Moment aus. Es war das erste Mal, dass er darauf saß. Sonst waren wir immer auf der Couch. Es war praktischer, wenn er dort saß, da mein Bett genau neben dem Schreibtisch stand, auf der Couch säße er mit dem Rücken zu mir. Dennoch war es komisch und neu.

»Solange du nicht bei mir bist, bist du definitiv nicht da, wo du hingehörst.«

Seine Worte gingen mir durch und durch und ich schmolz dahin. Das war das Schönste, was je jemand zu mir gesagt hatte. Ich war sprachlos.

»Aber ich seh schon, du hast Ersatz für mich gefunden«, stellte er fest und deutete auf Milli.

»Was soll ich sagen? Sie hat die älteren Rechte und wird für immer meine Nummer eins bleiben«, neckte ich ihn.

Er machte ein gespielt trauriges Gesicht. »Ich hoffe, ich bekomme trotzdem noch ein paar Küsse?«

Hitze stieg mir in die Wangen und als hätte Milli die Schmetterlinge auch gespürt, sprang sie auf und streckte sich ausgiebig. Mit einem letzten Blick zu mir, der so viel sagte wie *Ist ja echt nicht auszuhalten hier mit euch, nie kann ich in Ruhe schlafen*, verließ sie das Zimmer.

»Vielleicht«, gab ich zurück und versuchte gelassen zu wirken.

Er lächelte. »Wo die Nummer eins jetzt gegangen ist, magst du dich zur Nummer zwei gesellen?«

Mit wackligen Beinen machte ich einen Schritt zum Bett und setzte mich neben ihn.

»Oder stehe ich noch weiter hinten?«, feixte er und fuhr mir mit seinem Finger den Arm hoch und runter.

Mein Atem stockte und jedes Härchen auf meiner Haut stellte sich auf. »Nein«, hauchte ich.

Er legte seine Hände an mein Gesicht. »Dann kann ich damit leben, dass ich nach einer Katze komme.«

Ein Lächeln umspielte seine Lippen, bevor sie sich sanft auf meine legten.

Mein Körper stand sofort in Flammen und ich erwiderte seinen Kuss. Die Hitze stieg in jeden noch so kleinen Winkel und brachte mein Blut zum Kochen. Er drückte mich leicht nach hinten, sodass ich mit dem Kopf auf dem Kissen landete. Ich schlang meine Hände um seinen Rücken und zog ihn näher an mich, was alles in mir zum Beben brachte. Sein Mund wurde fordernder und Verlangen rauschte durch meine Venen. Auch wenn es mir schwerfiel, ermahnte ich mich selbst, dass jetzt nicht der richtige Zeitpunkt dafür war, meine Eltern waren zu Hause und die Tür stand ein Stück offen. Nicht mehr lange und ich würde die Kontrolle verlieren und eins führte zum anderen. Als hätten wir gerade die gleichen Gedanken gehabt, lösten wir uns im selben Augenblick voneinander und rangen nach Luft.

»Du bringst mich um den Verstand«, keuchte er.

»Und du bringst mich um meine Kontrolle«, gab ich schwer atmend zurück.

Er grinste und zog mich in seine Arme. Eine Weile lagen wir einfach nur so da, schwiegen und genossen die Nähe.

»Was hörst du da?«, fragte er irgendwann.

Erst in dem Moment wurde mir klar, dass immer noch Musik lief, die hatte ich seit dem Kuss völlig ausgeblendet.

»Den Soundtrack von P.S. *Ich liebe Dich*. Der Song gerade heißt *Every-*

thing we had von The Academy is …«, antwortete ich und hoffte, dass er nicht so reagierte wie bei dem Filmabend.

»Der Text ist irgendwie traurig«, bemerkte er und ich fragte mich, wie er das so schnell raushörte, bis mir wieder einfiel, dass sein Englisch so viel besser war als meins.

Ich nickte und hoffte, dass das, was wir hatten, nicht irgendwann Vergangenheit werden würde, wie in dem Song. Ich wollte lieber nicht darüber nachdenken, aber eine Sache ging mir noch durch den Kopf und ich wurde sie nicht los. Vielleicht war es nicht der richtige Moment, aber ich musste es fragen, bevor ich die Nacht deswegen nicht schlafen konnte.

»Zack?«

»Ja?« Er lehnte sich ein Stück zurück, damit er mir in die Augen sehen konnte.

»Kann ich dich etwas fragen?«

»Klar, schieß los.«

»Es geht mich vielleicht nichts an, aber ich habe dich heute in der Stadt gesehen. Wir haben noch gerufen, aber du bist in einem Aufgang verschwunden, an dem Schmerztherapie stand.« Ich atmete tief durch. »Bist du krank?«

In seinen Augen lag kurzzeitig Überraschung und irgendetwas noch. Ich konnte es nicht deuten.

Er strich mit der Hand über meine Wange. »Nein, mach dir keine Gedanken.«

Erleichterung durchströmte mich. »Warum warst du dort?«

»Ich hab meine Mutter abgeholt. Ihr Auto war in der Werkstatt.«

Ich hob geschockt die Augenbrauen. »Hat sie einen Rückfall? Ist sie wieder krank?«

»Nein. Sie musste nur zur Kontrolle und es gab eine Infusion mit immunstärkenden Mitteln. Die bekommt sie ab und zu zur Kräftigung. Aber das ist nur allgemein, das könnte jeder bekommen.«

Ich atmete auf. »Okay. Ich hatte mir echt schon Sorgen gemacht«, gestand ich.

»Das war völlig unnötig, mir geht es gut.«

Ich nickte. »Gott sei Dank.«

Mia hatte also recht und ich habe mir grundlos Gedanken gemacht. Ich war echt froh, dass alles in Ordnung war, ich brauchte Zack an meiner Seite, er durfte nicht krank werden oder Schlimmeres.

»Das ist mein Lieblingssong auf der CD«, flüsterte ich, als die ersten Töne von *I love you till the end* von The Pogues erklangen.

Er lauschte kurz. »Was gefällt dir an dem Song besonders?«

Ich schloss die Augen und nahm das Lied in mich auf, wie schon so oft.

»Die Melodie, die Gitarre, das Rauchige in seiner Stimme und vor allem der Text, der mich unglaublich berührt. Er spiegelt für mich die starke Liebe von Holly und Gerry wider und ich kann sie direkt fühlen.«

Weil er nichts mehr sagte, schielte ich zu ihm rüber. Seine Lider waren geschlossen, sein Gesicht entspannt und er ließ sich völlig auf das Lied ein. Es war irgendwie faszinierend ihm dabei zuzusehen, wie er sich hingab und wirklich zuhörte.

Der Song war fast zu Ende, bevor er antwortete. »Er gefällt mir, da steckt ne Menge Gefühl drin.«

Irgendwie war es schön, dass er mein Lieblingslied mochte und ich fragte mich unwillkürlich, ob er dabei an eine Frau dachte. Hatte er so etwas vielleicht bereits gefühlt?

»Hast du schon mal jemanden so sehr geliebt?«, platzte ich heraus und war überrascht über mich selbst.

Er sah mir tief in die Augen. »In den letzten achtzehn Jahren nicht.«

Ein heftiges Flattern machte sich in meinem Bauch breit. Sollte das heißen, jetzt schon? Dieser durchdringende Blick, mit dem er mich betrachtete, ließ mich das zumindest glauben.

»Und du?«

»In den letzten siebzehn Jahren nicht«, wiederholte ich seine Worte und er strahlte.

Ich bettete meinen Kopf auf seine Brust und er streichelte im gleichmäßigen Rhythmus über meine Arme und meinen Rücken. Wir lagen einfach nur da und genossen den Moment, lauschten der Musik und die Stille, die sich über uns legte, war keineswegs unangenehm.

»Mia hat mir übrigens geschrieben. Ich soll dich überreden mit auf das Stadtfest zu kommen. Sollte ich darüber irgendetwas wissen?«, fragte er nach einer Weile.

Ich verdrehte die Augen. Jetzt setzte sie auch schon Zack darauf an. Sie schreckte echt vor nichts zurück. Ich erzählte ihm von dem Fest und was es dort zu sehen gab.

»Klingt nach Spaß und wäre ein neuer Punkt für die Liste«, warf er ein.

Mir klappte der Mund auf und ich setzte mich auf. »Nicht du auch noch. Auf welcher Seite stehst du eigentlich?«

Er stützte sich auf seine Hand. »Auf deiner natürlich. Aber ich hätte Lust auf das Fest. Was spricht dagegen? Hast du Angst?«

»Ein bisschen, aber das ist es nicht. Ich bin nicht scharf darauf meine ehemaligen Klassenkameraden zu treffen und sie sind garantiert da. Waren sie immer.«

Ich fixierte meine ineinander verschlungenen Finger.

Er legte seine Hand auf meine. »Hey, ich bin doch da und wenn sie dich nur schief angucken, lernen sie meine dunkle Seite kennen.«

Ich lächelte. Es war süß, wie Mia und Zack sich für mich einsetzten und ich war so dankbar sie zu haben.

»Außerdem geht uns die Meinung der anderen am Allerwertesten vorbei. Weißt du noch?« Er zwinkerte mir zu. »Wichtig ist nur, dass wir Spaß haben und den Abend genießen.«

Stimmt, er hatte recht und eigentlich hatte ich mir doch vorgenommen, nicht mehr auf das Gerede der Leute zu hören. Das war quasi ein perfekter Zeitpunkt, das auch zu üben.

Er legte den Kopf schräg und hob die Augenbrauen.

»Na gut«, gab ich mich geschlagen. »Du bist schlimmer als Mia.«

Er grinste über beide Backen, legte seine Hand an meinen Nacken und zog mich an sich, direkt zu seinen Lippen.

• • •

Zwei Tage später war es schon so weit. Zack wollte unbedingt vorher noch etwas für mich kochen. Beziehungsweise für uns. Mia und seine Eltern waren auch dabei. Er war etwas nervös wegen Mia. Auch wenn sie nur seine Cousine war, hatte sie trotzdem noch nie etwas Selbstgekochtes vom ihm gegessen und das machte den sonst so coolen Zack unruhig. Ich verstand nicht, wieso er so unsicher war, sein Essen schmeckte immer fantastisch, das hatte ich schon mehrfach erleben dürfen. Aber egal, wie oft ich ihm das sagte, seine Unsicherheit blieb. Das war wohl so wie bei mir mit dem Zeichnen. Man hatte immer das Gefühl, nicht gut genug zu sein.

Mia war bestimmt nicht nur wegen des Essens hier, ganz bestimmt wollte sie auch sichergehen, dass ich keinen Rückzieher machte. Aber so diente sie wenigstens als eine Art Puffer. Zacks Eltern waren nett, doch ich hatte Angst vor Fragen, auf die ich keine Antwort wusste. Ich hatte keine Ahnung, was Zack ihnen über mich erzählt hatte und was nicht. Gefragt hatte ich ihn zwar schon, aber er hatte nur vage geantwortet. Und bisher fiel kein Wort, keine Frage dahingehend.

Zack stand in der Küche, wollte natürlich meine Hilfe nicht und so saß ich mit Mia, David und Isabelle im Esszimmer. Ich war echt froh, dass Mia da war, denn die Fragerei ging sofort los.

»Dein letztes Schuljahr steht bevor, Mia. Weißt du schon, was du danach tun möchtest?«, fragte Zacks Mutter.

»Ich würde gerne Modedesign studieren und auf die Kunsthochschule in Berlin gehen, aber meiner Mutter gefällt die Idee gar nicht. Sie möchte, dass ich irgendwas Normales studiere, wie BWL oder so.« Sie verzog das Gesicht. »Aber das ist sterbenslangweilig.«

Ich konnte mir Mia gut als Modedesignerin vorstellen, aber egal, ob sie auf die Kunsthochschule oder auf eine andere Uni ging, sie würde von hier weggehen. Und genau das stimmte mich traurig.

»Ich kann Rita verstehen. Aber letztendlich musst du ganz allein über deine Zukunft entscheiden. Bedenke nur, dass davon später deine Miete und anderes bezahlt werden muss.«

Mia nickte, aber ihre Miene sah nicht so aus, als würde sie sich damit anfreunden können, etwas zu studieren, was ihr Herz nicht berührte. Mir würde es genauso gehen.

»Und was hast du vor, Lou?«, fragte David plötzlich.

Da war sie, die Frage, die ich nicht beantworten konnte. Nervös rutschte ich auf meinem Stuhl hin und her.

»Lou wird Malerin. Sie ist unglaublich talentiert. Habt ihr schon mal Bilder von ihr gesehen?«

Ich atmete erleichtert aus und warf Mia einen dankbaren Blick zu, sie hatte mich aus der Situation gerettet. Aber gleichzeitig schickte ich ihr einen »Wie konntest du dieses Thema ansprechen«-Blick hinterher, denn auch das war ein sensibles Thema für mich. Sie zuckte nur mit den Schultern.

»Nein, haben wir leider noch nicht«, sagte Isabelle traurig. »Du hast nicht zufällig eins dabei?« Sie grinste.

Ich schüttelte den Kopf.

»Schade. Ich hoffe, ich kriege bald mal eins zu Gesicht.«

Ich sah zu Mia und sie formte mit den Lippen ein »Tut mir leid«.

»Allerdings«, setzte David an. »Ist das wie Modedesignerin ein eher unsicherer Job. Wenn du magst, kannst du in meiner Firma mal ein Praktikum machen. Da werden auch Cover, Werbeplakate und so weiter erstellt, das wäre eine Alternative, bei der du deine Fähigkeiten einsetzen kannst.«

Allein der Gedanke schreckte mich ab. Das hatte nichts mehr mit meinen Zeichnungen und Bildern zu tun, die tief aus mir kamen. Ich ließ mir allerdings nichts anmerken.

»Danke für das Angebot, ich denke darüber nach.«

Er nickte zufrieden.

Gott sei Dank kam Zack mit dem Essen und das schreckliche Thema war damit beendet. Ich wollte nicht über meine Zukunft reden, denn ich wusste nicht, ob ich jemals irgendetwas von meinen Wünschen realisieren konnte. Ich hatte nur einen Realschulabschluss und ich konnte mir nicht vorstellen, wieder die Schulbank zu drücken. Allein der Gedanke an einen geschlossenen Raum, vollgestopft mit Schülern, ließ Angst in mir aufsteigen. Ohne Abitur waren mir allerdings einige Wege versperrt. Und selbst in einer Uni oder in der Ausbildung kam ich um Klassenräume nicht herum. Was also sollte ich tun? Besser nicht heute darüber nachdenken. Ich schob die Gedanken beiseite und schaute zu Zack, der Mia gebannt fixierte. Erst als sie sich den ersten Bissen in den Mund geschoben und zufrieden und mit vollem Mund »lecker« murmelte, fing Zack erleichtert an zu essen. Ich schüttelte belustigt den Kopf. Er sollte mehr an sich glauben, was das Kochen betraf, wie bekam ich das nur hin?

Nach dem Essen zog mich Mia mit nach oben. Ich sollte ihr bei der Auswahl ihres Outfits helfen. Sie hatte einen ganzen Koffer mit hergeschleppt. Nur mit Klamotten und Make-up. Ich besaß nur Wimperntusche und meine Sachen für heute Abend hatte ich bereits an. Eine schwarze Caprihose und ein blaues Top. Nach Mia zwar ganz hübsch, aber nicht auffällig genug. Sie verstand nur nicht, dass ich überhaupt nicht auffallen wollte.

»Welches Kleid würde Paul besser gefallen?«, fragte sie und hielt ein schwarzes Minikleid und ein weinrotes längeres Kleid in die Luft.

»Bestimmt das mit weniger Stoff«, bemerkte ich trocken. Wenn es um Paul ging, sah ich einfach rot.

Sie verengte die Augen. »Kannst du deine Abneigung gegen ihn nicht langsam mal ablegen?«

»Wenn er vom Arschloch zum normalen Menschen mutiert, dann ja.«

»Er ist kein Arschloch. Du kennst ihn nur nicht. Zu mir ist er immer lieb«, herrschte sie mich an.

»Warum nur«, gab ich zurück.

Ich weiß nicht, warum ich heute nicht aufhören konnte und einen

Streit provozierte, aber dieser Typ regte mich einfach auf. Sie hatte was Besseres verdient.

Mia stemmte die Hände in die Hüften und ihr Gesicht war rot angelaufen. »Auch wenn du es nicht glaubst, aber er hat mich gern und ich ihn. Und ich wünsche mir einfach, dass du das endlich auch siehst und akzeptierst.«

Ihre Stimme klang ziemlich quietschig, das tat sie immer dann, wenn Mia wütend und gleichzeitig verletzt war. Das versetzte mir einen Stich. Es war meine Schuld, ich war der Grund dafür, obwohl ich ihr nicht wehtun wollte, ganz und gar nicht. Vielleicht war es wirklich an der Zeit, es hinzunehmen und kein schlechtes Wort mehr über Paul zu verlieren, egal wie sehr ich ihn hasste. Ich konnte es eh nicht ändern, stattdessen würde ich nur unsere Freundschaft zerstören.

Ich ging auf sie zu. »Entschuldigung, Mia. Von jetzt an akzeptiere ich es.«

Ihre Augen hellten sich auf. »Wirklich?«

Ich nickte und nahm sie in den Arm. Sie erwiderte die Umarmung und kaum, dass ich sie losließ, war sie wieder die Alte.

»Soll ich dich nicht auch Schminken? Wir gehen auf eine Party, da kann man sich ein bisschen aufstylen«, sagte sie und zwinkerte mir zu.

»Nicht nötig.«

»Aber du hast nur Wimperntusche drauf.«

»Das reicht völlig.«

»Aber ...«

»Nein, Mia«, unterbrach ich sie und sie zog eine Flunsch.

Ich verdrehte die Augen. »Ich gehe mal runter zu Zack, vielleicht wirst du dann fertig, bevor das Fest vorbei ist.«

Sie streckte mir die Zunge raus und ich ging kopfschüttelnd aus dem Zimmer und die Treppe hinunter. Als ich vor der Küchentür stand, hielt ich inne, weil mein Name erklang.

»Weiß Lou es?«, fragte Isabelle.

»Nein«, entgegnete Zack mit gepresster Stimme.

»Meinst du nicht, du solltest es ihr sagen?«

»Noch nicht.«

»Wann dann? Wenn es zu spät ist? Ich finde, sie hat ein Recht darauf, es zu erfahren.«

Sekunden verstrichen und ich dachte schon, dass er gegangen war.

»Ich weiß, aber es würde alles verändern und ich bin gerade echt glücklich«, antwortete er dann endlich.

Zeit verging, aber niemand sagte mehr etwas. Bevor sie mich bemerkten, ging ich ein paar Schritte zurück, um dann etwas lauter aufzutreten und in die Küche zu schlendern, als wäre nichts gewesen. Zack stand am Kühlschrank und räumte die Reste ein, aber seine Mutter war weit und breit nicht mehr zu sehen. Bestimmt hatte sie sich zu David ins Wohnzimmer gesellt.

»Na seid ihr fertig?«, fragte Zack, als er mich sah.

»Ich bin schon seit Stunden fertig, aber Mia braucht sicher noch eine Ewigkeit«, gab ich zurück und versuchte, mir nicht anmerken zu lassen, dass ich innerlich zitterte.

Er schmunzelte und machte weiter. Er wirkte völlig normal. Was war das eben? Worum ging es? Was sollte ich nicht wissen? Am liebsten wollte ich ihn das fragen, aber ich konnte nicht. Innerlich wand ich mich, hatte Angst davor, was es für ein Geheimnis war. Verdammt, mein Kopf ratterte und ich würde es einfach nicht erfahren. Aber ich konnte auch die anderen Worte nicht mehr vergessen und sie ließen mein Herz höherschlagen. *Ich bin gerade echt glücklich*. Es war so schön, das zu hören und irgendwie was Besonderes, dass er das zu seiner Mutter sagte.

• • •

Um kurz nach 20 Uhr trafen wir auf dem Fest ein und die Coverband begann gerade zu spielen. Aktuell lief *Wonderwall*. Ich liebte diesen Song. Sofort fühlte ich mich von ihm eingehüllt und meine Aufregung fuhr ein wenig runter aufgrund dieses vertrauten Liedes. Aber dennoch konnte ich die Masse nicht ganz ignorieren, genauso wenig wie mein schnell schlagendes Herz. Etwa zwölf Buden nebst Bühne erstreckten sich über den Marktplatz. Es war einiges los, Menschen standen in Gruppen oder saßen an Tischen vor der Tanzfläche.

»Was machen wir zuerst? Dosenwerfen, Zuckerwatte essen oder gleich tanzen gehen?«, fragte Mia total aufgedreht.

Letztendlich hatte sie sich für das weinrote Kleid entschieden, allerdings nur, um ihre Worte zu verwenden, *weil sie sich mit dem kurzen später den Arsch abfrieren würde.*

»Ich wäre dafür, dass wir uns erst mal etwas zu trinken holen«, gab ich zurück.

Sie verdrehte die Augen. »Na gut.«

Wir gingen an den Getränkestand und Mia bestellte sich einen Piña Colada, während Zack und ich nur Ananassaft nahmen. Sie versuchte mir einen Cocktail aufzuquatschen, aber durch Alkohol hatte man weniger Kontrolle über sich selbst. Und da die Angst mich schon oft genug beherrschte, wollte ich nicht noch einer weiteren Sache diese Macht geben.

Nachdem wir jede Bude ausprobiert und diverse Süßigkeiten in uns gestopft hatten, machten wir es uns auf einer der Bänke bequem und lauschten der Musik. Mia war zwischendurch öfter mal zu Paul gegangen, kam jedoch immer wieder schnell zurück. Ich hatte ihr gesagt, dass sie auch gern bei ihm bleiben konnte und ich kein Problem damit hatte. Aber sie meinte, dass sie mit mir nicht nur dieses Fest feiern wollte, sondern auch, dass ich hier sein konnte. Das berührte mich so sehr, dass ich gegen meine Tränen kämpfen musste.

»Ich gehe mal kurz zur Toilette«, verkündete ich und stand auf.

Beide guckten mich sofort an und öffneten gleichzeitig den Mund.

»Nein, niemand muss mitkommen«, sagte ich schnell. »Seit fünfzehn Jahren bekomme ich das schon ganz gut alleine hin.«

Ich grinste und sie erwiderten es mit einem Lächeln. Ich wusste natürlich, dass sie es nur gut meinten und sich Sorgen machten, aber ich musste auch lernen, Dinge ohne Hilfe zu tun. Der Weg zu den Toilettenwagen war schließlich nicht weit. Hin und wieder beschleunigte sich mein Puls oder meine Atmung und Angst stieg auf, doch ich konnte sie gut kontrollieren und vor allem den Abend genießen. Endlich, nach zwei Jahren, war ich wieder auf einem Fest und hatte wirklich Spaß, ohne dass die Panik mich beherrschte. Mit hochgezogenen Mundwinkeln kam ich aus der Toilette, blieb jedoch sofort wie angewurzelt stehen und riss die Augen auf. Nicht weit von mir entfernt, stand gerade Paul und küsste eine Frau, die eindeutig nicht Mia war. Mir war klar, dass er mit mehreren etwas am Laufen hatte, aber dass er es sogar hier tat, wo Mia ihn sehen konnte, überraschte selbst mich. Das war doch die Höhe. So ein Arsch. Aber jetzt hatte ich den Beweis und Mia konnte mit eigenen Augen sehen, was ich ihr seit Ewigkeiten versuchte klarzumachen. Schnellen Schrittes hastete ich zurück zu unserem Tisch und griff nach Mias Arm.

»Du musst mitkommen«, forderte ich sie auf.

»Was ist denn?« Sie schaute mich verwirrt an, stand aber auf.

Auch Zack blickte mich perplex an, doch ich zog sie einfach mit mir.

»Lou, sag schon, was los ist.«

Stolpernd flog sie hinter mir her. Ihre blöden Absätze ließen uns nur langsam vorankommen.

»Ich habe Paul gesehen, knutschend mit einer anderen Frau.«

Sie versteifte sich und ihre Stimme klang plötzlich schrill. »Was? Nein. Das kann nicht sein.«

»Ich werde es dir zeigen.«

Als wir an der Stelle ankamen, wo er eben noch die Zunge in einer Braunhaarigen hatte, waren die beiden jedoch wie vom Erdboden verschluckt. Verdammt. Ich schaute hektisch von links nach rechts, doch entdeckte sie nirgends.

»Wo soll er denn sein?«, fragte sie barsch und stemmte die Hände in den Hüften.

»Eben war er noch hier.«

»Weißt du, was ich glaube?« Ich drehte mich zu ihr um. Ihr Blick war voller Wut. »Paul hat gar nichts getan und du hast das Ganze nur erfunden, um ihn schlechtzumachen.«

»Das ist nicht wahr«, protestierte ich. Wie konnte sie nur so etwas denken?

»Die ganze Zeit sprichst du schlecht über ihn und willst ihn mir ausreden. Und jetzt denkst du dir diese Geschichte aus, damit ich ihn verlasse«, herrschte sie mich verärgert an.

Ich schüttelte den Kopf. »Mia, das würde ich nie tun. Du solltest mich eigentlich besser kennen.«

»Anscheinend kenne ich dich nicht. Vorhin hast du noch gesagt, dass du es jetzt akzeptierst und nun tischst du mir diese Lüge auf.«

Ihr Gesicht war feuerrot, so hatte ich sie noch nicht gesehen. Zumindest hatte es nie mir gegolten.

»Ich habe nicht gelogen«, versuchte ich, mich zu verteidigen, doch insgeheim wusste ich, dass ich keine Chance hatte. Ihr Urteil war bereits gefällt.

»Er knutscht hier mit niemandem rum oder siehst du ihn irgendwo?«

»Gerade stand er noch hier«, murmelte ich.

»Natürlich, eben war auch Leonardo DiCaprio noch hier. Ziemlich unglaubwürdig, Lou. Ich gehe jetzt zu Paul, der bestimmt bei den anderen ist und mich nicht so verarschen würde.«

Sie stampfte davon und ich blieb sprachlos zurück. Nie hätte ich gedacht, dass sie so von mir denken würde, nach allem, was wir zusammen durchgemacht hatten. Ich hatte sie noch nie belogen und so was würde ich ihr auch nie antun. War sie so sehr verknallt, dass ihr Verstand total vernebelt war, wenn es um Paul ging? Sie hatte es nicht verdient, dass sie so von ihm behandelt wurde. Aber mir würde sie einfach nicht glauben, das wusste ich, egal, was ich sagte. Niedergeschlagen schlenderte ich zurück zu Zack, der mich sofort in seine Arme zog.

»Was ist los?«, wollte er wissen.

»Ach, ich hab Paul gesehen, wie er mit einem anderen Mädchen rumgeknutscht hat, aber kaum waren wir dort, war er natürlich schon weg, und Mia denkt, ich hätte mir das ausgedacht.«

Er hob erstaunt die Augenbrauen, dann verdüsterte sich sein Blick.

»Ich hab mir schon gedacht, dass Paul so einer ist. Von Anfang an hatte ich das Gefühl, dass er ein Arschloch ist.«

Ich nickte. Ich war also nicht allein mit meiner Meinung.

»Aber Mia ist total in ihn verschossen. Sie will es nicht wahrhaben, egal was du ihr erzählst«, fügte er hinzu und drückte meine Hand.

»Das denke ich auch. Ich hasse es nur, wie es jetzt zwischen uns ist.«

Ich verzog das Gesicht. Mia und ich kannten uns seit fünf Jahren und nie war sie je so wütend auf mich gewesen. Es war ein schreckliches Gefühl.

»Vielleicht kannst du später noch mal mit ihr reden. Aber ich glaube, sie muss erst selbst merken, was für ein Spiel Paul da mit ihr abzieht.«

Er gab mir einen Kuss auf die Wange und sofort prickelte meine Haut. Wahrscheinlich hatte er recht, aber das machte es trotzdem nicht leichter.

»Was hältst du davon, wenn wir noch eine Runde Dosen werfen? Du kannst dir vorstellen, die Dosen wären Paul«, sagte er, die Lippen belustigt verzogen.

Automatisch musste ich lächeln. Gute Idee. Sollten diese blöden Büchsen meinen Schmerz und Zorn zu spüren bekommen.

Trotz meiner Wut im Bauch traf ich nicht besonders gut. Anders lief es dafür bei Zack, der sich sogar etwas von den besseren Gewinnen aussuchen konnte. Allerdings bekam ich in dem Moment eine Nachricht und schaute schnell aufs Handy, weil ich innerlich hoffte, dass Mia sich melden würde. Fehlanzeige. Es war nur meine Mutter, die fragte, ob alles in Ordnung war. Schnell schrieb ich zurück, dass es mir gut ging. Als ich das Telefon wegsteckte, kam Zack bereits mit den Händen auf dem Rücken und einem Grinsen im Gesicht auf mich zu. Ich wurde nervös. Was verbarg er da hinter sich?

»Wenn du mir jetzt mit einer Wasserpistole ins Gesicht spritzt, verhau ich dich«, warnte ich ihn lachend und ging einen Schritt rückwärts.

Seine Augen blitzten amüsiert. »So leicht bin ich nicht zu verhauen.«

»Ich habe ungeahnte Fähigkeiten.«

»Verdammt, die hätte ich gerne gesehen. Aber ich habe keine Wasserpistole.«

Ich ging weiter rückwärts. »Was dann? Irgendetwas Gruseliges?«

Er legte den Kopf schräg. »Was ist denn für dich gruselig?«

»Spinnen, Schlangen oder dieser komische Spongedings.«

»Spongebob?«

Ich nickte.

»Wie kann man den gruselig finden?«

»Einen Schwamm mit einem Dauergrinsen, ich bitte dich. Wer hat denn bitte beim Putzen Spaß?«

Er schmunzelte und ich prallte im nächsten Moment gegen die Rückseite eines Standes. Mist, ich saß in der Falle. Mit großen Augen fixierte ich Zack, der belustigt den Kopf schüttelte.

»Was denkst du nur von mir«, sagte er lachend und zog seine Arme hervor.

Mir klappte der Mund auf und ein langgezogenes »Oh« entfuhr mir. Auf seiner Hand saß eine Plüschkatze. Sie war weiß mit einem schwarzen Schwanz, einem rosa und einem schwarzen Ohr und riesigen Augen. Einfach zuckersüß.

»Es gab leider keine schwarze, aber ich denke, dann wäre Milli eh sauer und würde denken, du wolltest sie ersetzen.« Seine grünen Augen strahlten und ich bekam sofort Herzklopfen. »Würdest du Muffin aufnehmen?«

Mir wurde heiß und in meinem Bauch machte sich ein Kribbeln breit. Dass er diese Katze als Gewinn ausgesucht und mir schenken wollte, machte mich gerade verdammt glücklich. Das war süß und irgendwie auch ein bisschen kitschig, aber ich liebte es. Mit glühenden Wangen nickte ich und er streckte mir seine Hand entgegen. Ich nahm Muffin und drückte ihn an mich. Er war so schön weich und irgendwie roch er schon nach Zack.

»Danke, das ist das süßeste Kuscheltier, das ich je bekommen habe«, hauchte ich und zog ihn für einen langen Kuss an mich.

Ich kannte solche Geschenke gar nicht, Tom war nicht der Typ dafür, von ihm hatte ich nur zum Geburtstag oder zu Weihnachten etwas bekommen und das war meist ziemlich unpersönlich oder ganz unpassend gewesen. Einmal war es irgendein Computerspiel, dabei hatte ich mit so was eigentlich nichts am Hut. Umso mehr berührte mich Zacks Geste. Auch wenn es nur ein kleines Kuscheltier war, war die Wirkung viel größer.

»Wieso eigentlich dieser Name?«, fragte ich irritiert.

»Weil er nun mal so heißt«, meinte er grinsend und wies auf das Schild, das an dem Kuscheltier hing.

Tatsächlich. Aber der Name gefiel mir und erinnerte mich an die leckeren Muffins, die Zack für uns zum Strandausflug gebacken hatte. Und ich wusste jetzt schon, dass Muffin jede Nacht in meinen Armen schlafen würde, als Ersatz für Zack.

• • •

»Ich geh kurz zu Mia und rede mit ihr«, verkündete ich.

Wir saßen wieder vor der Bühne, quatschten über dies und das oder lauschten einfach stillschweigend der Musik. Die ganze Zeit ging mir der Krach mit Mia nicht aus dem Kopf und ich überlegte hin und her, was ich jetzt tun sollte. Ich hasste es, im Streit auseinanderzugehen und war eher der Typ, der alles schnell klären wollte. Mich belastete das immer zu sehr. Also beschloss ich einfach zu ihr zu gehen und noch mal das Gespräch zu suchen, auch wenn ich Angst vor ihrer Reaktion hatte.

Zack lächelte und drückte meine Hand. »Okay.«

Ich holte noch einmal tief Luft, stand auf und lief über den Platz, bis ich Mia entdeckte. Natürlich im Arm von Paul. Ich verzog das Gesicht. Er war einfach nur widerlich, vorhin noch die Braunhaarige und wer weiß, wer noch, und jetzt Mia. Allein bei dem Gedanken schüttelte es mich. Als ich meinen Blick von den beiden löste, sah ich, wer neben ihnen stand und mir wurde augenblicklich schlecht. Lena, Tina und Franzi. Die fehlten mir noch. Ich sollte einfach umdrehen, mir das nicht antun und irgendwann später mit Mia reden. Wie angewurzelt stand ich da und fixierte die Gruppe. Sie würden dumme Sprüche ablassen, die mich verletzten, ich würde Panik bekommen und wegrennen. Es wäre leicht, jetzt einfach zurück zu Zack zu laufen und der Situation aus dem Weg zu gehen. Ich würde allerdings wieder meiner Angst folgen. Ich hatte sofort Zacks Stimme im Kopf. *Vielleicht würden sie aber ihren Mund halten, weil Mia dort stand. Du könntest Mia einfach nur fragen, ob sie mitkommt, um mit dir zu sprechen und dann gehen.* Ja, so könnte es doch auch laufen. Das würde keine zehn Sekunden dauern und bestimmt irgendwie gut gehen, oder? Zögerlich setzte ich einen Fuß vor den anderen und atmete tief ein und aus, bis ich vor ihnen stand. Ich konzentrierte mich ausschließlich auf Mia und versuchte, die anderen auszublenden. Sie sah kurz auf, wandte jedoch sofort wieder den Blick ab. Scheiße. Ich hatte ein flaues Gefühl im Magen.

»Mia«, fing ich an. »Können wir reden?«

Sie schüttelte den Kopf, schaute dabei aber in eine ganz andere Richtung.

Ich schluckte. »Mia, bitte«, presste ich hervor.

»Sie will nicht, akzeptier's einfach«, mischte sich Paul ein.

Von der Intensität seiner Stimme schreckte ich zurück.

»Jetzt will auch deine letzte Freundin nichts mehr mit dir zu tun haben, merkst du was?«, spottete Franzi und hatte dabei ein dreckiges Grinsen auf den Lippen.

Mir wich jegliches Blut aus dem Gesicht.

»Geh doch einfach nach Hause, dich will hier niemand«, höhnte Lena.

»Oder gleich zurück in die Klapse«, stimmte Tina ein und alle drei kicherten.

Mein Atem stockte und ich konnte nur mühsam die aufsteigende Panik unterdrücken. Aber schlimmer als diese Sprüche war, dass Mia nicht reagierte. Sie schaute einfach weg. Vorher hatte sie gesagt, dass sie sich für mich einsetzen würde und jetzt ließ sie mich hängen wegen so einem Idioten wie Paul. Sie stellte ihn über mich, über unsere jahrelange Freundschaft. Mein Herz zog sich schmerzhaft zusammen und bevor dieser Schmerz als Tränen meine Augen verlassen konnte, tat ich das, was ich eigentlich vorhin schon hätte tun sollen. Ich drehte mich um und ging auf wackligen Beinen zurück. Meine Sicht war verschwommen, ich konnte nur die Umrisse von Zack ausmachen und schritt vorsichtig auf ihn zu. Er sprang sofort auf, als er mich sah und führte mich stützend zur Bank.

»Was ist passiert?«, fragte er aufgebracht.

»Sie haben fiese Sachen gesagt.«

Meine Stimme klang weinerlich. Ich hasste es. Ich wollte heute nicht weinen. Nein, ich wollte Spaß haben mit Zack und Mia. Mia. Wie konnte sie nur?

»Was? Wo sind sie?« Er sprang auf und sah sich wütend um. »Ich werde …«

»Nein, bitte nicht«, wisperte ich und zog an seinem Arm.

Er setzte sich wieder und schaute mich stirnrunzelnd an.

»Das bringt nichts. Und außerdem …«, fing ich an. »… tat Mias Reaktion viel mehr weh, als es die Worte der Tussis je könnten.«

»Was hat sie gesagt?«

»Nichts.«

»Nichts?«, fragte er geschockt.

»Nichts«, wiederholte ich. »Sie hing einfach nur in Pauls Armen und hat mich weder angesehen, noch irgendetwas gesagt.«

Er hob erstaunt die Augenbrauen. »Das hätte ich echt nicht von ihr gedacht.«

»Da bist du nicht der Einzige.«

»Willst du lieber gehen?«

»Nein«, stieß ich aus und war verwundert über meine Entschlossenheit.

Aber ich wollte nicht wieder weglaufen, weil jemand gemein zu mir war. Ich war stärker geworden und würde mir den Abend nicht versauen lassen. Ich war hier, außerhalb meines Zimmers, auf einem Fest mit Zack. Das sollte ich genießen und mir von nichts und niemanden kaputt machen lassen.

Er lächelte mich an. »Hast du Lust zu tanzen?«

Ich riss die Augen auf. Wo kam das auf einmal her? »Was?«

»Wir zwei, du und ich, da vorne auf der Tanzfläche, bewegen uns zur Musik. Oder kannst du nicht tanzen?«

»Es ist zwar schon ein bisschen her, aber ich war mal in einer Tanzgruppe«, gab ich kleinlaut zurück.

Zack machte große Augen. »Na dann kannst du mir bestimmt noch einiges beibringen.«

Er reichte mir die Hand und ich legte meine hinein. Mein Herz schlug mir bis zum Hals. Egal wie gut ich mal irgendeinen Tanz beherrscht hatte, mit Zack zu tanzen war eine ganz andere Nummer. Ich war total kribbelig und hatte Angst ihm gleich die Zehen zu zertrampeln.

»Erwarte nicht zu viel«, sagte ich, als er gerade die Hand um meine Taille legte.

»Wir sind hier um Spaß zu haben, ich erwarte überhaupt nichts.«

Gerade spielten sie *1000 Träume wert* und wir bewegten uns erst ein wenig unsicher, fanden aber schnell in einen gemeinsamen Rhythmus und schwebten über die Tanzfläche, als hätten wir nie etwas anderes getan. Zack konnte es wirklich gut, was mich überraschte. Die meisten in seinem Alter wollten meist gar nicht tanzen und wenn dann keinen Paartanz wie den Discofox. Wir hatten riesigen Spaß und bekamen sogar ein paar Drehungen hin. Ich genoss es sehr, vor allem wenn er mir so nah war, dass unsere Körper quasi aneinanderklebten. Auf meinen Armen hatte sich eine Dauergänsehaut gebildet und wenn er mir dann noch so eindringlich in die Augen schaute, war ich froh, dass wir draußen waren und der leichte Wind die Hitze in mir etwas verringerte. Ich sah nur noch ihn und vergaß einfach alles um mich herum. Paul, die drei Hühner vom Grill, Mia und selbst meine Angst. Gerade gab es nur Zack und mich und das war alles, was ich im Moment brauchte.

11. Kapitel

Ich weiß nicht, zu wie vielen Liedern wir getanzt und wie viele Piña Coladas ohne Piña wir schon getrunken hatten. Aber irgendwann war ich ziemlich k.o. Ich ließ mich erschöpft auf die Bank fallen und trank den letzten Schluck aus meinem Becher.

»Schwächelst du etwa?«, fragte Zack belustigt.

»Ich spür meine Füße nicht mehr«, jammerte ich.

Er lachte auf. »Na dann wird es wohl Zeit, dass wir fahren.«

Ich nickte. »Ich muss nur noch schnell zur Toilette.«

»Soll ich dich begleiten?«

»Das bekomme ich gerade noch hin, pass lieber auf Muffin auf.«

Ich gab ihm einen schnellen Kuss und ging los. Ich wusste, dass er mitkommen wollte, weil die Mädels hier immer noch irgendwo waren und Mia und Paul. Sie hatten sich vorhin ziemlich lasziv auf der Tanzfläche gerekelt, das war kaum zu übersehen. Aber ich wollte nicht immer einen Aufpasser dabeihaben, ich musste es alleine schaffen. Als ich aus dem Toilettenwagen kam, warf ich einen Blick nach links und rechts, aber ich konnte niemanden von ihnen sehen. Gott sei Dank. Es war bereits etwas lichter hier geworden, immerhin zeigte die Uhr schon 1:30 Uhr. Wow, so lange war ich noch nie unterwegs gewesen. Aber meine Mutter hatte extra gesagt, ich solle so lange bleiben, wie ich wollte. So was hörte ein normaler Teenie bestimmt nie.

»Hey«, rief jemand und ich drehte mich um.

Ein blondhaariger Mann kam auf mich zu, definitiv ein paar Jahre älter als ich und etwas wackelig auf den Beinen. Bestimmt betrunken.

»Kommst du mit zu mir?«, fragte er und zwinkerte mir zu.

Mir wurde flau im Magen. Ich schüttelte den Kopf und ging einfach weiter, in der Hoffnung, er würde es dabei belassen. Allerdings kam ich nicht weit, denn er griff im nächsten Moment ziemlich grob nach meinem Arm und hielt mich fest. Mein Puls schoss so schnell in die Höhe, dass mir schwindlig wurde. Was war denn nun los? Was wollte er von mir?

»Hab dich doch nicht so«, lallte er und drückte mich gegen die Rückwand eines Wagens.

Seine Fahne schlug mir entgegen und ich verzog das Gesicht.

»Lass mich los«, schrie ich und versuchte mich loszureißen, was mir allerdings nicht gelang, weil er trotz des Alkohols noch eine Menge Kraft hatte.

Ich spürte die harte Wand in meinem Rücken und den Typ von vorne, wie er sich gegen mich presste. Ich war gefangen und vollkommen hilflos. Die Panik kroch in mir hoch und drohte mich jeden Moment zu überfluten. Die Situation kam mir bekannt vor, doch ich wusste nicht woher. Meine Kehle zog sich immer mehr zusammen und ich hatte das Gefühl, dass kein Atemzug mehr hindurchpasste. Innerlich brach ich zusammen, doch mein Körper war zu Stein erstarrt, als wollte er sich schützen. Das Einzige, was sich noch bewegte, waren meine Augen und bei jedem Blinzeln zuckte ein Bild vor meinen Lidern auf. Ein Mann Mitte vierzig mit braunen Haaren und grauen Strähnen. Ein Schuppen im Wald, ein Holzstuhl. Ich hatte keine Ahnung, was das bedeutete und wo diese Bilder plötzlich herkamen. Ich konnte kaum mehr den Typen sehen, weil sich immer neue Bilder in meinen Kopf drängten. Allerdings spürte ich seine Berührungen. Er strich gerade über meine Wange und mir wurde augenblicklich schlecht. Ich drückte meinen Kopf zur Seite, doch er zog ihn zurück.

»Nun komm schon, du willst es doch auch«, raunte er. »Glaub mir, es wird dir gefallen.«

Ich schrie, doch die Musik war zu laut. Ich versuchte mich zu drehen und zu wenden, doch er übte nur noch mehr Druck aus.

»Halt still«, brummelte er.

Halt still, Louisa. Du wirst sehen, es ist überhaupt nicht schlimm.

Ich sah wieder den Mann vor mir, seine braunen Augen waren auf mich gerichtet und er streichelte über mein Gesicht und ließ seine Hand weiter hinabwandern. Ich musste würgen. Was geschah plötzlich mit mir? Woher kam das? Ich schüttelte den Kopf, doch das änderte nichts an dem, was ich sah und fühlte. Überall waren Hände auf meinem Körper und ich wusste nicht mehr, was davon Wirklichkeit war. Mir schwirrte der Kopf. Der Mann zog sich sein blaues Shirt über den Kopf und schob seine Jogginghose nach unten. Nein, aufhören. Ich kniff verzweifelt die Augen zusammen, doch ich konnte nicht wegsehen, weil diese Bilder von innen kamen. Heiße Tränen liefen mir übers Gesicht. Ich spürte Küsse an meinem Bauch, einen Bart, der mich kratzte, und danach sah ich ihn, wie er sich selbst berührte. Mein Magen zog sich krampfhaft zusammen und wollte am liebsten alles loswerden, was in ihm steckte.

Du warst sehr brav, Louisa. Gutes Mädchen.

Die Worte zogen mich in die Tiefe und ich war nicht länger in der Lage mich aufrecht zu halten. Plötzlich verschwanden die Bilder, genauso wie der Körper, der mich gegen den Wagen gepresst hatte. Ich sackte in mich zusammen und spürte den kühlen Sand auf meiner Haut. Ich fühlte mich benutzt, dreckig und vollkommen zerstört. Als ich die Augen öffnete, sah ich Zack, wie er dem ekelhaften Typen mitten ins Gesicht schlug. Auch wenn er es mehr als verdient hatte, Zack musste aufhören. Doch ich konnte mich nicht rühren, konnte nicht sprechen.

»Lou? Lou! Was ist los, was ist passiert? Geht es dir gut?« Mia lief auf mich zu und ging vor mir in die Hocke. Ihr Gesicht war voller Angst und Sorge, doch ich antwortete nicht. Ich konnte nicht, aber ich wollte auch nicht.

»Bitte sag doch was. Bist du verletzt?«

Sie plapperte auf mich ein, doch ich ignorierte sie und schaute wieder zu Zack, der endlich von dem Mann abließ und auf mich zukam. Langsam ging er neben mir auf die Knie. Auf seiner Stirn lagen tiefe

Furchen und in seinen Augen konnte ich Furcht und Wut erkennen. Sein Blick huschte über meinen Körper, vermutlich suchte er ihn nach Verletzungen ab. Ich wusste selbst nicht, ob es welche gab, ich war hin- und hergerissen zwischen zwei Welten. Doch als seine Augen wieder meine fanden, wirkten sie nicht so, als hätte er Wunden gefunden. Wahrscheinlich lagen die einzigen Wunden mitten in meinem Herzen.

»Sie redet nicht. Was sollen wir tun? Einen Krankenwagen rufen?«, fragte Mia.

Ich riss die Augen auf. Bloß nicht.

»Nein. Sie steht unter Schock. Aber ein Arzt macht das Ganze jetzt nicht besser. Sie würden ihr Fragen stellen. Dafür ist sie nicht bereit.«

Erleichterung durchströmte mich. Er kannte mich erst seit ein paar Wochen, aber er wusste genau, was das Richtige für mich war.

»Hast du eine bessere Idee? Irgendwas müssen wir machen.«

»Bring mich einfach nach Hause, Zack«, flüsterte ich.

Er nickte. »Mia, kannst du noch schnell unsere Sachen holen?«

»Natürlich«, sagte sie und flitzte los.

»Kannst du aufstehen?«, fragte er mich.

Ich zuckte mit den Schultern. Ich wusste es wirklich nicht. Er legte einen Arm um meinen Rücken, und den anderem um meine Beine und hob mich hoch. Ganz selbstverständlich, als würde ich nichts wiegen. Ich schmiegte mich an seine Brust, atmete seinen vertrauten Duft ein und fühlte mich sicher. Meine harten Muskeln lockerten sich wieder, aber sie schmerzten noch immer.

»Hier.«

Mia war wieder da und reichte Zack die Sachen.

»Danke für deine Hilfe. Bis dann«, sagte Zack.

»Ich komme mit«, stellte Mia klar.

»Nein, das ist keine gute Idee«, sprach Zack meine Gedanken aus. »Sie braucht jetzt Ruhe.«

Ich wollte sie sowieso nicht dabeihaben.

Sie riss die Augen auf. »Aber ...«, begann sie, brach jedoch ab.

Zack drehte sich um, ging los und ließ sie einfach stehen.

• • •

Er brachte mich in mein Bett und setzte sich auf die Kante. Eigentlich wollte ich unbedingt duschen, wollte die Erinnerungen abwaschen, doch mir fehlte die Kraft dafür.

»Brauchst du noch irgendwas? Soll ich dir ein Glas Wasser bringen, bevor ich gehe?«

Er wollte gehen? Ich konnte jetzt nicht allein sein. Ich hatte so fürchterliche Angst, dass die Bilder wiederkamen.

»Bitte bleib«, flehte ich ihn an.

Sein Blick huschte zur Couch.

Ich hob die Decke hoch. »Bitte halt mich ganz fest«, stammelte ich und spürte ein Stechen hinter den Lidern.

Er schlüpfte zu mir, nahm mich in den Arm und drückte mich fest an sich. Sofort fühlte ich mich besser, geschützt, als wäre er mein Panzer.

Seine Lippen berührten meine Stirn. »Ich wollte auch gar nicht gehen. Aber es hätte ja sein können, dass du jetzt lieber allein wärst.«

Ich schüttelte leicht den Kopf.

»Ich bleibe, so lange du möchtest.«

Ich atmete erleichtert aus. Wie wäre es mit für immer? Mit ihm waren die schlimmsten Erlebnisse und Gefühle irgendwie leichter.

»Wenn du bereit bist, darüber zu reden, was vorhin passiert ist, sag Bescheid. Ich bin hier.«

Mir wurde warm ums Herz bei seinen Worten. Aber ich wusste selbst nicht genau, was geschehen war. Die Realität hatte sich so sehr mit Bildern vermischt, dass ich nicht mehr wusste, was wahr war und was nicht.

»Morgen«, flüsterte ich an seine Brust.

»Okay. Versuch ein bisschen zu schlafen.«

Ich war total erschöpft, der heutige Abend zehrte sehr an mir, aber die Erinnerungen waren noch da und ließen sich nicht so einfach ausradieren. Zacks Finger streichelten in einem gleichmäßigen Rhythmus über meinen Rücken und ich konzentrierte mich darauf. Auf seine weiche Haut, auf das Kribbeln, das sie hinterließ, auf die Wärme, die von ihm ausging, auf seine Atmung, auf alles, nur nicht auf die Bilder in meinem Kopf. Zwischendurch berührten seine Lippen immer wieder mein Haar und er küsste den Schmerz weg, die Kränkung, den Ekel, die Angst. Er löschte das Leid, das meinen Körper vergiftet hatte. Es dauerte eine Weile, doch irgendwann schlief ich tatsächlich ein. Auch wenn das nicht besser war als der Wachzustand.

• • •

Ich saß auf einer Schaukel auf dem Spielplatz und schwang hin und her. Schon immer liebte ich es, zu schaukeln und war kaum davon wegzubekommen. Ich fühlte mich wie ein Vogel, der durch die Lüfte flog. Meine Mutter schaute öfters aus dem Fenster und ich winkte ihr jedes Mal zu. Nur weil wir direkt neben dem Spielplatz in einem Wohnblock lebten, durfte ich hin und wieder auch allein hier her. Ich war vom dritten Stock aus gut zu sehen und so konnte meine Mutter nebenbei den Haushalt machen. Nach einer Weile setzte sich ein Mann auf die Bank vor dem Sandkasten. Er sagte nett Hallo und steckte danach seine Nase in eine Zeitung. Ich versuchte, immer höher und höher zu schaukeln, ich wollte unbedingt den Himmel erreichen.

»Louisa, kommst du bitte hoch, es gibt Mittag«, rief meine Mutter nach einer Weile.

»Jaaaa sofort«, schrie ich zurück.

Einmal holte ich noch mit den Beinen aus und flog so hoch, dass ich das Gefühl hatte, mit den Füßen die Wolken zu berühren. Mit einem Lächeln sprang ich kurze Zeit später ab und hopste vergnügt den Weg lang. Hoffentlich durfte ich nach dem Essen wieder auf die Schaukel. Als ich gerade an der Seitenwand des Hauses war, hielt mich plötzlich jemand fest. Ich wollte schreien, doch irgendetwas war auf meinen Mund gepresst. Ein paar Sekunden später fielen mir die Augen zu und ich schlief ein. Nachdem ich die Lider wieder aufschlug, sah ich einen Mann mit braunen Augen vor mir, der mich ekelhaft anlächelte.

...

»Lou, wach auf.«

Jemand rüttelte an mir und ich schreckte hoch. Es war Zack. Nur Zack. Kein Mann mit widerlichem Grinsen auf den Lippen war hier. Mein Atem ging stoßweise und ich spürte den Schweiß auf meiner Stirn.

»Alles in Ordnung? Du hast geschrien und sahst so verängstigt aus, deshalb hab ich dich geweckt.«

Langsam sickerte es zu mir durch. Die Bilder von gestern. Der Traum. Das war keine Einbildung, sondern meine Vergangenheit. Ich hatte es wirklich erlebt. Der Stich in meiner Brust war schnell, hart und schmerzhaft.

»Nein, ich glaube nicht«, gab ich ehrlich zurück.

Ich kämpfte gegen die Tränen und gleichzeitig gegen den Würgereiz, den ich empfand, wenn ich an diesen Mann dachte. Wie war es nur möglich, dass ich das nicht mehr gewusst hatte? Und wieso kam es jetzt? Ich holte tief Luft.

»Glaubst du, dass man Erlebtes so weit verdrängen kann, dass man sich nicht mehr daran erinnert?«

»Ich hab des Öfteren von so etwas gehört. Das ist so eine Art Schutzmechanismus.«

Davon gelesen hatte ich auch schon, aber nie hätte ich gedacht, dass es mich selbst betreffen könnte.

»Ich glaube, ich bin als Kind entführt worden.«

Meine Stimme war nicht mehr als ein Flüstern.

Er riss die Augen auf. »Was?«

Ich fixierte meine ineinander verschlungenen Hände. »Das eben war kein Traum, sondern eine Erinnerung. Genauso wie die Bilder, die ich gestern gesehen habe, als der Typ mich bedrängt hat«, stellte ich klar.

Es laut auszusprechen war wie ein Messer, das meine Seele durchbohrte.

Zack nahm meine Hand. »Willst du mir erzählen, an was du dich erinnerst?«

Ich war erleichtert, dass er mir glaubte und mich nicht für verrückt hielt. Also erzählte ich ihm alles, schluchzte dabei immer wieder und er drückte mehrfach meine Hand. Als ich fertig war, zog er mich in seine Arme und ich weinte an seiner Brust.

»Das ist grauenhaft. Es tut mir so leid, dass du das erleben musstest.«

Er gab mir einen Kuss auf die Stirn und ich war so dankbar, dass er jetzt und vor allem auch gestern bei mir war. Ich weiß nicht, ob ich das gerade ohne ihn durchstehen würde. Er hielt mich nicht nur durch seine Arme vom Zusammenfallen ab.

So hatte ich mir unsere erste gemeinsame Nacht nicht vorgestellt. Nicht aus diesem Anlass, nicht mit diesem Albtraum. Ich wollte knutschend mit ihm einschlafen und in seinen Armen wieder aufwachen.

Ich zuckte zusammen, als es plötzlich klopfte.

»Lou? Alles in Ordnung?«, fragte meine Mutter hinter der Tür.

Mein Blick huschte auf die Uhr. Kurz nach neun.

»Ja, alles ok«, rief ich zurück. »Ich komme gleich.«

Verdammt. Meine Eltern hatte ich irgendwie vollkommen vergessen.

»Willst du es ihnen sagen?«, fragte Zack.

»Ich weiß nicht. Sollte ich?«

»Ich denke, sie würden wissen wollen, was mit ihrer Tochter passiert ist und vielleicht können sie dir auch noch irgendetwas dazu sagen. Zum Beispiel, was du ihnen erzählt hast damals, wo du warst.«

»Vielleicht hast du recht«, murmelte ich.

Ich hatte Angst, es ihnen zu sagen. Wie würden sie reagieren?

»Ich geh derweil kurz nach Hause, duschen, meinen Eltern sagen, dass ich noch lebe.« Er grinste. »Und ihr könnt in Ruhe miteinander sprechen.«

Mir gefiel der Gedanke nicht, dass er gleich verschwand. Ich wollte ihn bei mir haben. Aber das war auch ziemlich egoistisch. Ich konnte nicht verlangen, dass er die ganze Zeit an meiner Seite klebte. Er hatte ein eigenes Leben. Und vielleicht musste ich wirklich alleine mit meinen Eltern reden. Ich nickte, aber verbergen, dass mir das missfiel, konnte ich nicht. Seufzend richtete ich mich auf und stieg aus dem Bett. Auf dem Weg zur Tür griff Zack nach meiner Hand und zog mich an seine Brust.

»Es ist nicht so, dass ich gehen möchte.« Er sah mir tief in die Augen. »Allerdings ist das eine Sache, die du mit deinen Eltern zu besprechen hast, da hab ich nichts zu suchen. Aber in einer Stunde bin ich wieder da, wenn du das möchtest.«

»Eine Stunde ist okay«, sagte ich mit einem Lächeln auf den Lippen.

Ich öffnete vorsichtig die Tür und schaute, ob die Luft rein war. Meinen Eltern war bestimmt klar, dass Zack hier war, sein Auto war schließlich nicht zu übersehen, aber ich wollte nicht, dass sie mich vor ihm zur Rede stellten. Keine Ahnung, wie sie darüber dachten, ob sie ausflippen würden oder nicht. Als niemand zu sehen war, drückte mir Zack noch einen Kuss auf die Lippen und verschwand. Ich sah ihm nach, bis er die Ausgangstür geschlossen hatte, um mich dann meinem Schicksal zu ergeben.

• • •

»Hey«, sagte ich mit angespannter Stimme, als ich auf die Terrasse trat, wo meine Eltern gerade saßen.

»Guten Morgen.« Meine Mutter strahlte mich an. »Wie war das Fest?«

Ich blickte sie verwundert an. Keine Standpauke? Hatte sie den Wagen und seine Schuhe nicht gesehen? Nein, das konnte ich mir nicht vorstellen.

»Bist du gar nicht sauer?«, fragte ich verwirrt und setzte mich an den Tisch.

»Wegen Zack?«

Ich nickte.

»Na ja, es wäre nett gewesen, wenn du vorher gefragt hättest. Aber du wirst in ein paar Wochen achtzehn und musst selbst entscheiden, was richtig ist. Außerdem mag ich Zack.«

»Okay.« Ich war überrascht.

»Aber nächstes Mal sag einfach Bescheid. Und jetzt erzähl mal, wie der Abend war.«

Ich verzog das Gesicht, als die Bilder von gestern auf mich einprasselten.

»Ich muss euch etwas sagen.« Ich fixierte meine Hände und suchte nach den richtigen Worten. »Gestern kamen Erinnerungen hoch. An meine Kindheit. Ich war auf dem Spielplatz vorm Haus und da war ein Mann.« Meine Stimme versagte.

Ich holte tief Luft und als ich aufsah, hatte meine Mutter Tränen in den Augen und ihre Hand lag auf dem Mund. Mein Vater starrte mich mit geweiteten Augen an. Was war los? Ich hatte doch noch gar nichts Genaues gesagt? Ich runzelte die Stirn. Es dauerte einen Moment, bis es zu mir durchdrang, aber dann fiel es mir wie Schuppen von den Augen.

Erschrocken schnappte ich nach Luft. »Ihr wusstet es.«

Mutti schluchzte auf und Papa nickte unmerklich. Ich war wie gelähmt. Wie konnten sie mir so etwas verheimlichen?

»Woher?«, presste ich hervor.

»Du hast es uns erzählt, als du entkommen konntest.«

»Was genau?«

Meine Mutter atmete tief ein. »Ein Mann hat dich entführt, in einen Schuppen gebracht, gefesselt, angefasst und sich selbst vor dir befriedigt.« Ihr Gesicht war schmerzverzehrt.

Jedes Wort war wie ein Schlag in den Magen und rief ungewollte Bilder hervor, die mich in die Tiefe zogen. Und dass meine eigenen Eltern mir das nicht gesagt hatten, machte mich wütend. Ich konzentrierte mich auf diese Wut, das war leichter, als den Schmerz zuzulassen.

»Wieso habt ihr mir das verschwiegen?« Ich stand auf und der Stuhl knarrte über den Boden.

»Du hast nach zwei Wochen nicht mehr davon gesprochen. Wir dachten, es wäre besser so«, stammelte sie.

»Besser? Ich habe seit zwei Jahren Panikattacken. Meinst du nicht, das könnte etwas damit zu tun haben? Und du lässt mich einfach so in der Luft hängen, obwohl du die Ursache und somit vielleicht auch die Lösung kennst?«, schrie ich.

»Nun mach mal halblang«, warf mein Vater ein. »Wir wollten nur das Beste für dich.«

»Und du weißt, was das ist? Wurdest du entführt oder ich?«, fragte ich, doch er blieb still.

»Ich kann nicht glauben, dass ihr das wirklich getan habt.«

Ich schüttelte den Kopf, rannte in mein Zimmer und schloss die Tür ab, weil ich schon die Rufe meiner Mutter hörte. Die Stereoanlage drehte ich bis zum Anschlag auf, damit ich ihre Entschuldigungen und Rechtfertigungen nicht hören musste. Die Klänge von *Losing Grip* von Avril Lavigne schallten durch den Raum und ich rannte auf und ab und fuhr mir immer wieder stürmisch durch die Haare. Was sollte ich jetzt tun? Ich spürte die Wut in meinem Bauch, den Schmerz und gleichzeitig schnürte das Ganze mir den Hals zu. Die Wände des Zimmers wirkten, als würden sie auf mich zukommen, mich einengen und erdrücken. Ich musste hier raus. Mir war alles zu viel, diese Erinnerungen, meine Gefühle und meine Eltern. Ich schlug die Schranktür auf, durchwühlte meine Sachen und zog einen schwarzen Rucksack hervor. Keine Ahnung, wann ich ihn das letzte Mal gebraucht hatte, ich war ewig nicht weg gewesen. Aber jetzt konnte ich mir nicht vorstellen, eine Sekunde länger hierzubleiben. Ich stopfte ein paar Klamotten, Ladekabel, meinen Notizblock und Stifte hinein und schrieb nebenbei Zack.

> Ich muss hier weg. Kannst du mich irgendwo hinbringen?

Die fünf Nachrichten von Mia ignorierte ich gekonnt. Ich brauchte nicht noch jemanden, der mir sagte, wie sehr es ihm leidtat. Wieso konnten die Leute es nicht einfach lassen, so einen großen Mist zu verzapfen, der furchtbar schmerzte? Dann bräuchten sie sich auch nicht tausendfach hinterher entschuldigen. So gern ich jetzt auch mit ihr darüber reden würde, was passiert war, hatte sie mich mit ihrem Verhalten einfach zu sehr verletzt.

Bin in 15 Minuten da.

Aber ich war froh, dass ich Zack hatte, der alles stehen und liegen ließ, wenn ich ihn brauchte. Er war einfach viel zu wundervoll, um wahr zu sein. Womit hatte ich ihn nur verdient? Das Einzige, was ich jetzt noch benötigte, waren ein paar Kosmetikartikel aus dem Bad und dann hieß es, so schnell wie möglich weg von hier. Ich drehte die Musik leise, horchte an der Tür und als ich nichts hörte, öffnete ich sie langsam und spähte hinaus. Niemand zu sehen. Auf Zehenspitzen schlich ich ins Bad, warf ungeduldig alles hinein, was ich zu fassen bekam und tappte mit klopfendem Herzen zur Tür. Ich schnappte mir meine Schuhe und schlüpfte hinaus ins Freie. Ich atmete tief durch. Geschafft. Es dauerte nicht lange, bis Zack vorfuhr und ich sofort, als er zum Stillstand kam, ins Auto sprang.

»Schnell, fahr los«, rief ich nervös und Zack fragte nicht nach dem Warum, sondern drückte einfach aufs Gas. Das liebte ich an ihm.

Ich fixierte die Tür und im letzten Moment stürmte meine Mutter hinaus und sah uns hinterher. Sie rief noch irgendwas, aber das verhallte zwischen Raum und Zeit.

12. Kapitel

Es verging eine Weile im Schweigen. Ich hatte den Kopf an den Sitz gelehnt und starrte aus dem Fenster. Eigentlich sah ich nicht wirklich irgendetwas, ich war zu sehr in Gedanken. Bilder von der Entführung, den Gesichtern meiner Eltern vorhin und von meinen ersten Panikattacken fegten unentwegt durch meinen Kopf. Den Schmerz, den meine Eltern mir durch diese Verheimlichung zugefügt hatten, fühlte ich jede Sekunde überall und ich wusste nicht, wie es jemals besser werden konnte.

Langsam erregte die Landschaft doch meine Aufmerksamkeit und ich fragte mich, wo wir gerade waren. Mir kam nichts bekannt vor. Wie viel Zeit war vergangen? Zack hatte mich in Ruhe gelassen. Irgendwie wusste er immer genau, wann ich Zeit für mich brauchte und ließ sie mir so lange, bis ich bereit war, darüber zu reden. Dafür war ich ihm unglaublich dankbar. Jetzt machte mich allerdings die Umgebung tierisch nervös und ich spürte, wie mein Puls sich beschleunigte. Ich war ewig nicht mehr aus der Stadt rausgefahren.

»Wo fahren wir hin?«

»Zur Ostsee«, sagte er ohne seinen Blick von der Fahrbahn zu nehmen.

»Was?« Mir verschlug es den Atem. »Aber ...« Angst legte sich wie eine Faust um meinen Magen. Ich konnte doch nicht. Das war viel zu weit. Was war, wenn ...?

»Hör auf, dich deswegen jetzt verrückt zu machen«, durchbrach er meine Gedanken und legte seine Hand auf meine. »Denk nicht daran, was dort passieren könnte und rechne nicht die Kilometer aus.«

Woher wusste er nur, was in meinem Kopf vorging?

»Konzentrier dich auf das Meer, was du in anderthalb Stunden sehen, hören und fühlen wirst. Oder auf den Sand, in dem du deine Füße vergraben kannst.«

Seine Worte erweckten Bilder und Empfindungen in mir, die ein Lächeln auf meine Lippen zauberten. Es war fast drei Jahre her, dass ich das letzte Mal dort gewesen war, und ich vermisste es wirklich sehr. Der Gedanke, bald das tun zu können, was er eben gerade aufgezählt hatte, ließ meinen Bauch vor Vorfreude kribbeln.

»Schon besser«, stellte er fest. »Du schaffst das. So wie du bisher alles geschafft hast, was wir uns vorgenommen haben. Da bin ich sicher.«

Sein Optimismus war oft ansteckend, aber mein Pessimismus überschattete manchmal alles. Ich musste lernen an mich zu glauben, so wie er es tat. Es war schwer, verdammt schwer. Aber ich hatte schon so vieles geschafft und jetzt würde ich auch das schaffen. Oder?

»Danke«, gab ich zurück.

»Wofür?«

»Für deine unglaublich positive Art, weil du immer für mich da bist und weil du nicht nach dem Warum fragst, sondern mich einfach einpackst und mit mir wegfährst.«

Er lächelte. »Gern. Ich kann diese Reise auch gut gebrauchen.«

Stimmt. Er reiste gern und wahrscheinlich hatte ich ihn die letzten Wochen aufgehalten und er war meinetwegen nicht weggefahren.

»Du hättest die Sommerferien auch woanders verbringen können.«

Ich sah zu ihm. Das Gefühl, dass er wegen mir hier festgesessen hatte, ließ mich nicht los.

»Wo denn?«

»In Griechenland?«

»War ich schon.«

»Hm. Ägypten?«

Er grinste. »War ich auch schon.«

»Man kann Länder auch öfter bereisen«, erinnerte ich ihn.

»Willst du mich loswerden?«

»Nein. Nur nicht aufhalten«, sagte ich mit dem Blick auf meine Hände.

»Das tust du nicht. Glaub mir, ich habe schon so viele Länder gesehen. Aber diesen Sommer wäre ich nirgendwo lieber als hier bei dir.«

Mein Herz setzte einen Schlag aus. Seine Worte berührten mich tief in meinem Inneren und vertrieben die Dunkelheit, die dort seit gestern herrschte. Ich hatte den tiefen Drang ihn zu küssen und da wir gerade an eine Ampel heranfuhren, die auf Rot geschalten hatte, gab ich diesem Verlangen nach. Er hatte nicht damit gerechnet und war überrascht, als ich plötzlich meine Hände um sein Gesicht legte und meine Lippen auf seine drückte. Nach kurzer Überraschung erwiderte er meinen Kuss und als es hinter uns hupte, löste er sich unfreiwillig von mir. Ich lehnte mich plötzlich unglaublich glücklich zurück und freute mich darauf, bald mit ihm am Strand zu liegen. Nur wir zwei und das Rauschen des Meeres. Ohne an die neu gewonnenen Erinnerungen zu denken oder dass meine Eltern sie mir verheimlicht hatten. Ich brauchte ein bisschen Abstand. Physisch als auch gedanklich. Und da ich Meisterin im Verdrängen war, wie sich ja gerade auch noch mal herausgestellt hatte, beschloss ich, dass ich für die Zeit unseres Ausflugs all das in Relitz lassen würde.

• • •

Zack fuhr ein Hotel an, das direkt am Meer lag. Es war ein weißes, dreistöckiges, großes Haus. Modern, elegant und wunderschön. Ganz selbstverständlich ging Zack an die Rezeption und erhielt einen Schlüssel. Wie bekam man einfach so in der Ferienzeit ein Zimmer in so einem erstklassigen Hotel? Vielleicht kannte er oder sein Vater hier jemanden? Ich wollte lieber nicht fragen.

Als wir den Raum betraten, klappte mir der Mund auf. Das Zimmer war der Wahnsinn. Auch wenn alles eher in einem schlichten Grau-Weiß gehalten war, wirkte es sehr edel und teuer. Die riesigen Terrassenfenster zogen mich magisch an und ich trat hinaus. Das Meer lag direkt vor mir und allein die Sicht darauf ließ meinen Körper vor Vorfreude kribbeln. Ich schloss kurz die Augen, atmete die Meeresluft ein und lauschte den Möwen. Meine Mundwinkel wanderten nach oben, doch einen Augenblick später fielen sie wie ein Sack Zement nach unten. Ein anderes Gefühl machte sich in meiner Brust breit. Angst. Ich war so weit von zu Hause entfernt, was wenn mir etwas passierte? Ich umkippte, im Wasser ertrank oder einen Herzinfarkt bekam? Mein Puls begann zu rasen. Was, wenn der volle Strand zu einer Panikattacke führte oder …?

»Ein toller Ausblick, nicht wahr?«, sagte Zack und legte von hinten seine Arme um mich.

Eben war noch jeder Muskel meines Körpers angespannt, doch seine Nähe ließ mich automatisch etwas entspannen.

»Es ist überwältigend«, flüsterte ich und schmiegte mich an ihn.

»Ich glaube, ich spare mir die Frage, ob du erst zum Strand oder etwas essen willst?« Seine Schultern bebten.

Ich nickte und stimmte in sein Lachen ein. Hunger wurde völlig überwertet, der Appetit auf das, was dort vor mir lag, war viel größer.

Als Zack kurz danach seine Badehose aus der Tasche holte, erstarrte ich. Ich hatte keinen Bikini dabei. Wie auch, er hatte mir schließlich nicht gesagt, wo es hingehen würde. Und nun?

»Was ist?«, fragte er und hob die Augenbrauen.

»Ich habe kein Badezeugs eingepackt.« Ich zog die Nase kraus.

»Dann musst du wohl nackt gehen.« Sein Mund zuckte.

Ich verengte die Augen. »Sehr witzig. Das war bestimmt deine Absicht, was?«

»Vielleicht.« Seine Augen blitzten amüsiert. »Aber keine Sorge. Unten gibt es sicher so was zu kaufen.«

Oh Mann, natürlich. Solch ein tolles Hotel wie dieses besaß natürlich einen Shop und ich hatte schon Angst, dass ich, wo ich schon hier war, nicht mal das Meer zu spüren bekam.

Ich ging auf ihn zu und pikste in seinen Bauch.

»Es macht dir wohl Spaß mich zu ärgern, was?«

Er nahm schmunzelnd meine Hand und zog mich an sich. »Ein bisschen«, flüsterte er mir ins Ohr und meine Haare stellten sich automatisch auf.

Bevor wir einen Abstecher zum hausinternen Bikiniverkauf machten, schaltete ich mein Handy an. Ich hatte es kurz bevor wir losfuhren ausgeschaltet. Einige Nachrichten und Anrufe von meiner Mutter und Mia waren eingegangen. Egal wie sauer ich war, ich wollte auch nicht, dass meine Mutter krank vor Sorge wurde. Das hatte niemand verdient, also schrieb ich ihr eine Nachricht.

Mach dir keine Gedanken, mir geht es gut. Zack ist bei mir. Ich brauche ein paar Tage für mich. Lou.

Mias Nachrichten las ich erst gar nicht und schaltete das Handy auf Flugmodus. Ganz ohne Telefon fühlte ich mich nicht sicher. Falls etwas passierte, musste ich schließlich Hilfe rufen können und ich wollte später auch ein paar Fotos machen.

Hand in Hand gingen wir kurze Zeit später mit neuem Bikini im Gepäck endlich zum Strand, der nicht so voll war wie ich dachte. Gott sei Dank. Das Wetter war wie aus dem Bilderbuch. Die Sonne stand hoch am Himmel, ein paar kleine Wolken hier und da und ein lauer Wind wehte, der die dreißig Grad Lufttemperatur erträglicher machte. Kaum hatten wir den Sand betreten, zog ich die Flipflops aus und versenkte meine Füße darin. Kurz schloss ich die Augen und fühlte einfach nur. Es war unbeschreiblich. Der warme Sand zwischen meinen Zehen entspannte mich und ich genoss jeden einzelnen Schritt. Als wir das Wasser erreichten und bis zu den Knöcheln im Meer standen, durchströmte mich eine Zufriedenheit, die sich kaum in Worte fassen ließ.

Der Wind wehte durch meine langen Haare, das Meeresrauschen klang nach Freiheit und neben mir stand der tollste Mann der Welt und hielt meine Hand. Jegliche Angst verschwand. Das Ganze war wie meine persönliche Droge gegen die Panik.

»Es ist faszinierend zu sehen, wie du das alles wahrnimmst.«

Röte stieg mir ins Gesicht. Es wirkte bestimmt total durchgedreht, wie ich mich hier verhielt. Ich war mir zwar seiner Hand in meiner mehr als bewusst, doch bis auf die Schönheit dieses Augenblicks blendete ich fast alles aus. Hatte ich irgendwas Peinliches getan?

Ein Lächeln lag auf seinen Lippen.

»Lachst du mich wieder aus?«

»Ganz im Gegenteil. Ich denke, dass kaum jemand hier die Umgebung so bewusst und mit allen Sinnen in sich aufnimmt wie du.« Er blickte sich um.

»Sie nehmen es als selbstverständlich hin.«

Er nickte.

»Wenn sie so lange wie ich in einem Zimmer gesessen hätten, würden sie das hier jetzt auch ganz anders genießen«, stellte ich mit dem Blick auf das Wasser fest.

»Du hast es jedenfalls geschafft, dass ich es nun anders sehe.«

Er schlang die Arme um mich und drückte mir einen Kuss auf die Stirn. Es gab nichts Schöneres als diesen Moment und den Gedanken, dass er sich nicht über mich lustig machte. Und dass ich der Grund dafür war, dass er eine andere Sicht darauf bekam, freute mich sehr.

Ich weiß nicht, wie lange wir dort so standen, ich hatte das Gefühl von Zeit verloren, aber irgendwann nahm er wortlos meine Hand und führte mich zu den Liegen, auf die er unsere Sachen geworfen hatte.

• • •

Nach einem wundervollen Tag am Strand, mehrfachem Schwimmen im Meer und einem exzellenten Abendessen im Restaurant waren wir völlig erledigt in unserem Zimmer angekommen. Stöhnend ließen wir uns gleichzeitig aufs Bett fallen. Ich drehte mich auf die Seite und schaute ihn an. Keine Ahnung, warum erst jetzt, aber in diesem Augenblick wurde mir bewusst, dass es nur ein Bett gab. Ein Schauer lief über meinen Rücken. Wir hatten zwar letzte Nacht schon nebeneinander geschlafen, aber das war etwas anderes. Dieses Mal waren wir allein hier in Binz, in einem luxuriösen Hotel. Keine Eltern, keine Bilder in meinem Kopf, nur er und ich. Mein Bauch fing an zu kribbeln.

»Danke für den coolen Tag«, sagte er mit einem Lächeln und wandte sich mir zu.

»Wenn dann hab ich dir zu danken. Ohne dich wäre ich jetzt nicht hier.«

»Ich ohne dich auch nicht.«

Ich musste schmunzeln und seine Mundwinkel zuckten. Mit einer einzigen fließenden Bewegung zog er mich an seine Brust und ich vergrub meine Nase an seinem Hals. Ich atmete tief ein, nahm Zacks Geruch in mich auf und schloss automatisch die Augen. Wir sollten eigentlich duschen gehen, weil überall noch Sand und Meersalz an uns klebte, aber für nichts auf dieser Welt würde ich jetzt diese Position in seinen Armen verlassen.

Plötzlich schob er den Kopf nach hinten und ich wollte schon protestieren, da drückte er seinen Mund auf meinen. Mir entfuhr ein Seufzen, was mir im ersten Moment unangenehm war, doch kurz darauf beschloss ich, dass es keine Rolle spielte und gab mich dem Kuss hin. Ich schmeckte sein Verlangen und konnte spüren, wie dieses Gefühl auch in mir hochschwappte. Er umfasste mein Gesicht und küsste mich so voller Zärtlichkeit, dass in mir sämtliche Nervenzellen explodierten. Mit den Händen fuhr ich über seinen Rücken und drängte mich an ihn, als würde mein Leben davon abhängen. Unsere Küsse wurden intensiver, leidenschaftlicher und jedes einzelne Haar auf meiner Haut stellte sich auf. Die Hitze wanderte durch meinen Körper bis in den Unterleib und ich wollte ihn am liebsten überall spüren. Schon öfter hatte ich darüber nachgedacht und das Verlangen danach gehabt, aber ich wollte nicht den ersten Schritt tun. Allerdings wusste ich jetzt nicht mehr, wie lange ich noch durchhalten würde. Ich wollte ihn. So sehr, dass ich nicht mehr warten konnte. Doch bevor ich ihm das Shirt hochziehen konnte, hatte er uns herumgedreht und war plötzlich über mir. Den Kuss hatte er unterbrochen und sah mich mit verschleiertem Blick an. Zu hören war nur unser abgehackter Atem. Wieso hörte er auf? Er sollte mir verdammt noch mal die Klamotten vom Leib reißen. Flehend sah ich ihn an, doch er schloss die Augen.

»Zack«, hauchte ich und das genügte, damit er seine Lippen wieder auf meine presste.

Diesmal viel stürmischer und mit einem Feuer, das meinen Körper entflammte. Das nächste Mal unterbrach er den Kuss nur, um sich das Shirt auszuziehen. Ein wohliger Schauer lief über meinen Rücken und hinterließ eine Gänsehaut. Bevor er mir mein Top auszog, küsste er sich meinen Hals hinunter bis zu meinem Dekolleté und hinterließ eine Spur von kleinen Stromschlägen, die ich in jeder Zelle spüren konnte. Danach setzte er dieses Vorgehen auf meinem Bauch fort und die Lust fraß sich förmlich durch meine Eingeweide. Ich gab mich diesem Gefühl vollkommen hin und ließ los. Mein Kopf schaltete sich aus und ich fühlte nur noch Zack. Ich hoffte nur, er würde mich nicht mehr so lange quälen, denn ich konnte es kaum abwarten, ihn endlich in mir zu spüren.

• • •

Die Sonne stand hoch am Himmel und wärmte wohltuend meine Haut. Durch den Wind waren die heutigen 26 Grad angenehm und wir lagen entspannt auf den Liegen. Zack war vor schätzungsweise einer Stunde eingeschlafen, jedenfalls gab er leichte Schnarchgeräusche von sich. Eigentlich hatten wir ziemlich lange geschlafen und wären fast zu spät zum Frühstück gekommen. Was einerseits aber auch daran lag, dass wir die Sache von gestern heute Morgen noch einmal wiederholt hatten. Ich musste automatisch lächeln. Allein der Gedanke daran ließ mich erschaudern. Allerdings war es nicht so schön, alleine im Bett aufzuwachen. Kurzzeitig hatte ich Panik, dass er abgehauen sein könnte, aber er stand am Tisch und schluckte Tabletten. Auf meine Nachfrage sagte er mir, dass er nur Kopfschmerzen hätte, schlüpfte zurück zu mir ins Bett und übersäte meinen Körper mit Küssen. Die perfekte Ablenkung. Ich bekam diese Tabletten allerdings nicht aus meinem Kopf. Wenn ich richtige Kopfschmerzen hätte, wäre mir nicht nach Sex. Und merkwürdig fand ich auch, dass er so viel schlief. Gestern war er auf der Liege ebenfalls eingeschlafen und als wir abends eingekuschelt noch über Gott und die Welt gesprochen hatten, war er bei einer klitzekleinen Gesprächspause auch eingepennt. Ob da mehr hinter steckte? Vielleicht sah ich aber auch Gespenster? Immerhin war ich eine Schwarzseherin und machte mir über alles viel zu viele Gedanken. Als plötzlich ein Wasserball an unsere Liegen knallte, schreckte ich auf. Auch Zack ließ der Aufprall hochfahren, wobei seine Sonnenbrille herunterfiel. Er sah sich verschlafen um. Ein kleiner Junge kam auf uns zu, entschuldigte sich und nahm den Ball mit.

»Gut geschlafen?«

Er rieb sich die Augen und ein Grinsen legte sich auf seine Lippen. »Ehrlich gesagt, ja. Ich hatte einen tollen Traum.«

»Wovon handelte er?«

»Von dir«, sagte er direkt und ohne Umschweife.

Ich bekam große Augen und meine Wangen wurden ganz heiß. »Was genau?«

»Das bleibt mein kleines Geheimnis.« Er zwinkerte mir zu und ich schob die Unterlippe vor. Ich wollte es zu gern wissen.

»Ich brauch auf jeden Fall eine Abkühlung. Kommst du mit?«

Ich schluckte. Falls es überhaupt möglich war, wurden meine Wangen noch heißer. Ich konnte mir vorstellen, wovon sein Traum gehandelt hatte, denn wäre ich eingeschlafen, hätte meiner wohl ähnlich ausgesehen.

Wir rannten ins Wasser und es kam mir überhaupt nicht kalt vor. Ich war viel zu aufgeheizt, was nicht nur an der Sonne lag. Zack tauchte kurz darauf unter und kam neben mir wieder an die Oberfläche. Wassertropfen hingen ihm im Gesicht und in den Wimpern.

»Abgekühlt?«

»Fürs Erste«, sagte er und lachte schelmisch.

Langsam kam er dichter und legte seine Hände auf meine Hüften, was mich kurz zum Zittern brachte. Wie selbstverständlich schlang ich meine Arme und Beine um seinen Körper. Er zog scharf Luft ein und seine Augen begannen zu glühen. Es war schier unmöglich, die tausend Explosionen in meinem Inneren zu ignorieren und die Lust, die mich durchzuckte. Sein Blick wanderte zu meinem Mund und meine Lippen prickelten, noch bevor er sie berührte. Und als er es tat, fing das Blut in meinen Adern an zu kochen. Der Kuss wurde schnell zu einem wilden Geknutsche und das Verlangen rauschte durch meine Venen und elektrisierte jede einzelne Zelle.

Stöhnend löste er sich von mir. »Ich kann mich gleich nicht mehr beherrschen, besser wir hören auf«, presste er schwer atmend hervor und ich konnte nur nicken. Zu mehr war ich nicht fähig.

»Und ich glaube, wir gehen besser zurück auf die Liegen, ich habe das Gefühl, dass das Wasser kocht.« Er zwinkerte mir zu.

»Ich auch«, gab ich zurück und musste den Blick abwenden.

Sein Schmunzeln war allerdings nicht zu überhören.

Wir stapften durch das Meer zurück zum Strand und hielten den Abstand, der gerade notwendig war, damit die Hitze verschwand. Ich konnte mir zwar nicht vorstellen, dass das jemals geschah, aber zumindest hatten wir die Kontrolle zurück.

»Kann ich dich um etwas bitten?«, fragte er plötzlich und ich wandte den Kopf in seine Richtung.

Was konnte ich ihm schon geben? Aber egal, was es war, ich würde zustimmen. Er hatte schon so viel für mich getan und wenn ich ihm nur im Entferntesten ein Stück davon zurückgeben konnte, würde mich das glücklich machen.

»Natürlich, worum geht es?«

»Ich wünsche mir schon seit Längerem ein Tattoo. Allerdings habe ich bisher nicht das richtige Motiv dafür gefunden.«

»Soll ich dir beim Aussuchen helfen?«

Er schüttelte den Kopf. »Du sollst es zeichnen.«

Mir klappte der Mund auf. Ich sollte was? Geschockt starrte ich ihn an. Ich war doch gar nicht so gut und erst recht nicht gut genug für ein Bild, das für immer auf seiner Haut bleiben würde.

»Hör sofort auf, dir einzureden, dass du das nicht kannst.«

Ich versenkte die Füße im Sand und genoss das Gefühl, es war besser als diese Zweifel.

Er kam auf mich zu und nahm meine Hand in seine. So viel zum Thema Abstand.

»Du bist eine ausgezeichnete Malerin und ich würde mich geehrt fühlen, eine Zeichnung von dir auf meinem Körper zu haben.«

Ich starrte auf den Boden. Das war ja gleich noch mehr Druck.

Er hob mein Kinn an, sodass ich ihm in die Augen sehen musste. »Lou, ich habe deine Bilder gesehen und deinen Notizblock und du kannst mir echt vertrauen, wenn ich dir sage, dass du brillant bist. Du musst nur anfangen an dich selbst zu glauben.«

Sein Blick drang so tief in mich ein, dass die Worte direkt meine Seele berührten. Ich könnte es ja mal versuchen, oder?

»Okay, aber du sagst mir ehrlich, wenn es dir nicht gefällt.«

Er lächelte. »Sicher, ich würde es nicht auf meine Haut stechen lassen, wenn ich es nicht mögen würde.«

Das glaubte ich ihm aufs Wort. Er war niemand, der jemanden anschwindelte, nur damit es ihm besser ging. Er sagte ehrlich und direkt, was er dachte.

Ich nickte und wir gingen Hand in Hand weiter.

»Was hast du dir vorgestellt?«

»Überrasch mich.« Ein Lächeln umspielte seine Lippen.

Ich riss die Augen auf. Was? Jetzt sollte ich auch noch das Motiv aussuchen? Die Last wurde gleich noch ein paar Kilo schwerer. Woher sollte ich wissen, was ihm gefiel und was nicht?

»Okay, dann zeichne ich dir ein paar Schmetterlinge«, gab ich schmunzelnd zurück.

Sein Mund zuckte. »Vielleicht passen die nicht ganz so zu mir.«

Mittlerweile waren wir bei den Liegen angekommen und ich ließ mich auf eine fallen, doch anstatt sich auf die andere zu setzen, kam Zack mit auf meine.

»Ich dachte eher an etwas, das du mit mir in Verbindung bringst. Etwas, das mich ausmacht, ich aber vielleicht nicht sehe.«

Sein Blick war in die Ferne gerichtet und er schien abwesend. Da war wieder diese Seite von ihm, die ich nicht einschätzen konnte. Es waren nur kleine Momente, doch dann wirkte er so unsicher, so verloren und ich hatte das Gefühl, dass es ganz tief in ihm etwas gab, das ich nicht sehen sollte.

Einen Augenblick später war alles Dunkle wieder aus seinem Gesicht gewichen. Er schaute mich an, legte den Kopf schief und verzog das Gesicht zu diesem unglaublich attraktiven Grinsen.

»Ich bin mir ziemlich sicher, dass du das Richtige für mich finden wirst.«

Schauen wir mal. Aber ich hatte wirklich schon eine Idee und war gespannt, wie diese auf einem Blatt Papier aussehen würde.

• • •

»Ich würde am liebsten für immer hierbleiben«, sagte ich und sah in den Himmel.

Ich lag auf dem Rücken und Zack neben mir auf seinem Ellenbogen gestützt.

»Ich auch.«

»Aber wir müssen wieder zurück«, stellte ich betrübt fest.

Mir gefiel der Gedanke nicht, mit meinen Eltern reden zu müssen, mich meiner Vergangenheit zu stellen, und schon gar nicht, dieses kleine Paradies hier zu verlassen. Es war wie unsere eigene kleine Welt, in der es keine Probleme gab. Aber es war auch eine Art Flucht aus der Wirklichkeit. Als ich zu ihm rüberschaute, nickte er traurig.

»Vor allem weil das Hotel viel zu teuer ist«, versuchte ich, die Situation wieder aufzulockern.

Er lachte. »Darüber mach dir mal keine Gedanken.«

»Tu ich aber. Mir gefällt es absolut nicht, dass du hier alles bezahlst und mich nichts übernehmen lässt«, gab ich zurück.

Auch wenn ich nicht viel Geld hatte, ein bisschen hatte ich dennoch gespart, aber Zack weigerte sich irgendetwas von mir anzunehmen.

»Dann solltest du dich daran gewöhnen.«

Ich verengte gespielt böse die Augen.

»Außerdem gibst du mir viel mehr zurück, als Geld es je könnte«, fügte er hinzu.

Ich schmolz dahin. Er hatte es echt drauf, mich sprachlos zu machen. Zu allem Überfluss schob er noch einen Kuss hinterher, damit ich wirklich nichts mehr erwidern konnte.

»Wir fahren morgen nach dem Frühstück, wenn das für dich okay ist. Ich habe nachmittags noch einen Termin.«

Ich nickte widerwillig. Am liebsten wollte ich fragen, was für einen Termin und ob das etwas mit seinen Tabletten zu tun hatte, verkniff es mir aber, weil ich nicht zu neugierig klingen wollte.

13. Kapitel

Mit einem letzten Blick aufs Meer stieg ich ins Auto ein. Ich vermisste es jetzt schon. Die Zeit hier verging einfach schneller als irgendwo anders. Dabei haben wir gar nicht viel gemacht. Sagt man nicht immer, dass alles viel langsamer vergeht, wenn man wenig unternimmt? Wir haben nur am Strand gelegen, waren baden und haben rumgeknutscht. Ganz viel rumgeknutscht und andere Sachen getan. Die Erinnerung daran trieb mir sofort die Röte ins Gesicht. Auch die letzte Nacht war nicht anders verlaufen als die davor. Wenn ich mir vorstellte, jetzt wieder ohne ihn schlafen zu müssen, zog sich mein Magen schmerzhaft zusammen. Es war eins der schönsten Gefühle der Welt abends in seinen Armen einzuschlafen und morgens wieder darin aufzuwachen. Das könnte ich mir für den Rest meines Lebens vorstellen. Auch wenn es mit siebzehn vielleicht noch zu früh war, an so was zu denken, aber ich wollte mit Zack alt werden. Er war der Eine. Was wahrscheinlich total kitschig klang, aber ich hatte noch nie so etwas gefühlt. Nicht mal ansatzweise mit Tom, mit dem ich anderthalb Jahre zusammen gewesen war. Ich hoffte nur, dass Zack nicht irgendwann merkte, dass ich nicht die Richtige für ihn war. Er hatte jemand Besseren verdient. Ohne Angst und ohne ein Haufen Probleme im Gepäck, denen ich mich jetzt stellen musste. Ich konnte es die letzten Tage gut ausblenden, aber langsam kam alles zurück und ich musste mir überlegen, was ich jetzt tun würde. Mit meiner Vergangenheit, mit meinen Eltern, mit Mia. Ich hatte keine Ahnung. Vielleicht konnte mir Zack helfen? Er hatte bisher nicht gefragt. Er wartete, bis ich es ansprach und ich dachte mir, jetzt wurde es Zeit.

Ich atmete tief ein. »Meine Eltern wussten es.«

»Was?«

»Sie wussten, was mir als Kind passiert war, und sie haben es mir all die Jahre verschwiegen.«

Er pustete angestrengt Luft aus und griff nach meiner Hand. »Das ist hart. Warum haben sie das getan?«

»Sie meinten, ich hätte zwei Wochen später nicht mehr davon gesprochen und so getan, als wäre nichts gewesen und sie beließen es dabei. Sie wollten das Beste für mich«, brachte ich hervor und zog die Stirn kraus.

»Das war natürlich nicht richtig. Hättest du damals deine Erlebnisse mit einem Therapeuten verarbeiten können, wer weiß, vielleicht hättest du jetzt keine Panikattacken.«

»Das seh ich auch so. Aber meine Eltern haben zugelassen, dass sie mir mein Leben versauen.«

»Ich denke nicht, dass das ihre Absicht war.«

»Ergreifst du jetzt Partei für sie?«

»Denkst Du, dass sie so ein Leben für dich wollten?«

»Nein«, sagte ich kleinlaut. »Aber sie sind dafür mitverantwortlich. Und ich habe keine Ahnung, wie ich ihnen das verzeihen soll. Am liebsten würde ich nie mehr zurückkehren.«

»Vor Problemen davonzulaufen bringt nichts, sie holen dich immer wieder ein, glaub mir. Du musst mit ihnen reden und deine Vergangenheit mit deiner Therapeutin besprechen.«

Ich seufzte. Wahrscheinlich hatte er recht.

»Aber was gibt es da noch zu bereden? Ich kenne die Fakten und ich weiß nicht, wie ich damit umgehen soll oder wie darüber reden etwas ändern kann.«

»Höre dir mal ihre Sicht an, ihre komplette Sicht. Schildere deine. Ganz in Ruhe. Und schaut zusammen, welche Lösung ihr für euch finden könnt.«

Ich sah ihn bewundernd an. Er war so tiefenentspannt und betrachtete das Thema von allen Seiten. Auch wenn ich mir manchmal wünschen würde, dass er mit mir gemeinsam schimpfte, war ich doch froh, dass er diese Ruhe ausstrahlte. Sie ging auf mich über und seine Vorschläge waren immer ziemlich gut und auch diesmal würde ich sie befolgen.

• • •

Mit zittrigen Händen stand ich vor unserem Haus. Gleich würde ich auf meine Eltern treffen. Zack hatte mich hier abgesetzt, um kurz nach Hause zu fahren und dann seinen Termin wahrzunehmen. Aber ich musste hier sowieso alleine durch. Das war eine Familiensache und ich belastete Zack schon viel zu viel mit meinem Kram. Ich atmete noch mal tief durch und ging dann ins Haus, legte meine Sachen ab und machte mich auf die Suche nach den beiden.

Ich fand sie draußen, Papa mit Zeitung auf der Liege und Mama in ihren Blumen. Als sie mich sah, klappte ihr der Mund auf und im nächsten Moment lief sie auf mich zu.

»Lou, du bist wieder da«, rief sie weinerlich und zog mich in eine Umarmung.

Mein Vater stand ebenfalls auf und kam auf uns zu. »Schön, dass du zurück bist«, sagte er nur ohne eine Geste der Zuneigung, die ich von ihm auch nicht erwartet hätte.

»Wir müssen reden«, erwiderte ich nüchtern und sie nickten beide.

Wir gingen zusammen auf die Terrasse und es kam mir vor wie ein Déjà-vu.

»Es tut uns so leid, Lou. Wir haben uns falsch verhalten, das ist uns jetzt klar«, sprudelte es aus meiner Mutter heraus, kaum dass wir uns gesetzt hatten.

»Was ist genau passiert, als ich zurückkam? Wie konnte ich fliehen?«

Ich hatte immer noch nicht alle meine Erinnerungen wieder. Da waren die Bilder, der Traum, die Gefühle von damals, aber wie ich entkommen konnte oder was danach passiert war, wusste ich nicht.

»Du warst zehn Stunden verschwunden. Wir haben dich überall gesucht, die Polizei eingeschalten, aber niemand konnte dich finden.« Ihre Stimme klang so traurig, dass mir das Herz blutete. »Während Karsten dich noch draußen suchte, saß ich den ganzen Abend am Telefon, hoffte, dass endlich der Anruf kam, der mir sagte, dass es dir gut ginge, aber er kam einfach nicht. Ich befürchtete das Schlimmste. Für eine Weile dachte ich, ich würde dich nie wiedersehen.«

Der Schmerz von damals schimmerte in ihren Augen und traf mich ziemlich unvorbereitet mitten ins Herz.

»Als es dann klingelte, hatte ich Angst, dass es die Polizei wäre, die mir sagt, dass sie dich tot gefunden hätten.« Sie schluckte und eine einzelne Träne rannte über ihre Wange. »Aber dann standest plötzlich du vor der Tür.« Ein Lächeln erschien auf ihrem Gesicht. »Deine Haare waren zerzaust und du warst ziemlich dreckig, aber du warst es. Ich konnte es kaum fassen, war unendlich glücklich und wollte dich nie wieder loslassen.« Sie schluchzte auf und wischte über ihre Wangen.

Jetzt konnte auch ich nicht mehr verhindern, dass Tränen über mein Gesicht liefen. Ich hatte mir die ganze Zeit keine Gedanken darüber gemacht, wie es ihnen damit gegangen ist, dass ihre einzige Tochter verschwunden war. Das Gefühl, sein eigenes Fleisch und Blut nie wiedersehen zu können, muss das Schrecklichste dieser Welt sein.

»Du hast mir weinend erzählt, was er mit dir gemacht hat und ich hätte ihn am liebsten sofort zur Strecke gebracht. Wie konnte man so was einem kleinen Mädchen antun? Wie krank muss man sein? Auf die Frage, wie du dich befreien konntest, sagtest du mir, dass er dich losgemacht hatte, damit du auf Toilette gehen konntest. Draußen stand ein Dixi und er hat gerade telefoniert, als du wieder herauskamst. Du hast die Chance genutzt und bist so schnell gelaufen, wie du konntest.«

Eine weitere Szene blitzte vor meinem inneren Auge auf.

• • •

Ich schielte durch den Spalt der Toilettentür und sah ihn mit dem Telefon in der Hand umherschlendern. Ganz deutlich konnte ich seine Stimme hören.

»Ja komm her, du kannst auch ein wenig Spaß mit ihr haben, aber lass sie ganz.«

Im nächsten Moment rannte ich los, schaute nicht zurück, stolperte über Stöcke, fiel hin, doch ich spürte nichts. Außer dem Drang, so weit wie möglich von ihm wegzukommen.

• • •

Mir wurde übel und ich zitterte am ganzen Körper.

»Lou, was ist los?«, fragte meine Mutter aufgebracht.

»Eine Erinnerung«, japste ich. »Er hat noch jemanden angerufen, der kommen sollte, um Spaß mit mir zu haben.«

Ein Wimmern drang aus meinem Mund und meine Mutter schlug sich die Hand auf den Mund und die andere legte sie auf meine.

Papa haute mit der Hand auf den Tisch. »Dieses Schwein«, schrie er und wir zuckten zusammen wegen der Heftigkeit und der Wut in seiner Stimme.

Ich wollte nicht wissen, was passiert wäre, wenn ich nicht hätte fliehen können. Wie viele Männer hätten mich angefasst, sich vor mir einen runtergeholt oder noch Schlimmeres mit mir gemacht? Ich schüttelte den Kopf, um die Gedanken zu vertreiben.

»Sie konnten ihn leider nicht finden. Du hast den Weg dorthin gut beschreiben können und die Polizei ist sofort zu diesem Schuppen gefahren, aber er war fort.« Sie fixierte mit schmerzerfülltem Gesicht die Tischplatte.

Dass dieser Typ frei herumlief und womöglich so weitermachen konnte, machte mich ganz krank. Ich wollte lieber nicht länger darüber nachdenken.

»Was ist dann passiert?«

»Ich hab die nächsten zwei Wochen bei dir geschlafen, weil du schreckliche Angst hattest, dass er nachts kommen und dich holen würde. Du hattest Albträume und hast ständig geweint«, berichtete sie und schnäuzte sich die Nase.

Meine Kehle wurde eng und ich musste mich räuspern. Ich kann mich nicht daran erinnern, aber es klang furchtbar.

»Von einem Tag auf den anderen warst du dann wie ausgewechselt. Du hast nicht ein Wort mehr darüber verloren, warst wieder vollkommen mein kleines fröhliches Mädchen, so als wäre nichts passiert.«

»Warum habt ihr mich nicht zu einem Therapeuten gebracht?«

»Das haben wir. Du bist zweimal dort gewesen, hast allerdings nicht mit ihm über die Vorkommnisse reden wollen. Und beim dritten Mal, das war der Zeitpunkt, wo du wieder warst, wie vorher, hast du dich geweigert wieder hinzugehen. Wir haben dich versucht zu überreden, aber es führte kein Weg hin. Du hast nicht verstanden, warum du zu ihm gehen solltest, hast dich an nichts mehr erinnert.«

»Und dann habt ihr es dabei belassen«, stellte ich fest und lehnte mich zurück.

»Ja«, bestätigte meine Mutter. »Ich war froh, dass du wieder die Alte warst. Das alles war meine Schuld. Hätte ich dich nicht allein auf den Spielplatz gelassen, wäre das nicht passiert.«

Ich riss die Augen auf. Sie fühlte sich schuldig. Das war mir gar nicht bewusst gewesen.

»Nein, es war nicht dein Fehler. Ich war alt genug, um vor dem Haus am helllichten Tage allein zu spielen, und du hast ständig aus dem Fenster gesehen. Es hätte immer und überall passieren können. In jedem Alter. Und du kannst mich nicht mein Leben lang vierundzwanzig Stunden am Tag im Auge haben. Bitte gib dir nicht die Schuld.«

Sie wischte sich die Tränen aus dem Gesicht und nickte leicht.

»Ich fühlte mich aber zu der Zeit so und hatte dermaßen Angst davor, dass diese Erlebnisse dein Leben bestimmen würden. Deshalb war ich erleichtert, als sie es nicht taten. Wir haben deswegen alles so gelassen, wie es war.«

»Vielleicht war das falsch, aber in dem Moment dachten wir, es wäre das Beste für dich«, warf Papa ein.

Er hatte sich die ganze Zeit ziemlich zurückgehalten und Mama reden lassen. Auch wenn er kaum Gefühle zeigte, wusste ich, dass ihm die Sache naheging. Er drückte es nicht mit Worten aus, aber ich konnte es in seinen Augen sehen. Es war hart für mich zu hören und zu sehen, wie heftig das alles damals für meine Eltern war. Das war mir bisher gar nicht in den Sinn gekommen. Aber eigentlich war es völlig logisch und ich glaubte auch, dass ihnen diese Entscheidung ganz und gar nicht leichtgefallen ist. Und wenn ich ehrlich war, wüsste ich nicht, ob ich anders gehandelt hätte.

»Ich verstehe euch«, gestand ich.

Beide schauten mich erstaunt an. »Wirklich?«, fragte meine Mutter ungläubig.

»Wirklich«, gab ich ehrlich zurück.

Sie strahlte und fiel mir um den Hals, wobei sie gleichzeitig schluchzte.

»Ich hab mich die letzten Tage so mies gefühlt und hatte schreckliche Angst, dass du uns das nie verzeihen würdest«, nuschelte sie in meine Haare.

Oh, jetzt fühlte ich mich erst recht schlecht. Während sie sich schreckliche Vorwürfe gemacht hatten, verbrachte ich die schönsten Tage meines Lebens. Manchmal war ich wohl ganz gut im Verdrängen.

»Ich bin so froh, dass alles wieder in Ordnung zwischen uns ist«, setzte sie noch hinterher und ließ mich los.

Auch wenn ich es mir denken konnte, gab es noch eine Sache, die ich wissen musste.

»Eine Frage habe ich noch«, fing ich an. »Als die Panikattacken losgingen, seid ihr da nicht auf die Idee gekommen, dass das im Zusammenhang steht? Warum habt ihr nichts gesagt?«

Mama schaute kurz zu Papa und dann wieder zu mir. »Erst haben wir wirklich keine Verbindung zu den Erlebnissen geschlossen. Und als wir uns der Möglichkeit bewusst wurden, haben wir darüber geredet, aber beschlossen, nichts zu sagen.«

»Warum?«

»Weil wir Angst hatten, dass es noch viel schlimmer werden könnte, wenn alles wieder hochkommt und dass du diese Erinnerungen dann nie wieder loswirst. Vor einigen Wochen waren wir allerdings kurz davor, mit deiner Therapeutin zu reden, weil du dich immer mehr eingeigelt hattest.«

Ich blickte sie verwirrt an. »Warum habt ihr es nicht getan?«

»Wegen Zack. Er hat dich langsam aber sicher zurück ins Leben gebracht und wir dachten, dass es nicht nötig ist, dich mit diesen Erinnerungen zu belasten und du es mit Zacks Hilfe auch so schaffst deine Panik zu besiegen.«

Was auch absolut der Wahrheit entsprach. Er hatte es wirklich geschafft, dass ich meine Angst immer und immer wieder überwunden und so viel erreicht hatte. Irgendwie war er mein Retter. Er hatte mich stark gemacht. Stark genug, dass meine Seele beschlossen hatte, dass ich nun bereit war, meine Vergangenheit zu ertragen und zu bewältigen.

Ich nickte. »Anscheinend war es aber an der Zeit, dass die Erinnerungen zurückkommen.«

»Sieht so aus.«

Wahrscheinlich war es also auch richtig, dass sie die ganzen Jahre nichts gesagt hatten. Denn erst jetzt, wo die Erlebnisse alleine ihren Weg zu mir gefunden haben, war ich wirklich so weit, damit umzugehen.

Ich erzählte ihnen noch von unserem Ausflug an die Ostsee und wie schön es dort war. Sie waren unglaublich stolz auf mich und wollten unbedingt auch noch mal mit mir dorthin fahren. Natürlich nur mit Zack, was ich toll fand. Ich war wirklich froh, dass ich noch mal mit ihnen geredet und die Sache geklärt hatte. Und wo ich schon dabei war, mir die Sicht vom Gegenüber anzuhören, dachte ich, dass ich den Vorschlag von Zack auch bei Mia anwenden könnte. Vielleicht musste ich mir anhören, was sie zu sagen hatte. Denn trotz dem, was sie getan hatte, fehlte sie mir sehr. Ich musste ihr die Chance geben, sich zu erklären, also schrieb ich ihr eine Nachricht:

Ich bin zu Hause. Wenn du reden willst, komm vorbei.

Es dauerte keine fünfzehn Minuten, bis sie vor der Tür stand und mich mit einem Hundeblick anschaute, der sich gewaschen hatte. Ich winkte sie in mein Zimmer und schon auf dem Weg dahin entschuldigte sie sich unentwegt.

»Es tut mir so leid«, sagte sie zum zehnten Mal, als wir uns gesetzt hatten. »Ich dachte wirklich, du hast mich angelogen, damit ich Paul verlasse.«

»Und das rechtfertigt, dass du dabei zusiehst, wie sie mich so behandeln und rein gar nichts sagst?«

Sie schaute auf den Boden. »Nein, aber ...«

»Weißt du, wie schmerzhaft das war? Du hattest mir versprochen, dass du ihnen deinen Piña Colada ins Gesicht schüttest, aber stattdessen hast du geschwiegen«, unterbrach ich sie.

Die Erinnerung daran zog sich schmerzhaft durch meine Brust.

»Ich war so sauer«, murmelte sie.

»Und warum? Weil du dachtest, ich erfinde bezüglich Paul eine Geschichte? Mia, wir sind seit Jahren beste Freundinnen, denkst du wirklich, ich würde dir so etwas antun? Dich mit Absicht verletzen wollen?«

»Nein«, sagte sie und in ihren Augen schimmerte Traurigkeit und Reue.

»Aber dennoch hast du es getan und mir aus Wut wehgetan.«

»Ich war blind vor Liebe. Ich habe nur noch Paul gesehen und nichts weiter. Das soll keine Entschuldigung sein, denn es gibt keine für mein Verhalten. Du hast recht. Ich kann nichts sagen oder tun, was das Ganze besser macht. Auch wenn ich es schon zu oft gesagt habe, aber es tut mir unendlich leid. Ich habe einen riesigen Fehler gemacht und meine beste Freundin verletzt. Keine Ahnung, wie ich das wiedergutmachen kann. Ich tu alles. Nur bitte, verzeih mir.«

Eine Träne rannte über ihre Wange und versetzte mir einen Stich. Ich konnte absolut niemanden weinen sehen und schon gar nicht Mia. Es war nicht zu übersehen, dass sie es wirklich ernst meinte und wie sehr es sie schmerzte, dass sie mich verletzt hatte. Das Schlimme war, dass ich sie irgendwie verstehen konnte. Die Liebe konnte einen komplett blenden, alles rundherum vergessen und vor allem Dinge glauben lassen, die eigentlich ganz anders waren. Wer war ich, dass ich ihr deswegen Vorwürfe machen konnte? Wie konnte ich sie verurteilen? Auch wenn ich Paul nicht mochte, wusste ich sehr wohl, wie es war, sich unwiderruflich in jemanden zu verlieben und kaum noch etwas anderes wahrzunehmen. Sie hatte eine zweite Chance verdient.

»Okay, ich verzeihe dir«, verkündete ich.

Sie machte erst große Augen, bevor sich ein breites Lächeln auf ihr Gesicht stahl und sie mich in ihre Arme zog.

»Danke, danke, danke. Ich bin so froh. Du wirst es nicht bereuen, ich verspreche es. So was werde ich nie wieder tun. Ich hab dich so vermisst«, quietschte sie mir ins Ohr.

»Ich hab dich auch vermisst«, gab ich ehrlich zu, worauf sie mich noch einmal fester drückte.

»Ich bekomme keine Luft mehr«, keuchte ich.

»Oh, sorry«, entschuldigte sie sich und ließ mich los. »Jetzt wo wir uns vertragen haben, magst du mir erzählen, was da auf dem Stadtfest passiert ist? Ich hab dich noch nie so gesehen. Das hat mir in der Seele wehgetan und dich dann auch noch gehen zu lassen, fiel mir verdammt schwer.« Ihr Gesicht war schmerzverzehrt.

Mir rutschte das Herz in die Hose und meine Kehle wurde eng. Ich wusste, dass sie es ansprechen würde, aber trotzdem erwischte mich diese Frage eiskalt. Mühsam versuchte ich, den Kloß in meinem Hals runterzuschlucken, was mir mehr schlecht als recht gelang. Dennoch begann ich zu sprechen. Ich erzählte ihr von dem Typen, von den Bildern, dem Traum, dem Gespräch mit meinen Eltern. Ich ließ nichts aus.

Es tat gut, ihr das alles zu sagen, auch wenn es furchtbar wehtat und ich meine Tränen dabei nicht unterdrücken konnte. Noch nie hatte ich Mia sprachlos erlebt. Sie saß da mit offenem Mund und hörte einfach nur zu. Am Ende nahm sie mich wortlos in den Arm und weinte mit mir und das war mehr als genug. Mit jeder Umarmung, dem Verständnis und Mitgefühl, das mir entgegengebracht wurde, egal ob von Zack, meinen Eltern oder Mia, wurde es ein kleines bisschen besser. Ich war unglaublich dankbar, so tolle Menschen in meinem Leben zu haben, die für mich da waren und mir halfen, diese schlimmen Erlebnisse zu verarbeiten.

Lange hielten wir uns einfach nur fest und als die Tränen versiegt waren, schwiegen wir eine Weile. Es gab nichts zu sagen. Nichts konnte es ändern oder besser machen, aber diese stille aber gefühlvolle Anteilnahme reichte vollkommen aus.

»Ich denke, wir haben uns jetzt ein Eis verdient«, sagte ich nach einer Weile und Mia nickte energisch.

Ich wollte jetzt nicht länger darüber nachdenken, ich brauchte etwas Ablenkung. Morgen würde ich bei meiner Psychologin genug darüber reden müssen.

Wir holten uns ein Ben & Jerrys zwei Löffel und setzten uns draußen auf den Rasen. Kaum hatte ich den ersten Löffel im Mund, kam mir die Formulierung von Mia vorhin wieder in den Sinn und ich legte den Kopf schräg.

»Wenn du sagst, du warst blind vor Liebe, heißt das ...?«

Ich ließ den Satz in der Luft hängen und ihr Gesicht fiel zusammen. Das war eigentlich schon Antwort genug.

»Dass das mit mir und Paul Geschichte ist. Du hattest recht. Ich habe es an dem Abend noch mit eigenen Augen gesehen. Er ist ein Arschloch. Ich hätte dir glauben müssen.«

Diesmal nahm ich sie in den Arm. »Es tut mir so leid. Ich weiß, wie verknallt du in ihn warst und egal, was für ein Idiot er ist, es tut trotzdem irre weh. Das hast du nicht verdient.«

Ich ließ sie los und sie nickte. »Danke. Es schmerzt, aber es macht das Ganze leichter, weil der Abscheu und die Wut auf ihn überwiegt.«

»Das, ist gut. Er hat deine Liebe nicht verdient und irgendwann wird jemand kommen, der dich glücklich machen wird«, sagte ich und warf ihr ein aufmunterndes Lächeln zu.

»Ja ich hoffe, für mich wird es auch einen Zack geben irgendwann«, feixte sie. »Wie läuft es mit ihm?«

Ihr Wechsel zwischen Traurigkeit und Freude war immer schon schnell gewesen. So versteckte sie oft ihre wahren Gefühle, dennoch spielte ich mit und allein bei dem Gedanken an Zack bekam ich heiße Wangen.

»Einfach toll. Er ist viel zu traumhaft, um wahr zu sein.«

»Hach schön, ich freu mich wirklich sehr für dich.«

Im nächsten Moment stieß sie mich mit dem Arm in die Seite. »Habt ihr jetzt endlich?«

Oh nein, wieder diese Frage. Ich war nicht der Typ, der offen über Sex sprach. Das war für mich etwas Intimes, was ich nicht in alle Welt hinausschreien wollte. Es ging nur Zack und mich etwas an.

»Also ja.« Sie klatschte in die Hände. »Wurde ja auch Zeit. Wie war's?«

Ich verdrehte die Augen. »Ich möchte nicht darüber reden.«

»Ach komm schon Lou, ich bin deine beste Freundin und da erzählt man sich so was. Du musst nicht ins Detail gehen. Sag mir nur, ob es gut war.« Sie hob die Augenbrauen.

»Es war phänomenal, reicht das?«, fragte ich und lief rot an.

Wieder klatschte sie in die Hände. »Whoohoo, ja das reicht.«

»Und apropos, wenn man vom Teufel spricht«, meinte sie und blickte Richtung Zaun.

Ich schaute auf und sah, wie Zack auf uns zukam. Ich genoss den Moment, ihn einfach nur zu betrachten. Der Wind wehte ihm durch seine wuscheligen Haare und ich würde zu gern mit meinen Händen hindurchfahren. Die dunkelblauen Shorts saßen locker auf seinen Hüften und sein weißes Shirt würde ich lieber im nassen Zustand sehen. Ich erschrak über meine eigenen Gedanken, die ich vorher nie gehabt hatte. Aber Zack war nicht nur ausgesprochen heiß, sondern auch innerlich wunderschön. Beziehungsweise perfekt, es gab quasi keinen Makel. Und immer wieder fragte ich mich, was er mit mir wollte. Aber ich musste wohl akzeptieren, dass er aus mir unerfindlichen Gründen auf mich stand. Ich war das glücklichste Mädchen auf dieser Erde.

»Hey«, begrüßte er uns mit einem sexy Lächeln, kam vor mir auf die Knie und gab mir einen sanften Kuss, bevor er sich zu uns ins Gras setzte.

Meine Lippen kribbelten von dieser zärtlichen Berührung und wollten mehr. Ich konnte meinen Blick nicht von ihm nehmen und auch seine Augen ließen mich nicht los. Obwohl es nicht lange her war, dass wir uns gesehen hatten, hatte ich ihn vermisst. Das klang total verrückt und früher hatte ich diese Mädchen nie verstanden, die das behaupteten. Doch jetzt pochte mein Herz immer schneller, je länger er mich anstarrte. »Hey«, hauchte ich.

»Ich glaube, ich gehe jetzt besser. Diese sexuelle Spannung hält man ja kaum aus«, meinte Mia kichernd und richtete sich auf.

»Ich wollte dich nicht verjagen, bleib doch«, sagte Zack.

»Ja, Mia, du musst jetzt nicht gehen«, schob ich hinterher.

»Ich weiß, Leute, aber ich möchte«, erwiderte sie, wobei sie das letzte Wort betonte und dabei lachte.

Sie zog mich zum Abschied in eine Umarmung. »Ich ruf dich morgen nach deinem Termin an«, flüsterte sie in mein Ohr und ich nickte.

»Und wenn du reden willst, egal wann, sag Bescheid«, antwortete ich. Auch wenn ich eigene Sorgen hatte, wusste ich, wie schlimm Liebeskummer sein konnte und wollte für sie da sein.

Sie warf mir ein dankbares Lächeln zu, winkte Zack zu und verschwand.

»Wie ich sehe, habt ihr euch wieder vertragen. Wie lief's mit deinen Eltern?«, fragte er, nachdem ich mich wieder hingesetzt hatte.

Er rückte näher an mich heran und nahm meine Hände in seine.

Mein Körper reagierte sofort auf seine Berührung und ich brauchte einen Moment, bevor ich antworten konnte.

»Sehr gut. Mir war nicht bewusst, wie sehr die beiden unter der Situation damals gelitten haben und welche Schuldgefühle meine Mutter deswegen hatte. Danke, dass du mich dazu gebracht hast, noch mal mit ihnen zu reden und mir ihre Sicht anzuhören.«

Er hauchte einen Kuss auf meine Hand. »Gerne.«

»Wie war dein Termin?«

Kurz versteifte er sich, hatte sich aber schnell wieder im Griff. »Gut. Aber weißt du, was mir gefehlt hat?«

»Nein?«

»Das hier.« Er nahm mein Gesicht in seine Hände und hauchte einen zarten Kuss auf meinen Mund, den ich in jeder Faser meines Körpers spüren konnte.

Er beließ es jedoch nicht dabei, sondern es folgten weitere und das Blut in meinen Adern begann zu kochen. Ich vergaß alles um mich herum, auch, dass ich wissen wollte, was für ein Termin das war und wieso er so steif darauf reagierte. Aber alles, woran ich denken konnte, waren seine Lippen. Ein lautes Räuspern ließ uns auseinanderfahren. Mit hochrotem Kopf und aufgerissenen Augen schaute ich in das Gesicht meiner Mutter. Verdammt.

Sie versuchte, sich das Lachen zu verkneifen. »Ich wollte nur fragen, ob wir vier eventuell zusammen Abendbrot essen wollen? Was haltet ihr davon?«

Ich schaute zu Zack, der sich nicht anmerken ließ, dass die Situation gerade sehr unangenehm war.

»Ja gern«, antwortete er mit einem Strahlelächeln.

»Großartig. Wäre Pizza okay?«, fragte sie belustigt.

Meine Mutter war keine besonders gute Köchin und Bestellungen standen an der Tagesordnung. Wir nickten gleichzeitig.

»Super. Lou, würdest du mir kurz helfen, den Flyer zu finden?«

Was? Die Flyer lagen alle in der Schublade in der Küche, schon immer. Das war doch nur ein Vorwand. Sie wollte über irgendetwas mit mir reden. Aber bevor sie es vor Zack tat, kam ich lieber mit, nachher ging es noch um den Kuss und das wäre total peinlich.

»Wartest du kurz hier?«, fragte ich an Zack gerichtet.

Er nickte und ich folgte meiner Mutter.

»Was gibt es?« Ich verschränkte die Arme vor der Brust und machte mich auf alles gefasst.

»Wieso?«, fragte sie total unschuldig und lehnte sich gegen die Arbeitsplatte.

»Wir wissen beide, wo die Flyer liegen, also was willst du wirklich?« Ich legte den Kopf schräg.

»Okay«, gab sie sich geschlagen. »Es geht um Zack.«

»Ja?« Ihr Rumdrucksen machte mich verrückt.

»Ich wollte dir nur sagen, dass es okay ist, wenn er hier schläft.«

Was? Ich hob erstaunt die Augenbrauen. Hatte sie das gerade wirklich gesagt? Deswegen hatte sie mich hergebeten? Irgendwie verstand ich gerade gar nichts.

»Warum?«, brachte ich perplex hervor.

»Weil er dir guttut und weil …« Sie trat von einem Fuß auf den anderen.

»Weil?«, hakte ich nach. Was war mit ihr los?

»Weil er dann da ist, wenn du wieder einen Albtraum hast oder dich Erinnerungen heimsuchen.« Auf ihren Lippen lag ein Lächeln, doch in ihren Augen konnte ich den Schmerz sehen. Ihre Worte trafen eine offene Stelle in meinem Herzen, doch gleichzeitig war ich glücklich. Ich nahm sie wortlos in den Arm.

»Danke«, hauchte ich, denn das war genau das, was ich mir wünschte. Natürlich nicht nur aus Angst vor Bildern in meinem Kopf.

»Ich bin sehr froh, dass du ihn hast«, sagte sie, als ich sie losgelassen hatte.

»Ich auch«, gab ich zurück. Und wie.

• • •

Das Essen mit meinen Eltern verlief echt unterhaltsam. Sie hatten Zack bereits tief in ihr Herz geschlossen und auch er schien sich hier wirklich wohlzufühlen. Es war ein wundervolles Bild und ich wünschte mir so sehr, dass es für immer so bleiben würde.

Später verkrümelten wir uns in mein Zimmer und Zack machte es sich auf meiner Couch bequem. Ich stand vor dem Schreibtisch mit meinem Notizblock in der Hand und überlegte hin und her, ob jetzt der richtige Zeitpunkt wäre, ihm meine Zeichnung zu zeigen. Was wenn sie ihm nicht gefiel? Oder sie nicht das war, was er sich vorstellte?

»Was machst du da? Wieso kommst du nicht her?«

Ich war irgendwie festgefroren. Soll ich oder soll ich nicht? Ich hasste es Entscheidungen zu fällen.

»Lou?«

Zack war bereits aufgestanden und kam auf mich zu. Ich atmete aus. Okay, jetzt oder nie.

»Das Bild für dein Tattoo. Es ist fertig.«

Sein Gesicht hellte sich auf. »Darf ich's sehen?«

»Aber wenn du es nicht gut findest, kannst du mir das ruhig sagen. Das ist vollkommen in Ordnung.«

»Hey, das ist für immer. Wenn es mir nicht gefallen würde, würde ich es sagen. Glaub mir«, versicherte er mir.

Ich nickte, öffnete die Seite und reichte ihm den Notizblock.

Ihm klappte der Mund auf. Seine Augen schwebten ruckartig über das Papier und dann fuhr er ehrfürchtig mit dem Finger über die Zeichnung, ohne das Blatt zu berühren. Das dauerte eine gefühlte Ewigkeit und ich war total kribbelig, weil er nichts sagte. Entstanden war das Bild am letzten Abend an der Ostsee, als Zack schon wieder ziemlich früh eingeschlafen war. Ich hatte ihn beim Schlafen beobachtet und mir kam eine Idee für sein Tattoo. Zu sehen war ein Band, das sich um einen Kochlöffel schlang und ein Stück weiter oben zu einer Kochmütze wurde. Auf dem Band standen die Worte »always believe in you«. Diesen

Spruch hatte ich gewählt, weil er, was das Kochen anging, total an sich zweifelte. Dabei war sein Essen grandios.

»Und?«, fragte ich irgendwann, weil ich nicht mehr warten konnte.

»Es ist perfekt. Es übertrifft alles«, sagte er, ohne aufzusehen.

Auf meinem Mund stahl sich ein Lächeln und ein Stein fiel mir vom Herzen. Es gefiel ihm. Kurz darauf riss er sich dann doch von der Zeichnung los, legte das Blatt auf den Tisch und zog mich in seine Arme.

»Danke«, flüsterte er und gab mir einen Kuss auf die Stirn. »Ich kann's kaum abwarten, es auf meiner Haut zu haben. Ich mach morgen gleich einen Termin.«

Er ließ mich los, beugte sich über den Tisch und starrte wieder auf das Blatt.

»Kannst du einen Termin für uns beide machen?«, fragte ich vorsichtig.

Ihm fiel die Kinnlade herunter und er sah mich perplex an. »Was? Du willst ein Tattoo?«

Ich nickte unsicher. Ich hatte beim Zeichnen seiner Vorlage öfter darüber nachgedacht. Der Gedanke ein Bild auf meiner Haut zu haben, wo ich doch so gerne malte, war einfach eine tolle Vorstellung und zu verlockend. Natürlich kam mir immer wieder der Schmerz in den Sinn und meine Angst vor Nadeln sowie die Panik vor der Situation ganz allgemein. Aber dann dachte ich daran, dass Zack dabei sein würde, sicher meine Hand hielt und mir doch überhaupt nichts passieren könnte. Und wir hätten beide ein Tattoo, auch wenn es kein Partnertattoo wäre, würde es uns verbinden. Für immer.

»Was für eins möchtest du?«, fragte er ziemlich irritiert.

»Du sollst es aussuchen.«

Er riss die Augen auf. »Ich?«

»Ich habe deins gemacht, jetzt bist du dran. Keine Angst, du musst nichts zeichnen. Ich hätte gerne etwas Kleines. Einen Spruch, ein Symbol. Irgendetwas, das du mit mir in Verbindung bringst.«

»Bist du sicher?«

Ich nickte.

»Okay, ich mach morgen einen Termin für uns.« Er lächelte. »Du überraschst mich immer wieder«, sagte er und zog mich näher heran, um mich zu küssen.

»Ich habe noch eine Überraschung«, murmelte ich zwischen zwei Küssen.

Er hielt inne, aber sein Gesicht war noch so nah, dass ich seinen Atem auf meiner Haut spüren konnte. Das machte mich ganz verrückt.

»Du darfst hier schlafen«, hauchte ich. »Das heißt, wenn du willst«, setzte ich noch hinterher.

Er sollte sich schließlich nicht verpflichtet fühlen. Vielleicht brauchte er auch mal Abstand und Zeit für sich.

»Du weißt gar nicht wie sehr«, gab er zurück und drückte wieder seine Lippen auf meine. Er ging dabei rückwärts und zog mich mit sich. »Ich möchte nie wieder ohne dich einschlafen«, raunte er, als er mit den Beinen gegen das Bett stieß.

Die Schmetterlinge in meinem Bauch machten Saltos, flogen durch meine Venen in meinen ganzen Körper und brachten ihn zum Beben. Ich schrie auf, als Zack mich plötzlich hochhob, herumdrehte und auf das Bett legte. Eine Sekunde später war er über mir und sein Mund wieder auf meinem. So könnte jeder Tag enden und der nächste beginnen. Bis in alle Ewigkeit.

14. Kapitel

Meine Psychologin, Frau Meiß, ordnete gleich mehrere Zusatztermine an, als sie hörte, was passiert war. Sie verstand es echt, mich zu quälen, und holte jede klitzekleine Erinnerung und jedes Gefühl hervor, um es in die Tiefen meiner Wunden zu drücken. Ich wusste, dass es sein musste und notwendig war, um die Vergangenheit zu verarbeiten, aber es war auch verdammt hart und die Taschentuchbox jedes Mal leer. Aber ich fühlte mich danach immer befreiter, leichter und das nicht nur wegen der fehlenden Flüssigkeit. Zack hingegen setzte immer neue Punkte auf die Liste und ich kam gar nicht dazu, außerhalb der Praxis über die Geschehnisse nachzudenken. Vielleicht war das auch sein Plan. Wir waren im Schwimmbad und sind die große Rutsche hinuntergerutscht. Allerdings hatte ich mich an ihn gekrallt und nicht einmal die Augen geöffnet, aber ich hatte mich wirklich getraut. Ich hatte selbst Dinge getan, die ich vor Beginn der Panikattacken nie in Erwägung gezogen hätte. Wie Joggen, Klettern, Kanu und Skateboard fahren. Das Nachtpicknick unterm Sternenhimmel hatte mir allerdings besonders gut gefallen. Die Ferien vergingen wie im Flug und waren gleichzeitig die schönsten Wochen meines Lebens. Heute war Freitag, der letzte Ferientag, Montag würde die Schule wieder losgehen, zumindest für alle anderen. Bisher hatte es niemand angesprochen, aber ich vermutete, dass meine Eltern dachten, dass ich vielleicht auch wieder in die Schule gehen könnte, wenn ich schon so viel unternahm. Ich hatte verdammte Angst davor, dass es jemand zum Thema machen würde. Doch viel mehr Panik hatte ich, wieder in einem engen Klassenzimmer sitzen zu müssen. Aber ich wollte mir mit den Gedanken jetzt nicht diesen Tag versauen lassen. Heute stand unser Tattootermin an und ich war tierisch aufgeregt. Ich wusste noch nicht einmal, wie mein Tattoo aussehen würde. Zack hatte es mir noch nicht gezeigt. Er wollte es mitbringen, wenn er nachher wiederkam, um mich abzuholen. Meine Eltern hatten mir Gott sei Dank die Erlaubnis dafür gegeben. Aber auch nur, weil ich in zwei Tagen sowieso achtzehn wurde. Mein Geburtstag. Mia hatte mich schon mehrfach darauf angesprochen. Sie wollte natürlich eine rauschende Party, die es nach ihrer Aussage unbedingt geben müsste, wenn man achtzehn wurde. Aber mit wem bitte? Sollten wir zu dritt feiern? Ich fand das war Quatsch und lehnte deshalb ab. Meine Eltern fragten natürlich auch und ich stimmte deshalb zu, dass wir nachmittags zusammen mit Mia und Zack ein kleines Kaffeekränzchen abhalten würden. Ich hätte den Tag am liebsten irgendwo knutschend mit Zack verbracht, das wäre für mich der perfekte Geburtstag. Aber als ich Zack gestern von meinem Geburtstag erzählte, was ihn übrigens überhaupt nicht überraschte – wer hätte das gedacht? Mia hatte es ihm bestimmt verraten –, fand er die Idee auch noch gut. Da fiel er mir auch noch in den Rücken, aber gut, eigentlich klang es wirklich nicht schlecht. Und so lange Zack dabei war, war ich zufrieden.

Aber jetzt wollte ich endlich wissen, wie mein zukünftiges Tattoo aussehen würde. Wo blieb Zack? Ich konnte es kaum abwarten und versuchte mich mit zeichnen abzulenken. Das Merkwürdige war, dass meine sonst eher düsteren Bilder in letzter Zeit nur so voller positiver Gefühle strotzten. Gerade entstand das Bild eines ineinander verschlungenen Paares, das mit den Füßen im Meer stand. Das Bild kam mir mehr als bekannt vor.

»Hey«, hörte ich hinter mir eine vertraute Stimme.

Verdammt, wo kam er auf einmal her? Und noch ehe ich den Block verstecken konnte, hatte er schon einen Blick auf die Zeichnung geworfen.

»Sorry, dass ich hier so reinplatze, deine Mutter hat mich reingelassen.«

Er legte von hinten die Arme um mich und hauchte mir einen Kuss auf die Wange, der einerseits total unschuldig war und doch meinen ganzen Körper prickeln ließ.

»Darf ich mal sehen?«

Ich wusste genau, was er meinte.

»Erst würde ich gern mein Tattoo sehen«, gab ich zurück.

Sein leises Lachen vibrierte in meinem Körper. »Okay.«

Er ließ mich los und ich hörte Papier knistern, bevor er das Blatt vor mir auf den Schreibtisch legte. Abgebildet war ein Stern und um diesen herum stand der Spruch »breathe through the fear and walk through the fire«. Ich bekam eine Gänsehaut. Dieser Satz traf es auf den Punkt und klang total nach Zack. In all den Wochen habe ich meine Angst jeden Tag aufs Neue überwunden und bin dafür durchs Feuer gegangen. Mit seiner Hilfe. Es passte perfekt, zu mir, zu der Situation, zu allem. Ich liebte dieses Tattoo jetzt schon und konnte nicht abwarten, es auf meiner Haut zu haben. Zacks Atem ging schwer und ich wusste genau, wie er sich jetzt fühlte. So war es mir auch gegangen, als er ewig auf meine Zeichnung gestarrt und nichts gesagt hatte. Aber ich wollte ihn nicht länger auf die Folter spannen, also richtete ich mich auf und drehte mich zu ihm.

»Ich liebe es«, sagte ich schlicht und seine angespannte Miene verwandelte sich in ein Lächeln. »Danke«, setzte ich hinterher, legte meine Arme um seinen Hals und küsste ihn.

»Ich bin sehr froh, dass es dir gefällt.«

»Ich auch«, meinte ich grinsend. »Dann können wir ja jetzt los«, fügte ich hinzu.

Doch Zack war nicht so einfach abzulenken.

»Erst will ich sehen, was du vorhin gezeichnet hast.«

Innerlich verdrehte ich die Augen, schlug aber dennoch den Block auf und gab ihm diesen. Vielleicht fand er es viel zu kitschig. Ich meine, das war die Zeichnung eines verliebten Teenagers, es zeigte mein Gefühl für ihn und ich fühlte mich plötzlich so nackt.

»Das sind wir«, sagte er verwundert und ich nickte vorsichtig.

Ich hatte das gar nicht bewusst gezeichnet und war selbst überrascht, als es fertig war. Aber eigentlich war es nicht verwunderlich. Er spielte momentan die Hauptrolle in meinem Leben und ich war hoffnungslos in ihn verliebt, wie konnte ich gerade etwas anderes zeichnen?

»Kann ich es haben?«

Mir klappte der Mund auf. Das hatte er bisher noch nie gefragt, bei keiner Zeichnung. Warum wollte er gerade diese? Ich wusste nicht, was ich sagen sollte.

»Es ist eine der schönsten Erinnerungen in meinem Leben und diese Zeichnung stellt sie viel besser dar, als ein Foto es je könnte. Sie ist von dir und zeigt, wie du diesen Moment gesehen hast. Und würde ich zeichnen können, sähe meine genauso aus.«

Wow. Mein Herz machte einen Satz und hämmerte wild gegen meine Brust. Wie schaffte er es nur immer wieder, mich so aus der Fassung zu bringen?

»Du kannst es haben«, krächzte ich und seine Augen begannen zu strahlen.

• • •

Auf dem Weg zum Tätowierer war ich tierisch angespannt. Ich wollte dieses Tattoo unbedingt, aber ich hatte Angst, vor der Situation, vor der Nadel und dem Schmerz. Zack konnte meine Stimmung spüren und legte automatisch seinen Arm um mich. Vielleicht auch, weil meine Hand in seiner so sehr zitterte, dass sein Arm wackelte.

»Ich bin bei dir und wenn es dir irgendwie hilft, küsse ich dich auch so lange, bis das Tattoo fertig ist.«

Er grinste über beide Backen und ich musste automatisch lächeln. Allein der Gedanke löste ein heftiges Flattern in meinem Brustkorb aus. Das war eine gute Idee.

»Lou?«

Mein Blick lag noch auf Zack, aber allein die Stimme führte dazu, dass ich ruckartig stehen blieb und jeder Muskel meines Körpers sich versteifte. Auch wenn ich ihn eigentlich nicht sehen wollte, wandte ich den Kopf in seine Richtung.

Er hatte sich kaum verändert, nur seine braunen Haare waren etwas kürzer und sein Klamottenstil wirkte eher stylisch als punkig, wie früher. Ich hatte immer gedacht, dass es extrem wehtun würde, ihm wiederzubegegnen, vor allem nach dem, was er getan hatte. Aber ich spürte nur Abscheu und Verachtung.

»Schön, dich mal wiederzusehen«, sagte Tom grinsend.

Das sah ich anders, deshalb antwortete ich nicht, was ihn sichtlich verunsicherte. Er schaute zwischen Zack und mir hin und her.

»Willst du mir nicht deinen neuen Freund vorstellen?«

»Zack, das ist Tom. Tom, Zack«, sagte ich trocken.

Tom hielt ihm die Hand hin. »Freut mich, dich kennenzulernen.«

Zack ignorierte seine Geste und zog mich nur näher an sich heran. »Ich hätte gut darauf verzichten können.«

Ich musste mir ein Schmunzeln verkneifen.

Tom räusperte sich. »Wie ich sehe, hat deine Therapie etwas gebracht und du kannst wieder nach draußen gehen.«

»Das lag nicht an der Therapie, sondern an Zack.«

Er sah mich verwirrt an.

»Statt abzuhauen und sie im Stich zu lassen, habe ich sie unterstützt und mit ihr zusammen das Ganze durchgestanden. Was selbstverständlich ist, wenn man einen Menschen liebt.«

Seine Miene war eisig, aber seine Worte erwärmten mein Herz.

Tom schluckte. »Es tut mir leid, dass ich Lou verlassen habe, aber nicht jeder kommt mit so einer Psychose klar. Gut, wenn du das konntest, aber ich tat es nicht.«

Ich riss die Augen auf und ballte die Hände zu Fäusten. Hatte er das gerade wirklich gesagt? Rein gar nichts verstand er, nicht mal im Nachhinein.

Zacks Gesicht war verzerrt und sein gesamter Körper schien zum Zerreißen gespannt.

»Wenn man will, kann man alles. Wenn man liebt, stellt sich diese Frage gar nicht, man tut es einfach.«

Tom zuckte mit den Schultern. »Ich wollte mir eben mein Leben nicht versauen lassen.«

Ich schnappte nach Luft. Obwohl ich es wusste, fühlten sich seine Worte an wie Schläge. Nicht, weil es mir irgendwie wichtig war, was er dachte, aber ich hatte Angst, genau das bei Zack zu tun. Ihm sein Leben zu versauen.

Zack versteifte sich neben mir. »Willst du deine Partnerin jedes Mal verlassen, wenn sie krank wird? Später auch deine Frau? Wenn sie vielleicht an einer unheilbaren Krankheit leidet, haust du dann ab, weil sie damit dein Leben versaut?«, fragte Zack im scharfen Tonfall.

Tom nickte.

»Du hast keine Ahnung, was Liebe bedeutet«, sagte Zack mit zusammengebissenen Zähnen.

»Vielleicht ist dir aber dein eigenes Leben nicht wichtig genug, dass du es einfach so aufgibst. Oder du bist genauso wie sie und ihr passt deshalb perfekt zusammen.« Er zwinkerte ihm zu. Was für ein Arsch.

Zack ballte die Hände zu Fäusten und machte einen Schritt nach vorne, doch ich hielt ihn zurück. »Zack, nicht. Er ist es nicht wert.«

Einen Moment fixierte er Tom, seine Miene war eisig und ich wusste nicht, was er als Nächstes tun würde. Ich hatte ihn noch nie zuvor so wütend erlebt. Er war die meiste Zeit die Ruhe und Gelassenheit in Person. Doch dann atmete er zum Glück durch und griff nach meiner Hand.

»Lass uns gehen.«

Ich nickte und wir ließen Tom einfach stehen und überbrückten den Weg bis zum Studio. Die ganze Zeit blickte er stur geradeaus und ich spürte, wie angespannt jeder Muskel seines Körpers war. Vor dem Laden blieb er stehen und sah mich an. Seine Miene wurde weicher und seine Hand in meiner lockerte sich wieder.

»Geht es dir gut?«, wollte er wissen und sah mich dabei eindringlich an.

»Das sollte ich eher dich fragen.« Er runzelte die Stirn. »Ich hab dich noch nie so aufgebracht gesehen.«

Er verzog das Gesicht und berührte meine Wange. »Tut mir leid.«

»Muss es nicht«, sagte ich kopfschüttelnd. »Es hat mich nur gewundert, dass du dich von so einem Idioten so aus der Ruhe bringen lässt.«

»Was er gesagt hat, war …« Er brach ab.

»… scheiße, bescheuert, dumm, hirnrissig?«, fragte ich und hob eine Braue.

Er schmunzelte. »Wie kommt es, dass du damit so entspannt umgehen kannst?«

»Das hast du mir beigebracht.« Ich zwinkerte ihm zu und er musste lächeln.

»Stimmt.«

»Aber es war mir auch egal, was er gesagt hat«, fuhr ich fort und er legte den Kopf schräg.

Ich machte einen Schritt auf ihn zu und nahm sein Gesicht in meine Hände. »Er bedeutet mir nichts mehr. Mir ist nur wichtig, was du denkst und tust und dass du so für mich Partei ergriffen hast, zeigt mir alles, was ich wissen muss.«

Meine Finger zitterten, als ich das aussprach. Es fiel mir verdammt schwer, so was zu sagen, aber ich wollte, dass er es wusste. Er hatte so viel für mich getan.

Ein Lächeln stahl sich auf seine Lippen, die kurz darauf meine berührten, und alles, was Tom damals in mir zerstört hatte, wieder zusammensetzten.

Ein bisschen Zeit hatte ich noch, bevor eine Nadel auf mich einstach, denn Zack war zuerst dran. Und da das circa fünf Stunden dauern würde, hatte ich mich gleich mit Mia in dem Café nebenan verabredet. Allerdings wollte Zack noch, dass ich blieb bis die Vorlage an seinem Oberarm klebte und ich mein Okay gab. Nachdem der Tätowierer die Zeichnung an die vorgesehene Stelle geklebt hatte, schaute mich Zack fragend an und ich nickte. Es war perfekt und total irre.

»Dann kann es ja losgehen«, sagte Jens, der Tätowierer, und ich wusste, jetzt war der richtige Zeitpunkt, um abzuhauen.

Gerade als ich gehen wollte, nahm Zack meine Hand und zog mich an sich heran.

»Gleich wird für immer ein Bild von dir auf meiner Haut sein«, hauchte er und drückte seine Lippen solange auf meine, dass Jens sich schon räusperte.

Ich lief rot an und taumelte zum Ausgang. Würde ich jemals nicht mehr so extrem auf seine Küsse reagieren?

Mia saß bereits an einem der Tische auf der Terrasse des Cafés, als ich ankam. Ich musste lächeln, als ich sah, dass sie schon zwei Erdbeermilchshakes bestellt hatte.

»Hey«, begrüßte ich sie und nahm sie in den Arm.

Ich konnte es kaum erwarten, einen Schluck zu nehmen. Nach der unangenehmen Begegnung brauchte ich etwas, um diese Erinnerungen runterzuspülen.

»Ist irgendetwas passiert?«, fragte Mia, als ich das Glas nicht absetzte.

Sie kannte mich zu gut. Ich rümpfte die Nase und berichtete ihr von dem Zusammentreffen mit Tom.

»Wow, er ist einfach noch derselbe Arsch wie damals.«

Ich nickte.

»Und Zack hat einfach perfekt reagiert.«

Da konnte ich nur zustimmen.

• • •

»Ihr seid total irre«, stellte sie belustigt fest, nachdem wir den zweiten Milchshake vor uns hatten.

»Wieso?«

»Weil ihr euch wirklich tätowieren lasst.« Sie schüttelte perplex den Kopf.

»Das macht doch heutzutage fast jeder. Da ist nichts Besonderes bei«, gab ich so locker wie möglich zurück, auch wenn unsere Tattoos wirklich etwas ganz Besonderes waren.

»Vielleicht jeder, der nicht Lou heißt und Angst vor Nadeln hat.«

Was sollte das heißen? Sie wollte lustig klingen, aber irgendwie steckte mehr dahinter. Dachte sie, ich wäre nicht stark genug? Hatte sie Angst, dass ich eine Panikattacke bekam? War sie dagegen, weil ...? Keine Ahnung, warum?

»Willst du mir damit sagen, dass ich es nicht tun sollte?«, fragte ich.

»Vielleicht nicht jetzt.« Sie starrte auf ihr Glas.

Ihre Reaktion machte mich wütend. Ich freute mich tierisch auf dieses Tattoo und sie vermieste es mir gerade. Was sollte das?

»Warum?« Meine Stimme klang etwas lauter als beabsichtigt.

Sie schaute von links nach rechts. »Ach, ist nicht so wichtig«, sagte sie schnell und trank von ihrem Shake.

»Mia, sag mir, warum du das denkst«, entgegnete ich stur.

Ich wollte es jetzt wissen und nicht einfach das Thema fallen lassen.

»Ich habe einfach nur Angst, dass du einen Rückfall bekommst, vor allem, weil du gerade diese Dinge über deine Vergangenheit erfahren hast. Da bist du bestimmt verständlicherweise etwas durcheinander.«

»Mir geht es gut, Mia. Und ich bin viel stärker geworden.«

»Ich weiß. Aber ich sitze gern hier mit dir in diesem Café. Vor Kurzem war das noch unmöglich, und ich möchte nicht, dass du wieder in deinem Zimmer landest.«

Ich schluckte. Sie machte mich total unsicher. Wie sollte ich an mich glauben, wenn sie so etwas sagte?

Ich straffte die Schultern. »Werde ich nicht. Außerdem ist Zack dabei. Er würde nie zulassen, dass es je so weit kommt.«

»Meinst du denn, es ist das Richtige ein von ihm ausgesuchtes Bild auf deine Haut stechen zu lassen? Ich meine, das bleibt für immer und wird dich ewig an ihn erinnern.«

Was sollte das nun wieder? Es war schließlich nicht sein Name oder sein Porträt.

»Es ist ein Stern mit einem Spruch und nicht sein Gesicht. Und ja, ich bin nicht so naiv, dass ich denke, wir bleiben sicher bis ans Ende unserer Tage zusammen, auch wenn ich mir das jetzt wünsche. Wenn Zack sich irgendwann von mir trennt, will ich trotzdem niemals diese wundervolle Zeit vergessen. Er hat so viel für mich getan.«

»Nur weil ich ihn darum gebeten habe.« Sie hielt sich die Hand vor den Mund und ihre Augen kamen förmlich aus den Höhlen.

Ich versteifte mich. »Was?«

»Äh nichts«, sagte sie schnell und trank einen Schluck.

»Sag mir sofort, was du damit gemeint hast«, forderte ich sie auf.

So leicht kam sie mir jetzt nicht davon.

»Ich wollte das nicht sagen. Das ist mir so rausgerutscht.«

Ich hob die Augenbrauen. Sie sollte weitersprechen.

Sie verdrehte die Augen. »Als Zack sich nach dem Film nicht mehr bei dir gemeldet hatte, hab ich ihn angerufen und darum gebeten, wieder Kontakt aufzunehmen.«

Ich starrte sie mit geweiteten Augen an und versuchte meine aufsteigende Panik zu unterdrücken. »Was hast du genau gesagt?«

»Das ist doch jetzt egal. Es ist schon Wochen her. Das spielt keine Rolle mehr.«

Ich machte ein finsteres Gesicht. »Spuck's aus, Mia.«

»Na gut. Ich habe ihm gesagt, dass es dir besser geht, seit er in dein Leben getreten ist und du nur seinetwegen aus dem Haus gegangen bist. Ich hatte gehofft, dass er dir helfen kann, noch mehr zu schaffen, was ja auch geklappt hat.« Sie zuckte unschuldig die Schultern.

Mein Magen drehte sich um. Ich war wie betäubt vor Schock. Er hatte sich nur wieder gemeldet, um dem verängstigten Mädchen zu helfen? War ich nur ein Projekt? Mein Puls raste und ich hatte den starken Drang rauszulaufen. Weit weg von Mia, von Zack, von allen. Auch wenn ich verstehen konnte, warum sie das getan hatte, tat es weh. Sie hatte sich hinter meinem Rücken in mein Leben eingemischt und ist das Risiko eingegangen, dass ich mich in ihn verliebe und er nicht und ich somit verletzt werde. Hatte er mir das alles nur vorgespielt? Ich hatte nicht den Eindruck, aber vielleicht konnte ich vor rosaroter Brille die

Wahrheit nicht sehen? Ich kam mir vor wie in einem Theaterstück, nur dass alle anderen die Handlung kannten, aber ich nicht.

»Du hättest das nicht tun dürfen«, brachte ich hervor, doch meine Stimme war nicht mehr als ein Flüstern.

»Ich weiß. Ich wollte nur, dass du wieder ein normales Leben führen kannst. Ich sah eine Chance in Zack und habe sie ergriffen. Es tut mir leid.« Sie griff nach meiner Hand, doch ich zog sie weg. »Lou, sei bitte nicht sauer. Ich ertrage keinen Streit zwischen uns. Nicht schon wieder. Vielleicht kannst du es ja auch so sehen, dass du jetzt nicht hier wärst, wenn ich ihn nicht angerufen hätte. Oder an der Ostsee oder wo auch immer ihr überall wart.«

»Ist das dein Ernst?«, fragte ich, auch wenn sie einerseits recht hatte. Hätte sie sich nicht eingemischt, wäre das alles nie passiert. Aber es war nicht richtig so. Es ist auf die falsche Weise so gekommen, wie es jetzt war. Und ich war nicht sicher, was in meinem Leben echt und was gespielt war.

»Ich weiß nicht, ich wollte doch nur helfen.« Sie klang ziemlich traurig, was meine Wut auf sie etwas verrauchen ließ.

Ich holte tief Luft. »Es ist jetzt nicht mehr zu ändern. Ich kann nachvollziehen, warum du es getan hast, aber dennoch war es falsch. Bitte misch dich einfach nie wieder in mein Leben ein.«

»Ich verspreche es.«

Ich trank von meinem Erdbeermilchshake, auch wenn ich jetzt eher einen Whiskey gebrauchen könnte und versuchte meinen Herzschlag wieder zu beruhigen. Aber das war schwerer als gedacht. Die ganze Zeit ging ich im Kopf jeden Moment mit Zack durch und fragte mich, welcher echt und welcher gespielt war. Ich hatte Angst, verdammte Angst, dass mein Leben, so wie es gerade war, einfach zerbrechen würde.

15. Kapitel

Mia versuchte, mich abzulenken, quatschte ununterbrochen und zog mich später noch in drei Klamottenläden, doch ich war mit den Gedanken woanders und konnte zu den Outfits, die sie mir präsentierte, kaum etwas sagen. Als irgendwann mein Handy piepte und mir eine Nachricht von Zack anzeigte, fing mein Herz wieder an zu rasen und das Atmen fiel mir schwer. Ein paar Mal hatte ich mit dem Gedanken gespielt, einfach nach Hause zu gehen, doch ich konnte und wollte ihn nicht einfach im Studio ahnungslos sitzen lassen und abhauen. So war ich nicht. Und außerdem hatte ich einen Termin und wollte dieses Tattoo, egal was zwischen uns passieren würde. Oder? War ich gerade in der Verfassung so etwas durchzustehen? Sollte ich es lieber lassen, bevor ich in Panik ausbrach? Hatte Mia recht und ich war gerade zu labil dafür? Mir schwirrte der Kopf. Ich wusste nicht, was ich tun sollte. Aber ich musste erst mal zu ihm. Also verabschiedete ich mich von Mia und ging mit zittrigen Beinen zurück in den Tattooladen.

Zack saß noch immer auf der Liege, als ich hereinkam und seine Augen begannen zu leuchten, als er mich sah.

»Hey, komm schnell her. Ich wollte auf dich warten, bevor die Folie draufkommt, damit du es noch sehen kannst«, rief er ganz aufgeregt.

Ich ging näher heran und versuchte, mir nicht anmerken zu lassen, wie es in mir aussah. Ich wich seinem Blick aus und konzentrierte mich auf das Tattoo und wow, es sah perfekt aus. Aus meiner laienhaften Sicht war es super gestochen worden und gab genau meine Zeichnung wieder.

»Es ist genial«, sagte ich.

»Ja oder? Ich bin auch mehr als zufrieden.«

Jens band die Folie um seinen Arm und das hieß, dass ich bald dran war. Aber ich hatte noch keine Entscheidung getroffen.

»Tat es weh?«

»Ich würde lügen, wenn ich jetzt nein sagen würde.«

Ich verzog das Gesicht. Die Angst lähmte mich.

»Aber wer fünf Stunden von einer Nadel malträtiert wird und dabei keine Schmerzen hat, der ist tot.« Er grinste. »Dein Tattoo ist klein und geht viel schneller«, setzte er noch schnell hinterher.

Ich knetete nervös meine Hände. Da hatte er auch wieder recht, es war nur ein Bruchteil von seinem und selbst Jens sagte mir, dass es höchstens eine halbe Stunde dauern würde. Als Zack meine Hände nahm, schrak ich kurz auf, weil ich gar nicht bemerkt hatte, dass er nähergekommen war.

»Ist alles okay? Möchtest du es lieber lassen?«

»Das ist es nicht.«

»Was dann? Ich sehe doch, dass irgendwas nicht stimmt.«

»Mia hat mir vorhin etwas erzählt. Wir müssen reden«, stammelte ich.

Er zog die Stirn kraus. »Worum geht es?«

»Hier ist nicht der richtige Ort dafür«, murmelte ich.

»Dann lass uns gehen, wir machen einen neuen Termin.«

Ich wollte erst nicken, doch dann kam mir ein Gedanke. Ich würde es tun. Hier und heute und ich würde es aus eigener Kraft schaffen. Ohne Hilfe. Egal, was aus Zack und mir werden würde, das Tattoo würde ich ganz alleine überstehen. Ich brauchte weder Mia, noch Zack, noch irgendwen und das würde ich allen hiermit beweisen.

»Nein. Erst lass ich mich tätowieren und ich möchte dich bitten, draußen auf mich zu warten«, sagte ich, doch meine Stimme klang nicht so fest, wie ich wollte.

Zack blickte mich erstaunt an. »Du willst mich nicht dabeihaben?«

»Versteh das nicht falsch, aber ich muss das tun. Für mich.«

Er nickte. Etwas verhalten und traurig, aber er verstand. Und als er ging, meinte ich, ein leichtes Lächeln auf seinen Lippen gesehen zu haben.

Als ich wieder zu Jens schaute, wurde mir plötzlich ganz anders und ich war mir nicht mehr sicher, ob ich das wirklich wollte.

»Guck nicht so ängstlich. Das ist nicht schlimm, glaub mir.«

Er hatte gut Reden, auch wenn er am ganzen Körper Tattoos hatte, war er dennoch kein Angstpatient. Ich schluckte, nickte dann aber und setzte mich auf die Liege. Als Stelle für das Tattoo hatte ich mir das Handgelenk ausgesucht. Ich wollte es schließlich immer sehen können. Allerdings hörte ich auf Jens und wir setzten die Vorlage ein Stück weiter darunter an, da die Haut am Handgelenk viel dünner und das Tätowieren dort somit schmerzhafter war. Aber so gefiel es mir auch. Allein das Bild auf meiner Haut zu sehen, auch wenn es nur abwaschbare Farbe war, machte mich gerade glücklich und ich war fest davon überzeugt, dass ich es wollte. Für immer. Ich legte mich hin, falls mir schwindlig werden würde, schloss die Lider und streckte ihm meinen Arm entgegen. Mein Puls raste und mein Atem ging stoßweise. Das Geräusch der Maschine war dazu auch noch ziemlich beängstigend. Es hatte was vom Zahnarztbohrer. Wahrscheinlich war es ein allgemeiner Ton für Schmerzen.

Als ich das erste Mal das Gerät auf meiner Haut spürte, kniff ich die Augen zusammen. Es fühlte sich an, als ob er mit Feuer in mich hineinstach. Ich hatte wirklich Mühe, die Hand nicht wegzuziehen. Verdammt, tat das weh. Wie hatte Zack das fünf Stunden ausgehalten? Am liebsten hätte ich stopp gerufen und wäre gegangen. Aber die Blöße wollte ich mir nicht geben. Außerdem wäre ein halbfertiges Tattoo ziemlich hässlich. Ich würde das schaffen und hinterher ein tolles Bild auf meiner Haut haben. Wenn ich das jetzt durchstand, war es ein riesen Erfolg für mich, weil ich es allein getan hatte. Und vor allem nicht aufgab, sondern es durchzog. Irgendwie musste ich mich ablenken und nicht auf die Schmerzen konzentrieren. Spontan fiel mir das Meer ein. Diese unendliche Weite, das Rauschen der Wellen, die Ruhe und Freiheit, die es ausstrahlte. Automatisch entspannte ich mich etwas. Ich dachte an Zack, wie er mich eines Abends zum Strand geführt hatte und wir unter dem Sternenhimmel gesessen waren. Es war irgendwie düster und das dunkle Wasser hatte etwas Beängstigendes, aber ich hatte das erste Mal so etwas wie Frieden gespürt. Mit Zack an einem der schönsten Flecken der Erde, ohne Angst. Nur wir, die Sterne und das Meer.

»So, fertig«, sagte Jens plötzlich und riss mich aus meiner Erinnerung.

Irgendwie ging es auf einmal so schnell, ich hatte den Schmerz gespürt, aber nicht mehr so heftig und die Zeit flog dahin. Ich hob den Arm, betrachtete das Resultat und musste automatisch lächeln. Es war fertig und ich hatte durchgehalten ohne Panik, ohne abzubrechen und ohne Hilfe. Das Tattoo gefiel mir und ich konnte nicht aufhören darauf zu starren und zufrieden zu grinsen.

• • •

Zack saß auf der Couch im Wartezimmer und stand sofort auf, als er mich sah.

»Und?«

Ich streckte ihm meinen Arm entgegen, er nahm ihn vorsichtig in seine Hände und betrachtete das Bild. Seine Mundwinkel verzogen sich zu einem Lächeln.

»Es sieht toll aus. Gefällt es dir auch?«, fragte er und schaute mich an.

Ich nickte.

»Und du hast es ganz allein gemeistert. Ich bin unglaublich stolz auf dich.«

Ich wurde automatisch rot und grinste verlegen. Ein wenig war ich das auch. Doch im nächsten Moment fiel mir wieder ein, was Mia mir erzählt hatte und ich fragte mich, ob er das nur sagte, um sein Projekt voranzutreiben. Er schien meinen Stimmungswechsel zu bemerken.

»Was ist los?«

»Wir müssen reden. Lass uns gehen.«

Ich ließ ihn einfach stehen und ging zur Tür. Ich hatte einfach wahnsinnige Angst, dass die Blase, in der wir beide gerade so gemütlich saßen, jeden Augenblick platzte. Die Straße runter gab es einen kleinen Park und wir beschlossen dort spazieren zu gehen. Ich fackelte nicht lange und rückte sofort mit der Sprache raus, als wir dort ankamen.

»Mia hat mir erzählt, dass sie dich angerufen hat, als du dich nach dem Film nicht mehr bei mir gemeldet hattest.«

Zack erstarrte.

»Sie hat dich gebeten wieder Kontakt zu mir aufzunehmen, weil sie meinte, dass du es schaffen könntest, dass ich meine Angst überwand, weil ich es deinetwegen schon einmal getan hatte. Ist das richtig?«

Er nickte. Seine Miene war angespannt.

»Und du hast gedacht, welch ein tolles Projekt und hast die Herausforderung angenommen.«

»Nein«, sagte er schnell. Seine Augen waren aufgerissen. »So war das nicht.«

»Wie war es dann?«

Ich verschränkte die Arme vor der Brust, ich hatte einfach Angst, dass mein Herz sonst auseinanderfiel.

»Wie ich es dir gesagt habe. Der Film hat Erinnerungen hervorgebracht, ich musste erst einmal damit zurechtkommen.«

»Aber Mias Anruf war der ausschlaggebende Punkt, warum du dich wieder gemeldet hast?«

Er runzelte die Stirn. »Irgendwie schon. Aber es ist nicht so, wie du denkst. Du bist kein Projekt, nie gewesen.« Er nahm meine Hand und sah mich an. »Du bist so viel mehr. Ich hatte das Bedürfnis dir zu helfen, ja, aber weil ich dich von Anfang an mochte und Zeit mit dir verbringen wollte. Ich hoffe, du glaubst nicht, dass alles, was zwischen uns passiert ist, gespielt war. Du bedeutest mir unglaublich viel.«

»Warum hast du es mir dann verheimlicht?«

»Weil es keine Rolle spielt. Es geht hier um uns und nicht darum, was irgendwer gesagt hat. Außerdem hatte ich Angst, dass du genau das denken würdest und mich nie wiedersehen willst.«

Ich schaute zu Boden. Es war schwer, ihn anzusehen, denn wenn ich in seine Augen blickte, verlor ich den Verstand und glaubte ihm alles. Selbst wenn er mir sagte, er sei der Papst höchstpersönlich. Ich wusste nicht, was ich davon halten sollte. Wollte er mir nur helfen? Hätte er sich auch ohne Mias Anruf wieder bei mir gemeldet? Ich war durcheinander.

»Lou, sag doch was.« Seine Stimme klang verzweifelt.

»Ich brauche ein bisschen Zeit. Ich weiß nicht, wie ich damit umgehen soll, ich muss nachdenken«, gab ich zurück und hob den Blick.

Verletzlichkeit schimmerte in seinen Augen und ich spürte einen Stich in meinem Herzen. Ich wollte nicht, dass er traurig war. Das hatte er nicht verdient. Er war so ein wunderbarer Mensch und hatte so viel für mich getan. Aber vielleicht nur, weil er dachte, ich schaffe es nicht allein.

»Okay«, murmelte er. »Auch wenn mir das ganz und gar nicht gefällt, weil es bedeutet, dass ich nicht bei dir sein kann.«

Das war auch etwas, was mir jetzt schon körperliche Schmerzen bereitete. Ich wollte nicht getrennt von ihm sein, aber ich wollte auch nicht, dass er nur mit mir zusammen war, weil er dachte, ich bräuchte seine Hilfe.

Er atmete tief durch. »Ich bring dich nach Hause«, sagte er und gab mir einen Kuss auf die Stirn, der sich irgendwie nach Abschied anfühlte.

• • •

Ich lag seit Stunden auf dem Bett und starrte an die Decke. Die Songs von Avril Lavigne schallten durch den Raum und ich war nicht sicher, wie oft die CD schon wieder von vorne begann. Ich hatte total den Bezug zur Zeit verloren. War es schon nachmittags? Vielleicht sollte ich mal auf mein Handy schauen, denn ab und zu musste ich auch mein Tattoo eincremen. Aber ich schaffte es nicht, mich zu bewegen. Ich fühlte mich schlapp und wie gelähmt. Stattdessen umklammerte ich Muffin und fixierte weiterhin die weiße Wand. Ich vermisste Zack, und dass sein Geruch hier überall klebte, war nicht gerade hilfreich. Denn wenn ich die Augen schloss, war es irgendwie so, als wäre er hier, doch wenn ich sie öffnete, war der Platz neben mir leer. Was sollte ich bloß tun? Einfach alles vergessen und so weitermachen, wie bisher? Konnte ich das überhaupt? Und würde ich mir damit nicht selbst etwas vormachen? Oder sollte ich verdammt noch mal nicht einfach froh sein, dass so ein Mann wie er sich für mich interessierte und mit mir zusammen sein wollte? Nach all dem, was er über mich wusste? Vielleicht sollte ich einfach aufhören, die beleidigte Unnahbare zu spielen und ihn herbitten, damit er die Nacht vor meinem Geburtstag mit mir verbrachte? Achtzehn war schließlich nicht irgendeine Zahl und ich wünschte mir so sehr, dass er einfach hier war, mit mir bis Mitternacht wach blieb und mich dann um den Verstand küsste. Hinterher wollte ich neben ihm einschlafen und morgens volljährig neben ihm aufwachen. War das zu viel verlangt? Ich musste nur nach dem Handy greifen und ihn anrufen. Es war so einfach. Doch ich tat es nicht. Weil ich den Gedanken nicht ertrug, dass er nur hier war, damit das kranke Mädchen ihr Zimmer verließ. Ich zog die Knie an und drückte die Katze gegen mein Herz. *Was soll ich nur tun, Muffin? Meinst du, ich sollte ihn anrufen?* Im nächsten Augenblick hörte ich ein Miauen und schreckte auf. Verwirrt sah ich mich um, hielt das Kuscheltier hoch und fragte mich, ob ich langsam durchdrehte. Doch dann sah ich aus den Augenwinkeln Milli auf mich zukommen. Erleichtert atmete ich aus. Gott sei Dank noch keine Halluzinationen.

»Ich glaub, Milli hat Hunger«, hörte ich eine Stimme sagen und fuhr erneut zusammen.

Meine Mutter stand in der Tür. Wieso musste sie mich bloß so erschrecken? Sie tat das bereits zum dritten Mal heute. Und wieso verdammt noch mal gab sie der Katze nicht einfach etwas zu essen? Das machte sie doch sonst immer zu gern. Milli brauchte nur einmal den Kopf schräg zu legen und sie tafelte ihr ein Drei-Gänge-Menü vom

Feinsten auf. Aber es ging hier um etwas anderes. Ihr gefiel es nicht, dass ich hier rumlag, sie wollte wissen, was los war. Aber das war etwas, was ich mit mir ausmachen musste.

»Du kannst ihr gerne Futter geben«, gab ich zurück.

»Schätzchen, magst du nicht darüber reden?« Sie kam in den Raum hinein und ich verdrehte die Augen.

»Ich brauch einfach ein wenig Zeit zum Nachdenken«, sagte ich nochmals.

»Okay, ich hab's verstanden. Aber willst du nicht später raus zu uns kommen? Wir könnten zusammen den Abend verbringen und um Mitternacht anstoßen.«

»Das würde ich nicht durchhalten. Ich bin irgendwie müde und k.o., die letzten Wochen waren so anstrengend«, log ich. »Wir trinken morgen einen Sekt zusammen, versprochen.«

Sie öffnete den Mund, schloss ihn jedoch wieder und musterte mich. »Dann schlaf dich mal aus und morgen machen wir uns einen schönen Tag«, sagte sie und schenkte mir ein Lächeln, was ich so gut wie möglich versuchte zu erwidern.

»Komm Milli, ich gebe dir Futter«, sagte sie und verließ das Zimmer samt Milli im Schlepptau.

Katzen waren ja so was von berechnend. Wer den Napf füllte, und war es auch jemand Fremdes, war in dem Moment die Nummer eins und diejenige, die sie sonst so fürsorglich umsorgte, mit einem Mal völlig egal.

Ich weiß nicht, wie lange ich mir noch den Kopf zermarterte, aber irgendwann musste ich eingeschlafen sein. Erst als es klopfte, schrak ich hoch. Verwirrt sah ich mich um, versuchte, den Ort des Geräusches auszumachen, aber plötzlich war es still. Ich runzelte die Stirn. Vielleicht war es nur der Wind. Stöhnend legte ich mich hin, zog mir die Decke bis unters Kinn und wollte einfach nur wieder einschlafen. Es war so schön still in meinem Kopf und auch in meinem Herzen gewesen. Ein erneutes Klopfen ließ mich abermals hochfahren. Diesmal war ich mir sicher, dass es vom Fenster kam. Angst stieg in mir auf. Wer war das? Gut, ein Einbrecher würde nicht vorher anklopfen, trotzdem traute ich mich nicht, das Fenster zu öffnen. Im nächsten Augenblick piepte mein Handy und eine Nachricht leuchtete auf dem Display auf.

Ich bin's, bitte mach auf.

Erleichtert atmete ich aus. Es war Zack. Aber wollte ich ihn wirklich sehen? Mein Herz jubelte und schreite förmlich »ja«, selbst mein Körper verzehrte sich nach ihm und kribbelte vor Aufregung. Nur mein Kopf wägte das Für und Wider ab, doch er war eindeutig in der Unterzahl und so öffnete ich das Fenster.

»Hey«, sagte er und schlüpfte hinein. »Ich hatte schon Angst, du würdest nicht aufmachen.«

Da stand er. Als wäre er gerade von dem Titelblatt eines Modemagazins gesprungen. Und ich sah mit den zerzausten Haaren und verschlafenen Augen sicherlich aus wie eine Vogelscheuche. Ich kam mir blöd vor und fuhr mehrfach mit den Fingern durch meine Frisur, in der Hoffnung ein bisschen Normalität hineinbringen zu können. Er kam einen Schritt auf mich zu und war mir plötzlich viel zu nah. Unwillkürlich schnappte ich nach Luft, wobei mir sein Geruch in die Nase stieg. Verdammt. Dieser Duft nach Minze und Erdbeeren hüllte mich ein und automatisch stellten sich sämtliche Haare auf meiner Haut auf.

Ich schluckte.

»Ich habe es nicht mehr ausgehalten. Außerdem bin ich nicht gut darin zu warten und gleichzeitig habe ich das Gefühl, dass du das alles total falsch verstanden hast. Ich muss einfach mit dir reden und außerdem hast du in achtundzwanzig Minuten Geburtstag«, sagte er und sah mir dabei tief in die Augen.

In seinem Blick lag etwas, das mein Herz durchbohrte. Schnell schaute ich zur Wanduhr über der Tür. Es war wirklich schon 23:32 Uhr. Vielleicht ging ja mein Geburtstagswunsch doch noch in Erfüllung und er würde hier sein. Ich bemerkte aus den Augenwinkeln, dass er mich betrachtete. Er erwartete eine Antwort, aber ich war viel zu perplex, berauscht von seinem Duft und irgendwie schlief ein Teil von mir noch.

»Okay rede«, brachte ich mühsam hervor und deutete auf das Bett.

Er nahm Muffin, setzte sich und drehte ihn in seiner Hand. Gerade eben war Muffin noch an meinen Körper gepresst und meine Wangen wurden heiß bei dem Gedanken.

»Als ich dich auf der Party von Mia kennengelernt habe, fühlte ich mich sofort zu dir hingezogen«, fing er an und sah mich dabei durchdringend an. »Nicht nur weil du wunderschön bist, sondern auch, weil du klug, liebenswert und nicht arrogant bist, obwohl du so gut aussiehst.« Ich sah gut aus? In welcher Parallelwelt lebte er? »Man kann mit dir über Gott und die Welt reden, Blödsinn machen, ohne dass du rumzickst, weil du dir einen Fingernagel abgebrochen hast.« Er grinste und ich betrachtete meine so kurz wie möglich geschnittenen Nägel. »Und das klingt jetzt irgendwie kitschig, aber ich fühle mich in deiner Nähe ganz. Ich spüre eine Wärme in meinem Körper und ein Kribbeln, das ich nie zuvor empfunden habe.«

Mein Herz machte einen Satz und ich musste mich setzen, weil meine Knie plötzlich weich wurden. Ich wusste genau, was er meinte, denn ich fühlte ebenso. Aber warum war er dann gegangen und nur wiedergekommen, weil Mia ihn darum gebeten hatte? Es war noch genug Abstand zwischen uns, aber ich war mir unserer Nähe dennoch bewusst, obwohl ich ihn nicht ansah. Ich hatte Angst den Blick zu heben, in seine Augen zu sehen und alles zu vergessen und zu verzeihen, nur weil er mich immer wieder verzauberte.

»Aber du bist aus dem Haus gestürmt und hast dich nicht mehr gemeldet. Wie soll ich dir glauben, dass du so empfindest? Das widerspricht sich«, gab ich zurück und fixierte den Boden.

Er atmete tief ein. »Ich hab Angst gekriegt. Der Film hat Erinnerungen hervorgebracht. An meine Mutter, ihre Krankheit, ihre Panik. Das war eine schwere Zeit und die Situation hat mich zurückgeworfen. Ich musste damit allein klarkommen, hab mich in meinem Zimmer verbarrikadiert, Musik gehört und mich bei niemandem gemeldet. Ich weiß, das war dir gegenüber nicht fair, aber ich war schon immer so. Mache Dinge mit mir aus und schließe andere Menschen aus. Das hat nichts mit dir zu tun. Es tut mir leid.«

Ich schaute ihn an und seine Augen waren voller Reue. Er meinte es ernst.

»Als Mia mich anrief, holte sie mich aus dieser Welt zurück in die Realität und mir wurde bewusst, was ich angerichtet hatte. Deshalb habe ich dich angerufen. Nicht weil ich Mitleid hatte, sondern deinetwegen.«

Er klang aufrichtig und nichts in seinem Gesicht wies darauf hin, dass er log. Ich konnte nicht mehr wegsehen. Aber ich fand auch meine Stimme nicht mehr wieder.

»Bitte verzeih mir mein Verhalten. Du bedeutest mir unglaublich viel und ich weiß nicht, wie ich es schaffen soll, mich von dir fernzuhalten. Ich habe mich in dich verliebt, Lou.«

Ich starrte ihn mit offenem Mund an, konnte keinen einzigen vernünftigen Gedanken fassen. Hatte er das gerade wirklich gesagt? Ich suchte nach der Lüge in seinen Augen, aber sie sahen mich mit einer Wahrhaftigkeit an, dass sich alles in meinem Bauch zusammenzog. Er wartete auf eine Reaktion von mir und wirkte unsicher. Zack war unsicher und das wegen mir. Ich beschloss, ihn nicht länger warten zu lassen, ich glaubte ihm.

»Ich habe mich auch in dich verliebt«, flüsterte ich und sein Blick hellte sich auf. »Ich glaube und verzeihe dir, ich kann dich sogar ...«

Weiter kam ich nicht, weil er in einer übernatürlichen Geschwindigkeit die Distanz zwischen uns überwand und seinen Mund auf meinen presste. Eine Hitzewelle durchfuhr mich und ich ging förmlich in Flammen auf. Wieder seine Lippen zu spüren, seine Hände auf meiner Haut und seine Wärme an meinem Körper, löste eine Explosion in mir aus, die alles in Brand setzte. Es war, als hätte jede Zelle ihn vermisst und würde ihn jetzt wieder willkommen heißen. Mir war so heiß, dass ich mir am liebsten alle Klamotten vom Körper gerissen hätte und seine, doch dann unterbrach er den Kuss plötzlich und ich gab einen gequälten Laut von mir.

»Das habe ich so vermisst«, gab er schwer atmend von sich. »Aber ich möchte dir noch etwas geben, bevor wir hier weitermachen.«

Ich legte den Kopf schräg und er zog einen kleinen Stoffbeutel aus seiner Tasche. So einen, in dem normalerweise Schmuck aufbewahrt wurde. Was wohl darin war?

»Alles Gute zum Geburtstag, Lou«, sagte er mit einem breiten Lächeln und hielt mir sein Geschenk hin.

Verwirrt schwenkte mein Blick zur Uhr. 0:02 Uhr. Oh, ich hatte tatsächlich schon Geburtstag.

»Danke. Aber du bist alles, was ich mir wünsche. Ich brauche nur dich.«

Seine Augen leuchteten. »Machst du es trotzdem auf? Es ist nur eine Kleinigkeit. Bitte.«

Er wirkte nervös und ich war es auch. Ich war nicht gut darin, Geschenke zu bekommen. Sie brachten mich immer in Verlegenheit, ich wusste nicht, was ich sagen sollte und hatte nie das Gefühl, sie verdient zu haben. Doch ich nahm seins an, weil ich wusste, dass es ihm wichtig war. Vorsichtig öffnete ich das Band, das den Beutel verschloss, und sah hinein. Ein braunes Lederarmband mit einer Gravur lag darin. Ich holte es heraus und hielt es mir direkt vor die Nase, um die Schrift lesen zu können. »I love you till the end and beyond« waren die Worte, die ich sehen konnte, bevor mein Blick verschwamm. Ich versuchte, es zu unterdrücken, aber ich konnte die Tränen nicht aufhalten. Nicht nur, dass das eine wundervolle Liebeserklärung war, er hatte auch den Songtitel meines Lieblingsliedes vom Soundtrack meines Lieblingsfilmes ausgewählt. Allerdings hatte er es noch um zwei wertvolle Wörter ergänzt. Das machte es nicht nur anders, sondern auch perfekt. Noch nie hatte ich so etwas Tolles bekommen oder gar davon zu träumen gewagt. Es übertraf all meine Erwartungen. Ich spürte, wie er mich beobachtete, doch ich konnte nur auf das Armband starren und war unfähig zu sprechen.

»Gefällt es dir nicht?«, fragte er unsicher und wischte eine Träne von meiner Wange.

Endlich wagte ich es, aufzusehen. »Ich liebe es. Es ist vollkommen und das beste Geschenk aller Zeiten.«

Er atmete erleichtert aus.

»Legst du's mir um?«

Er nickte und in wenigen Sekunden schmiegte sich das Armband um mein Handgelenk. Nie wieder würde ich es abnehmen. Wenn ich ihm vorhin noch nicht geglaubt hätte, würde ich es jetzt tun. Wer schenkte jemandem so etwas, wenn er es nicht ernst meinen würde?

»Es steht dir«, sagte er, während ich meinen Arm hin und her drehte und es betrachtete.

»Danke Zack, ich weiß gar nicht, was ich sagen soll oder wie ich dir danken kann.«

»Ich wüsste da etwas«, erwiderte er und wackelte mit den Augenbrauen. Ein Grinsen stahl sich auf meine Lippen und ich versiegelte meinen Mund mit seinem.

16. Kapitel

Am nächsten Morgen neben ihm aufzuwachen, an meinem Geburtstag, war das nächste tolle Geschenk, das er mir machte. Wir hatten zwar nicht wirklich viel geschlafen, aber wer brauchte schon Schlaf, wenn man dafür Zack haben konnte?

Schlaf wurde definitiv überbewertet, auch wenn ich die Müdigkeit in meinen Gliedern spüren konnte, würde ich die letzte Nacht um nichts in der Welt wieder hergeben.

Ich hatte eigentlich alles, was ich mir wünschen konnte. Ihn, eine wunderbare Freundin, liebende Eltern und ich bekämpfte endlich meine Angst und es sah aus, als würde ich gewinnen. Ich hatte lange nicht mehr daran gedacht, dass ich mich jemals wieder wirklich glücklich fühlen könnte, aber jetzt tat ich es und war unglaublich dankbar dafür.

Zack war nebenbei nicht nur ein hervorragender Koch, sondern auch ein Eins-a-Bäcker. Nachdem er uns zum Mittag schon verwöhnt hatte und meine Mutter danach den Kuchen für den Nachmittag backen wollte, fragte er sie, ob er das nicht übernehmen könnte. Genug Zutaten waren im Haus und so machte er nicht nur den vorgesehenen Kirschstreuselkuchen, sondern auch Brownies und Muffins. Ich hatte alles probiert und hätte mich reinlegen können. Auch wenn das alles für uns paar Hanseln viel zu viel war, machte es mich glücklich ihn in seinem Element zu sehen. Ich war froh, dass keiner darüber diskutierte, dass ich nur diese kleine Runde wollte. Keine Verwandten, keine falschen Freunde. Nur diejenigen, die mir wirklich wichtig waren.

»Du musst dir diesen Mann festhalten. Er ist nicht nur nett und gut aussehend, sondern er kann auch kochen und backen. Das findet man selten«, meinte meine Mutter, als wir den Kaffeetisch auf der Terrasse deckten.

Auch sie hatte schon heimlich von den Kuchen probiert und war begeistert. Selbst beim Mittag hatte sie ihren Teller vollkommen geleert und hätte am liebsten noch Nachschlag genommen, wäre sie nicht satt gewesen. Zack war vorher ziemlich nervös und hatte Angst, dass meinen Eltern sein Essen nicht schmecken würde. Ich war mir mehr als sicher. Umso schöner war es, ihn so glücklich zu sehen, als sie nicht aufhören konnten von seinem Essen zu schwärmen.

»Das mache ich.«

Und wie ich das machen werde. Zack würde ich nie wieder loslassen. Mit einem Lächeln auf den Lippen ging ich in die Küche und sah, wie Zack den Kuchen auf verschiedenen Platten anrichtete. Es war mir gerade ganz egal, ob meine Eltern es sehen konnten, denn ich musste das jetzt einfach tun. Also schlang ich meine Arme von hinten um ihn und drückte mich an seinen Rücken. Er legte seine Hände auf meine, die ich auf seinem Bauch verschränkt hatte und seufzte. Mir ging die ganze Zeit schon eine Sache durch den Kopf, die ich ihm sagen wollte. Doch diese Worte über die Lippen zu bringen, die er mir via Armband gesagt hatte, war unglaublich schwer. Zu Tom hatte ich sie gesagt, doch heute bin ich mir nicht mehr sicher, ob ich sie damals auch so gemeint hatte.

»Danke, dass du hier bist«, begann ich.

»Wo genau? Hier in der Küche, um zu kochen und zu backen?«, scherzte er und seine Schultern bebten. Ich musste kurz mitlachen, bevor ich wieder ernst wurde.

»Nein, in meinem Leben.«

Er löste meine Arme, drehte sich in meiner Umarmung, sodass er direkt vor mir stand und strich mir eine Strähne hinters Ohr. Ein Kribbeln ging dabei durch meinen Körper. Seine Hand ließ er an meiner Wange und hob die andere ebenfalls an mein Gesicht.

»Genau dort möchte ich sein«, hauchte er und drückte sanft seinen Mund auf meinen.

Ein Prickeln zog sich über meine Haut und die Schmetterlinge in meinem Bauch begannen zu tanzen.

»Zack?«, murmelte ich an seinen Lippen.

»Hm?«

Mein Herz klopfte mir bis zum Hals.

»Ich liebe dich«, flüsterte ich und spürte, wie das Blut in meinen Kopf stieg.

Er sah mir überrascht und dann voller Hingabe in die Augen und im nächsten Moment drückte er mich so fest an sich, als wollte er mich zerquetschen. Ich konnte hören wie schnell und laut sein Herz schlug. Eine Weile standen wir so da, der Druck ließ nicht nach und auch der Rhythmus an meinem Ohr blieb gleich.

»Ich liebe dich auch, bis zum Ende und darüber hinaus«, sagte er nach einer gefühlten Ewigkeit und ich bekam eine Gänsehaut am ganzen Körper. Diese Worte aus seinem Mund zu hören war viel schöner, als sie zu lesen.

Ein Klingeln schreckte uns auf und er drückte mir noch einen Kuss auf die Stirn, bevor er mich losließ. Mit wackligen Beinen ging ich zur Tür. In Gedanken noch in seinen Armen öffnete ich Mia, die mir sofort freudestrahlend um den Hals fiel.

»Happy Birthday to you«, sang sie und ich hoffte, dass es niemand draußen hörte.

Diese Frau hatte wirklich gar keine Hemmungen. Schnell zog ich sie hinein und schloss die Tür.

Sie hob die Nase in die Luft und atmete tief ein. »Mann, riecht das lecker.«

Ich nickte. »Zack hat gebacken.«

»Wenn er so gut backt, wie er kocht, dann kann ich es kaum abwarten, den Kuchen zu essen«, sagte sie. »Aber vorher musst du das Geschenk auspacken.« Sie hielt eine schwarze große Tüte in die Luft und wir gingen in die Küche.

Was da wohl drin war? Die letzten Jahre hatte ich immer irgendwelche Gutscheine bekommen. Für die Kosmetik oder den Friseur. Mia war meist ziemlich einfallslos, was das betraf und kaufte eher Dinge, die ihr selbst gefallen würden. Aber dieses Mal sah es nicht danach aus, dazu war es zu groß.

»Es ist von Zack und mir«, erklärte Mia, als sie Zack begrüßt hatte und das Geschenk aus der Tüte zog.

Mein Blick schnellte zu Zack. »Du hast mir doch schon etwas geschenkt.«

Doch er zuckte nur mit den Schultern. Das Armband war wirklich mehr als genug, warum gab es noch etwas? Das war zu viel.

»Dann ist es eben nur von mir. Wenn du dich dabei besser fühlst«, mischte sich Mia grinsend ein. »Pack's aus.«

Ich nahm es ihr ab. Was auch immer darin war, es war leicht. Ich riss das Sterngeschenkpapier ab und spürte ihre Blicke auf mir, was mich nur noch nervöser machte. Es war plötzlich so still, selbst die ständig quakende Mia gab keinen Ton von sich. Was war nur los? Zum Vorschein kam eine Leinwand, wie sie in mehreren Ausführungen in meinem Zimmer stand. Jedoch war ein Blatt Papier auf die Folie geklebt, das ich mir näher ansah. Ich runzelte die Stirn. Es war eine Anmeldung zu einem Seminar. Mir klappte der Mund auf. Von Werner Groß. Meinem Lieblingsmaler. Oh mein Gott. Ich überflog die Zeilen. Es war eine Art Workshop, bei dem man ihm über die Schulter schauen konnte, er Tipps und Tricks preisgab, von seinem Leben und seinen Werken berichtete und bei dem man selbst malen konnte und er Feedback gab. Das war der Wahnsinn. Ich würde ihn nicht nur treffen, sondern ihm zusehen, wie er die tollsten Bilder aller Zeiten malte und er würde mir zuschauen. Das gefiel mir nicht ganz so gut, weil ich unter seiner Beobachtung bestimmt gar nichts zustande bekommen würde. Aber ich konnte mit ihm übers Malen reden, das war der absolute Oberhammer.

»Und?«, fragte Mia ungeduldig und holte mich zurück in die Realität.

Ich hatte ganz vergessen, dass sie auch noch da waren. Ihre Mienen wirkten unsicher und gespannt auf meine Reaktion. Ich hatte nie nach so einem Seminar gesucht, deshalb wusste ich auch nicht, wie teuer es war, aber ich wettete, billig war so was nicht. Mia konnte sich das definitiv nicht leisten, also musste von Zack das meiste Geld gekommen sein. Das war echt zu viel.

»Zack meinte, das wäre dein Lieblingsmaler und wir dachten, es wäre eine coole Idee, wenn du mit ihm zusammen malen und fachsimpeln könntest. Aber vielleicht willst du das auch gar nicht und ...«

»Doch«, unterbrach ich sie. »Und ob ich das will. Das Geschenk ist genial. Ich weiß gar nicht, was ich sagen soll. Ich freue mich wirklich sehr«, sagte ich und umarmte Mia. »Danke«, hauchte ich in ihr Haar.

»Na Gott sei Dank, ich hatte echt Angst, es gefällt dir nicht«, gab sie erleichtert zurück.

»Natürlich tut es das. Es wäre nur nicht nötig gewesen«, bemerkte ich mit einem eindringlichen Blick zu Zack, bevor ich auch ihn als Dankeschön an mich zog.

Er ignorierte es gekonnt. »Ich werde dich auch hinfahren und wieder abholen. Du brauchst dir keine Gedanken wegen der Entfernung zu machen und wenn du willst, bleibe ich auch da.«

Ich legte den Kopf schräg und fragte mich, warum er das sagte. Es dauerte ein paar Sekunden, bis es mir dämmerte. Es war das erste Mal, dass ich überhaupt nicht daran gedacht hatte. Sonst war es der erste und vorherrschendste Gedanke überhaupt. Aber diesmal kam er erst jetzt.

»Ich bring schon mal den Kuchen raus. Ich hab Hunger«, verkündete Mia und schnappte sich die Platten.

»Du hast noch gar nicht daran gedacht oder?«

Ich schüttelte den Kopf. Die Angst bestimmte so lange mein Leben, dass ich gar nicht mehr wusste, wie es anders war. Es war überraschend, aber auch überraschend gut.

Er strahlte. »Das ist toll. Du hast es geschafft, dass sie dich nicht mehr definiert.«

»Sieht so aus«, sagte ich und erwiderte sein Lächeln.

Er kam auf mich zu und drückte mich an sich. »Ich bin so stolz auf dich.«

Seine Worte berührten meine Seele. Normalerweise hätte ich sofort über die Strecke nach Berlin oder die Situation in dem Workshop nachgedacht und Panik allein bei der Vorstellung bekommen, aber diesmal kamen mir diesen Gedanken gar nicht. Die Angst hatte mich nicht mehr im Griff, sondern ich sie.

...

Der Nachmittag verlief ebenso perfekt wie der Tag angefangen hatte. Die Kuchen schmeckten allen und obwohl wir so wenige Leute waren, waren die Tabletts ziemlich leer gefegt. Zack wurde mit Lob überschüttet. Ich wusste zwar nicht, ob ich mich noch bewegen konnte, aber ich war auch einfach unfähig mit dem Essen aufzuhören. Die Stimmung war ausgelassen und wir unterhielten uns die ganze Zeit. Natürlich wussten meine Eltern schon von dem Seminar und waren total angetan davon, was mich überaus wunderte, da sie meine Leidenschaft fürs Malen nie wirklich unterstützt hatten. Ich verstand ihren Sinneswandel nicht, wollte mich allerdings auch nicht darüber beschweren. Heute war mein Tag und ich hatte keine Lust auf Diskussionen, Streits und oder negative Themen. Allerdings sah meine Mutter das wohl anders, als sie einen Punkt ansprach, der nach wie vor im Raum stand.

»Morgen geht die Schule wieder los, freust du dich schon auf das letzte Schuljahr, Mia?«

Hätte ich die Gabel noch in der Hand gehabt, wäre sie mir garantiert klappernd auf den Teller gefallen. Auch wenn sie Mia diese Frage stellte, wusste ich genau, dass es hier um mich ging.

»Wer freut sich schon auf die Schule? Das einzig Gute daran ist wirklich, dass es das letzte Jahr ist. Ich kann's kaum erwarten, damit fertig zu sein«, meinte sie und lehnte sich zurück.

Ich spürte Zacks Blick auf mir ruhen, wagte es jedoch nicht, aufzublicken.

»Und was hast du danach vor?«

Es ging also weiter. Ich spielte mit dem Teller vor mir, schob ihn vor und zurück und hoffte, dass das Thema bald durch war.

»Meine Mutter ist nicht so dafür, aber ich würde am liebsten Modedesign studieren. Ich hatte die Kunsthochschule in Berlin im Auge, aber ich bin nicht sicher, ob das was wird.«

»Oh, an der Uni gibt es bestimmt auch einen Studiengang zur Malerei, oder?« Ruckartig hielt ich in der Bewegung inne. »Wäre es nicht klasse, ihr würdet zusammen dort studieren? Ihr könntet euch ein Zimmer teilen und wäret so nicht alleine. Was hältst du davon?«, fragte Mama an mich gewandt.

Meine Kehle wurde eng. Was sollte ich dazu sagen?

»Ja, das wäre mega«, antwortete Mia mit leuchtenden Augen.

»Und wie siehst du das, Lou?« Sie gab einfach nicht auf.

Ich atmete tief ein. Hin und wieder ging mir schon durch den Kopf, wie es in Zukunft weitergehen sollte. Ich konnte schließlich nicht ewig zu Hause rumsitzen. In den letzten Wochen hatte ich unglaubliche Schritte in die richtige Richtung gemacht, so viel geschafft, meine Angst quasi überwunden, doch der Gedanke wieder in die Schule zu gehen, löste ein unangenehmes Kribbeln in mir aus.

»Ich weiß nicht«, murmelte ich und spielte mit der Tischdecke.

Meine Mutter warf mir ein aufmunterndes Lächeln zu. »Vielleicht denkst du einfach darüber nach.«

Ich nickte und sie stand auf, um das Geschirr abzuräumen. Die anderen halfen ihr, sodass ich mit Zack allein am Tisch zurückblieb. Er rutschte näher an mich heran und legte seine Hand auf meine.

»Wenn du möchtest, gehen wir nächste Woche einfach mal in die Schule, setzen uns in irgendeinen Raum und trotzen der Angst. Wir könnten malen, uns Zettelchen hin- und herschreiben oder einfach rumknutschen.«

Ich musste schmunzeln. Wir hatten in all der Zeit, die wir uns kannten, nie über die Schule geredet. Ich mied dieses Thema und auch wenn hin und wieder der Gedanke aufkam, dass die Ferien ab Montag vorbei waren, verdrängte ich ihn, so gut ich konnte. Und erst jetzt fiel mir auf, dass für Zack irgendetwas ab Montag losgehen musste. Wieso haben wir nie darüber gesprochen? Es ging viel zu sehr um mich. War er mit der Schule schon fertig? Ging er ab Montag auf die Uni? Wieso wusste ich das nicht? Warum hatte ich nicht gefragt?

»Musst du Montag nicht irgendwo anders sein? Studieren? Oder eine Ausbildung als Koch beginnen?«, hakte ich nach.

Seine Finger versteiften sich.

»Ich gönne mir ein freies Jahr«, antwortete er und mied dabei meinen Blick.

Ich schaute ihn verdutzt an. »Wie meinst du das?«

»Dass ich mir zwölf Monate eine Auszeit nehme und mache, was mir gefällt.«

Er wirkte angespannt und seine Augen flogen unruhig durch den Raum. Ich verstand es nicht. Er blieb einfach ein Jahr daheim? Da sah ihm gar nicht ähnlich.

»Warum?«, fragte ich und runzelte die Stirn.

»Weil ich es will«, gab er etwas genervt zurück, ließ meine Hand los und rutschte zurück auf seinen Platz.

Im nächsten Moment kamen die anderen zurück auf die Terrasse und ich verschob das Thema auf später. Aber ich würde es nicht ruhen lassen. Das passte nicht zu ihm, irgendetwas steckte dahinter und ich würde schon noch herausfinden, was es war.

»So Geburtstagskind, was möchtest du heute noch machen? Du hast die freie Wahl. Wir machen alles. Zum Beispiel mit Sekt anstoßen?«, fragte meine Mutter und wackelte mit den Augenbrauen.

Ich konnte mir ein Lachen nicht verkneifen. Hatte sie in der Küche gerade schon ein Glas getrunken oder was war los?

»Später«, sagte ich grinsend. »Erst mal muss ich den Kuchen verdauen, dann könnten wir vielleicht eine Runde Darts spielen und danach irgendwann etwas trinken.«

Meine Mutter verzog gespielt traurig den Mund. »Na gut.«

»Darts klingt klasse. Ich mach euch fertig«, verkündete Mia.

Ich schaute zu Zack, der nicht reagierte und stattdessen angespannt den Tisch fixierte. Er schien meinen Blick zu spüren und sah ganz kurz auf. Doch im nächsten Moment wandte er sich ab und stand auf.

»Ich bin kurz mal im Bad«, warf er ein und war so schnell verschwunden, dass ich ihm nur ratlos hinterherstarren konnte.

Was war mit ihm los? Warum verhielt er sich so? Hatte es etwas mit Montag und dem Jahr Auszeit zu tun? Ich wollte ihm am liebsten hinterhergehen, aber vielleicht brauchte er einen Moment für sich? Ich hoffte einfach, dass er gleich wiederkam und ich mich mit einem Blick in seine Augen vergewissern konnte, dass alles in Ordnung war. Fieberhaft zwang ich mich, den anderen zuzuhören und nicht weiter darüber nachzudenken.

Irgendwie war Zack schon ziemlich lange weg und er war auch so komisch gewesen, dass ich mir nicht mehr sicher war, ob er nicht vielleicht einfach gegangen war. Das letzte Mal, als er so war wie heute, hatten wir den Film geschaut und er ist abgehauen. Ich machte mir Sorgen und war selbst total verkrampft. Vielleicht sollte ich einfach mal nachsehen.

»Ich bin gleich wieder da«, rief ich zu den anderen und stand auf.

Nervös trat ich in die Küche und ging weiter durch den Flur Richtung Bad. Würde er einfach so verschwinden? Eigentlich traute ich ihm das nicht zu, aber andererseits hatte er es schon mal getan. Als ich um die Ecke bog, sah ich ihn und mein Herz blieb augenblicklich stehen. Ich war wie betäubt vor Schock. Zack lag auf dem Boden, seine Augen waren geschlossen und ich konnte nicht sehen, ob er überhaupt noch atmete. Einen Moment lang war ich nicht fähig mich zu bewegen und bekam keine Luft mehr. War er etwa …? Ich stürzte auf ihn zu und rüttelte an seinem Arm.

»Zack! Zack! Wach auf!«, schrie ich panisch, doch er rührte sich nicht.

»Hilfe«, kreischte ich mehrfach in Richtung Küche und hoffte, dass sie mich hörten. Mein Puls war auf hundertachtzig, während ich versuchte, seinen zu finden. Mein gesamter Körper zitterte so sehr, dass ich Probleme hatte, irgendetwas zu fühlen. Aber sein Brustkorb hob und senkte sich. Er atmete. Gott sei Dank. Ich griff nach seiner Hand und drückte sie. Sie fühlte sich irgendwie so kalt an. Warum nur?

»Was ist los? Oh mein Gott«, rief meine Mutter und hielt sich die Hand vor den Mund. »Was ist passiert?«

»Ich weiß es nicht, ruf einen Krankenwagen.« Meine Stimme brach und ich spürte die Tränen auf meinem Gesicht.

Mia kam zu mir und legte ihren Arm um mich, während von den anderen hoffentlich einer den Arzt rief.

»Alles wird wieder gut«, versuchte sie, mich zu beruhigen und strich immer wieder über meinen Rücken.

Aber das half nicht. Nichts konnte jetzt helfen. Zack lag hier und war nicht bei Bewusstsein. Nichts war in Ordnung. Irgendwas musste sein. Man kippt nicht einfach so um und wacht nicht mehr auf. In mir tobte die Panik und ich hatte Angst, gleich durchzudrehen. Warum konnte er nicht einfach seine Augen öffnen, »Spaß« rufen und alles wäre wie vorher? Verdammt Zack, steh wieder auf! Mein Herz klopfte so laut, dass ich kaum etwas anderes wahrnehmen konnte. Meine Eltern und Mia standen um uns herum, redeten, doch ich hörte sie nicht. Ich wollte nur eins hören und das war seine Stimme. Wieso musste so etwas passieren? Gerade war alles so perfekt. Und wieso kam dieser verdammte Krankenwagen nicht?

Gefühlte Stunden verstrichen, bevor zwei Rettungssanitäter neben Zack auftauchten und meine Mutter mich zurückzog. Ich hasste es ihn loslassen zu müssen, aber nur so konnte ihm geholfen werden. Sie hievten ihn auf eine Trage und schoben ihn zum Wagen. Je weiter er sich von mir entfernte, desto kälter wurde mir. Tränen rannten über meine Wangen und ich zitterte wie Espenlaub. Erst als meine Mutter mich schüttelte und mir direkt in die Augen sah, kam ich wieder zu mir.

»Lou, hör mir zu. Es wird ihm gut gehen. Er ist in guten Händen.«

»Irgendjemand muss seine Eltern anrufen«, flüsterte ich und

schlang meine Arme um mich. Ich hatte Angst, anderenfalls würde ich auseinanderfallen.

»Hab ich schon erledigt, sie machen sich gleich auf den Weg ins Krankenhaus.«

»Ich will auch zu ihm, kann mich jemand fahren?«, brachte ich hervor und blickte auf.

»Natürlich. Ich hol den Autoschlüssel«, gab meine Mutter zurück.

Das konnte doch alles nicht wahr sein. Wir wollten Darts spielen, Sekt trinken, Spaß haben und ich konnte es schon seit heute Morgen nicht abwarten abends wieder neben ihm zu liegen. Wieso passierte so etwas immer, wenn alles gerade so schön und perfekt war? Bitte lieber Gott, lass es ihm gut gehen. Lass ihn um Himmels willen wieder gesund werden. Ich schloss kurz die Augen und befahl dann meinen Beinen, einen Schritt vor den anderen zu machen. Mein Atem ging stoßweise und die panischen Schläge meines Herzens, die durch meinen Körper pulsierten, machten es schwer, mich überhaupt zu bewegen.

»Es geht ihm sicher gut. Bestimmt nur ein Kreislaufzusammenbruch. Ein bisschen Wasser und er ist wieder fit, du wirst sehen«, plapperte Mia auf dem Weg zum Auto.

Ich wusste, sie wollte mich nur aufmuntern, aber mein Bauchgefühl war da anderer Meinung.

Der Weg ins Krankenhaus fühlte sich wie eine Ewigkeit an und jeder Meter auf das Gebäude zu war so mühsam, als wäre der Boden mit Kleber gewischt worden. Als wir das Wartezimmer der Rettungsstelle erreichten, warteten dort bereits Isabelle und David. Sie standen im Gang und unterhielten sich. Komischerweise wirkten sie gefasst. Wussten sie schon mehr? Zacks Mutter kam direkt auf mich zu, als sie mich sah und umarmte mich.

»Hat euch schon jemand etwas gesagt?«, fragte ich sofort.

Sie ließ mich los und schüttelte den Kopf. Dann schaute sie zu Mia und meinen Eltern und begrüßte diese. Es war das erste Mal, dass sie aufeinandertrafen und es gefiel mir gar nicht, wie ihre erste Begegnung ablief. Aber das Wichtigste war jetzt, dass Zack wieder aufwachte und gesund wurde. Es war so schwer hier zu stehen und zu warten. Ich wollte zu ihm, seine Hand halten und ihm sagen, dass ich bei ihm war. Es zerriss mir das Herz nicht zu wissen, was los war. Während die anderen auf den Stühlen saßen und leise redeten, fixierte ich die Tür und hoffte, dass gleich ein Arzt mit einer positiven Nachricht herauskommen würde.

»Möchtest du was trinken?«, fragte mein Vater und berührte mich am Arm, was mich zurückschrecken ließ.

Ich schüttelte nur den Kopf.

»Du bist eiskalt. Vielleicht solltest du einen Tee trinken, ich hole dir einen.«

»Nein, ich will jetzt keinen Tee. Ich will nur, dass es ihm wieder gut geht«, gab ich zurück und spürte die Tränen in meinen Augen.

»Das wollen wir alle, Lou. Aber solange wir warten, sollten wir zusehen, dass dir wieder warm wird.«

»Mir ist warm«, log ich und Papa seufzte.

Ich wollte keinen Tee, ich wollte keine Wärme oder dass es mir gut ging, solange ich nicht wusste, was mit Zack war. Er war meine Wärme und mir würde es gut gehen, wenn es ihm gut ging.

Mein Vater gab auf. Er wusste, ich würde nicht nachgeben. Doch bevor er sich setzen konnte, öffnete sich eine Tür und mein Herz setzte einen Schlag aus.

»Frau und Herr Taylor?«, fragte der Arzt.

»Ja«, bestätigte Isabelle und beide machten einen Schritt auf den Mann in Weiß zu.

Er nickte. »Sie können jetzt zu Ihrem Sohn.«

Sie gingen mit ihm und die Tür schloss sich direkt vor meiner Nase. Sie konnten zu ihm und ich durfte nicht mit. Ich wollte bei ihm sein. Verdammt. Stattdessen musste ich mich weiter gedulden. Das war absolut nicht meine Stärke. Unruhig trat ich von einem Fuß auf den anderen. Mehrfach kamen meine Eltern und Mia abwechselnd zu mir, boten mir Wasser an und wollten, dass ich mich setzte, doch ich wollte nicht. Irgendwann gaben sie es auf und blieben neben mir im Warteraum sitzen. Ich wollte hier stehen direkt vor der Tür und zur Stelle sein, wenn David und Isabelle kamen oder der Arzt. Ich wollte bereit sein. Außerdem raste Adrenalin durch meinen Körper, als hätte ich gerade einen Marathon hinter mir. Ich war nicht im Stande zu sitzen. Mein Puls war, seit dem Moment, als ich ihn fand, auf hundertachtzig und mein Herzschlag schneller als das Schlagzeug auf einem Rockkonzert. Solange ich nicht wusste, wie es um ihn stand, würde sich das auch nicht ändern. Keine Ahnung wie lange es dauerte, ich hatte mein Zeitgefühl verloren, aber irgendwann kamen Zacks Eltern aus der Tür. Ich starrte sie an, versuchte, ihre Mienen zu deuten, wurde aber nicht schlau daraus. David hatte den Arm um Isabelle gelegt und sprach leise zu ihr. Waren sie traurig oder glücklich? Sie ließen es nicht erkennen. Ich machte einen Schritt auf sie zu.

»Ist er okay?«, fragte ich, wobei meine Stimme zitterte.

»Er ist wach«, gab Isabelle zurück und warf mir einen mitfühlenden Blick zu.

Er war bei Bewusstsein, mein Herz machte einen Sprung. Das war doch gut oder? Wieso schaute sie mich dann so merkwürdig an?

»Geht es ihm gut? Wird er wieder gesund?«

Ihre Augen schwebten unruhig von mir zum Boden und wieder zurück. Sie suchte nach Worten. Plötzlich spürte ich eine Dunkelheit in mir, die mich völlig einnahm. Irgendetwas stimmte hier nicht.

»Isabelle?«

»Das sollte er dir am besten selbst sagen.«

Ich hob die Augenbrauen. »Ich kann zu ihm?«

»Er wird jetzt erst auf die Station verlegt, aber ja, dann kannst du ihn sehen. Er hat schon nach dir gefragt.«

Sie strich mir über den Arm, rang sich ein Lächeln ab und ging dann zurück zu David. Ich stand perplex an Ort und Stelle und konnte mich nicht rühren. Er war wach, wurde auf eine Station verlegt, hatte nach mir gefragt und ich konnte zu ihm. Es musste ihm doch also gut gehen, oder? Ich konnte mir keinen Reim darauf machen. Warum sagte mir Isabelle nicht, was los war? Und wieso sah sie mich so komisch an? Die einzige Möglichkeit das herauszufinden, war wohl, Zack zu fragen. Ich schloss kurz die Augen und atmete tief durch.

»Welche Station?«, fragte ich in die Runde.

»Die Dritte.«

Ohne etwas zu sagen, ging ich los. Ich wollte da sein, wenn er kam, und keine Sekunde verpassen, in der ich bei ihm sein konnte. Ich hörte Stimmen hinter mir, ignorierte sie jedoch und ging schnurstracks Richtung Treppenhaus. Fahrstühle waren nichts für mich. Die hätte Zack wohl mal auf die Liste schreiben müssen.

...

Eine Weile musste ich vor seiner Tür warten, ein Arzt war noch bei ihm. Isabelle und David waren schon los, um ein paar Sachen für Zack zu holen. Mia und meine Eltern wollten bleiben, aber ich hatte sie nach Hause geschickt. Sie machten mich irgendwie nervös und ich wollte sowieso alleine mit Zack sprechen. Als der Arzt aus der Tür kam, sprang ich sofort von meinem Stuhl, auf dem ich mich eh nur schwer halten konnte, und sah ihn fragend an. Wehe er würde mich jetzt noch mal vertrösten, ich hatte es so satt zu warten.

»Sie können jetzt zu ihm. Er ist sowieso unbelehrbar und will nichts anderes, als dass Sie bei ihm sind.« Er schüttelte genervt den Kopf.

Was meinte er damit? Ich runzelte die Stirn. Doch, um nachzuhaken, blieb keine Zeit. Bevor er es sich anders überlegte, musste ich den Moment nutzen und so folgte ich seiner Hand in das offene Zimmer. Kaum war ich hindurchgeschlüpft und die Tür hinter mir geschlossen, fand ich seinen Blick. Seine Augen leuchteten auf und ein Kribbeln fuhr in meinen Bauch. Mein Herz setzte einen Schlag aus und schlug in einem anderen schnelleren Takt weiter. Ich überwand die Distanz zwischen uns und sah mich dabei kurz um. Es war ein Einzelzimmer und irgendwie luxuriöser als ein normales. Es gab eine Couch, schöne Bilder an den Wänden und einen riesigen Fernseher. Ich wusste gar nicht, dass das Krankenhaus in unserer Stadt solche Zimmer hatte. Das Einzige, das an ein Krankenhaus erinnerte, war das Bett, auf dem er lag. Ein Stück hatte er sich aufgesetzt und ließ mich nicht aus den Augen. Ich setzte mich auf den Stuhl, der direkt neben dem Bett stand und betrachtete ihn. Er war bis zum Oberkörper zugedeckt und in seinem Arm steckte ein Schlauch, der in einen Tropf führte. Sein Gesicht wirkte blass und er sah irgendwie krank aus. Mir schnürte es den Hals zu.

»Hey«, sagte ich und nahm seine Hand, die eiskalt war.

Er rang sich ein Lächeln ab, aber es erreichte seine Augen nicht. Meine Kehle wurde eng und ich musste mich räuspern.

»Hey. Es tut mir leid, dass ich dich so erschreckt habe. Es muss schlimm gewesen sein, mich so zu sehen. Wie geht es dir?«

Ich runzelte die Stirn. »Du kippst um, kommst ins Krankenhaus und fragst mich, wie es mir geht?«

Das war typisch für ihn. Er machte sich immer zuerst Sorgen um andere.

Er zuckte mit den Schultern. »Sieht so aus. Aber es ist dein Geburtstag und du verbringst ihn hier im Krankenhaus, nachdem du mich bewusstlos gefunden hast.«

Wollte er ablenken? Es sah stark danach aus und es musste sehr schlimm sein, wenn er es auf diese Weise versuchte. Sicherlich war das alles schwer für mich, aber es ging hier um ihn und ich wollte wissen, was los war.

»Was ist mit dir? Und sag jetzt nicht ›nichts‹ oder lenk wieder ab. Ich bin nicht doof, ich weiß, dass irgendetwas nicht stimmt.«

Für den Bruchteil einer Sekunde weiteten sich seine Augen, dann wandte er den Blick ab und fixierte die Bettdecke.

»Zack?«

»Es ist kompliziert«, erwiderte er, ohne aufzusehen.

»Ich bin sicher, ich kann dir folgen.«

Er atmete tief ein. »Du wirst mich dafür hassen.«

Ich schüttelte den Kopf. »Das könnte ich nie.«

»Sag niemals nie«, gab er zurück und verzog das Gesicht.

Allein, dass er meinte, ich könnte ihn hassen, versetzte mir einen Stich. Aber was war so schlimm, dass er so etwas dachte?

»Zack, erzähl mir, was los ist«, forderte ich ihn auf.

Er setzte sich richtig auf und ließ meine Hand los, was sofort eine Kälte und Leere in mir hinterließ. Warum wollte er sie nicht mehr halten? Mein Magen zog sich zusammen. Was kam jetzt?

»Okay.« Er fuhr sich mit den Fingern durchs Haar. »Wo fang ich an?«

Er schaute zum Fenster raus und überlegte, was mich nur noch nervöser machte. Wie schrecklich musste es sein?

»Als ich sagte, dass meine Mutter Panikattacken hatte, war das gelogen. Ich hatte sie«, gestand er und sah mich dabei direkt an.

Ich riss die Augen auf. Was?

»Du? Wieso?«

Er sah mich gequält an und langsam sickerte es zu mir durch.

»*Du* warst krank«, stellte ich fest und spürte ein Brennen in meiner Brust. Diese Erkenntnis war wie Eiswasser, nur viel schlimmer.

Er nickte.

»Was hattest du?«

»Krebs.«

Ich musste schlucken. Diese Nachricht war ein Schock. Ich starrte ins Leere. Wie schlimm muss das für ihn gewesen sein? Nicht zu wissen, ob man überleben oder sterben würde? Dass man da Panik bekommt, ist ganz klar.

»Wie alt warst du?«

»Dreizehn.«

Wow. Mit dreizehn ist man quasi noch ein Kind und muss mit dem Gedanken umgehen, eventuell zu sterben, obwohl man noch gar nicht richtig gelebt hat. Ich mag mir gar nicht vorstellen, wie furchtbar das sein musste.

»Es tut mir so leid, Zack«, fing ich an und griff nach seiner Hand. »Wieso hast du mir das nicht gesagt und mich stattdessen belogen?«

Er nahm seine Hand wieder weg, was sich anfühlte wie ein Schlag ins Gesicht. »Das war noch nicht alles.«

Was konnte jetzt noch kommen? Ich atmete tief ein und sah ihn fragend an.

Er wich meinem Blick aus. »Er ist zurück.«

Erschrocken schnappte ich nach Luft. Seine Worte stachen auf mich ein, jede Silbe durchbohrte meine Seele. Er. Der Krebs. Zack war wieder krank. Nein. Das durfte nicht sein. Ich konnte nicht länger sitzen bleiben und stand auf. Verzweifelt lief ich durch den Raum und drückte mir die Fäuste an die Stirn. Es musste eine Lösung geben. Wenn er damals wieder gesund geworden ist, könnte er das diesmal wieder. Es gab Möglichkeiten. Er würde wieder gesund werden. Er musste.

»Wann beginnt die Therapie?«, fragte ich und ging auf ihn zu. »Wenn sie es jetzt rausgefunden haben, stehen die Chancen doch gut, oder? Ich meine, vorher war doch alles okay. Du bist nur einmal umgekippt. Das ist doch gut, oder? Wann geht es los?«

Ich zitterte, konnte es einfach nicht unterdrücken, genauso wenig wie meine Tränen.

»Gar nicht«, sagt er knapp.

»Was?«

»Ich weiß nicht erst seit eben, dass der Krebs zurück ist, sondern seit mehreren Monaten.«

Ich machte den Mund zweimal auf, doch es kam kein Ton heraus. Was sagte er da?

»Hör zu. Mit dreizehn wurde bei mir Nierenkrebs festgestellt. Es war der Horror für mich damals, genauso wie die Therapie. Aber ich habe es überstanden und war danach metastasenfrei. Allerdings hatte ich mit siebzehn plötzlich wieder Blut im Urin und der Arzt bestätigte meine größte Angst.«

Oh mein Gott.

»Und dann? Gab es eine Chemo?«

Er schüttelte den Kopf. »Der Krebs hatte bereits gestreut. Er ist überall.« Seine Stimme war hart, gefasst, kalt.

Nein. Das konnte nicht sein. Ich bekam keine Luft mehr. Seine

Worte waren wie ein Schlag in den Magen. Tränen rannten unaufhaltsam über mein Gesicht und ich legte den Kopf in die Hände.

»Das heißt ...« Ich konnte es nicht aussprechen.

»Ich werde sterben«, beendete er meinen Satz.

Diese Bestätigung bohrte sich wie eine Klinge in mein Herz. Nein, er durfte nicht sterben.

»Aber es muss doch noch eine Lösung geben. Irgendetwas«, versuchte ich es erneut.

Ich wollte einfach nicht wahrhaben, dass es vorbei war.

»Jetzt nicht mehr. Vor zehn Monaten haben die Ärzte weitere Strahlungen und Chemotherapie empfohlen.«

»Warum hast du es nicht gemacht?«

»Weil die Chance zu gering war. Fast in jedem meiner Organe sitzen Metastasen, Lou. Das macht keinen Sinn.«

»Aber du hättest es versuchen können.«

»Ich hatte genug. Mit dreizehn habe ich bereits viel zu viel Zeit im Krankenhaus verbracht. Die Schmerzen, die ich durchstehen musste, waren kaum zu ertragen. Der Gedanke, das noch mal zu erleben, brachte mich fast um. Und dann für was? Für eine minimale Chance? Wenn dann die viel wahrscheinlichere Variante eingetreten wäre, hätte ich nicht nur verloren, sondern auch meine wenige Zeit verschwendet.«

»Aber jetzt hast du auch verloren und den Krebs gewinnen lassen.«

»Nein. Ich habe nur nicht mehr gegen ihn angekämpft. Ich habe ihn akzeptiert.«

»Dann hast du eben aufgegeben.«

»Ich habe nicht aufgegeben. Ich habe jeden Moment bewusst erlebt, ihn genossen, ich habe gelebt.«

Ich sackte in mich zusammen. So sehr ich auch dagegen ankämpfte, ich musste seine Entscheidung akzeptieren. Es war sein Leben. Das Schlimme war, ich konnte ihn auch noch verstehen. Keine Ahnung, ob ich den Mut hätte, diesen Weg zu wählen. Ich denke, ich hätte zu viel Angst vor dem Tod und womöglich alles versucht, um das zu verhindern.

»Ich weiß, dass es schwer ist, das zu akzeptieren. Für meine Eltern war es das auch. Aber es gibt keine Heilung mehr.«

Isabelle und David. Sie wussten es die ganze Zeit über. Oh mein Gott, sie würden ihr einziges Kind verlieren. Ich wollte mir nicht vorstellen, wie sich das anfühlen musste. Aber so weit ich auch zurückdachte, sie hatten nie einen traurigen Eindruck gemacht. Keiner von ihnen. Generell wies nichts darauf hin, dass er bald sterben würde. Es gab keine Anzeichen. Doch dann fiel es mir wie Schuppen von den Augen.

»Die Schmerztherapie«, sprach ich es laut aus.

Er nickte. »Ich bekomme da öfter Infusionen und …«

»Tabletten«, ergänzte ich.

Ich wusste noch, wie er welche genommen und gemeint hatte, es wären nur Kopfschmerztabletten. Plötzlich kamen mir Sachen in den Sinn, bei denen ich mir vorher nie etwas gedacht hatte. Seine Müdigkeit zum Beispiel und wenig gegessen hatte er auch immer. Er sagte, dass er beim Kochen schon so viel naschte und deswegen kaum noch hungrig war, aber jetzt war klar warum. Die Auszeit. Alles machte auf einmal Sinn.

Eine weitere Erinnerung schoss in meinen Kopf:

»Weiß Lou es?«, fragte Isabelle.

»Nein«, entgegnete Zack mit gepresster Stimme.

»Meinst du nicht, du solltest es ihr sagen?«

»Noch nicht.«

»Wann dann? Wenn es zu spät ist? Ich finde, sie hat ein Recht darauf, es zu erfahren.«

»Ich weiß, aber es würde alles verändern und ich bin gerade echt glücklich«, antwortete er dann endlich.

Vor einigen Wochen wusste ich nicht, was damit gemeint war, jetzt verstand ich und fragte mich, wieso er es verheimlicht hatte.

»Wieso hast du nie was gesagt?«

Er lehnte sich gegen das Kissen. »Ich hatte Angst.«

»Wovor?«

»Dich zu verlieren.«

Wie kam er auf so eine blöde Idee?

»Das hättest du nicht.«

»Das weißt du nicht. Hätte ich es dir von Anfang an gesagt, hättest du mich in dein Leben gelassen mit dem Wissen, dass ich bald sterben würde?« Er hob die Augenbrauen.

Ich weiß es nicht. Hätte ich? Der Gedanke, dass Zack bald nicht mehr hier sein würde, brachte mich innerlich um. Ich wollte nicht daran denken. Was hätte ich getan, hätte ich es schon nach unserem ersten Treffen gewusst? Den Kontakt abgebrochen? Vielleicht, weil ich das Gleiche gefühlt hätte wie jetzt. Nämlich panische Angst, es nicht zu überleben ihn zu verlieren. Aber dann hätte ich auch all die tollen Momente mit ihm verpasst. Allein der Gedanke, ihn nie wirklich kennengelernt oder nähergekommen zu sein, war genauso schmerzhaft. Ich hätte nichts anders gemacht. Wahrscheinlich war ich masochistisch veranlagt, aber er war es wert, dass man durch diesen Schmerz ging.

»Siehst du. Das meine ich«, sagte er, als ich nicht schnell genug antwortete.

»Nein. Hätte ich es gewusst, wäre nichts anders gelaufen. Um nichts in der Welt hätte ich es verpassen wollen, dich kennenzulernen, dich zu küssen und dich zu lieben.«

Seine Augen begannen zu leuchten.

»Du hasst mich jetzt also nicht?«

»Wieso sollte ich?«

»Weil ich dich belogen habe und weil ich egoistisch war. Weißt du, sterben ist leicht, für denjenigen, der geht. Aber die Hinterbliebenen haben es schwer und ich habe das in Kauf genommen, weil ich dich wollte. Ich hätte mich von allen fernhalten sollen, um nicht noch jemanden mitreinzuziehen, aber bei dir habe ich es nicht geschafft. Das war falsch, es tut mir leid.«

Trotz dieser Situation konnte ich nicht vermeiden, wie sich die Haare auf meiner Haut aufstellten, als er sagte, dass er mich wollte.

»Sollte es nicht. Ich bereue nichts und du solltest es auch nicht.«

Ein Lächeln bildete sich auf seinem Gesicht. Einen Moment später fielen seine Mundwinkel jedoch wieder nach unten.

»Aber es gab einen Moment, da wollte ich gehen und nie wiederkommen.«

»Der Film.«

Er nickte. »Mir wurde mehr als deutlich vor Augen geführt, wie es dir nach meinem Tod ergehen würde und ich wollte das nicht für dich.«

»Warum bist du dann wiedergekommen?«

»Ich wollte dich vergessen, aber ehrlich gesagt, habe ich nur in meinem Zimmer gesessen und gegen die Wand gestarrt. Dann kam der Anruf von Mia und er kam mir sehr gelegen. Ich hatte die perfekte Ausrede für die Stimme in meinem Kopf. Du brauchtest mich, ich musste also zurück, um dir zu helfen, wieder zurück ins Leben zu finden. Ich redete mir immer wieder ein, dass es nur deswegen war. Allerdings konnte nichts und niemand verhindern, dass ich mich in dich verliebte. Ein zweites Mal war ich nicht in der Lage zu gehen, also ließ ich es zu und genoss jeden Augenblick mit dir. Deshalb war ich allerdings ziemlich selbstsüchtig und habe dich in diese Situation gebracht.«

»Ich bin sehr froh, dass du so egoistisch warst. Du hast mir die schönsten Momente meines Lebens geschenkt.«

Ich griff wieder nach seiner Hand und hoffte, er würde sie dieses Mal nicht wieder wegziehen. Doch stattdessen umschloss er meine Hand ziemlich fest. Ich atmete erleichtert auf.

»Du hast noch Geburtstag. Hast du einen Wunsch?«, versuchte er abzulenken und die Stimmung aufzulockern.

Eigentlich hatte ich noch haufenweise Fragen und mir war absolut nicht danach so zu tun, als hätte er mir nicht gerade gesagt, dass er sterben würde. Aber ich musste stark für ihn sein. So wie er es für mich war. Und ihm würde es sicher nicht helfen, wenn ich ihn mit Fragen löchern oder mir die Augen aus dem Kopf heulen würde. Deshalb riss ich mich zusammen und sprang auf den Zug auf.

»Eine Umarmung und einen Kuss?«, murmelte ich und wurde automatisch rot.

Er hob die Bettdecke und rutschte ein Stück nach links. Ich konnte doch nicht? Hier im Krankenhaus? Aber eigentlich war alles egal. Sollten wir doch Ärger bekommen, spielte das sowieso keine Rolle. Ich musste jeden Moment nutzen, den ich noch mit ihm bekam, also schlüpfte ich zu ihm unter die Decke und er zog mich so fest an sich, als hätte er mich wochenlang nicht gesehen. In diesem Augenblick fühlte ich mich wieder ganz und glücklich. Ich spürte nur noch ihn. Keine Angst, keinen Schmerz, kein Gedanke an die Zukunft. Nur wir zwei hier und jetzt.

17. Kapitel

So lagen wir noch eine Weile, knutschten und kuschelten, bis die Schwester kam und mich bat zu gehen, weil die Besuchszeit vorüber war. Es war hart, ich wollte bei ihm bleiben. Irgendwie hatte ich Angst, dass er morgen nicht mehr da war, wenn ich wiederkam. Dass er plötzlich sterben würde, ohne dass ich mich verabschieden konnte. Wir hatten noch nicht über die Ist-Situation gesprochen. Wie lange hatte er noch? Wie schlimm stand es jetzt um ihn? Ich wollte es nicht ansprechen. Die Angst vor der Antwort war zu groß. Aber die Ungewissheit machte mich jetzt verrückt, als ich im Auto meiner Mutter saß.

»Wie geht's dir?«, fragte sie, kurz nachdem wir losgefahren sind.

Ich zog die Stirn kraus. Wie es mir ging? Warum fragte sie das? Wieso wollte sie nicht wissen, was mit Zack los war? Sie wusste es.

»Woher weißt du es?«

Ihre Mundwinkel fielen nach unten. »Isabelle hat es mir gesagt.«

Natürlich. Eltern hielten irgendwie zusammen.

»Es tut mir so leid, Lou. Ich weiß gar nicht, was ich sagen soll. Zack ist so jung, ihr seid so jung und habt noch euer ganzes Leben vor euch. Es ist so unfair. Dieser gottverdammte Krebs«, schimpfte sie.

Ich starrte auf meine ineinander verschlungenen Hände und hatte Mühe die Tränen zurückzuhalten.

»Ich wünschte, du müsstest ihn nicht verlieren. Er ist so ein toller Mensch und hat so viel Gutes in dein Leben gebracht. Meinst du, du schaffst das?«

Isabelle und David würden ihren Sohn verlieren, ich den Menschen, der mir die Sonne zurück in mein Leben gebracht und mit dem ich zum ersten Mal die wahre Liebe erlebt hatte. Meine Eltern würden auch jemanden verlieren, den sie mochten, aber viel mehr Angst hatten sie davor, ihre Tochter zu verlieren. Darüber machte sie sich jetzt schon Sorgen. Und ihre Angst war begründet. Ich hatte keine Ahnung, wie ich das überstehen sollte und danach noch nach vorne schauen könnte. Alles würde plötzlich keinen Sinn mehr ergeben, wenn es ihn nicht mehr gab. Er, der mein Leben wieder lebenswert gemacht hatte. Das würde ich natürlich meiner Mutter nicht erzählen.

»Irgendwie werden wir das schaffen«, brachte ich mühsam hervor und glaubte mir selbst nicht.

Sie nickte. »Wir können deiner Therapeutin schon mal davon berichten, sie kann dich dann darauf vorbereiten.«

Ich erstarrte. Auch wenn sie es nicht so meinte, klang es so, als hätte sie bereits mit ihm abgeschlossen. Im Moment wollte ich nicht daran denken, denn jetzt ging es erst mal um Zack und um jeden Augenblick, den ich noch mit ihm verbringen konnte. Was danach war, blendete ich aus. Doch damit es meiner Mutter besser ging, nickte ich.

»Wir schaffen das«, sagte sie mehrfach wie ein Mantra und ich wollte am liebsten zurück zu Zack.

• • •

Die Nacht schlief ich kaum. Mein Kopf wollte einfach nicht die Klappe halten. Meine Gedanken fanden immer wieder den Weg zu diesem Moment, an den ich absolut nicht denken wollte. Es war, als hätte ich keine Kontrolle mehr darüber, genauso wenig wie über den Rest meines Körpers, der ständig zitterte oder Tränen produzierte. Selbst meine Träume handelten davon. Ich drückte permanent Muffin so fest an mich, dass er total zermatscht aussah, aber ich hatte das Gefühl, mich irgendworan festhalten zu müssen. Kaum war die Nacht mehr oder weniger vorüber, war ich bereits auf den Beinen. Sofern die Besuchszeiten es erlaubten, würde ich bei ihm sein. Ein Problem stellte sich mir jedoch. Niemand konnte mich fahren. Meine Eltern waren arbeiten, Mia in der Schule und Zacks Eltern wollte ich nicht fragen. Was blieb mir also? Zum Laufen war es zu weit, also ging nur Bus fahren oder mein altes Fahrrad rauszukramen. Ein Bus war für mich ein beengter Raum, in dem man kaum Luft bekam und die Leute einen zerquetschten. Ich fühlte mich darin richtig eingesperrt und ausgeliefert, hatte keine Kontrolle und konnte nicht raus, wenn ich es wollte. Allein bei dem Gedanken beschleunigte sich mein Puls und meine Hände wurden feucht. Aber gleichzeitig wusste ich, wenn es keine andere Möglichkeit gab, um zu Zack zu gelangen, würde ich in dieses Monstrum einsteigen. Das Fahrrad war ebenfalls nicht unbedingt mein Freund. Die Strecke war auch mit dem Rad nicht zu verachten und meine Kondition gleich null. Ich würde pumpen wie ein Maikäfer und genau deswegen Panik bekommen, weil ich dann natürlich schlecht Luft bekam. Vor allem war ich seit einem Jahr nicht mehr alleine unterwegs, was wenn mir etwas passierte? Niemand würde da sein. Verdammt, was sollte ich tun? Mein Blick fiel auf mein Armband und ich drehte es so, dass ich die Schrift lesen konnte und sofort hatte ich Zacks Stimme in meinem Kopf. *Hör auf, darüber nachzudenken und tu es einfach. Die Angst ist nur in deinem Kopf.* Er hatte recht. Ich konnte jetzt entweder hier sitzen und mich verrückt machen oder ich setzte mich auf mein Fahrrad und fuhr einfach los. Ohne meinem Verstand die Macht zu geben, das Für und Wider abzuwägen, holte ich mein Fahrrad aus der hintersten Ecke der Garage, kontrollierte die Luft der Räder und stieg auf. Ich fuhr langsam, nahm die Natur neben dem Radweg wahr und spürte den Wind in meinen Haaren. Hin und wieder kroch die Angst meine Kehle hinauf, doch ich ignorierte sie, gab ihr nicht die Kraft, mich zu kontrollieren, sondern konzentrierte mich auf mein Ziel. Jedes Mal, wenn meine Gedanken sich in beängstigende Fragen verwandelten, richtete ich meine Aufmerksamkeit auf mein Armband, hörte Zacks Worte und freute mich darauf, ihn gleich wiederzusehen. Nur ein bisschen aus der Puste und mit einem Lächeln im Gesicht, kam ich am Krankenhaus an. Ich hatte es geschafft.

Ganz alleine. Zufrieden ging ich die Treppen rauf zu Zacks Zimmer und klopfte an.

»Herein.«

Zack lag im Bett, immer noch mit einem Schlauch in seinem Arm, aber er wirkte nicht mehr ganz so blass wie gestern, allerdings trotzdem irgendwie krank, was er ja auch war. Diesmal setzte ich mich gar nicht erst auf den Stuhl, sondern kroch sofort zu ihm unter die Decke. Kurz war er überrascht, doch dann zog er mich an sich und hauchte mir Küsse ins Haar. Ich spürte sofort dieses vertraute Kribbeln, wenn er mich berührte und konnte ein Seufzen nicht vermeiden.

»Du hast mir auch gefehlt«, murmelte er.

Ich genoss noch einen Moment seine Wärme, schloss die Augen und hielt ihn einfach nur fest.

»Wie fühlst du dich?«, fragte ich nach einer Weile und sah ihm in die Augen.

»Durch die Schmerzmittel in diesem Tropf hier eigentlich ganz gut.«

Ich schielte zu dem Plastikbeutel. Das war also da drin.

»Wie lange musst du noch hierbleiben?«

»Ich werde das Krankenhaus nicht mehr verlassen.«

Ich versteifte mich.

»Was?« Ich starrte ihn mit offenem Mund an.

»Meine Werte sind zu schlecht. Sie machen heute noch einige Tests, um zu gucken, wie weit sich der Krebs schon ausgebreitet hat. Aber sie gehen davon aus, dass mir nur noch wenig Zeit bleibt.«

Ich schluckte.

»Aber du warst doch bisher auch nicht hier und bis Sonntag ging's dir gut. Wieso auf einmal nicht mehr?«

»Mir ging's nicht gut, Lou. Wenn dann nur wegen der hochdosierten Tabletten, die ich genommen habe. Aber sie überschatten nur meine Krankheit und das auch nur für eine Weile. Ab einem bestimmten Punkt helfen nur noch solche intravenösen Mittel und irgendwann hilft einfach gar nichts mehr und dieser Moment wird leider schneller kommen, als mir lieb ist.«

Nein, wollte ich schreien. Noch nicht. Ich brauchte noch mehr Zeit. Zeit mit ihm außerhalb dieses Gebäudes. Doch es würde nicht helfen, zu protestieren, zu weinen oder darüber zu diskutieren. Der Krebs verhandelte mit niemandem. Und es würde Zack nicht helfen, also legte ich meinen Kopf an seine Brust und atmete ein und aus. Und ein und aus.

»Es tut mir leid«, flüsterte er.

Ich schüttelte leicht den Kopf. »Das muss es nicht. Du kannst nichts dafür.«

»Du auch nicht.«

Wie wahr. Wir konnten beide nichts dafür und doch mussten wir beide leiden.

»Ich hab eine Bitte an dich«, sagte er plötzlich und riss mich aus meinen Gedanken.

Ich hob meinen Blick und sah ihn fragend an.

»Nach diesem Tag möchte ich nicht mehr über meine Krankheit reden oder über das, was bevorsteht. Ich will nicht mit dir hier sitzen und unsere Zeit verplempern, indem wir Trübsal blasen. Ich möchte mit dir lachen, Filme schauen und knutschen. Also wenn du noch Fragen hast, frag jetzt und ansonsten lass uns einfach nur jede Sekunde sinnvoll nutzen, okay?«

Mit feuchten Augen sah ich ihn an und nickte. Seine Lippen verzogen sich zu einem Lächeln und er atmete erleichtert aus. Wie könnte ich ihm auch diese Bitte abschlagen? Seine Zeit war begrenzt und ich würde ihm jeden Wunsch erfüllen, den ich konnte.

»Möchtest du noch irgendwas wissen?«

Ich wusste nicht, wollte ich? Es gab tausend Fragen in meinem Kopf, doch ich wusste nicht, ob ich die Antworten hören wollte. Ich entschied mich dagegen. Sie würden mir nur noch mehr Stoff zum Nachdenken und schlaflose Nächte geben. Wir sollten stattdessen einfach positive Momente sammeln, für später, wenn ... *Nicht daran denken*, ermahnte ich mich selbst und drehte an meinem Armband, was mich irgendwie immer beruhigte. Als ich die Worte zum x-ten Mal las, hielt ich plötzlich den Atem an. Warum war mir das nicht schon früher aufgefallen? Wieso erst jetzt? Ich hatte mir bisher keine Gedanken darüber gemacht, dass er den Songtitel ergänzt hatte. Ich dachte, das wäre eine individuelle Änderung, mit der er seinen Gefühlen Nachdruck verleihen wollte. Aber nun verstand ich den wahren Grund.

»Das *and beyond* steht das dafür ...« Meine Stimme brach.

»Dass ich dich auch über den Tod hinaus lieben werde? Ja. *Bis zum Ende*, fand ich nicht ganz so passend, weil das Ende ziemlich nah ist, deshalb habe ich noch *und darüber hinaus* rangehängt, denn meine Gefühle werden sich nicht ändern, nur weil ich sterbe.«

Ich presste meine Augen zusammen und drückte meinen Kopf gegen seine Brust, doch ich konnte die Laute in meinem Inneren nicht unterdrücken und schluchzte auf. Es war so schön, was er sagte und gleichzeitig so unendlich furchtbar und schmerzhaft. Ich hatte das Gefühl, dass mein Herz jedes Mal brach, wenn er aussprach, dass er sterben würde. Keine Ahnung, wie oft ich das durchhalten würde. Während ich versuchte, meine Gefühle wieder unter Kontrolle zu bringen, streichelte er mir immer wieder übers Haar, als wäre ich diejenige, die krank war. Ich musste mich endlich zusammenreißen und es nicht noch schlimmer für ihn machen, indem ich weinte. Deshalb wischte ich mir die Tränen aus dem Gesicht, atmete tief durch und legte ein Lächeln auf.

»Wie wär's, wenn ich morgen DVDs mitbringe und wir ein paar Filme schauen. Den perfekten Fernseher hast du dafür ja«, sagte ich und nickte zu dem leinwandgroßen Monstrum an der Wand.

Er musste schmunzeln. »Gute Idee, wenn wir rauskriegen, wie er angeht, bin ich dabei.«

Zack war selbst kein Technikfan und schaute wenig Filme oder Fernsehen, dazu war er einfach zu gerne draußen oder in der Küche, um neue Rezepte auszuprobieren.

»Wie bist du eigentlich hergekommen?«, fragte er plötzlich und sah mich verwundert an.

»Mit dem Fahrrad«, erwiderte ich ein bisschen stolz.

Er riss die Augen auf. »Wow, das ängstliche Mädchen, das ich vor sechs Wochen kennengelernt habe, ist zu einer mutigen Frau geworden. Ich bin so stolz auf dich.«

Die Röte stieg mir ins Gesicht, und dass er mir noch einen Kuss auf den Mund hauchte, machte es noch schlimmer. Ich konnte ganz schlecht mit Komplimenten und Lob umgehen. Waren es wirklich nur sechs Wochen? Mir kam es vor, als würden wir uns schon ein halbes Leben lang kennen. Zweiundvierzig Tage nur und doch riss der Gedanke, ihn zu verlieren, ein Loch in mein Herz, das tiefer war als zweiundvierzig Meter.

• • •

Am nächsten Tag kam ich wieder und jeden einzelnen Tag in den nächsten zwei Wochen auch. Wir schauten Filme, auch wenn wir erst die Schwester fragen mussten, wie dieses Ding an der Wand funktionierte, spielten Karten, suchten nach Rezepten im Internet und stellten uns vor, wie die Gerichte wohl schmeckten. Manchmal lagen wir auch einfach nur da und genossen die gegenseitige Nähe. Während Zack bei Untersuchungen war, mit dem Arzt sprach, Besuch hatte oder schlief, was er ziemlich oft tat, zeichnete ich. Ich wollte nicht gehen, für die Krankenschwestern gehörte ich bereits zum Inventar. Die Bilder zeigten alle jeweils einen Moment aus den letzten sechs Wochen. Zack strahlte über jedes einzelne und legte es in eine Bildermappe, die er sich von seinen Eltern hatte mitbringen lassen. Ich fand das zwar total überflüssig, weil das nur gedankenlose Kritzeleien waren, aber ich ließ ihm seinen Willen.

Heute stand ich früh morgens bereits in der Küche und verfluchte die Töpfe und Pfannen. Zack meckerte ständig über das Essen im Krankenhaus und wünschte sich, wieder selbst kochen zu können. Da ich ihm diese Möglichkeit nicht geben konnte, dachte ich, dass ich ihm dafür etwas Selbstgemachtes mitbringen könnte. Ich war zwar nicht im Entferntesten so gut darin wie er, aber ich hoffte trotzdem, dass es besser war, als die Mahlzeiten, die er dort bekam. Lebensmüde wie ich war, suchte ich mir natürlich kein einfaches Gericht aus, sondern hatte mir in den Kopf gesetzt, das Essen zuzubereiten, welches Zack für mich gekocht hatte, als wir das erste Mal bei ihm waren. Bruschetta, Gnocchi mit Gemüse und gebackenem Schafskäse und eine Erdbeer-Baiser-Quark-Sahne-Creme als Nachspeise. Schon am Abend hatte ich mir mehrere Rezepte ausgedruckt und sie studiert und verteufelte jetzt meine Idee.

»Guten Morgen. Was machst du da?«, fragte meine Mutter, als sie im Bademantel in die Küche kam. Sie fing heute erst später an zu arbeiten und hatte bis vor Kurzem noch geschlafen.

»Ich koche für Zack«, antwortete ich schlicht.

Sie stellte eine Tasse unter die Kaffeemaschine und beäugte mich merkwürdig.

»Was?«, fragte ich, als ich mich fühlte wie bei Big Brother.

»Meinst du, es ist gut, wenn du jeden Tag bei ihm bist?«

Ich hielt in der Bewegung inne. »Wieso sollte es nicht gut sein?«

»Es macht es schwerer für dich, wenn es Zeit ist, ihn gehen zu lassen.«

Ich verzog das Gesicht und meine Kehle wurde eng. »Das ist mir egal«, antwortete ich und knetete weiter den Teig für die Gnocchi.

»Vielleicht könntest du den Kontakt abbrechen und dich schon mal daran gewöhnen, wie es ohne ihn ist.«

Ich schnappte nach Luft und konnte gerade noch verhindern, dass die Schüssel, gegen die ich stieß, von der Arbeitsplatte fiel und auf dem Boden zersprang.

»Ist das dein Ernst?« Ich verengte die Augen.

Sie kam mit der Tasse in der Hand auf mich zu, doch ich machte einen Schritt zurück und sie blieb stehen.

»Lou, ich will doch nur das Beste für dich. Du sollst nicht so furchtbar leiden müssen. Es wäre leichter, sich jetzt schon zu verabschieden.«

Ich verschränkte die Arme vor der Brust, um meine zitternden Hände zu verstecken. »Es wird niemals leicht sein, weder jetzt noch in ein paar Wochen. Der Schmerz wird der Gleiche sein, nur dass ich es mir nie verzeihen würde, wenn ich nicht jede Sekunde mit ihm genutzt hätte.«

»Aber ...«

»Nichts aber«, unterbrach ich sie wütend. »Wenn Papa todkrank wäre, würdest du ihn dann im Stich lassen, nur weil es leichter für dich sein könnte, das Ganze durchzustehen? Nein. Und nur weil Zack und ich uns noch nicht so lange kennen, heißt es nicht, dass es einfacher ist, mich abzuwenden. Er ist etwas ganz Besonderes. Er hat so viel für mich getan, hat mich zurück ins Leben gebracht, sich die Zeit dafür genommen, obwohl er kaum noch welche hatte und jetzt soll ich ihn im Stich lassen? Ich habe in der kurzen Zeit Gefühle entwickelt, die ich für Tom in anderthalb Jahren nicht hatte. Niemals würde ich ihn jetzt alleine lassen, das würde er auch nicht tun. Ich möchte jede Sekunde mit ihm nutzen, die ich noch habe, ihm beistehen und ihm seine letzte Zeit so schön wie möglich gestalten.«

Angestrengt pustete ich Luft aus. Ich hatte mich richtig in Rage geredet. Mama starrte mich mit großen Augen an. Einen Moment hörte ich nur meinen unregelmäßigen Atem und fragte mich, was sie jetzt wohl sagen würde. Mit der folgenden Reaktion hatte ich allerdings nicht gerechnet. Sie kam auf mich zu und nahm mich in den Arm. Ich versteifte mich automatisch. Was sollte das?

»Es tut mir leid, das verstehe ich total«, flüsterte sie und ich entspannte mich. »Und soll ich dir etwas sagen?« Sie ging einen Schritt zurück, damit sie mich ansehen konnte. »Es ist total bewundernswert, dass du das tust. Zack kann sich wirklich glücklich schätzen, dich zu haben. Ich bin sehr stolz darauf, dich zur Tochter zu haben, auch wenn ich natürlich versuche, dich zu schützen. Deshalb nimm es mir bitte nicht übel. Als Mensch verstehe ich dich, doch als Mutter mach ich mir Sorgen.«

Das war nachvollziehbar. Sie hatte einfach nur Angst um mich und wollte mich beschützen. Ich nickte. »Okay.«

Sie schenkte mir ein Lächeln und sah sich dann um. »Kann ich dir irgendwie helfen?«

Mit einem Beutel voller Tupperdosen und Wärmebehältern betrat ich Zacks Zimmer und er sah mich verwundert an, als ich alles auspackte und auf den Tisch stellte. Mama hatte mir noch bei der Zubereitung geholfen und mich Gott sei Dank hergefahren. Ich hätte gar nicht gewusst, wie ich das alles heil mit dem Fahrrad hierher bekommen hätte.

»Was ist das alles?«, fragte er verdutzt.

Ich nahm die erste Schüssel mit den Bruschettabroten und setzte mich zu ihm aufs Bett.

»Du hast dich so sehr über das Essen beschwert, dass ich dachte, ich bringe dir mal etwas Selbstgemachtes mit.« Ich zuckte die Schultern und öffnete den Deckel. »Voilà, die Vorspeise.«

Ihm blieb der Mund offen stehen. »Du hast für mich gekocht?«

»Ja, eine Premiere.«

Er schaute in die Dose. »Wow, danke«, sagte er und gab mir einen Kuss, den ich bis in die Zehen spürte. »Was gibt es noch?«

»Gnocchi mit Gemüse und Schafskäse als Hauptspeise sowie eine Erdbeer-Baiser-Quark-Sahne-Creme zum Nachtisch.«

Ihm fiel die Kinnlade herunter. »Das habe ich für dich zu unserem ersten gemeinsamen Essen gekocht.«

Ich nickte. »Du musst es allerdings auf eigene Gefahr essen. Ich hab all diese Dinge zum ersten Mal gemacht.«

Ich hoffte so sehr, dass es ihm schmeckte.

Er nahm ein Brot heraus und hielt es vor mir in die Luft. »Dann musst du es vorkosten. Vielleicht willst du mich ja vergiften«, sagte er mit einem Lächeln auf den Lippen.

Ich verdrehte grinsend die Augen, biss jedoch ab. »So, zufrieden?«

»Ich warte lieber noch, ob irgendwelche Symptome auftreten«, sagte er schmunzelnd und ich boxte ihm gegen die Brust.

»Au. Okay, okay. Ich ess ja schon.«

Gespielt langsam nahm er einen Bissen und kaute übertrieben lange. Mein Puls stieg in die Höhe und ich konnte es kaum abwarten, seine Meinung zu hören, doch er ließ sich extra Zeit. Statt etwas zu sagen, schob er sich den Rest des Brotes hinein. Das konnte ja wohl nicht wahr sein.

»Lecker«, gab er irgendwann mit vollem Mund von sich und mir fiel ein Stein vom Herzen.

Es konnte zwar sein, dass er das nur sagte, um mich nicht zu enttäuschen, aber so wie er aß, konnte es nicht so scheußlich schmecken. Beim nächsten Gang musste ich vorher wieder probieren und er schob mir eine Gabel in den Mund. Es war komisch, von ihm gefüttert zu werden, aber es hatte irgendwie auch etwas Romantisches. So romantisch es eben sein konnte in einem Krankenhausbett. Wir aßen alle drei Gänge und lagen irgendwann pappsatt mit dickem Bauch auf dem Rücken. Zack hatte zwar eigentlich gar nicht viel gegessen, aber das hatte er in letzter Zeit sowieso nicht. Generell sah man es ihm immer mehr an. Er war so blass und wirkte irgendwie eingefallen, hatte abgenommen und schlief immer mehr. Die Medikation wurde auch erhöht und egal wie sehr ich versuchte, das alles zu ignorieren, ich schaffte es nicht. Nur konnte ich nicht mit ihm darüber reden, ich hatte es versprochen, also schluckte ich es runter.

»Danke, dass du extra für mich gekocht hast.«

»Gerne. Aber es ist nicht ganz allein mein Verdienst. Mama hat geholfen. Aber bestimmt nur, weil sie was wiedergutmachen wollte«, rutschte es mir über die Lippen.

»Was denn?«

Verdammt. Ich wollte ihm das eigentlich nicht erzählen. Es betraf irgendwie seine Krankheit und das Thema war tabu und außerdem könnte es ihn verletzen, das wollte ich nicht.

»Nicht so wichtig. Wollen wir jetzt einen Film anschauen?«, fragte ich und richtete mich auf.

»Lou, was ist passiert?« Seine Stimme ließ keine Ausflüchte zu.

Ich ließ mich zurückfallen und verzog das Gesicht. »Sie hat etwas Doofes gesagt.«

»Was genau?«

»Sie meinte, es wäre besser für mich, wenn ich den Kontakt jetzt schon zu dir abbreche. Es würde nur schwerer werden, wenn ich jeden Tag zu dir ginge«, presste ich hervor.

»Sie hat recht«, sagte er trocken.

Ich zog die Stirn kraus. »Das ist ein Scherz, oder?«

»Nein. Ich kann dich nicht wegschicken, das habe ich dir schon mal gesagt, dazu bin ich zu selbstsüchtig. Aber ich würde dich nicht aufhalten, wenn du gehst und nicht wiederkommst. Weil es das Richtige wäre. Für dich.«

Ich schüttelte tausendmal den Kopf. »Nein. Nein. Nein.«

»Du willst es jetzt vielleicht nicht sehen, aber irgendwann wirst du dir wünschen, du wärst gegangen.«

Ich war fassungslos. Wie konnte er so was denken?

»Nein«, sagte ich und umfasste sein Gesicht. »Ich werde für jeden Moment dankbar sein, den ich mit dir verbringen durfte, und jetzt lass uns keine Sekunde mehr für so etwas verschwenden. Ich werde nicht gehen. Niemals.«

Er zog mich in seine Arme und drückte mich ganz fest an sich. »Danke, dass du in meinem Leben bist.«

»Es gibt keinen Ort, an dem ich lieber wäre.«

18. Kapitel

Wenn du nachher herkommst, bring Sachen für eine Übernachtung mit.

Verwirrt starrte ich auf die Nachricht von Zack. Las sie noch mal und noch mal, aber ich wurde dennoch nicht schlau daraus. Was hatte er vor? Aber statt Zeit mit Grübeln zu verbringen, packte ich einfach meine Tasche mit allen Dingen, die ich für eine Nacht brauchte, und machte mich dann auf den Weg zum Krankenhaus. Seit dem gemeinsamen Essen war eine Woche vergangen und ich war dankbar für jeden einzelnen Tag, auch wenn nicht zu übersehen war, dass es Zack schlechter ging. Er überspielte das natürlich, aber ich kannte ihn gut genug, um hinter seine Maske blicken zu können. Ich sprach ihn nicht darauf an, spielte genauso wie er, weil wir nicht über die Krankheit redeten. Es tat weh, verdammt weh, zuzusehen, wie der Mann, der mir alles bedeutete, litt und ich wünschte, ja ich wünschte mir so sehr, dass ich ihm helfen könnte. Aber es gab nichts, was ich tun konnte, keine Pille, kein Zauberstab und auch keine Wunderlampe, ich musste es akzeptieren und das zerriss mich jeden Tag.

»Hey«, seine Augen leuchteten auf, als ich zur Tür hereinkam.

Ich stellte meine Tasche auf der Couch ab und hüpfte zu ihm ins Bett, den Stuhl hatte ich gleich nach dem ersten Tag weggestellt, ich wollte ihm einfach näher sein. Nachdem ich ihm einen Kuss gegeben und ich mich an ihn gelehnt hatte, stellte sich sofort wieder dieses

Wohlgefühl ein, das ich immer empfand, wenn ich an seiner Seite war. Er war noch da.

»So und jetzt sag mir, warum ich Sachen für eine Übernachtung mitbringen sollte«, forderte ich neugierig.

Er grinste. »Weil du die heutige Nacht mit mir verbringst.«

Ich riss die Augen auf und gleichzeitig kribbelte es in meinem Bauch vor Vorfreude. »Was? Wie?«

»Tja, ich weiß nicht, warum ich bisher nicht daran gedacht habe, aber es hat auch Vorteile krank zu sein.«

Ich runzelte die Stirn. »Was bitte hat Krebs für Vorteile?«

»Meine Eltern schlagen mir keinen Wunsch ab, nicht, dass ich viele hätte, aber einen habe ich geäußert und mit ein bisschen Hartnäckigkeit und Geld haben sie ihn beim Krankenhaus durchbekommen.«

Ich legte den Kopf schräg, ich verstand nur Bahnhof. »Wie lautet dein Wunsch?«

Er nahm meine Hände in seine. »Ich wollte einmal noch mit dir zusammen einschlafen und neben dir wieder aufwachen.«

Die Antwort verschlug mir den Atem und mein Herz schmerzte einerseits, weil es so endgültig klang, wie das allerletzte Mal. Aber andererseits machte sich auch Hoffnung und Vorfreude breit, denn mein Wunsch sah genauso aus. Langsam zogen sich meine Mundwinkel nach oben, bis ein breites Grinsen mein Gesicht zierte. Ich brauchte einen Moment, um meine Stimme wieder zu finden.

»Also darf ich wirklich hier schlafen?«

Er nickte eifrig und erwiderte mein Lächeln. Ich fiel ihm um den Hals und ein quietschender Laut verließ meinen Mund, bevor ich ihn auf seinen presste.

»Das ist noch nicht alles«, brachte er zwischen zwei Küssen hervor.

Ich lehnte mich ein Stück zurück und schaute ihn fragend an. Was kam jetzt noch?

»Wir werden auch zusammen Abendbrot essen, allerdings keinen Krankenhausfraß. Lass dich überraschen.«

»Wow, ein richtiges Date mit Übernachtung hinterher? Du weißt aber schon, dass du mich nicht erst zum Essen ausführen musst, damit ich bei dir schlafe oder?«, scherzte ich.

Er lachte lauthals, sodass das Bett anfing zu vibrieren. »Okay, dann kann ich mir das ja sparen.«

»Was?«, sagte ich gespielt böse und stürzte mich auf ihn.

Am Nachmittag wollte Zack ein bisschen schlafen, damit er abends fit war. Ich ging solange nach draußen, wollte dort malen und mit Mia telefonieren. Auch wenn es schon Ende September war, war es noch relativ angenehm, und ehrlich gesagt, hätte ich auch bei kälteren Temperaturen hier gesessen, statt allein im Krankenhaus zu hocken. Das zog mich nur runter. Ich genoss die frische Luft und die angrenzende Natur, während meine Hand über das Papier flog. Ein paar Patienten saßen mit ihrem Besuch an den umliegenden Tischen, aber dennoch hatte ich genug Ruhe und Abstand davon. Ich hatte überlegt, Zack für heute Abend etwas ganz Besonderes zu zeichnen. Wo wir schon eine Art Übernachtungsdate haben würden, was irgendwie auch romantisch war mit dem Essen und der gemeinsamen Nacht, wollte ich auch etwas beisteuern. Er hatte das organisiert, was total süß war und ich freute mich riesig darauf. Lange dachte ich darüber nach, was ich tun konnte, aber mir fiel nichts ein. Was hatte ich groß zu geben? Ich hatte weder Geld noch irgendwelche besonderen Fähigkeiten. Also zeichnete ich, das Einzige, was mir einigermaßen gut gelang. Allerdings lagen schon ein paar geknüllte Blätter auf dem Tisch, weil ich einfach nicht wusste, was ich malen sollte oder alles als nicht gut genug empfand. Es war frustrierend. Genervt stützte ich meinen Kopf auf der Hand ab, als mein Handy klingelte.

»Hey, Mia«, begrüßte ich sie mit gedrückter Stimme.

»Hey. Du klingst irgendwie gefrustet, ist alles okay?«

Mia und ich sahen uns kaum noch, weil ich jeden Tag hier verbrachte. Aber sie hatte natürlich vollstes Verständnis, kam aber selbst selten her. Sie wollte uns Zeit zu zweit geben und andererseits machte sie das Krankenhaus krank, wie sie immer sagte. Auch wenn sie es kaum zeigte, wusste ich, wie sehr es sie mitnahm, dass ihr Cousin bald sterben würde. Wir schrieben deswegen täglich oder telefonierten ab und zu.

»Ach, ich weiß nicht. Zack hat für heute Abend eine Art Date für uns organisiert. Wir bekommen Essen geliefert und ich darf bei ihm schlafen«, gab ich zurück und meine Stimmung hellte sich automatisch auf, als ich daran dachte.

»Cool, klingt sehr romantisch. Und wo ist das Problem?«

»Ich wollte ihn auch irgendwie überraschen und etwas anderes als ein Bild ist mir nicht eingefallen, aber es kommt nur Müll dabei raus, wenn ich es versuche.«

»Hm«, machte sie. »Du bist zu sehr im Kopf. Lass ihn freipusten, geh eine Runde spazieren, trink ein Glas Wein oder hör dir deine Lieblings-CD an«, schlug sie vor.

Alkohol trank ich nicht, das wusste sie, aber ich hatte den Soundtrack von *P.S. Ich liebe dich* auf meinem Handy. Das könnte vielleicht helfen.

»Gute Idee. Das könnte wirklich funktionieren. Danke.«

»Freut mich, wenn ich helfen konnte.«

Ich sah ihr zufriedenes Grinsen vor mir, sie liebte es, wenn sie recht hatte.

Ihre Stimme wurde plötzlich leise und traurig. »Wie geht es Zack?«

Ein Stein rutschte mir ins Herz und ich sank in mich zusammen. Sie fragte das selten, aber jedes Mal war es schrecklich darauf zu antworten, weil sich sein Zustand natürlich nie wieder verbessern würde und es ihm bei jedem Telefonat schlechter ging.

»Er ist schwach, müde und ziemlich dünn, aber er schlägt sich wacker.«

Sie atmete laut aus. »Er ist wirklich stark, und es ist bewundernswert, wie er damit umgeht.«

Ich stimmte zu. Das war er tatsächlich. Ich fragte mich, wie er das nur schaffte.

»Ist bei dir alles okay?«, wollte ich wissen, um nicht weiter darüber nachdenken zu müssen.

»Jap. Haufenweise Hausaufgaben, Lernerei und früh aufstehen. Schule eben«, beschwerte sie sich. »Ich muss jetzt auch mal weitermachen, mal du ein hübsches Bild und hab heute Abend viel Spaß. Tu nichts, was ich nicht auch tun würde.« Sie kicherte.

Wir wussten beide, wie unwichtig so was im Moment war, doch wir brauchten das. Mit ein bisschen Witz wurde es leichter und hielt uns vom Weinen ab.

»Natürlich nicht. Ich danke dir, Mia. Bis bald.«

Nachdem wir uns verabschiedet hatten, entfernte ich mich von den Leuten, öffnete die Musik-App in meinem Handy, ließ meine Lieblingsmusik laufen und malte los.

Ich hatte beim Zeichnen vollkommen die Zeit vergessen und als ich die Treppen hochhastete, war es schon kurz vor 18 Uhr. Hoffentlich war alles okay, auf meinem Handy war keine Nachricht, aber so lange schlief er doch wohl nicht, oder? Nachdem ich die Tür öffnete, blieb ich sofort wie angewurzelt stehen, was ich erblickte, ließ mich laut nach Luft schnappen. Das Zimmer war voller Rosenblätter, überall leuchteten Kerzen und das Essen stand bereits auf dem Tisch. Mein Blick fiel auf Zack, den ich kaum wiedererkannte. Er lehnte an der Bettkante, hatte ein blaues Hemd und eine schwarze Stoffhose an. Die Sachen waren ihm mittlerweile etwas zu groß, aber er sah dennoch irre sexy darin aus. Seine Wuschelhaare hatte er mit Gel etwas in Form gebracht und auf seinen Lippen lag ein atemberaubendes Lächeln. Plötzlich kam ich mir völlig underdressed vor in meiner Jeggings und dem stinknormalen Shirt. Hätte ich das gewusst, hätte ich mir etwas anderes angezogen. Ich hielt mir die Hand vor den Mund und meine Augen wurden feucht. Es war der Wahnsinn, was er hier veranstaltete. Das alles nur für mich?

»Willst du ewig da stehen? Das Essen wird kalt«, hörte ich ihn sagen.

»Ich hab keine passenden Klamotten dabei«, sagte ich schulterzuckend.

»Dann zieh sie aus«, scherzte er.

Ich setzte mich in Bewegung, ging auf ihn zu und schwang meine Arme um seinen Rücken. Er erwiderte meine Umarmung und ein bekannter Geruch stieg in meine Nase. Nicht zu süß, fruchtig und angenehm. Parfum hatte er also auch aufgelegt. Er dachte echt an alles.

»Du bist verrückt«, flüsterte ich an seiner Brust.

»Gefällt es dir?«

»Und ob. Es ist total überwältigend.«

Er ließ mich los. »Das freut mich. Es war mein Ziel, dich so glücklich zu sehen wie jetzt.«

»Aber wieso?« Seine Stirn zog tiefe Falten. »Warum tust du das alles? Es kostet dich eine Menge Kraft und du brauchst sie für andere Dinge. Du solltest sie nicht für so was verschwenden, nicht um mich glücklich zu machen, sondern dich. Und …«

»Hör auf«, unterbrach er mich und legte einen Finger auf meine Lippen. »Es macht mich glücklich, wenn du glücklich bist. Und es macht mich glücklich, dass du hier bist. Jeden Tag. Das bedeutet mir unendlich viel und dafür wollte ich dir danken.«

»Aber du warst wochenlang für mich da, hast deine wenige Zeit für mich geopfert.«

»Es war die tollste Zeit meines Lebens und ich war mehr als glücklich.«

»Aber …«

»Ich liebe dich, Lou. Du bist es wert, akzeptier's.«

Diese Worte trafen mich mitten ins Herz und ich hörte auf dagegen zu kämpfen.

»Ich liebe dich auch«, hauchte ich mit Tränen in den Augen.

Er beugte sich lächelnd vor und schenkte mir einen zeit- und raumvergessenden Kuss.

»Das Essen ist jetzt wirklich kalt«, murmelte er an meinen Lippen.

»Okay, lass uns essen.«

Auch wenn mir jetzt nicht mehr danach war, setzte ich mich und erst da bemerkte ich den Strauß Sonnenblumen auf dem Tisch. Ich liebte Sonnenblumen und sofort schoss eine Erinnerung durch meinen Kopf. Als wir vor ein paar Wochen auf dem Weg zu einer Bootstour gewesen waren, hatte Zack plötzlich an einem Sonnenblumenfeld angehalten. Noch ehe ich mitbekam, was los war, war er bereits ausgestiegen und darin verschwunden. Verwirrt hatte ich ihm nachgesehen, doch er kam einfach nicht zurück, also blieb mir nichts anderes übrig, als ihm zu folgen. Ich stellte mich ans Feld und rief nach ihm. Im nächsten Moment schrie ich auf. Eine Hand schnellte heraus und zog mich in die Blumen. Mit einem Mal lag ich in seinen Armen und seine Lippen auf meinen.

»Lou?« Zack riss mich aus meinen Gedanken.

»Hm?«

»Stimmt irgendwas mit den Blumen nicht?«

»Doch doch, ich hatte nur gerade eine Erinnerung an einen Moment vor einiger Zeit«, antwortete ich grinsend.

Er verzog belustigt das Gesicht und nickte wissend. »Ja, das ist etwas, was man nicht so schnell vergisst.«

Es gab italienisch. Caprese als Vorspeise, Pizza zum Hauptgang und Ricotta als Dessert. Es war zwar nicht so gut, als hätte Zack gekocht, aber trotzdem sehr lecker. Mir entging natürlich nicht, dass Zack kaum etwas aß, ich ließ mir allerdings nichts anmerken. Es war nicht zu übersehen, dass er immer weniger zu sich nahm und mehr und mehr Gewicht verlor. Auch wenn ich ihn jeden Tag sah, fiel es mir dennoch auf. Aber er war immer noch mein Zack und würde es immer sein. Die Krankheit steckte in seinem Körper und nicht in dem, was ihn ausmachte.

Nach dem Abendessen lagen wir zusammengekuschelt im Bett und schauten *Mit dir an meiner Seite*. Ich liebte diesen Film und hatte ihn schon mindestens fünfmal gesehen. Zack hatte ihn ausgewählt. Alles heute hatte er nach meinen Wünschen gestaltet. Es war schön, sogar mehr als das, keine Frage, aber er hätte das mehr verdient. Seinen Lieblingsfilm, sein Lieblingsessen, ich im hübschen Kleid, alles eben, was ihn strahlen lässt. Er hatte nur noch so wenig Zeit, da war es wichtiger, ihm seine letzten Wünsche zu erfüllen.

Ich sah zu ihm auf. »Gibt es irgendetwas, das du dir noch wünscht?«

»Wie kommst du darauf?«, fragte er und legte den Kopf schräg.

Ich zuckte die Schultern. »Nur so.«

»Ich wollte noch eine Nacht mit dir verbringen und das tue ich jetzt«, gab er mit einem Leuchten in den Augen zurück.

Ich musste automatisch lächeln. Aber vielleicht gab es da noch etwas anderes? »Sonst nichts?«

Sein Blick wanderte zur Decke. »Eigentlich nichts, was realisierbar wäre.«

»Zum Beispiel?« Vielleicht konnte ich es doch irgendwie möglich machen.

Er holte tief Luft. »Ich wünsche mir Ringe an unseren Fingern, ein Haus in der Natur, gefüllt mit Leben durch unseren Sohn und unsere Tochter. Vielleicht auch einen Hund, falls er sich denn mit Milli versteht.«

Jedes einzelne Wort lastete wie ein Gewicht auf meiner Brust, zog mich in die Tiefe und trieb mir die Tränen in die Augen. Ich verbarg mein Gesicht an seinem Oberkörper, in der Hoffnung, meine Gefühle irgendwie zurück in die hinterste Ecke schieben zu können. So sehr ich es auch wollte, diese Dinge konnte ich ihm einfach nicht erfüllen.

»Es ist okay«, sagte er und hauchte mir einen Kuss aufs Haar.

Ich schüttelte den Kopf. »Ist es nicht.«

Warum war er nur so viel tapferer als ich, obwohl er derjenige war, der sterben würde?

Er zog mich fest an sich. »Doch. Ich habe damit meinen Frieden gemacht. Genug von der Welt gesehen, eine Menge Dinge erlebt, die einige nie erfahren werden. Natürlich würde ich dieses Leben gern mit dir führen, aber genauso bin ich dankbar, dich überhaupt kennengelernt und so wunderbare Momente mit dir erlebt zu haben. Das kann mir keiner nehmen.«

Jetzt war es vorbei. Ich konnte meine Gefühle nicht länger zurückhalten und schniefte.

»Hast du heute die doppelte Dosis von deinen Tabletten genommen?«, versuchte ich zu scherzen.

Sein Körper vibrierte unter meiner Haut.

Ich sah zu ihm auf. »Wie schaffst du das nur?«

»Was?«, fragte er perplex.

»In all der Zeit, die wir uns jetzt kennen, warst du immer locker und gut drauf. Und das obwohl du wusstest, dass du sterben wirst.«

Er fuhr sich durch die Haare. »Das war nicht immer so. Als ich die erste Diagnose erhielt, fiel ich in ein Loch. Ich bekam wirklich schlimme Panikattacken, weil ich höllische Angst hatte zu sterben.«

Deswegen konnte er mich so gut verstehen und wusste so viel darüber. Ich fragte mich, was sich geändert hatte und wieso er jetzt keine Angst mehr hatte.

»Was geschah dann?«

»Ich fand mich damit ab. Das klingt jetzt viel leichter, als es war, aber mir wurde klar, dass es nicht in meiner Macht liegt, wie lange ich lebe. Aber dass ich, solange ich lebe, wirklich lebe, das hängt allein von mir ab. Ich wollte meine Zeit einfach nicht mehr damit verschwenden, sondern jeden Moment genießen. Das heißt nicht, dass ich überhaupt nicht mehr daran denke, aber ich lasse mich nicht mehr von diesen Gedanken kontrollieren. Ich könnte mich jetzt da reinsteigern und mir die Decke über den Kopf ziehen, aber das würde mir nicht helfen. Deshalb konzentriere ich mich auf das, was das Leben lebenswert macht.«

Ich war tief beeindruckt. Jetzt bewunderte ich ihn noch mehr, falls das überhaupt möglich war. Zu wissen, dass man sterben würde, und dann so damit umzugehen, zeugte von einer immensen Kraft, Mut und einer starken Persönlichkeit. Zack war mein Held und gleichzeitig mein Vorbild. Wenn er es schaffen konnte, sich trotz seiner Todesdiagnose nicht unterkriegen zu lassen und jeden Augenblick auskostete, dann musste ich es doch hinbekommen, meine Panik zu besiegen, oder?

»Das Einzige, was mir nicht gefällt, ist, dass du darunter leiden musst. Weißt du, was ich mir deshalb von dir wünsche?« Er streichelte über meine Wange. Ich antwortete nicht, da er es mir sowieso sagen würde. »Dass du deine Zeit nicht mit trauern verschwenden wirst, sondern rausgehst und dein Leben lebst. Es ist einfach zu kurz und es gibt zu viel zu entdecken und zu sehen. Ich möchte, dass du weiter an deiner Angst arbeitest, auch wenn ich nicht mehr ...«

»Stopp«, sagte ich. Es tat zu sehr weh, ich konnte das jetzt nicht. Wollte nicht an das Danach denken. »Wir hatten einen Deal, weißt du noch?«

Er nickte und sah mich traurig an. Einen Moment lang wollte ich mich auf den Boden hocken und diesen Ozean von Tränen in meinem Hals hinausweinen, aber das ging nicht. Also versuchte ich, sie runterzuschlucken und vom Thema abzulenken.

»Ich hab noch etwas für dich«, warf ich ein und sprang aus dem Bett.

Ich zog das Bild aus meiner Tasche, das ich vorhin draußen für ihn gezeichnet hatte. Mir wurde flau im Magen, weil ich nicht wusste, ob es ihm gefallen würde, aber ich reichte es ihm dennoch. Konzentriert betrachtete er mein Werk, während ich ungeduldig auf meiner Unterlippe kaute. Es war eine Art Comic, das die schönsten unserer gemeinsamen Momente festhielt. Oben in der Ecke saßen wir auf der Bank in Mias Garten, danach streichelte Zack Milli bei unserem Picknick, weitere Augenblicke wie der Gewinn von Muffin auf dem Fest und der Ausflug an die Ostsee waren zu sehen, bis zu dem Geschenk des Armbandes und dem ersten »Ich liebe Dich«, welches ich in eine Sprechblase gepackt hatte und den krönenden Abschluss bildete. Die Zeichnungen vereinten unsere Geschichte in einem Bild. Deshalb auch die Überschrift *Our story*. Er studierte jeden Ausschnitt sehr intensiv und ich meinte, seine Augen dabei leuchten zu sehen. Trotzdem trommelte ich mit den Fingern auf dem Laken, ich konnte nicht abwarten, was er dazu sagte. Als er endlich seinen Blick löste und mich ansah, lag so viel Wärme und Zufriedenheit in seinen Augen, dass mir unwillkürlich warm wurde.

»Nicht, dass ich diese tollen Momente nicht in meinem Kopf hätte oder sie jemals vergessen würde, aber sie auf einem Bild zu haben, ist, als hätte ich auch deine ganz persönliche Erinnerung jetzt in mir. Das ist etwas ganz Besonderes für mich. Ich weiß gar nicht, was ich sagen soll.«

Der Stein auf meiner Brust verpuffte und setzte stattdessen mein Herz in Flammen.

»Deine Zeichnungen wirken so echt, sind voller Gefühl und detailreich. Sie sind mit einer Liebe gemalt worden, die man sofort spüren kann.« Seine Finger ruhten dabei mitten auf dem Blatt, als wollte er hineingreifen und uns berühren. »Danke, Lou. Damit hast du mir noch etwas geschenkt, von dem ich gar nicht wusste, dass ich es wollte.«

Er richtete seinen Blick auf mich und ich schmolz dahin. Mir verschlug es den Atem und gleichzeitig glühte mein ganzer Körper vor Glück und vor Liebe. Er legte das Blatt behutsam zur Seite und hielt mir dann seine Hand hin, die ich ohne zu Zögern ergriff. Im nächsten Moment lag ich in seinen Armen und sein Mund auf meinem und ich fragte mich, ob ein Mensch fähig war, mehr zu empfinden, als ich jetzt. Ich konnte es mir nicht vorstellen.

Eine kleine Ewigkeit machten wir so weiter, knutschten, kuschelten, berührten und streichelten uns, solange bis wir glückselig einschliefen. Seit Wochen schlief ich das erste Mal wieder gut und ohne ständig aufzuwachen. Es fühlte sich an, als wäre alles in Ordnung und nicht so, als lägen wir im Krankenhaus und hätten nur noch wenig Zeit zusammen.

Als ich die Augen aufschlug, sah ich direkt in die von Zack, der mich voller Hingabe betrachtete. Am liebsten wollte ich ein Bild von ihm malen, um für immer genau diesen Blick sehen zu können. Bisher hatte ich noch nie jemanden nach Vorlage gezeichnet, aber bei Zack konnte ich mir das zum ersten Mal vorstellen. Vielleicht könnte ich ihn nachher mal fragen.

»Guten Morgen«, flüsterte er.

»Guten Morgen. Hab ich etwas im Gesicht?«

Sein Mund zuckte. »Nein, ich schau dich nur gern an.«

Röte stieg mir ins Gesicht und ich kuschelte mich an ihn, um das zu verbergen.

Er streichelte über meinen Arm und hinterließ eine Gänsehaut. »Hast du gut geschlafen?«

»Hervorragend sogar«, gestand ich. »Und du?«

»Ich schlafe immer gut, wenn du neben mir liegst.«

Mein Magen schlug Purzelbäume und ich vergrub mich noch tiefer an seiner Brust. So ging es mir auch, aber das auszusprechen fiel mir schwer.

Er rückte ein Stück von mir ab. »Bekomme ich einen Guten-Morgen-Kuss?«

Ich hob den Kopf und als seine Lippen meine berührten, breitete sich ein Prickeln in meinem Nacken aus und fuhr meine Wirbelsäule herunter, bis sie sich automatisch durchbog. Der Kuss dauerte viel länger, als ein einfacher Guten-Morgen-Kuss eigentlich sein sollte, aber es war einfach zu schwer, wieder damit aufzuhören.

Zack löste sich irgendwann von mir. »Ich muss mal kurz ins Bad.« Er drückte seinen Mund auf meine Stirn. »Nicht weglaufen.«

Ich schüttelte lächelnd den Kopf. »Niemals.«

Er grinste, stieg langsam aus dem Bett und tapste Richtung Toilette. Ich ließ mich zurück in die Kissen fallen, nahm seinen Geruch in mich auf und schloss die Augen. Ob ich wohl noch eine Nacht hierbleiben durfte? Er sollte einfach nicht allein im Krankenhaus schlafen müssen und außerdem hatten wir so noch ein bisschen mehr gemeinsame Zeit. Der Gedanke daran zauberte ein Lächeln auf mein Gesicht. Doch im nächsten Moment ließ ein lauter Knall mich zusammenfahren und mein Lächeln gefror. Ich setzte mich auf und hielt den Atem an, doch nichts war mehr zu hören.

»Zack?«, rief ich, bekam jedoch keine Antwort.

Mein Puls schoss augenblicklich in die Höhe und ich sprang sofort aus dem Bett und rannte zum Bad. Mehrfach klopfte ich gegen die Tür.

»Zack?«

Wieder keine Reaktion. Panik erfasste mich und ich riss die Klinke runter und war froh, dass er nicht abgeschlossen hatte. Was ich dort sah, ließ mir das Blut in den Adern gefrieren. Zack lag auf dem Boden und rührte sich nicht. Es war wie ein Déjà-vu, als er vor einigen Wochen in unserem Flur gelegen war. Und auch wenn er das überlebt hatte, stieg meine Angst dennoch ins Unermessliche. Was, wenn es diesmal anders war? Ich stürzte zu ihm, rüttelte, rief mehrmals seinen Namen, doch wie beim letzten Mal reagierte er nicht. Ich drückte panisch auf die Klingel, die neben mir hing, doch ich wusste aus eigener Erfahrung, dass viel zu viel Zeit verging, bis jemand kam. Zeit, die wir einfach nicht hatten. Ich griff nach seiner Hand.

»Zack, wach doch bitte wieder auf!«, wisperte ich.

Ich wollte ihn keine Sekunde aus den Augen lassen, doch wenn ich hierblieb, würde nicht schnell genug jemand kommen. Ich atmete tief durch.

»Ich bin gleich wieder da, ich hole Hilfe«, hauchte ich und drückte einen Kuss auf seine Stirn.

Mit wackligen Beinen hievte ich mich hoch, stolperte aus dem Zimmer und schrie mehrfach nach Schwester Julia, die heute Schicht hatte.

»Zack ist umgekippt, bitte holen Sie einen Arzt«, brachte ich atemlos hervor, als sie endlich im Gang erschien.

Zum Glück reagierte sie sofort, fischte das Telefon aus ihrer Tasche und sprach kurz hinein, bevor sie mir ins Zimmer folgte. Ich nahm meinen Platz neben ihm wieder ein und griff nach seiner Hand, die viel zu kalt war. Ich versuchte sie mit meiner zu wärmen. Auf den Fliesen hier im Bad konnte einem doch nur eisig werden. Schwester Julia kontrollierte seine Werte, aber das bekam ich nur nebenbei mit. Ich sah nur ihn. Immer wieder drückte ich seine Hand, betrachtete sein Gesicht, das so weiß war, wie die Wand des Badezimmers. Ich wollte wieder sein wundervolles Lächeln sehen und nicht diese leeren Züge, sie passten nicht zu ihm. Selbst im Schlaf wirkte es immer, als würde er grinsen, doch jetzt war da nichts mehr. Ein schlimmes Gefühl machte sich in meinem Magen breit, aber ich drängte es fort. Zack würde mich gleich wieder anstrahlen und mir einen Kuss auf die Stirn geben, ganz sicher.

Meine Unterlippe bebte und ich spürte, wie meine Augen sich mit Tränen füllten, ich versuchte es jedoch zu unterdrücken. Wenn ich weinte, konnte ich sein Gesicht nicht mehr sehen und vielleicht war es das letzte Mal, dass ich ihn betrachten konnte.

Im nächsten Moment war ein totales Chaos im Badezimmer, ein Arzt und mehrere Schwestern stürmten rein, hatten ihn im Nu auf eine Trage gelegt und eilten aus dem Raum. Ich durfte nicht mit und musste allein mit meiner Angst zurückbleiben. Ich fühlte mich so hilflos, taub und spürte mich selbst nicht mehr. Die Ruhe, die plötzlich in diesem Zimmer herrschte, war einfach unerträglich und passte so gar nicht zu dem Lärm in meinem Kopf. Was sollte ich jetzt nur tun? Mein Blick fiel auf das Bett. Eben hatten wir noch da gelegen. Gerade hatten seine Lippen noch meine berührt. Was war nur passiert? Meine Beine trugen mich automatisch vorwärts und wie von selbst kletterte ich unter die Decke. Ich atmete seinen Geruch ein und ein scharfer Schmerz zuckte durch meine Brust. Sein Gesicht tauchte immer wieder vor meinen Augen auf, erst das glückliche, als ich aufwachte und dann das leere, kalte auf dem Boden im Bad und ich wusste, diesmal war es anders. Ich rollte mich zusammen und drückte meinen Kopf ins Kissen, bevor die ersten Schluchzer mich schüttelten.

• • •

Nachdem ich keine Tränen mehr übrig hatte, hatte ich Isabelle und David angerufen, die jetzt mit mir vor dem Behandlungsraum warteten. Es war so schrecklich hier zu sitzen und nichts machen zu können. Ich konnte weder bei ihm sein, noch seine Hand halten und ich hatte null Kontrolle darüber, was da drin passierte. Ich musste mich darauf verlassen, dass sie alles in ihrer Macht stehende taten, was auch immer das war. Gegen den Krebs hatten sie keine Chance. Eigentlich konnten sie nichts tun. Wenn seine Organe versagten, war's das. Aber vielleicht war es auch nur ein Schwächeanfall und er kam gleich aus dem Zimmer und lächelte mich an? Aber mein Bauchgefühl sagte mir, dass es schlimmer war. Die ganze Zeit versuchte ich vergeblich, das Zittern abzustellen. Ich hatte das Gefühl, dass jede Zelle meines Körpers schrie. Es war schwer, gerade nicht durchzudrehen und die Panik aufzuhalten, die immer wieder drohte über mich hinweg zu schwappen. Krampfhaft durchforstete ich meinen Kopf nach etwas, an dem ich mich festhalten konnte. An einem Moment vor nicht allzu langer Zeit blieb ich hängen.

»Sag mal, du bist immer so furchtlos. Hast du vor überhaupt nichts Angst?«, fragte ich Zack und rollte mich auf die Seite, um ihn dabei anschauen zu können.

Seine Haare waren noch feucht vom Meer und standen in alle Richtungen ab. Ich wollte am liebsten mit den Fingern hindurchfahren, hielt mich aber mit letzter Kraft davon ab.

»Ich betrachte die Dinge nicht so. Mit Angst. Wenn ich meine Zeit und Energie damit verschwende, mir Gedanken darüber zu machen, was passieren könnte, verpasse ich das Leben. Aber ich möchte es genießen und glücklich sein.«

Ich bewunderte ihn für seine Sichtweise und seine Stärke dies auch zu schaffen. Aber es gab doch niemanden, der vor nichts Angst hatte, oder?

»Und vor dem Tod?«

»Davor habe ich keine Angst mehr.«

Ich runzelte die Stirn. »Nicht mehr?«

Er nickte. »Früher war das anders, aber als ich mich gezwungenermaßen mit dem Thema auseinandersetzen musste, hat sich das verändert.« Sein Blick ging ins Leere. »Warum sollte ich Angst davor haben? Nur weil keiner genau weiß, was dann ist? Ich habe ein Gefühl, wenn ich daran denke, und dem vertraue ich. Das Sterben kann sicher ziemlich wehtun, aber nur für kurze Zeit, danach gibt es keinen Schmerz mehr. Nie mehr. Stattdessen fällt alles ab und das Einzige, was bleibt, ist Frieden.«

Er sah wieder auf und ich war sprachlos. Seine Sicht gefiel mir irgendwie. Ich fand es toll, dass er so über den Tod dachte und wünschte, ich könnte das auch. Aber meine übertriebene Furcht vor allem wirkte sich auch auf dieses Thema aus und ich hatte schreckliche Panik vor dem Ende.

»Aber es gibt Dinge, vor denen habe ich wirklich Angst«, flüsterte er plötzlich und riss mich aus meinen Gedanken.

Verwirrt legte ich den Kopf schräg und er berührte sanft meine Wange. Es gab also doch etwas?

»Zum Beispiel die Menschen zu verlieren, die mir wichtig sind«, hauchte er und sah mir dabei so eindringlich in die Augen, dass Hitze in meine Wangen stieg. »Und du bist einer davon, Lou.«

Seine Worte verschlugen mir den Atem und drangen so tief in mein Herz, dass es mir fast herausfiel.

Statt zu antworten, drückte ich meine Lippen auf seine und legte alles, was ich zu geben hatte, in diesen Kuss in der Hoffnung, dass er spüren konnte, wie viel er mir bedeute.

Zu der Zeit wusste ich noch nicht, dass der Tod ihn bereits in den Krallen hatte und wieso er so dachte, heute wusste ich warum. Die Tür schwang auf und mit einem Mal war ich komplett zurück im Hier und Jetzt und zitterte schlimmer als je zuvor. Mein Blick wanderte sofort in das Gesicht des Arztes. Seine Mimik war eindeutig und mein ganzer Körper schien plötzlich voller Löcher zu sein. Ich wusste, was er sagen würde und doch konnte ich nicht weghören, als er die Worte aussprach.

»Es tut mir sehr leid, aber ich muss Ihnen leider mitteilen, dass er es nicht geschafft hat.«

Mein Herz schlug dreimal, neunmal, zwanzigmal. Es hämmerte so schnell, dass es mir schwerfiel, mitzuzählen. Wenigstens schlug es noch. Im Gegensatz zu ... Ich unterdrückte den Gedanken, den Schmerz, die Tränen, doch sie waren stärker als ich, liefen über und quollen aus mir heraus. Ich schaffte es nicht sie aufzuhalten und brach zusammen, zersplitterte in tausend Teile und wusste, niemand würde sie je wieder zusammensetzen können.

Isabelle warf sich in die Arme von David und fing an zu schluchzen. Und ich? Ich hatte denjenigen, der David für Isabelle war, verloren. Niemand nahm mich in den Arm, weil einfach der, von dem ich es mir wünschte, nicht mehr da war. Es war so surreal. Mein erster Gedanke, wenn etwas Schlimmes passierte, war, zu Zack zu gehen und jetzt ging das nicht mehr. Ich saß einfach nur da und spürte, wie sich die Leere ausbreitete und mich zu verschlucken drohte. Wir wussten alle, dass dieser Moment kommen würde, und doch holte er so unvorbereitet zum Schlag aus, dass ich dabei fast das Bewusstsein verlor. Ich hatte das

Gefühl, dass ich blutete, aber egal wie lange ich suchte, ich fand keine Wunde. Wie konnte etwas nur so wehtun, aber nicht sichtbar sein? Ich wusste noch, als ich mir als Kind mal den Arm gebrochen hatte. Das waren höllische Schmerzen. Aber sie waren nichts im Vergleich zu dem, was ich jetzt fühlte. Jeder Millimeter meines Körpers schmerzte und doch gab es keine physische Ursache. Niemals hatte ich gedacht, dass das möglich war.

»Wenn Sie wollen, können Sie jetzt zu ihm.«

»Danke, Doktor«, antwortete David knapp, während Isabelles Schultern immer noch bebten.

Der Arzt nickte ihm zu und verschwand. Zu ihm? Zack war nicht mehr da, nur noch sein Körper und doch spürte ich den Drang, in das Zimmer zu rennen, meine Arme um seine Brust zu schlingen und ihn nie wieder loszulassen. Aber ich hatte keine Ahnung, ob die Aufforderung auch mir galt und genauso wenig wusste ich, ob ich wirklich da rein wollte. Denn wenn ich es tat, war ich nicht sicher, ob ich die Kraft hatte wieder zu gehen. Ich spürte Davids Blick auf mir ruhen und als ich meinen Kopf zu ihm drehte, lag so viel Traurigkeit und gleichzeitig Mitgefühl in seinen Augen, dass das Gewicht auf meinem Herzen sich verdoppelte. Wie konnte er mich so mitfühlend ansehen? Ich hatte das nicht verdient. Er hatte gerade seinen Sohn verloren, wenn jemand dieses Mitgefühl verdient hatte, dann die beiden.

»Es tut mir so leid«, flüsterte ich und spürte, wie ich dabei zitterte.

Er schüttelte leicht den Kopf. »Wir haben ihn alle verloren. Er hat dich geliebt und …« Er brach ab und starrte auf den Boden. Es war nicht zu übersehen, wie er versuchte, seine Tränen zu unterdrücken.

»Du kannst gerne reingehen und dich verabschieden«, sagte er, nachdem er sich wieder gefangen hatte.

Mein Atem beschleunigte sich und Hitze stieg in mir auf. Ich durfte also, aber wollte ich das? Würde ich das überstehen? Ihn sehen, ihn berühren und wieder gehen? Ihn zurücklassen? Keine Ahnung.

»Lou?« Davids Stimme holte mich aus meinem Inneren und erst da bemerkte ich, dass er vor mir hockte.

»Ich kann das nicht«, krächzte ich.

Er nickte und legte seine Arme um mich. »Es ist okay.«

Ich klammerte mich an ihn, froh mich irgendwo festhalten zu können, denn ich hatte plötzlich das Gefühl zu fallen, immer tiefer und tiefer und nie den Boden zu erreichen.

19. Kapitel

Ab und zu wurde es hell und dann wieder dunkel, doch eines veränderte sich nicht und das war dieses heftige Brennen in meiner Brust, das mich vollkommen lähmte. Ich konnte nichts mehr fühlen, außer die Flammen, die mich innerlich jede einzelne Sekunde verbrannten. Egal wie verkohlt bereits jeder Millimeter von mir war, sie setzten jede Zelle erneut in Brand. Immer wenn ich dachte, dass es doch langsam nachlassen müsste, dass sie bereits alles von mir hatten, belehrten sie mich eines Besseren. Ich wollte so sehr, dass es endlich aufhörte, aber es gab nichts, was das Feuer löschen konnte, außer derjenige, der mich in Brand gesetzt hatte. Natürlich nicht gewollt, aber bei seiner Kraft, seiner Power und seinem Temperament war es kein Wunder, dass diese Energie sich jetzt durch mich fraß.

Am schlimmsten war es aufzuwachen. Wenn es doch mal passierte, dass mir die Augen zufielen, und die Müdigkeit mich übermannte, war der Schmerz umso schlimmer, wenn ich die Lider wieder aufschlug. Für eine Sekunde dachte ich, alles wäre wie immer, Zack würde neben mir liegen oder gleich ins Zimmer kommen. Doch dann traf es mich mit einer immensen Wucht, dass mir jedes Mal die Luft wegblieb. Hin und wieder wünschte ich mir dann, dass sie nicht wiederkam, denn ohne Luft kein Feuer und ohne Feuer kein Schmerz. Ich wusste selbst, dass dieser Gedanke falsch war und Zack mich höchstpersönlich dafür schlagen würde, aber ich war nicht so stark wie er. Gerade war ich eher ziemlich schwach. Vielleicht lag das auch ein klitzekleines bisschen daran, dass ich eine Weile nichts gegessen hatte. Ich bekam einfach nichts runter, allein beim Gedanken daran wurde mir schlecht. Es war als würde mir ein Stück von jedem meiner Organe fehlen. Eins von meiner Lunge, das mir zum Atmen fehlte, ein Stück meines Gehirns, um zu verstehen, was passiert war, ein Stück vom Magen, das mich daran hinderte, das Geschehene oder irgendetwas zu verdauen und ein Stück meines Herzens, um wieder leben zu können.

Als hätte sie meine Gedanken gelesen, kam meine Mutter mit einem Teller ins Zimmer.

»Hey, ich habe hier Spaghetti in Käsesahnesauce für dich.«

Ich verzog das Gesicht. »Ich habe keinen Hunger.«

»Das erzählst du mir seit drei Tagen, Lou. Du musst etwas essen, sonst bist du die Nächste, die im Krankenhaus landet.«

Puh, das hatte gesessen.

»Es tut mir leid, ich wollte nicht ...« Sie atmete tief ein. »Ich mach mir einfach Sorgen. Du isst nicht, du redest nicht, du verlässt das Zimmer nicht ...« Sie brach ab.

Ich wollte ihr keinen Kummer bereiten, ich wollte eigentlich nur hier liegen und allein sein, aber das akzeptierte weder sie noch Papa. Als ich aus dem Krankenhaus zurückkam, wollten meine Eltern mit mir reden, mich festhalten, für mich da sein, aber mir war alles zu viel. Ich wollte meine Ruhe, alleine verbrennen und niemanden mitentzünden. Sie versuchten es jeden Tag, brachten mir Essen, das ich nicht anrührte, überschütteten mich mit Eis und Schokolade, aber es war nicht so, dass mein Freund mich verlassen hatte, er war gestorben. Keine Packung Eis der Welt konnte das ändern.

»Ich brauche Zeit«, gab ich zurück und zuckte die Schultern, was schwerer war, als ich dachte. Meine Knochen fühlten sich eingerostet an.

Sie seufzte. »Du brauchst Essen, sonst wirst du krank.«

»Ein Mensch kommt länger ohne Nahrung aus als drei Tage.«

Zumindest hatte ich das mal irgendwo gelesen.

»Vielleicht, aber du bist schon so schlank, willst du nur noch aus

Haut und Knochen bestehen? Dein Körper wird das nicht durchhalten.« Sie beugte sich zu mir hinunter. »Bitte iss etwas, mir zuliebe.«

Ihr Blick, mit dem sie mich bedachte, war voller Angst und in dem Moment knickte ich ein. Ich konnte sie so nicht sehen, ich konnte niemanden so sehen. Sie sollte keine Angst um mich haben, ich wusste, wie sich das anfühlte und wollte das nicht für sie.

»In Ordnung, lass es hier, ich werde etwas essen«, gab ich mich geschlagen.

Ihre Gesichtszüge glätteten sich und sie hauchte mir einen Kuss aufs Haar, bevor sie das Zimmer verließ. Ich würgte mir so viel wie möglich hinunter. Heute und an jedem weiteren Tag. Hauptsache sie machte sich keine Sorgen mehr und ließ mich in Ruhe.

• • •

Während meine Welt stehen geblieben war, drehte sich die andere einfach weiter. Die Sonne ging auf und wieder unter. Alles ging weiter, als wäre nichts geschehen, als wäre es ihr egal. Ich war noch da, aber er war es nicht. Das war verdammt noch mal nicht fair. Ich vermisste den Klang seiner Stimme. Vermisste es mit ihm zu reden. Es war die Hölle ohne ihn. Jeden Tag zerbrach ich ein bisschen mehr. Er hatte alles verändert, als er in mein Leben trat. Und als er ging.

Die Zeit verstrich, auch wenn sie mir irre langsam vorkam. Ich ertrug niemanden in meiner Nähe außer Milli. Sie legte sich immer wieder zu mir, suchte Körperkontakt und manchmal leckte sie mir sogar übers Gesicht. Es war untypisch für sie, dass sie so viel Zeit im Haus verbrachte, aber Tiere spürten eben, wenn etwas nicht stimmte. Ich hatte ihr nie so viel Sensibilität zugetraut, aber jetzt war ich dankbar dafür. Sie fragte nichts, sie bemitleidete mich nicht oder drängte mich zu etwas, sie war einfach nur da. Gab mir Nähe, Wärme und Zeit. Sie war der Tropfen Wasser, der das Feuer in mir für einen kurzen Moment verringerte. Keine Ahnung, wie Tiere das machten, aber sie schafften es immer, allein durch ihre Anwesenheit alles ein kleines bisschen besser zu machen.

Mittlerweile waren zwei Wochen vergangen, zumindest hatte meine Mutter heute Morgen, den 13. Oktober, erwähnt, als sie sich verabschiedete und zur Arbeit ging. Ich hatte meine Position seit vierzehn Tagen, die mir vorkamen wie vierzehn Wochen, also nicht verändert. Wieso auch, es hatte sich auch nichts an der Leere und dem Schmerz in mir geändert. Meine Eltern ließen mich soweit wie möglich in Ruhe, seitdem ich wieder etwas aß. Sie versuchten hin und wieder, ein Gespräch anzufangen, gaben aber recht schnell auf. Mia hatte am ersten Tag angerufen und am nächsten, dann hatte ich das Handy ausgeschaltet. Die Türklingel ertönte daraufhin öfter, aber ich machte nicht auf. Einmal hörte ich meine Mutter mit ihr reden, danach kam nichts mehr. Es tat mir leid, dass ich sie so ausschloss, immerhin hatte auch sie jemanden verloren. Aber ich konnte nicht, ich konnte einfach nicht. Jede Bewegung, jedes Gespräch war, als müsste ich ein nicht zu stemmendes Gewicht hochheben, eine Tonne, die auf meiner Brust lag. Auch Isabelle und David hatte ich weder besucht noch angerufen, was mir unendlich leidtat, doch ich war nicht in der Lage dazu. Ich würde zusammenbrechen. Es war so schon unerträglich, wenn ich dann noch in ihre Gesichter sehen und darüber reden musste, bekam ich einfach keine Luft mehr. Ich war nicht mal auf seiner Beerdigung gewesen. Das war etwas, das mich wirklich fertig machte. Nicht um Zacks Willen, sondern um den seiner Eltern und Familie. Zack war fort, es war nur ein Körper, der in die Erde gelassen wurde, und das war wirklich nicht das, woran ich mich als Letztes erinnern wollte, wenn ich an ihn dachte. Ich brauchte diese Art von Verabschiedung nicht. Mit unserer letzten gemeinsamen Nacht, mit der letzten Berührung und dem letzten Kuss hatten wir Lebewohl gesagt, auch wenn wir es nicht wussten und genau so wollte ich ihn, uns, in Erinnerung behalten. Aber ich hatte das Gefühl, seine Eltern damit enttäuscht und allen damit vermittelt zu haben, dass er mir nicht einfach alles bedeutet hat. Ich hatte mich an dem Tag wirklich angezogen und bereit gemacht, auch wenn die

Klingen in meinem Herzen das Aufstehen fast unmöglich machten. Aber dann brach ich zusammen. Ich saß in der Ecke im Flur und zerbrach in tausend Teile, wobei jeder Teil davon so wehtat, dass ich nicht wusste, ob meine Tränen für alle reichten. Meine Mutter hatte daraufhin David angerufen und Bescheid gegeben, dass wir nicht kommen würden. Mein Vater trug mich zurück in mein Bett, wo ich von dort an blieb. Mama hatte mir später versichert, dass Isabelle und David absolutes Verständnis dafür hatten und nicht im Entferntesten böse waren, aber ich fühlte mich dennoch schlecht deswegen.

Und dann war da noch etwas anderes. Die Angst, von der ich dachte, ich hätte sie fast besiegt, holte zu einem Schlag aus, der mich zu Boden geworfen hätte, wenn ich nicht sowieso schon dort gelegen hätte. Nicht, dass ich vor hatte einen Fuß vor die Tür zu setzen, aber wenn, hätte sie mich daran gehindert.

• • •

Es klopfte an der offenen Tür und meine Mutter steckte den Kopf hinein. Keine Ahnung, welcher Tag oder welche Uhrzeit es war, wollte sie zur Arbeit oder kam sie von dort? Es war zumindest hell draußen.

»Hey, bist du wach?«

Ich nickte.

Sie kam auf mich zu und setzte sich auf die Bettkante. Was jetzt? Wieder der Versuch eines Gesprächs? Darauf hatte ich wirklich keine Lust. Innerlich wappnete ich mich und hoffte, dass wir das ganz schnell hinter uns bringen konnten.

Sie atmete tief ein und aus, als müsste sie mir irgendetwas Schlimmes sagen und wusste nicht wie. Mein Puls beschleunigte sich. War jemandem was passiert? Ging es Papa gut? Ich wollte es fragen, doch bekam kein Wort über meine Lippen.

»Ich muss dir etwas beichten. Verdammt, wo soll ich bloß anfangen?« Sie verzog das Gesicht. »Als Zack im Krankenhaus lag, hatte er mich an einem Tag zu sich gebeten.«

Allein bei der Erwähnung seines Namens zuckte ich zusammen, aber dass sie bei ihm gewesen war, ließ mein Herz schneller schlagen. Warum? Ich konnte kaum erwarten, dass sie weitersprach und doch hatte ich Angst vor dem, was sie sagen würde.

»Er hat mir etwas gegeben, was ich dir vier Wochen nach seinem Tod überreichen sollte.« Sie seufzte. »Es war hart, so lange zu warten, vor allem, weil ich dich jeden Tag so sehen musste.« Sie wies mit der Hand über mich und in ihrem Gesicht lag so viel Schmerz, dass ich ihn fühlen konnte. »Ich kann deine Trauer verstehen, wirklich und mir blutet das Herz dabei, dass du so was erleben musstest. Aber genauso schwer ist es, die Qual der eigenen Tochter zu sehen und nichts tun zu können.« Eine einzelne Träne rannte ihre Wange hinab und ein Kloß bildete sich in meinem Hals. »Ich habe das Gefühl, dass wir dich verloren haben.«

Sie klang so traurig, dass mir fast das Herz stehen blieb. Ich griff nach ihrer Hand und drückte sie. »Das habt ihr nicht«, flüsterte ich und meine eigene Stimme klang fremd in meinen Ohren. Ich hatte so selten gesprochen in letzter Zeit.

»Das hoffe ich.« Sie zwang sich zu einem Lächeln und wischte sich übers Gesicht.

»Erst wollte ich ihn dir schon früher geben, in der Hoffnung, er würde dir helfen. Aber gleichzeitig hatte ich Angst, dass er es vielleicht noch schlimmer machen würde. Ich entschied mich nicht nur deswegen dagegen, sondern weil ich Zacks Bitte nicht ausschlagen wollte. Also habe ich bis heute gewartet.«

Sie holte einen Brief hinter ihrem Rücken hervor. Oh mein Gott, ein Brief von Zack? Mein Magen zog sich krampfhaft zusammen.

»Ich hoffe wirklich sehr, dass er etwas Positives in dir bewirkt und dir hilft, aus dem Loch wieder herauszukommen.«

Ich konnte nicht antworten. Ich war wie betäubt und konnte nichts anderes tun, als diesen Umschlag anzustarren, auf dem in seiner Schrift »Für Lou« stand.

»Ich bin in der Küche, wenn du mich brauchst«, sagte meine Mutter, ließ den Brief auf dem Bett liegen und ging.

Alles um mich herum war verschwommen, nur die mit einem Füller geschriebenen Worte hatte ich klar vor Augen. Er hatte mir einen Brief geschrieben. Das Blut pochte in meinen Ohren. Mit zitternden Fingern fuhr ich über die Buchstaben. Ich hatte Angst ihn zu lesen. Wenn ich nicht über ihn sprechen konnte, wie sollte ich dann etwas lesen, das er vor seinem Tod geschrieben hatte? Für mich. Was wenn ich wieder zusammenbrach, noch tiefer fiel und nie wieder daraus kam? Aber könnte ich es ertragen, ihn nicht zu lesen? Würde ich ihn einfach wegschmeißen können? Nein. Wenn es noch etwas gab, was er mir sagen wollte, dann wollte ich es auch hören. Egal, was danach geschah, ich würde ihn lesen. Mit rasendem Herzen griff ich nach dem Umschlag und öffnete ihn vorsichtig. Bevor ich das Blatt aufschlug, atmete ich noch einmal tief durch. Es war Zack, mein Zack, er würde nichts tun, was mir wehtun würde, und deshalb würde der Brief auch nichts Schlimmes verursachen.

Meine liebe Lou,

keine Angst, du wirst jetzt nicht jeden Monat einen Brief und Aufgaben bekommen, wie in deinem Lieblingsfilm. Es gibt nur diesen einen.

Schade, dachte ich.

Auch wenn du es dir jetzt vielleicht wünscht, aber ich denke, das würde es nur schlimmer machen. Sei nicht traurig. Du würdest nur auf die weiteren Briefe warten und dich zu sehr daran festhalten, statt wirklich zu leben. Denn das ist es, was ich mir für dich wünsche, du sollst leben, Lou. Ich weiß, dass es schwer ist, und glaube mir, ich vermisse dich genauso, wie du mich. Du hast immer gedacht, dass nur ich Positives in dein Leben gebracht habe und du überhaupt nichts für mich getan hast. Aber das ist nicht wahr. Du hast mir nicht nur deine bedingungslose Liebe geschenkt, den Mut an mich und meine Kochkünste zu glauben, sondern auch eine der wundervollsten Zeit meines Lebens. Ich habe jeden einzelnen Moment mir dir genossen und hätte nirgendwo anders sein wollen. Ich hatte nur noch wenig Zeit und diese mit dir zu verbringen, war ein Geschenk. Danke dafür.

Meine Sicht verschwamm und ich musste den Brief kurz weglegen. Nicht nur, weil ich nichts mehr sah, sondern weil ich ihn auch nicht mit meinen Tränen einweichen wollte.

Und du hast den letzten Punkt auf meiner Liste erfüllt und dabei habe ich so viel mehr bekommen, als ich dachte. Nichts auf irgendeiner Liste der Welt kam da ran. Die Liste findest du im Umschlag, ich habe sie nach meiner zweiten Diagnose geschrieben.

Er hatte eine Liste? Davon hatte er mir nie erzählt. Ich konnte nicht warten, deshalb griff ich sofort zu dem nächsten Blatt, um zu sehen, wovon er sprach.

To-Do-Liste

1. Fallschirmspringen.
2. Schneller als 270 km/h fahren.
3. Nach Australien reisen.
4. Den Mount Everest besteigen.
5. Mit Delfinen im offenen Meer schwimmen.
6. Wildwasser-Rafting.
7. 17 und 4 in Las Vegas spielen.
8. Etwas Gutes tun.
9. Ein Tattoo stechen lassen.
10. Mich verlieben.

Wow, er hatte wirklich eine Liste und jeder Punkt war abgehakt. Alles, was ihm noch wichtig war, hatte er erlebt. Das erfüllte mein Herz mit Wärme.

Hinter der Zehn war ein Herz und mein Name stand daneben. Mein Bauch fing an zu kribbeln bei dem Gedanken, dass er durch mich diesen

Punkt erfüllen konnte. Jeder sollte sich wenigstens einmal in seinem Leben verlieben, es ist das schönste Gefühl auf der Welt und ich war so unendlich dankbar, dass Zack mir dieses geschenkt hatte. Eins wurde mir dabei bewusst. Der Tod löschte vielleicht das Licht des Lebens aus, aber niemals das Licht der Liebe. Egal wo immer er jetzt auch war, ich wusste, dass er mich liebte und das war irgendwie alles, was ich wissen musste.

Damit kommen wir auch schon zum nächsten Teil. Deine neue Liste.

Meine Liste?

Ich wette, du lagst die letzten vier Wochen in deinem Bett und hast keinen Schritt vor die Tür gemacht.

Er kannte mich einfach zu gut.

Damit ist jetzt Schluss. Hörst du? Wenn du jetzt nicht aufstehst, schicke ich dir jemanden, der dir höchstpersönlich für mich in den Arsch tritt. Und glaube nicht, ich hätte nicht vorgesorgt. Das Leben ist manchmal nicht leicht, manchmal auch beschissen, aber im Grunde ist es toll. Du hast unendlich viele Möglichkeiten. Ich kann sie nicht mehr nutzen, so sehr ich auch wollte. Aber du kannst es. Vergeude deine Zeit nicht, sie ist einfach zu kostbar. Und wenn du nicht weißt, was du machen sollst, für den Anfang kannst du die neue Liste abarbeiten. Viel Spaß.

Lebe. Für mich.

In ewiger Liebe, dein Zack.

Meine Brust schmerzte bei seinen Worten und die Tränen verschleierten erneut meine Sicht, bevor ich mir das letzte Blatt ansah.

Lous Liste:

1. Fang wieder an zu malen.

2. Koche etwas, das du noch nie gekocht hast.
3. Gehe mit Mia einen Erdbeermilchshake trinken.
4. Setze deine Therapie fort.
5. Fahre zum Meer.
6. Nimm an dem Seminar teil und triff deinen Lieblingsmaler.
7. Beende die Schule, ich weiß, du kannst das.
8. Gehe zu Mia nach Berlin und studiere Kunst, auch wenn du selbst ohne Studium eine berühmte Malerin wirst.
9. Mache eine Reise.
10. Verliebe dich neu, ich möchte nicht, dass du allein bleibst. Du hast es verdient.

Und jetzt beweg deinen süßen Arsch hoch.

Ich musste automatisch grinsen über seinen letzten Satz, ich konnte es nicht verhindern. Es war das erste Lächeln seit vier Wochen und es fühlte sich total ungewohnt an. Auch wenn ich jetzt im Traum nicht daran denken konnte, jemals den letzten Punkt zu erfüllen, wollte ich den Rest tun. Für ihn. Irgendwie hatte er recht, er musste sein Leben lassen und ich verschwendete meine Zeit hier in diesem Zimmer. Das war nicht fair. Weder mir noch ihm gegenüber. Nachdem ich den Brief noch dreimal gelesen hatte, ignorierte ich die Messer in meiner Brust, stand auf und holte meine Farben heraus. Ich malte den ganzen Tag und als es dunkel wurde, knipste ich das Licht an und machte weiter. Irgendwann, als mir die Augen einfach zu oft zufielen, legte ich den Pinsel beiseite und betrachtete meine beiden Bilder. Sie waren düster, traurig und irgendwie verwirrend. Das Erste sah aus wie eine dunkle Farbexplosion. Keine Figuren, keine Formen, nur Durcheinander. Auf dem zweiten Bild konnte man Linien erkennen, zwar etwas chaotisch, aber immerhin waren sie da. Vielleicht ein Anfang.

Leer, aber irgendwie auch zufrieden, hakte ich Punkt eins von der Liste ab und legte mich schlafen. Morgen würde ich mich an die zweite Aufgabe machen und darauf an die nächste. Ich hatte etwas zu tun, vergeudete keine Zeit mehr, die Zack nicht mehr hatte. Das fühlte sich irgendwie gut an. Ich löschte das Licht und das erste Mal seit Ewigkeiten fiel ich ziemlich schnell in einen traumlosen Schlaf.

Epilog – drei Jahre später

»Geht es?«, flüsterte Mia und berührte meinen Arm.

Mein gesamter Körper stand unter Spannung, meine Hände waren zu Fäusten geballt, meine Zehen bohrten sich in die Schuhsohle und meinen Lippen waren hart aufeinandergepresst. Langsam drehte ich meinen Kopf in ihre Richtung, entgegnete ihrem mitfühlenden Blick und nickte leicht. Mehr war nicht drin. Würde ich den Mund öffnen, würde ich vielleicht schreien, deshalb atmete ich ein und aus und hoffte, dass es gleich vorbei war. Die Menschen hier drin machten mich zusätzlich nervös und bei dem Gedanken, vor ihnen in Panik auszubrechen, bekam ich schweißnasse Hände.

»Wir sind gleich da«, ermutigte sie mich und ich nickte erneut, mehr für mich selbst.

Gleich war es geschafft und das Ziel würde mich hoffentlich für diese Herausforderung entschädigen. Ein paar Mal atmete ich noch ein und aus, redete meinem Herzen gut zu und dann öffneten sich endlich die Türen. Erleichterung durchströmte mich und meine Muskeln konnten endlich entspannen. Wir warteten, bis die Leute alle raus waren, bevor wir dieses Monstrum endlich verließen.

Auch wenn ich im Alltag fast alles ohne Panik meistern konnte, gab es doch noch Situationen, die mich in Angst versetzten. Der Fahrstuhl war eine davon. Und wenn dieses Ding mich auch noch nach oben fuhr und meine Höhenangst herausforderte, war es doppelt schwer. Aber ich hatte es geschafft, wie so vieles in den letzten Jahren. Aber heute waren es gleich zwei Ängste auf einmal, die ich überwand. Ein Lächeln breitete sich auf meinem Gesicht aus, ich konnte stolz auf mich sein.

Ein bisschen Überwindung stand mir allerdings noch bevor. Vorsichtig betraten wir die Plattform. Ich war diejenige, die auf die dritte wollte, das kam nicht mal von Mia, sondern wirklich von mir. Verrückt oder? Früher hätte ich mich nicht mal auf die erste getraut. Ich hob den Blick und mein Magen drehte sich um.

»Wow. Das ist einfach nur der Wahnsinn«, staunte Mia mit riesigen Augen.

Da gab ich ihr recht. Egal, wie sehr ich gerade zitterte, der Ausblick war es wert. Auch wenn meine Höhenangst mich noch im Griff hatte, konnte ich die Sicht gerade genießen. Ich schaute über die Stadt, fühlte die Weite, die Freiheit und es erinnerte mich ein bisschen an das Meer. Zumindest vom Gefühl her. Meine Mundwinkel zogen sich nach oben. Ich hatte es wirklich getan, ich stand ganz oben auf dem Eiffelturm und schaute direkt auf das Marsfeld.

Mia legte den Arm um mich und drückte sich an mich. »Geht es dir gut?«

»Ja«, gab ich mit belegter Stimme zurück und räusperte mich. »Mehr als das. Mir geht es großartig. Das hier ist überwältigend.«

Sie nickte. »Ich bin froh, dass du ganz nach oben wolltest. Diesen Anblick werde ich nie vergessen.«

Ich war auch glücklich, dass ich mich überwunden hatte, auch wenn der Fahrstuhl eine echte Herausforderung war. Von diesem Ausblick würde ich nie genug bekommen, hier wollte ich am liebsten nie wieder weg.

»Hier«, sagte Mia und hielt mir einen Kleinen Feigling hin.

Verwirrt sah ich sie an.

»Nun komm schon, wir haben das erste Semester überstanden und stehen hier oben, da können wir ruhig anstoßen. Außerdem hast du deine Kein-Alkohol-Regel schon mehrfach gebrochen, ich hab's gesehen.«

Ich verdrehte die Augen. Das stimmte, lange war ich gegen jegliche

Form von Alkohol gewesen, weil es mir nur noch mehr Angst machte, wenn ich dadurch weniger Kontrolle über mich hatte. Aber durch die Aufarbeitung mit meiner Therapeutin hatte ich auch die Angst vor dem Kontrollverlust minimiert und hin und wieder ein Glas Sekt oder Wein auf Geburtstagen oder sonstigen Feiern getrunken. Also was sprach eigentlich noch dagegen?

Ich griff nach der Flasche und Mia grinste zufrieden. »Auf uns.«

Das Glas klirrte und ich kniff die Augen zusammen und schüttelte mich, als die Flüssigkeit meine Kehle hinabrann. Teufelszeug.

Wir genossen noch eine Weile die Aussicht und Mia schoss ein paar Fotos von der Landschaft, von uns und von sich selbst. Als wir dann wieder mit dem Fahrstuhl nach unten fuhren, war ich entspannter. Es war irgendwie leichter als beim ersten Mal. Vielleicht weil ich mich frei fühlte und beflügelt, weil ich es tatsächlich gewagt hatte.

Unten angekommen, suchten wir uns die erstbeste Bank und ließen uns darauf fallen.

»Wir sind tatsächlich –«

»Jap«, unterbrach ich sie.

»Und wir haben wirklich –«

»Haben wir«, fiel ich ihr ins Wort und wir seufzten zufrieden.

Mia schlang einen Arm um mich und drückte mich an sich. »Ich bin sehr froh, mit dir hier sein zu können. Die letzten Jahre waren echt nicht einfach.«

Ich nickte und legte meinen Kopf auf ihre Schulter.

Das waren sie wirklich nicht. Ich hatte mit meiner Therapeutin nicht nur meine Vergangenheit und Ängste aufgearbeitet, sondern auch einen besonders schweren Verlust. Und manchmal wenn mir der Weg zu schwer erschien und ich keine Kraft mehr hatte, hörte ich seine Stimme, die in mein Herz flüsterte: »Du schaffst das. Mach weiter.« Und das tat ich. Wenn ich eins aus der Zeit mit Zack gelernt hatte, dann war das nicht nur, wie sich wahre Liebe anfühlt, sondern auch, was es heißt stark zu sein und zu kämpfen. Und deshalb holte ich das Abitur nach, auch wenn die Schule der Horror war. Doppelt schwer war es, weil Mia nach Rostock ging, um BWL zu studieren, ihrer Mutter zuliebe. Allerdings hielt sie es nicht lange durch, sie hatte es gehasst. Ich war verdammt glücklich, dass sie wieder zurückkam und wir vor fünf Monaten gemeinsam nach Berlin gehen konnten, um an der Kunsthochschule zu studieren. Jetzt waren wir genau dort, wo wir sein wollten und taten das, was uns glücklich machte.

Ihr Telefon klingelte und ließ uns auseinanderfahren. Als sie das Handy aus der Tasche fischte und aufs Display schaute, strahlte sie.

»Ich bin gleich wieder da«, trällerte sie und hüpfte ein paar Schritte, bevor sie lächelnd abnahm.

Das war Robert. Sie hatte ihn vor drei Monaten an der Uni kennengelernt und sich sofort über beide Ohren verliebt. Diesmal gab ich ihr mein Okay, denn er war wirklich ein toller Typ, nicht im Entferntesten wie Paul. Ich freute mich sehr für sie, sie hatte es mehr als verdient.

Ich nutzte den Moment und zog einen Umschlag aus meiner Bauchtasche. Mia wusste zwar davon, aber irgendwie brauchte ich diesen Augenblick für mich allein. Ich sah auf den neunten Punkt und setzte ein Häkchen dahinter. Fast alles, was auf dieser Liste stand, hatte ich jetzt erledigt. Bis auf die letzte Aufgabe. Es war nicht so, dass es keine Anfragen gegeben hätte, ich wurde öfter um ein Date gebeten, allerdings lehnte ich jedes Mal ab. Einerseits weil ich genug mit mir selbst zu tun hatte und andererseits, weil mein Herz noch nicht so weit war. Mittlerweile kam ich zwar ganz gut zurecht, doch die Trauer um Zack hörte niemals auf, sie wurde ein Teil meines Lebens. Sie veränderte mich und ich veränderte mich mit ihr. Aber egal wie schmerzhaft dieser Verlust war, um nichts in der Welt würde ich die Zeit mit ihm hergeben. Ich war dankbar für jeden Moment. Ich dachte jeden Tag an ihn und diese Narbe in meinem Herzen, die er hinterlassen hatte, würde niemals verschwinden. Der Schmerz über seinen Tod würde mich so lange begleiten, bis mein Herz aufhört zu schlagen und ich meinen letzten Atemzug mache. Die klaffende Wunde aber hatte sich geschlossen, auch wenn es Momente gab, in denen es sich so anfühlte, als würde sie wieder aufplatzen. Dann, wenn Orte, Gegenstände oder Bilder mich zu sehr daran erinnerten oder wenn ich seine Eltern besuchte, was ich regelmäßig tat. Meist atmete ich tief durch, dachte an seine Worte und wie er das Leben gesehen und genutzt hatte, und machte weiter. Das Leben war ein Geschenk, auch wenn es manchmal schmerzhaft war und der Gedanke, auch ein stückweit für ihn das zu leben, was er nicht mehr konnte, machte mich glücklich.

Mia kam hopsend zurück. »Bist du so weit?«

Ich faltete die Liste zusammen und verstaute sie wieder in meiner Tasche. Irgendwann würde ich vielleicht auch den letzten Punkt abhaken können, aber nicht jetzt, nicht heute. Ich warf einen letzten Blick auf mein Armband und lächelte.

Dann stand ich auf. »Ja, lass uns den Rest der Stadt erkunden.«

Mia grinste über beide Backen und hakte sich bei mir ein. Zusammen gingen wir los, bereit für die Welt und das Leben, um es in vollen Zügen zu genießen.

Nachwort

Jeder von uns hat Ängste. Der eine mehr, der andere weniger. Aber Lous Panikattacken sind keine Ausnahme, denn über zehn Millionen Menschen in Deutschland leiden unter einer Angststörung. Genau diese wollte ich euch ein wenig näher bringen. Mein Ziel war es nicht nur, euch die Liebesgeschichte von Lou und Zack zu erzählen, sondern auch für Betroffene und Außenstehende ein Buch zu schaffen, das Verständnis und Kraft gibt.

Ich hoffe, ihr verzeiht mir das Ende und glaubt mir, wenn ich euch sage, dass ich dabei unglaublich gelitten habe. Denn die beiden sind mir wirklich sehr ans Herz gewachsen und dort werden sie auch für immer bleiben. Aber vielleicht könnt ihr mit mir auch das Positive daran sehen. Nämlich was Lou alles erreicht hat. Zack war für sie wie ein Engel, der ihr den richtigen Weg gezeigt hat. Aber schlussendlich hat sie es ganz ohne seine Hilfe auf den Eiffelturm geschafft. Und so ist es auch im wahren Leben. Es gibt Menschen oder Dinge, die euch die richtige Richtung zeigen. Aber gehen müsst ihr diesen Weg ganz allein. Nur wenn ihr es selbst und aus eigener Kraft schafft, überwindet ihr die Hindernisse auch auf Dauer. Ich hoffe, dass all diejenigen, die gerade mit einer Angst kämpfen, Lous Geschichte motivieren konnte, nicht aufzugeben. Lasst euch durch die Angst nicht euer Leben kaputt machen. Wo Schatten ist, da ist auch immer Licht. Findet es und am besten: Geht ihm entgegen.

Danksagung

Als Erstes geht mein Dank an Ullstein Buchverlage und meine Lektorin, ohne die ihr mein Herzensbuch jetzt nicht in den Händen halten könntet.

Auch der Bundesverband für junge Autoren und Autorinnen (BVjA) hat seinen Anteil daran. Denn durch das toll organisierte Meet&Greet auf der Leipziger Buchmesse, habe ich die Möglichkeit bekommen, mein Buch vorzustellen.

Meine Eltern waren etwas skeptisch, als ich mit dem Schreiben angefangen habe. Aber nachdem sie meine ersten Kurzgeschichten zu Gesicht bekamen, änderte sich ihre Meinung. Und obwohl meine Mutter keine Liebesromane mag, hat sie Lou und Zack eine Chance gegeben. Doch nicht nur das, die beiden konnten sie sogar wirklich begeistern und sie hat mit ihnen gelacht und geweint. Von da an haben meine Eltern nicht nur gemerkt, wie viel mir das Schreiben bedeutet, sondern auch ganz fest an mich geglaubt. Hört bitte nicht auf damit, auch wenn mein Weg etwas anders ist.

Danken möchte ich auch meinen ersten Testlesern, Saskia, Alexi und Petra. Ihr seid ganz wunderbare Menschen und ohne euren Glauben an mich und meine Geschichte, könnte sie jetzt niemand lesen. Danke für eure Unterstützung und Freundschaft.

Das Beste kommt immer zum Schluss: meine Leser. Ich möchte jedem Einzelnen danken, der diesem Buch eine Chance gegeben hat und ich hoffe, dass die Geschichte von Lou und Zack euch ebenso berührt hat wie mich.